簡明中國文字學

（修訂版）

許進雄 編撰

本書使用的一些罕見及甲骨、金文字形，都得到文化大學中文系黃沛榮教授同意使用其所開發的電腦字形軟體，特此深致謝忱。又，台灣大學中文系同事徐富昌教授經常幫助解決寫作過程中所碰到的電腦難題、吳瓊雯同學在掃瞄和打字方面給予協助，以及張澤民兄、吳俊德同學校讀全文，都一併在此致謝。

目　錄

認真、隨緣而無悶

黃啟方

真有些不可思議呀！

與進雄竟然能持續四十年如兄弟般的情誼，甚至包括自己在內，都會有「不可思議」的感覺。四十年前，剛考上臺大中文系，從榜單上知道，「系狀元」是個叫「許進雄」的「好漢」－必定不會是女生的！心想倒要先會會這號人物。在九月中的入學典禮上，赫然發現坐在自己前排左邊、留著平頭、戴著眼鏡、正聚精會神的在看武俠小說的人，就是「系狀元」許進雄。一時興奮，就親切的拍拍他的肩膀跟他打招呼，原希望他也能有同樣的回應－因爲大家都是第一次見面，而那個年代像我們這些由臺灣中南部鄉下來臺北的大孩子，說有多青澀就有多青澀，急於認識同班同學的意念是相當強烈的，又何況－許進雄－他是「系狀元」呢！--不想被我拍了兩下，他只轉過頭瞄了我一眼，透過鏡片流出來的眼神是冷峻的，神色中似乎在怪我打斷了他的「練功」，並且又迅速的回過頭去繼續他的「功課」。我大爲反感，心中不停的嘀咕著：這傢伙、有什麼了不起、以後絕不理他……..。

不想一轉眼四十年漫長的歲月過去了！我不但不能不理他，四十年來，越來越能欣賞他認真純樸、隨緣無悶的性情。

進雄在古文字學上的天分，就像他在玩電腦上的高超表現一樣的令人咋舌；當我們這一個年齡層的「中古」人面對日新月異的電腦欲迎還拒以至手足無措時，進雄卻早已能完全掌握電腦的精密多樣的功能，能隨心所欲的驅遣運用；就像當年大部分中文系二年級的學生都爲「文字學」而苦惱時，進雄則早已跨越古文字而進入「甲骨文」的殿堂，日後更以精深的研究改寫了許多卜辭上的成說，奠定了他在甲骨學上的地位；大陸安陽博物苑甲骨文展覽館中懸掛的甲骨學權威學者的肖像，他是臺灣地區除了前輩甲骨學大師董作賓彥堂先生外唯一的一位。這也是我們兄弟們津津樂道而引以爲榮的。

進雄在臺大拿了碩士學位後，奉屈翼鵬師之命，遠渡重洋，到加拿大多倫多安大略省皇家博物館去整理館藏的甲骨片。這一去沒想到就回不了台灣；以進雄率真的個性與略無避諱的言談，竟使他成了黑名單中的一個；當我們知道他被懷疑到這種程度時，不禁要慨嘆那些打小報告的所謂「忠貞分子」，不知傷害多少真正忠貞的心！經過各方人士的解釋，總算能讓他回台灣了。闊別多年，進雄仍然是那個樣子，除了增加一句習慣性的口頭語「我們那邊」外，幾乎一點也沒變。在台灣只有短暫停留，當我們爲他送行時，他竟情不能已、熱淚盈眶；我們知道他是多麼珍惜兄弟朋友的感情呀！此後，我們盡可能安排請他回台大中文系擔任客座教授，而他也有強烈的意願想回來貢獻所學，好好教幾個學生。七年前，我有個機會要籌備一個新的中文系，打了一通長途電話邀他回來一同打拼，他二話不說的答應了，並且立刻作回臺的準備；後來又得知我又放棄了那個機會時，他也沒說半句不滿的話，因爲他總是相信我的決定是必有道理的。

進雄終於回到台大中文系專任教授，回到他當年讀書的研究室了！而造化弄人，我卻在同時從台大中文系退休了！誰能料得到？

世新大學成立了中文系，我要求他來教文字學，他就來了，然後就著手寫這本「簡明中國文字學」。他總是這麼認真，無論是玩電腦遊戲、交朋友、教書或作學問，他都是這樣認真的。認真是認真，卻無所爭，也因此雖然天天生活在這擾嚷不安的濁世中，但從沒有刻意逃避，而一樣可以達到無所罣礙之境。這就是進雄！

書要印行了，進雄對我說：「你就寫一篇序吧！」那麼，這就算是序吧！

二千年六月二十日於新店心隱居

1. 文字起源
2. 說文內容、

緒論：中國文字學的內涵

顧名思義，中國文字學是研究有關中國文字的學問。所謂文字，一般把兩字合爲一個詞彙，指稱記錄語言、傳達情意或概念的複雜書寫符號，是高度文明社會的產物。如分別言之，今以「字」指稱表達意義的個別符號，「文」則爲由字組成的辭句。但傳統的中國文字學家卻給予很不同的定義。撰寫中國最早字書或字典《說文解字》(以後簡稱《說文》)，東漢許慎的意見是，『倉頡之初作書，蓋依類象形，故謂之文。其後形聲相益，即謂之字。文者，物象之本。字者，言孳乳而寖多也。』（《說文・敘》)。意思是說，「文」是最早出現的表意符號，「字」是自初形的文滋生的複體結構，「字」與「文」的意義同屬一個範疇。但如從創意的觀點來看，兩者的初義則頗有不同。

先看《說文》的解釋，**文**(字 1)【，錯畫也。象交文。凡文之屬皆从文。】（除非另有說明，如《廣韻》爲《宋本廣韻》的說解，否則以後【 】內文字即爲段玉裁注的《說文》說解本文）、**字**(字 2)【，乳也。从子在宀下。子亦聲。】

編號	商 甲骨文	兩周 金文	秦小篆	漢隸書	現代 / 創意
1	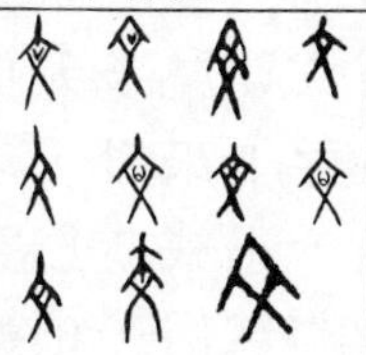	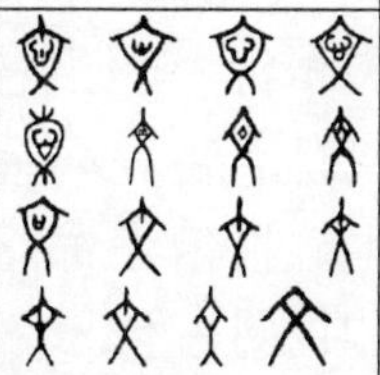	 s 	文 	文 一人胸上刺有花紋之狀，古代喪葬的美化儀式。
2			 s 	字	字 於建築物內對小孩行命名儀式。

（註：爲幫助對各字創意的解說易於了解，本書附有如上的甲骨文以來字形演變的簡要示例圖欄。首欄爲編號，是爲了方便今後的討論所加的序列。沒有序列號的字表示該字不附字形演變表。第二欄爲商代的文字，絕大多數取自甲骨刻辭，少量商代銅器上的字形暫納入次欄。字形主要取自黃沛榮先生根據《甲骨文編》所開發的電腦字形。第三欄爲兩周文字，主要取自金文，來自黃沛榮先生根據《金文編》所開發的電腦字形，其他載體的字

形暫不列示。第四欄爲《說文》所收，代表秦朝文字的小篆，例子取自黃沛榮先生所製作的臺大小篆或電腦所載的段注小篆字體。字形之旁加註的英文字母，s 代表小篆字形，z 代表籀文，k 代表古文，h 代表其他書體。沒有註明的則爲《說文》沒有清楚說明的。第五欄代表漢朝的文字，取自電腦的華康隸書體 W5。第六欄乃今日通行的字體以及對創意的簡要解說。爲節省篇幅，以後不再對各欄字形的時代加以註明。本論的第四節尚有對各書體的介紹。）

這兩個字的創意，許慎都沒有掌握到真正的重點。從較早期的商、周字形看，「文」作一個人的胸上有各種形狀的刺紋之狀。它是古代葬儀的一種形式，用刀在屍體胸上刺紋，讓血流出來，代表放血出魂以便前往投生的觀念。它被用於讚美施行過放魂儀式的高貴死者，如金文銘文所常見的前文人、文父、文母、文祖、文妣等。「文」從不使用於形容活人的稱呼，後來才引伸至有文彩的事務，如文才、文章、文學等。許慎的時代，文的字形已起了極大的變化，難以看出它源自人的形體以及真正的刺紋創意，因而以爲是與符號的形構有關。至於「字」的字形，自周初以來就固定了，作建築物中有個男孩之狀。創意大致是在廟內或屋中給予小孩命名。因爲古代嬰兒多夭折，要等經過了相當長的一段期間，確定嬰兒可生存下來後，才在廟內或家裏舉行儀式，介紹給祖先並給予命名，正式成爲家族的成員。此段等待命名的期間，中國古代一般的習俗，根據《禮記・內則》『三月之末，擇日翦髮爲鬌，男角女羈，否則男左女右。……姆先相曰：母某敢用時日祇見孺子。夫對曰：欽有帥。父執子之右手，咳而名之。』或《儀禮・喪服》『子生三月，則父名之。』的記載，是選擇出生後第三個月之末的吉日。其他的民族則有等待數年之久的。許慎大致也不很了解此字的創意，故以爲子的構件也充當聲符。「字」因與古代命名的禮儀有關，孩子命名與給予事物名稱的方式相類，作用相同，後來才與文複合而成「文字」的詞彙，以指稱典雅的記錄符號。從字形看，「字」才是「文字」一詞的主體，「文」則是「字」的形容，強調其爲文雅的辭章，非鄙俗的口語。許慎卻把它們主客易位，「文」成爲名詞，且成爲基本字形的指稱。

現今記錄事務的媒體雖有多種，而文字是其中很重要的形式，在古代尤爲重要。文字在高度文明的社會，是初入學者的重要學習項目，故中國自漢代開始，經常稱研究文字之學爲「小學」，意即小兒入門之學。它並不是貶稱，而是強調其爲人人必修的基礎之學。任何一種文字，除了是某一地區的一群人所具有的共識，有一定的意義外，同時還必須具有字形、字義與字音三方面的條件，缺一不可。故歷來稱研究一切有關文字的形、音、義的學問都視爲小學。近來在大學裏，更分別細分之爲文字學、聲韻學和訓詁學等三門學科。文字學是講授有關文字形體的知識。聲韻學是討論其音讀的演變。訓詁學則是探索字義的應用。三門學問的教學內容，經常涉及彼此各自的內涵。但文字學與聲韻學、訓詁學的關係都很密切，它們的關係要比訓詁學與聲韻學之間的關係更爲密切。學習這三門學問，如缺乏對其中某學門的知識，不管是學習或研究，都會有所不足，因此要三者皆通才容易進行。辨識文字雖是小兒初學的科目，但其內涵卻非常深廣。深奧的部分需要多年的時間，專門的研究，才能有所得或領會。文字學所學習的內容，是有關中國文化教學及研究的基礎知識，是日常生活常用得到的東西，故列爲大學中文系的必修課程。中國文字既是基於象形的原則而創造的，則字形的重要性更形顯著。或許可以說，文字學是研究中國文字的基本內容，而聲韻與訓詁學則是其擴充。

中國的漢字與西洋拼音文字的起源一致，都是源出圖像，但兩者發展的途徑卻非常不同。口講的語言一直在變化，拼音系統的文字經常因反映語言的變化而改變了其拼寫的方式，使得同一語言的古今階段，看似完全沒有關係的異質語文。音讀的變化不但表現在個別的詞彙，有時也會改變其語法的結構，使得同一語言系統的方言，有時會差異得完全不能交流。但中國的漢字，由於形體的變化不與語音的演變發生直接或同步的關係。如根據周法高的擬音(《漢字古今音彙》（香港：香港中文大學，1973），爲電腦打字的方便，本書所標的上古或先秦音讀，暫時採用周法高的擬音及其拼寫方式。)，大字在先秦時讀

若 **dar**，唐宋時讀如 **dai**，而今日讀成 **da**。又如木字，先秦時讀若 **mewk**，唐宋時讀如 **muk**，今日則讀成 **mu**。它們的差異都很大。不過，在實際使用時，除非是韻文，我們可以不必理會一個字音讀的歷史變化，甚至不必理會其古代或現代的音讀有什麼不同。至於字形方面，幾千年來，漢字雖然也由圖畫般的象形文字外觀，漸漸演變成今日非常抽象的結構，象形的特徵幾已無保留。其字義也多少有點變化，如書(字 3)【書，箸也。从聿，者聲。】甲骨文作手持有毛之筆在墨汁容器之上，表現即將書寫之意。它的本義是書寫，但現在較常用的意義卻是書冊；又如金(字 4)【金，五色金也。黃爲之長。久薶不生衣，百鍊不輕。從革不韋，西方之行。生於土，从土。ナ又注，象金在土中形。今聲。凡金之屬皆从金。金，古文金。】作型與範已套好之形，可以灌注銅液以鑄造器物。由於中國的銅器皆由熔鑄之法製作，連零件也是用這種方法套合。不像西洋製造金屬器物初採搥打自然金屬若紅銅或黃金的方法，後以失蠟法澆鑄爲主，輔以搥打、焊接、鉚釘等各種方式。故中國古人創造文字時，就以型範已套好的「金」字代表銅的物質。金的早期本義是鑄銅的材料，現在則較常用以指稱黃金。

3		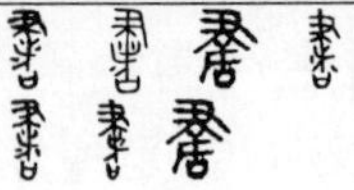	書 s	**書**	書 手持毛筆於墨瓶之上,即將書寫之狀。
4			金 s 金 k	**金**	金 型與範已套好，將可澆鑄銅器。用以指稱鎔鑄的物質。

這些古今字形與意義，彼此之間的差異大都有所聯繫，比較容易學習與把握。一個人只要稍加訓練，就可以比較容易通讀千年前的文獻。不像拼音的文字，由於語言的變遷，每個時代的拼寫方式都不一樣。學習古代文字，一切都要重新開始，

增加許多的困難。現今中國人的生活與千年來的歷史、傳統還有密切的關係，使用漢字就是其中一個重要的因素。現今中國不同地區的方言雖經常不能交談，但卻可以書寫和通讀一種共通的文字形式，因而也得以彼此交換意見。中國的疆域那麼廣大，地域又常隔絕，其包容的種族也很複雜，方言更是多樣，而猶能融合成有共識的一個團體，其特殊的語文特性應是其中重要的因素。

中國文化有三千年以上不間斷的歷史，使用的文字雖一脈相承，畢竟字形和字義都不盡完全相同，還需講求一些辨識的功夫，才可能通讀古代的文獻。其細節及深奧部分，不但需要較長期間的探討，也不能避免學者之間的意見有所不同。它或許不是一般學者所樂意從事或容易從事的工作。但具有文字學的常識，無疑會對古代文獻的閱讀、文化的了解，帶來相當大的便利。所以打算以中國文字或相關學識爲專業的人，有必要充實一些中國文字學的知識。中文系的學生，一般有文字學是枯燥無味的課而對之生畏的恐懼。爲減少這種學習的障礙，本書的編寫就以文字學的要點爲目標，反映新出土的訊息，介紹新的研究方式，敘說也以簡明爲務，以期不使學生視中國文字學爲一門令人畏懼的學科。

本論：學習中國文字學的要點

舉凡與文字賦形、創義、音讀、使用意義有關的，應都是文字學研究的範圍。但在目前的大學裏，已針對文字的形、音、義各領域分門別戶，設定範圍，開有專課。三者間的互動，聲韻學可以不必太理會字的創意與使用意義，而訓詁學也可以不太注重字的體勢變化，但文字學卻與聲韻和訓詁學都有密切的關係，不具三門學問的通識，就沒有辦法從事進一步的研究，故是中文系必修的學科。本課程擬定的主要探尋要點約爲以下的八項，玆分別介紹於下。

第一節　中國文字的體系始於何時

語言是群居社會爲了溝通相互的思想而發展起來的。一旦社群擴大，事務繁多，就有必要用某種方式把它的內容記載下來，傳給他人，傳到遠地，傳至後世，而不是讓它說完之後即消失無蹤。這種把內容永久保留下來的需要就發展成爲文字的符號了。文字是高度文明社會的產物，並不是每個社區或族群都必然會發展成功的。中國有黃帝的史官倉頡創造文字的傳說，中國也有以黃帝爲歷史開始的傳統，都說明人們普遍認爲文字與文明的關係密切。文字既是經歷了一段很長的時間，眾多人員的創造、選擇、改良，才慢慢形成，然後在某些社區中擴展開來的，則要留下確實反映文字體系存在的物證，一定是出現在體系雛形已完成以後很久的事。所以不管那一種文字，要探明其體系成立初階的年代都是非常不容易的。

一個真正的文字體系，要有一貫的形式及原則，能代表某個社區所公認的意義及發音，而且其序列也要合乎說話的順序及不造成語意上的混淆。雖然不是所有古代的圖畫或符號都是文字，或必然會演化成爲文字，但是有意的或無意的，以表現事物形像或概念的描寫，卻是古代文字共同的創造出發點。世界上各古老文化，其文字的創造、應用的方法、發展的途徑，其規律可以說都是一致的。往往都是先標出記錄內容的主要語素，然後才發展成有文法的完整語句。初期的文字以代表具體的事物的表形期爲主，漸次進入指示概念、訴諸思考的表意期，最後因需求量太多，不勝造字之繁，才發展以音標表達意義爲主的表音期。中國文字的發展應也不例外，也經過這三個時期。

中國文字發展的歷史到底有多長，目前還沒有足夠的資料可作確實的解答。學者們過去只能根據現存的中國最早文字，即商代的甲骨文，推測其發展所需經歷的時間。近年考古不斷有相關的新材料出土，增加推論所需的依據。上已言之，文字演進的步驟是由形而意而聲。象形、象意及形聲的造字法都在甲骨文中出現。其可識以及不能辨識的字已有四千五百個以上。李孝定先生對一千多個可識字的分析（見第五節附錄），最進步的形聲字已達百分之二十七（對於其類別所舉之個別文字的分類，學者間雖可能有異議，詳後。但甲骨文的形聲字大致佔有可識字的百分之二十的意見是可以接受的）。它說明晚商的甲骨文已是相當成熟的文字系統，必是經過了長期間的發展。但到底它經歷了多久？各人的推測，短長就頗懸殊。其期間之長者，或以爲可達萬年之久。但一般相信，中國文字的蘊釀及發展，只經過了二、三千年的時間，就達到了甲骨文的成熟程度。甲骨文是西元前十四至前十一世紀的占卜文字，故以爲五千年前或稍早，即在傳說的黃帝時代，中國文字就已萌芽了。它也與傳說的黃帝史官倉頡創造文字的時代相合，故得到很多人的信從。但保守的人，則以爲要等到商代才有真正的文字體系。

近年一些出土的材料，對於探討中國文字產生的年代或許可以有所啓發。在好些仰韶文化的遺址裏，都發現了刻劃各種不同記號的陶器。根據碳十四年代測定（本書所舉年代大都是不經樹輪校正的年代），這些遺址的年代距今已有六千多年以上。它與某些人根據甲骨文的成熟度，推測所得的中國文字的萌芽年代相若。故有不少人相信，那些陶器上簡單而類似文字的刻劃記號就是中國初期的文字符號。這些記號幾乎都刻劃在相同的部位，即在早期類型的直口缽的外口緣上。充分說明它們不是任意的刻劃，而是具有某種作用的。這些陶器上的個別記號，如發現於陝西中、西部的仰韶文化遺址（圖 1），見於甘肅、青海一帶，承繼仰韶文化的半山、馬廠等文化的遺址（圖 2），甚至遠在東海岸地區的良渚文化遺址(圖 3)。有的記號在好幾件陶器上出現。在同一窖穴或地區，也往往見到相同的記號。故或以爲它們是器物所有者，或燒造者的花押、族徽一類的記號。有些記號與後世的數字或方位字相似，故有人以爲它們是燒製陶器時的序列或放置方位的記號。又由於它們發

圖 1：六千多年前仰韶文化遺址陶器上的刻劃符號。

圖 2：五千多年前半山、馬廠等文化遺址陶器上的刻劃符號。

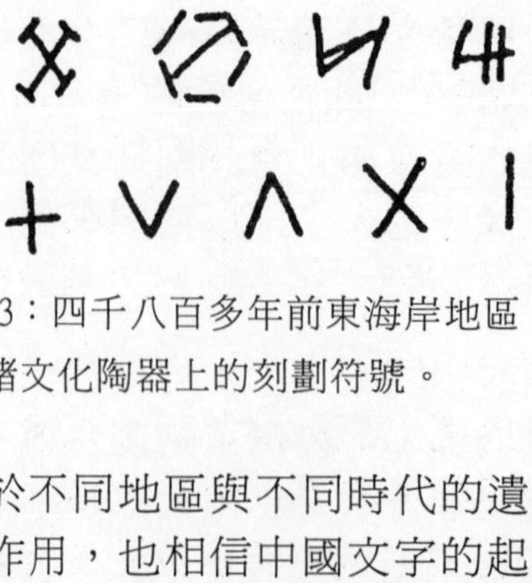

圖 3：四千八百多年前東海岸地區良渚文化陶器上的刻劃符號。

現於不同地區與不同時代的遺址，有人不但認爲它們已具有文字的作用，也相信中國文字的起源是單元的，即從仰韶文化發展起來的。不過，也有學者以各遺址顯示的文化內涵都有所不同，認

爲它們是多元發展的。近年更在某些更爲古老的遺址，如七千八百年前的河南舞陽賈湖，發現幾個在龜殼上有意刻劃的圖像（圖4)。它的形狀比仰韶的記號更爲複雜，更接近甲骨文的象形形態。相信不少的論者又會把中國使用文字的時代推溯得更前。

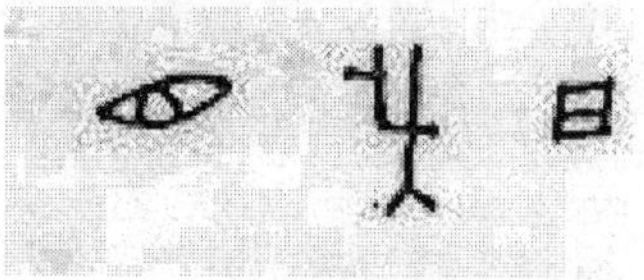

圖 4：七千多年前河南舞陽龜殼上的刻劃符號。

但是，到底要達到怎麼樣的階段，一個記號才能被算作是在社會上已通行的文字符號。由於得到共識的理論迄今尚未建立，故還是一個很有爭論性的問題。雖然傳達信息的符號能成爲法定的記錄概念或意義的語文，主要是得力於當政者用以記錄有關宗教和政治活動的複雜內容。但一般說，人們最先覺得有必要把它記下來的事務，大半是屬於容易錯亂或忘記的，日常使用物體的數目或日期。故在中國的好幾種創造文字的傳說中，如許慎的《說文・敘》,『古者，庖犧氏之王天下也。仰者觀象於天，俯則觀法於地。視鳥獸之文與地之宜。近取諸身，遠取諸物。於是，始作易八卦以垂憲象。及神農氏結繩爲治而統其事，庶務其繁，飾僞萌生。黃帝之史倉頡，見鳥獸蹄迒之迹，知分理之可相別異也，初造書契，百工以乂，萬品以察。』結繩記事最爲人們所稱道，因在甚晚近的中外氏族社會仍有遺存，外國如南美的秘魯，中國如雲南。那是在一條橫綱上垂掛著多條繩索，索上並打有一些結形。其所打的繩結，有顏色及大小不同的種種形式，以代表不同的事類、數量與日期。這種習俗也反映於中國的文字，**祘**【**祘**，明視以筭之。从二示。逸周書曰，士分民之祘。均分以祘之也。讀若筭。】從中國文字的演變趨勢看，初形應該表現一條橫綱上繫有多條打結的繩子狀。字的形體後來離析並訛變，才變成從二示。

此傳說提示創造文字的目的，有可能與結繩的目的一致，是爲了幫助記憶與計算事物的數量或日期。在伊朗發現的四千多塊西元前四千至前三千年的泥土版，也大都是與記帳有關的計數。說明計數是文字書寫初期的一個非常重要的目的。既然陶器上的記號有可能作爲數目字，與文字初期的作用一致，似乎不妨承認它們已是文字的符號了。但是我們還是不能不慎重考慮，是否只因有些記號有可能作爲某些私人的計數記號，或族徽，或甚至具有某種意義的功能，就可以肯定它們已具有真正文字的功能，普遍爲社會所接受呢？

當一個記號或圖形，比較固定地作爲語言中某個詞素的符號時，可以說它已具有文字的初步性質了。但它距語言中，大部分成分都有符號代表的真正的文字系統，仍有一大段距離。以上所舉新石器時代陶器上的記號，雖然在時間上有千年的差別，都還是單獨出現。它們不但沒有語言系統所必要的序列，其形態也和以象形、象意爲主要基礎的中國古代漢字，亦即商代的甲骨文和周代的金文，顯然不是從同一個系統發展起來的。上已言之，個人或社區所擁有的器物、財寶應是早期社會文字記載的最重要內容。這些內容在早期的文字，主要是以描寫具體物象的象形形式表現的。但新石器時代陶器上的符號都是些抽象的記號，不見有具體物象的描繪，反映它們尙不能記錄事件而自成文字的體系。譬如說，陶器上的符號如有 X，與甲骨文數字五的寫法相似。就算 X 的記號確可代表有關五的數目。但在實際應用時，X 並不代表抽象的數目字五，而是隨意地，在不同時間，不固定地，表示具體的五頭牛，五個陶罐，或五個人。那是未有文字的氏族，或不識字的人，所經常使用的辦法。換句話說，X 的記號在社群中，甚至是某個人，並沒有固定的意義與音讀，它是個人即興給予的意義，亦即與語言的詞素沒有嚴格的聯繫。何況這些陶器尙不見描繪具體器物的符號，故最好還是保守點的，暫時不把它們當作有系統的文字階段。

如果六千多年前的陶器刻畫，與有體系的文字階段的聯繫還不夠明顯。那麼，什麼時候中國才見真正文字的徵兆呢？迄今所知最早的跡象，可能要以見於山東莒縣陵陽河的大汶口文化晚期遺址（圖 5），碳十四測定時代約是西元前二千五百到二千年的陶器上的刻劃符號爲代表（或以爲下限爲西元前二千五百年，那是經樹輪校正後的數值）。我們可以認識其中的一些形象，如直柄石斧、石錛等。它們與仰韶文化的刻劃一樣，都單獨地刻劃在大口缸外壁靠近口沿的部位，非常顯眼的位置，顯然是有意的展示。其中一形見於相距七十公里的遺址。它們不但很可能就是物主的名字，也與甲骨文、金文的字形有一脈相承的關係，即都具有圖繪物體具體形象的性質，而且也已採用線條、輪廓的手法描繪物體。在一些商末周初的銅器上，往往鑄有比甲骨文字形看起來更為原始、更為接近圖象的所謂族徽文字（或稱為記名金文）（圖 6）。學者們一般相信，這些族徽圖形保存了比日常使用的文字更為古老的字形傳統。這種非常接近圖象的性格正是大汶口晚期陶文的特點所在。

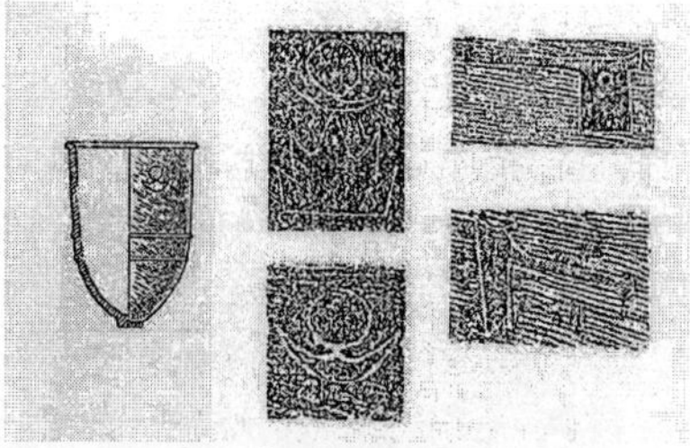
圖 5：山東莒縣陵陽河的大汶口文化晚期陶器上的刻劃符號。

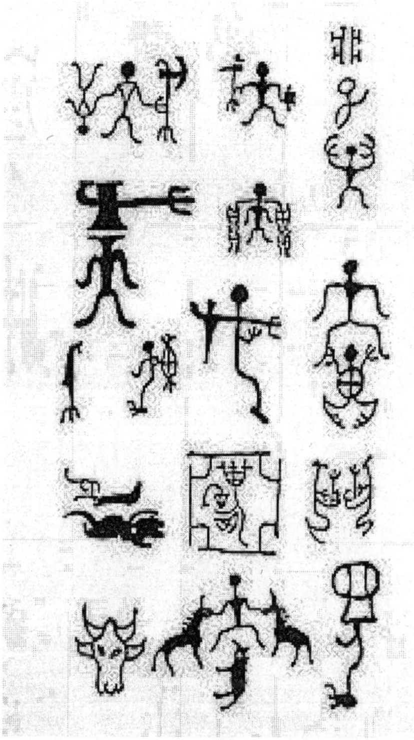
圖 6：商末周初銅器上非常接近圖畫性質的族徽文字（記名金文）

大汶口陶文刻畫的其中一形（圖 5 之左上）具有重要的意義。它可能是旦（字 5）【旦，明也。从日見一上。一，地也。凡旦之屬皆从旦。】的早期字形，象太陽上升到有雲的山上之意。（或以為山上的形象為日與火，皆為發光與熱能的物質，為炅字【炅，見也。从火日。】）

甲骨及金文的字形可能表現太陽即將跳離海面的大清早景象。古人多居住於山丘水涯，每每以所居之山丘或河流自名其氏族，以表示居處的自然環境，如吾丘氏、梁丘氏等。此記號可以分析爲從山旦聲。它用來表示居於山區的旦族。以象形的符號作爲氏族名字或人名，就與隨意、即興的刻劃圖像具有很不同的意義。

5	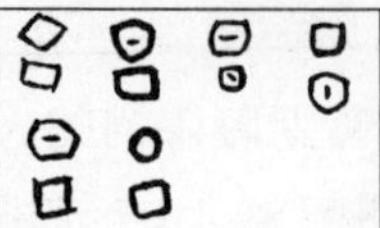	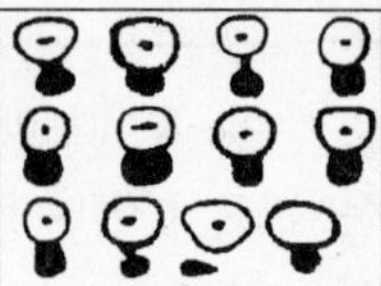	 s		旦 太陽將跳出海面的早晨景象。

當某個人看到一把石斧的圖形時（圖 5 之右下），他很可能即時叫出長柄石斧的象形字「斤」（字 6）【，斫木斧也。象形。凡斤之屬皆从斤。】或形聲字「斧」【，所以斫也。从斤，父聲。】這個詞來。但並不是每個人都會把它讀做斤或斧，當做斤或斧之詞來使用，而且各個社區對它的稱呼也不一定相同。但是當這個圖形被選擇作爲代表特定的部族或個人時，所有熟悉該部族或個人的人們，就比較可能通過這個環節，牢牢地把其圖形與同一音讀、同一意義結合起來。這種音、義、形三者的密切結合，就具備了文字的基本條件。因此把圖形符號作爲族名使用，往往是有定法的文字體系產生的一個重要途徑。

6	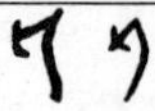	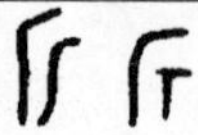	 s		斤 裝柄的石錛形。

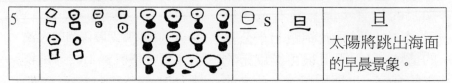

從造字法的觀點看，圖 5 左上之形，由兩個或三個圖像組合而成，顯然已不是原始的象形字，應是第二類表達抽象意義的象意字，或甚至是第三類，最進步的標出音讀的形聲字了。大汶口的陶文雖也是單獨出現，不是使用於完整的句子。但處於其時落後的社會，人們有可能使用圖形的關鍵字去記載事件的中心內容，一如雲南納西族的經文，雖無固定序列，但可達意，勉強具有文字的雛形了。以大汶口陶文爲漢字的雛形，甲骨文的前驅，要較之以西安半坡仰韶文化一類的純記號刻劃爲中國文字之始，是較平實而可靠得多。

簡而言之，西元前二千五百至二千年時中國比較可能有某種系統雛形的文字。至於近八千年前舞陽遺址的刻劃，它看起來比大汶口的象形字更抽象、進步。在三者的關係上，年代的序列是舞陽、仰韶而大汶口，但從演進的過程看，似是從最進步演進到最原始，然後是次原始。它與仰韶或大汶口的記號的承繼關係不但有中斷，而且也像是走回頭路，演變到更爲原始的階段。所以應該暫時存疑，不宜把它們當作中國使用文字之始。至於發現於山東鄒平丁公村（圖 7）、江蘇高郵龍虬庄，類似草書的所謂五千多年前陶片上的文字，它們非常近似後世草書式的連續書寫，與中國早期的象形書體風格完全不一樣，比較像是任意的刻劃。而且世界各古老文字系統的演變過程，草寫體也都發展較遲。兩個遺址的刻劃雖都有人聲稱能夠破解其意義，但都不免牽強附會。也有考古學者非常懷疑其發掘情況的不可信，故也宜暫時存疑。

圖 7：聲稱山東鄒平丁公村出土，五千多年前的陶文。

似乎也可以從字的創意觀點來檢討中國文字起源的問題。商代的甲骨刻辭是用刀刻在龜甲或牛肩胛骨上的。由於刀勢不便刻劃曲線，所以圓形的形象常刻成方形。如果一個字有圓圈與方形的兩種寫法，則作圓圈的必是較早、較原始的寫法而更近於寫實。甲骨文有**郭**（字 7）【，齊之郭氏虛。善善不能進，惡惡不能退，是以亡國也。从邑，𩫏聲。】、**𩫏**【，度也。民所度居也。从回象城𩫏之重，兩亭相對也。或但从口。凡𩫏之屬皆从𩫏。】、**墉**【，城垣也。从土，庸聲。，古文墉。】𩫏是這三字的基本形，較早的字形，作一座四個方向都建有看塔的城牆之狀。

7	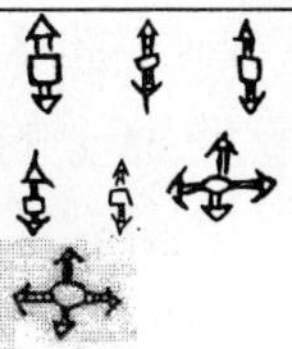	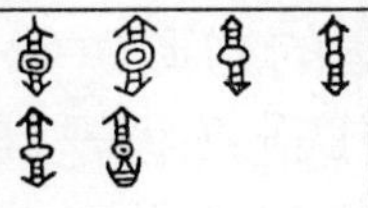	 k s s	郭 墉	𩫏 郭、墉 四面有看塔的城樓建築。

甲骨由於用刀刻不便畫圓，城周大都作方形，但也有作圓形者，後來也省略了左右兩方向的看塔。此字分化爲二字，郭的字義偏重城的範圍，而墉則偏重城的牆。

關於城周的形狀，目前所發現最早的城牆建築要推河南鄭州北郊西山遺址，興建於仰韶廟底溝類型的時代而廢棄於秦王寨類型的時代，年代約在距今五千三百年前至四千八百年前之間。其平面略呈圓形，與甲骨文所描寫的形象一致。但是較大量的早期城牆都建於龍山文化的晚期，諸如山東章丘城子崖、河南登封王城崗、淮陽平糧台等，而其平面都作方形。就發展的程序講，圓形的建築一般要早於矩形的。如圓形的穴居要早於矩形的地面建築。經常移動的游牧民族也喜歡採取較省力的圓形形式，而定居的農耕民族就多採用矩形的形式。甲骨文因刀刻不便畫圓的緣故，大都把圓形的東西刻成矩形。因此甲骨文的𩫏（**墉**、**郭**）字既然以圓形的形狀表示，就表示創造文字者所見的城周是圓的。雖然商代已不見圓形輪廓的城，字形應是保留了古代所見的正確形象。因此其創造文字的時代應是方形城周的時代之前。即其年代可能早到五千年前的仰韶廟底溝類型。至遲也不晚於修建矩形城牆的龍山文化晚期。龍山文化晚期的下限是西元前二千年，與上一段根據大汶口圖形符號的推論是一致的。所以有些商代的文字承繼西元前二千年以前已有的文字應不是好高騖遠的論調。

討論中國文字體系的年代問題，也可以借重古人使用器物的資訊。**酒**(字 8)【酒，就也。所以就人性之善惡。从水酉。酉亦聲。一曰造也。吉凶所造起也。古者儀狄作酒醪，禹嘗之而美，遂疏儀狄。】甲骨文作一酒尊及濺出的三滴酒形。金文常以**酉**(字 9)表示，【酉，就也。八月黍成，可爲酎酒。象古文酉之形也。凡酉之屬皆从酉。丣，古文酉从丣。卯爲春門，萬物已出。丣爲秋門，萬物已入。一，閉門象也。】酉的初形顯然是個窄口細長身的尖底酒罐形狀。後來字形漸變爲平底形。但是商周遺址出土的文物，裝酒的大型容器都是平底的。

8	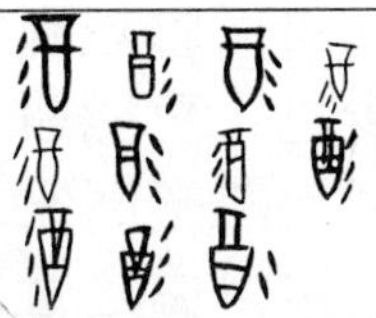		 s	酒	酒 一窄口酒尊及濺出的三滴酒形。
9	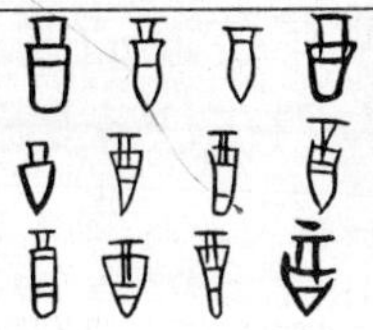	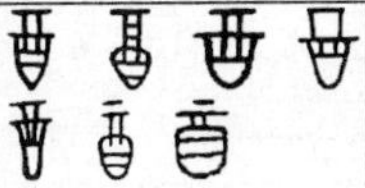	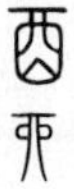 s k	酉	酉 窄口細長身的尖底酒尊形。

爲什麼文字表現的情況和實際的形狀有所不同？似乎也不是爲了和其他形似的字作區別。可能的答案是甲骨文承繼了古代的字形，而時代更早的字形忠實地描寫器形。一般以酒器始見的時代而認爲中國在龍山時代開始釀酒。也有人以爲可早自六千年的仰韶文化。酉字的器形大致與仰韶文化，高四、五十公分的窄口細長身的尖底瓶同形。唯一的差別是尖底瓶常有兩個半圓鈕以便繫繩搬運。也許《說文》酉的古文字形就是反映兩個半圓鈕的形象。由於一般認爲龍山時代才開始釀酒，認爲仰韶的窄口尖底瓶是盛水器，因此不會以之與酒字的創意取得聯想。但是在加拿大皇家安大略博物館展示的一項西洋酒文化特展的文物，筆者赫然發現古代從歐洲運到北非的葡萄酒，盛裝的容器竟然和仰韶文化西王村類型的尖底陶器（圖 8）絕似，其輪廓和酉的字形一模一樣。窄口是爲防止液體外洩，細長的身體是爲便利人們或家畜背負，尖底是爲便利手的持拿與傾倒。爲此便利，尖底有時作成柄狀，有如甲骨文稻(字 96)裝米的罐子中底下有長柄的一形（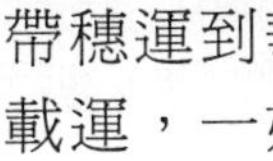）。稻米是華南的產品，連株帶穗運到華北將增費用，故只取其顆粒而裝在罐中。大概以牲畜載運，一如歐洲的葡萄酒，故採用瘦高的罐子，

圖 8：仰韶文化西王村類型的尖底陶器。

長柄則是爲了持拿傾倒的方便。透過該展覽，可以聯想到這種尖底陶器在廟底溝以後的文化遺址中不見或很少見，可能與水井的開鑿有關。在較早期的年代，水要從遠地的河流運搬回家，故加兩個圓鈕以便繫繩背負。後來有了牛馬家畜，可以由之背負而不必用鈕繫繩，一如游牧民族的遼、金時代，製有裝運酒的超過半公尺高，方便以馬負載的細長身陶罐。往後人們在住家的附近鑿井，就不用從遠地運來，故也不再需要這種造形的水器了。商代也有了牛車，就不必用陶罐來運送貨品，故也見不到這種樣子的陶器。商代的酉及稻字既然描繪的是廟底溝文化類型以前的造型，則和城郭的圓形輪廓一樣，應是創始於四千二百年前才有的事物。具體的中國文字起源問題，雖還有待今後更多出土資料的證實，但晚商的甲骨文已無疑是很成熟的文字體系。《尚書・多士》周公誥誡商遺多士有，『惟殷先人，有典有冊，殷革夏命。』之句。商人革夏前的文字到底有多成熟，由於沒有證據，目前還難猜測。如以雲南少數民族的麼些（納西）經文爲例，麼些文創於十三世紀，還得力於漢字的啓發。但到十九世紀時，其經典還不免用關鍵字去提示主要的內容，沒有固定的文法形式和語言的序列。如果不添字講解，根本就不可能了解其內容。譬如其《古事記》有一欄（圖 9）；裏頭首先繪有一個人雙手拿著一個蛋。其次是上頭有個蛋，兩旁有風，左邊的有形容詞白，右邊則爲形容詞黑，蛋下爲湖的圖形。最後是一座山，旁邊有蛋發光的圖像。這段圖的意思，根據納西族經師的解釋，意思是『把這蛋拋在湖裏頭，左邊吹白風，右邊吹黑風，風蕩漾著湖水，湖水蕩漾著蛋，蛋撞在山崖上，便生出一個光華燦爛的東西來。』（轉引自裘錫圭《文字學概要》頁 9）圖繪只提示大致的意思，具體的經文就要靠口傳了。那麼，不提鄭州圓形城牆、窄口尖底瓶、殷革夏命的時代，就是從晚商的甲骨文上推六百年，也已上及大汶口的下限，或龍山文化的晚期，西元前二千年了。

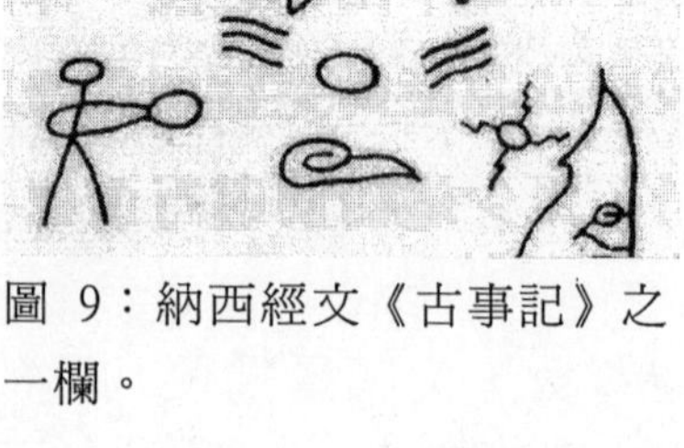

圖 9：納西經文《古事記》之一欄。

第二節 書寫方向的習慣

中國的文字雖與西洋的都起源於圖象，但書寫的習慣卻很不同。書寫的方向，西方的主要是先左右橫行，然後行列再自上而下。有時於某種時機而須作上下行時，行列也大都由左而右。不像中國古代漢字書寫的習慣是自上而下，然後行列自右而左。多數的人用右手書寫，自右而左的形式較不切合實際的運作，所以滿文和蒙古文雖也是上下直行，行列則採用由左而右的形式。中國之所以有這種書寫習慣上的獨特性，一定有它獨特的原因。通過考察，應該可以說，它完全是受中國古代書寫工具的影響。

迄今所知，有大量存世的中國最早文獻，是三千多年前用刀刻在獸骨或龜甲上的商代貞卜文字。因此有少數人誤會，以爲商代的人們是以刀刻字作記錄的。甚至有人以爲要等到秦朝的蒙恬發明毛筆後，中國人才有以毛筆書寫的事實。不知商代的甲骨和陶器都有以毛筆書寫的事實。其實我們還有相當充分的理由相信，商代的人已普遍使用毛筆書寫文字了。

從字形看，筆的初形是聿(字 10)【肀，所以書也。楚謂之聿，吳謂之不律，燕謂之弗。从聿一。凡聿之屬皆从聿。】它在甲骨文作一手握著一枝有毛的筆之狀。中國從來普遍以竹管爲筆桿，乃於聿字之上加竹而成筆字。不著墨汁時，筆毛散開。但一沾墨汁，筆尖就合攏而可書寫、圖畫細緻或粗大的線條了。甲骨文的**書**(字 3)，就作手握有毛的筆管於一瓶墨汁之上之狀，點明毛筆沾了墨就可以書寫的意思。還有，甲骨文的**畫**(字 11)【畫，介也。從聿，象田四介，聿所以畫之。凡畫之屬皆从畫。】作手握尖端合攏或散開的筆，畫一個交叉或更複雜的圖案形。金文的**肅**(字 12)【肅，持事振敬也。从聿在㛸上，戰戰兢兢也。𢙚，古文肅从心卪】作一手握著筆，畫出較複雜的圖案形，以便依圖案刺繡之意。甲骨文的**晝**(字 13)【晝，日之出入與夜爲介。从畫省从日。𦘠，籀文晝。】作一手握著筆與日組合之形，表達持筆寫字的白天時候。推知商代已普遍使用毛筆，故才以之表達與書寫、繪畫、刺繡和時刻等有關的意義。其實，六千多年前的半坡遺址，從陶器上的彩繪就可充分看到使用毛筆的痕跡。

10	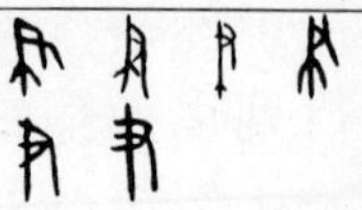		 s	聿	聿 一手持有毛之筆狀。
11	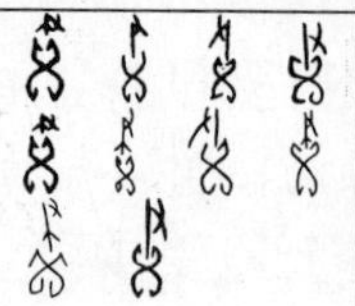	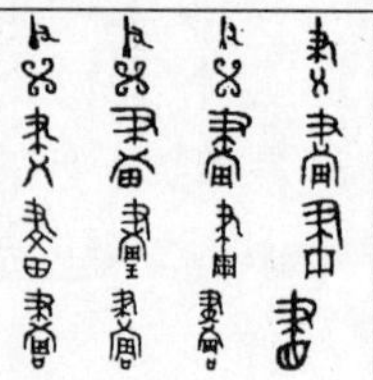	 s	畫	畫 手握尖端合攏或散開的筆，畫一個圖案狀。
12		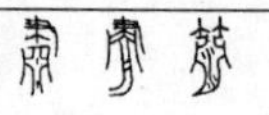	 s k	肅	肅 手握筆畫圖案，以便依圖案刺繡。
13			 s z	晝	晝 手持筆寫字的白天時候。

由於中國人寫字的筆尖是用柔軟的毛製作的。書寫的人可以控制在一筆劃中之有粗、有細、有波折，再加上中國文字結構的複雜多樣性，可呈現無窮的造形和體勢上的變化。不像其他地區使用堅硬的書寫工具，較難作筆勢上的變化，而且其字形的種類也有限，不像中國文字的外觀有千萬種變化。中國書法所講求的美善外形和內在精神，需要長期的練習功力和一定的天分才情，才能達到熟巧的程度。也因此，在各種文字中，中國文字的書法才成爲一種很受社會崇敬的獨特藝術形式。

導致中國獨特的書寫方向應是來自書寫的材料。任何有乾燥平面的東西都可以用於書寫，土石、布帛、樹皮等都可以利用。但從幾方面看，影響中國書寫方向習慣的是竹簡，而且起碼從商代起已是如此。但因竹子易於腐化，難於地下保存，我們才不易見到其痕跡。《尙書·多士》有『惟殷先人，有典有冊。』之句子。典與冊都是用竹簡編成的書冊。甲骨文的冊(字 14)【 ，符命也。諸侯進受於王者也。象其札一長一短，中有二編之形。凡冊之屬皆从冊。，古文冊从竹。】作許多根長短不齊的竹簡，用繩索編綴在一起而成爲書冊的樣子。典(字 15)【，五帝之書也。从冊在丌上尊閣之也。莊都說，典大冊也。，古文典从竹。】則用以表示重要的典籍，不是日常的記錄，故象恭敬地以雙手捧著的樣子。

14	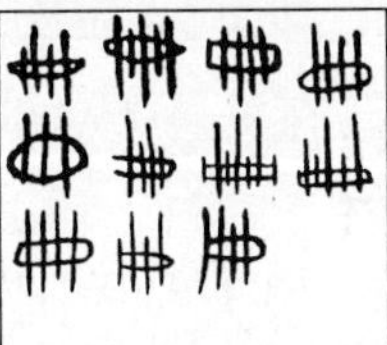	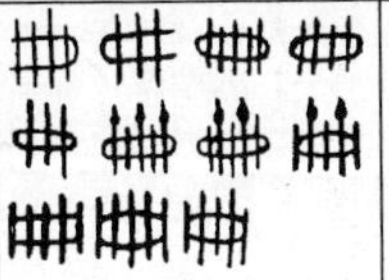	 s k	冊	冊 一卷由長短不一的竹簡所編綴的書冊形。
15	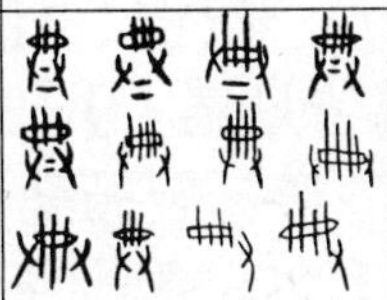	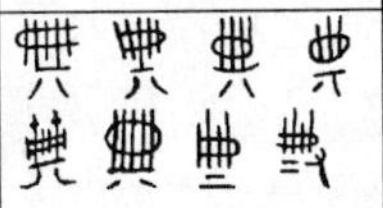	 s k	典	典 雙手慎重地捧著的重要典籍。

竹子現今不是華北常見的植物。但在距今三千年之前的幾千年間，華北的氣候要較今日溫暖而濕潤。竹子不難生長。以竹子當書寫的材料，有價廉、易於製作，以及耐用等多種好處。只要把竹子劈成長條而稍爲加工，就可得平坦而可以書寫的表面。若再於火上烤乾，就容易著墨而且不易朽蠹。在窄長的表面上書寫，由上而下作縱的書寫，遠較橫的左右書寫方便得多。如果橫著書寫，竹片的窄度與背面的彎曲，都會妨害書寫時手勢的運轉和穩定。一般人以右手書寫，也易於左手拿著直豎的竹片。寫完後，大致是習慣性，就順勢以左手將竹簡由右而左依序一一排列，故由上而下、由右而左的排列，就成爲中國特有的書寫習慣。

甲骨文偶有橫著書刻的辭句。從後世的實例看，也可推測商代應有利用木牘、布帛一類，有寬廣表面的材料書寫。使用毛筆沾墨書寫時，墨汁乾燥緩慢。如果在可以書寫多行的表面上寫字，行列最理想是由左而右，手才不致髒污墨跡。但是中國的書寫習慣竟然是相反的由右而左，就可以推測主要是由於使用單行的竹簡書寫。寫字時，左手拿著竹片，右手持筆。寫完後以左手安放竹片，因習慣或方便而由右至左一一排列，故而成爲中國特有的書寫習慣。竹片用繩索編綴後可捲成一握，故以卷稱書的篇幅。後來雖於紙上印刷，猶有以墨線隔間，就是保持一片片竹簡的古老傳統。由於修整後的竹片寬度有限，不但不能作多行的書寫，文字也不便寫得過於肥寬。因此字的結構也自然往窄長的方向發展。多構件組合的字，儘量以上下疊置的方式而避免橫向的舒展。以致連有寬長身子的動物，也不得不轉向，讓它們頭朝上，四足懸空，尾巴在底下成爲窄長的形式，如**象**(字 16)【，南越大獸，長鼻牙，三年一乳。象耳牙四足尾之形。凡象之屬皆从象。】、**虎**(字 17)【，山獸之君。从虍从儿。虎足象人足。凡虎之屬皆从虎。】、**馬**(字 18)【，怒也。武也。象馬頭髦尾四足之形。凡馬之屬皆从馬。】、**兕**(字 19)【，如野牛，青色，其皮堅厚可制鎧。象形。兕頭與禽离頭同。凡兕之屬皆从兕。，古文从儿。】【，徼外牛。一角在鼻，一角在頂。似豕。从牛尾聲。】、犬【，狗之有縣蹄者也。象形。孔子曰，視犬之字如畫狗也。凡犬之屬皆从犬。】（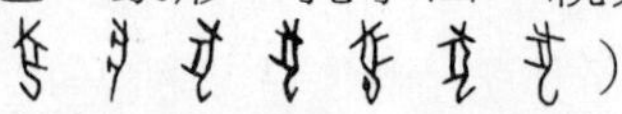）、豕【，彘也。竭其尾故謂之豕。象毛足而後有尾。讀與豨同。…凡豕之屬皆从豕。，古文。】（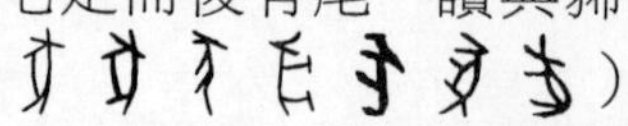）等動物的象形字都是如此。

16		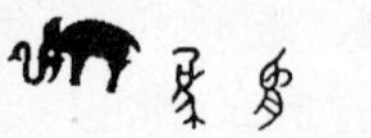	 s	象	象 整隻象的形狀。
17		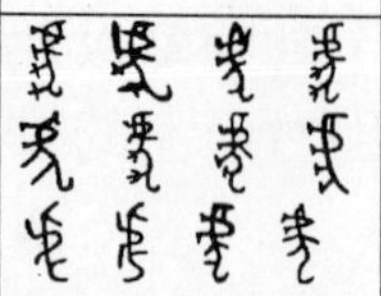	 s	虎	虎 整隻虎的形狀。
18	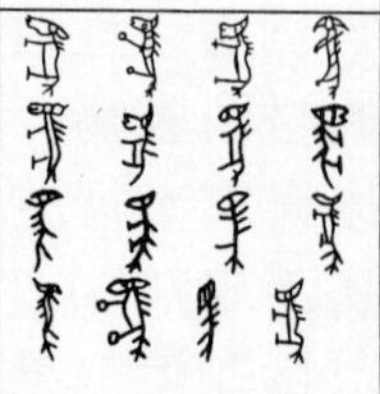		 s	馬	馬 馬的形象。戰國時有只剩頭部的，因爲馬頭形特殊。

19	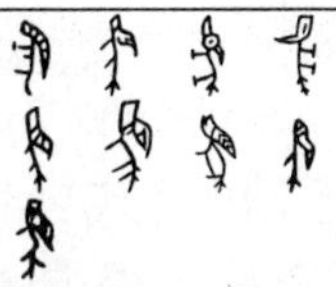		 s k s	兕 犀	兕 整隻犀牛形。 犀 從牛尾聲

從龜甲、獸骨上有寬廣表面的貞卜文字已是以窄長爲主要的書寫形式，就可以推斷商代最普及的書寫材料是竹簡，而不是木牘或布帛等有寬廣表面的東西，否則就不必限定字形的寬度或字形的結構形式。以竹簡書寫不必預計文章的長度，只要隨時增加竹片的數量就行了。如使用木牘就不易確定需用的寬度了。所以後來雖發明了紙張，但因字形受限於竹簡寬度的古老傳統，字的結構也始終保持著向窄長發展的傾向，也偶而仿一根根的竹簡而加分隔線。竹簡一沾墨就擦不掉。而且寬度也不容劃掉之後而另在旁邊寫字加以改正。如果寫錯了字，只有用刀把字跡削去再寫一途。故於文字，**刪**(字 20)【刪，剟也。从刀冊。冊，書也。】就以一把刀在書冊之旁，以表達刪削之意。在紙張未普及前，書刀成爲文士隨身攜帶的必備文具，故東周時期的墓葬，銅削經常與書寫的工具一起出土。有人不明白其用途，才誤會它是用來刻字的。

20			 s	刪	刪 以刀刪削簡冊上的錯誤。

第三節 文學形式的特點

中國文字的形象與音讀都影響了中國文學的形式與內容。中國文字源自象形、象意。形有繁複與簡易之差，意象也有繁簡之別，因此創造的字形就很難大小都一致。如以甲骨刻辭作例子(圖 10-14)，在早期，一段句子之中，字的大小有時相差甚大，但寬度卻頗一致，顯然是反映書寫於竹簡的傳統。後期大致是為了整齊、美觀的原因，繁複的字就慢慢地簡化。相反地，簡易的字就慢慢地增繁。周代這種趨勢更為明顯，遲至戰國時代，終使每一個字的大小，不管構形的繁簡，都習慣寫成一樣的大小。它使得句子的字數，亦即句子排列的長度非常地整齊。甚至為了取得句子長度一致的效果，就加上沒有意義的襯字。如詩經的很多句子便是。《毛詩・國風・卷耳》『采采卷耳，不盈頃筐。嗟我懷人，寘彼周行。』重複采字，便是為了使行列整齊。不但是寫詩歌，就是寫作敘事的文章，也喜歡用對偶的排列，因此形成四六成句的駢體文，也有撰寫聯對的習俗。

至於音讀方面，雖然有學者以為，在商代之前中國文字有可能有一個字發兩個以上音節的現象。因甲骨文的**風**字(字 21)【，八風也。東方曰明庶風，東南曰清明風，南方曰景風，西南曰涼風，西方曰閶闔風，西北曰不周風，北方曰廣莫風，東北曰融風。从虫凡聲。風動蟲生，故蟲八日而匕。凡風之屬皆从風。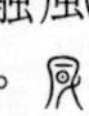，古文風。】**鳳**（字 22）【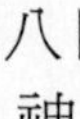，神鳥也。天老曰，鳳之象也，麐前鹿後蛇頸魚尾龍文龜背燕頷雞喙，五色備舉。出於東方君子之國，翺翔四海之外，過崑崙，飲砥柱，濯羽弱水，莫宿風穴。見則天下大安寧。从鳥，凡聲。，古文鳳，象形。鳳飛群鳥從以萬數。，亦古文鳳。】本作鳳鳥的形象，假借為流動的空氣。後來有在鳳鳥形之上加凡聲與兄聲的兩種標音形態(雖有可能表現不同強度的風而非一字的不同標音。但兩者的辭例相同，(《甲骨文字合集》27459，簡稱《合》）都有大的形容詞，比較不會是表達不同強度的風)，故懷疑在更早的時代，中國的語言也是複音節的，後來才變成單音節，風字的兩

個標音就是其孑遺(裘錫圭《文字學概論》頁 26-27 引張政烺之說)。

21	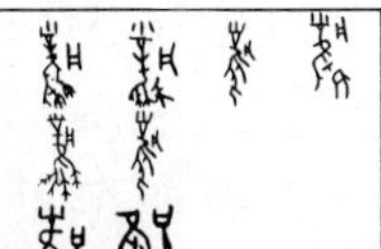		 s k	凮	**凮** 初借鳳鳥形象。商代加凡或兄聲而與鳳字區別。
22	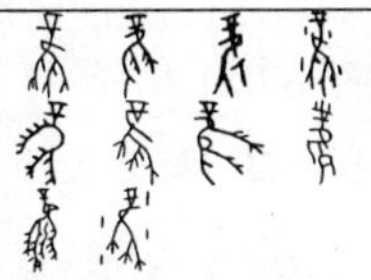		 s k	鳳	**鳳** 鳳鳥象形。

筆者曾經研究，漢族傳說中的伏犧和女媧就是來自台灣高山族的創生祖先，**piru karu** 與其妹妹。據周法高的擬音(《漢字古今音彙》)，伏犧的先秦讀音約是 **bjwak xiab** 與高山族故事的主角 **piru karu** 的第一個音組的 **p** 同屬唇音，**x** 與第二個音組的 **k** 同屬喉音。伏犧在中國有風姓的傳說，而甲骨凮字的兩個標音，凡與兄，也正好一爲唇音，一爲喉音。先秦音讀，絕大多數的字有輔音韻尾，有可能就是受一組的第二個音節的影響。又如，先秦有從 **p** 聲母或 **k** 聲母而與 **l** 聲母有相諧的現象，有些學者因而推論中國古代有 **pl**、**kl** 等複輔音的現象。其實複輔音在發音的時候也是發兩個音的。有可能在創製形聲字時，所用的諧聲字根，其音讀有些來自其第一個音節，有些來自它的第二個音節。導致用同一個諧聲字根的字，聲母分屬不同的類。(唐蘭《中國文字學》頁 35-46 認爲不同聲母諧聲的現象，可能由於異讀造成的，反對複輔音的假設。)還有，一些雙音節的詞彙，如解豸、倉庚、忍冬、蜈蚣等，都有可能是古代多音節語言的孑遺。解豸的甲骨文作**廌**(字 23)【廌，解廌獸也。古者決訟，令觸不直者。象形。从豸省。凡廌之屬皆从廌。】作高大的平行長角的羊類動物形。廌是華北一種真正生存過的動物，商代曾有田獵記錄，毛色爲黃。後來因爲氣溫轉冷而南移，終在中國絕跡而變成傳說的神獸。目前在越南的叢林中猶有遺存。在文字中，此獸所吃的草爲**薦**(字 24)【薦，獸之所食艸。

从廌艸。古者神人以廌遺黃帝，帝曰，何食何處？曰，食薦。夏處水澤冬處松柏。】以廌所吃的草料是編織薦子的好材料表意。而灋、法(字 25)【灋，刑也。平之如水，从水。廌所以觸不直者去之，从廌去。㳒，今文省。𠊧，古文】以廌構形，傳說可助判案，漢代一位判官的墓門，就畫有一對低頭欲前衝的廌。由於字形演變有如獨角獸，其長而平行的角也容易被誤會爲獨角，故在漢以後的墓葬，常以細長的獨角出現。而且羈(字 26)【𦋺，馬落頭也。从网䩻。䩻絆也。羈，𦋺或从革。】構形爲廌的雙角被繩子綁著之狀。卜辭用以爲驛站之設施，有二羈、三羈、五羈等，很可能古代以之拉驛站的車。漢以來廌常被稱爲解廌、解豸、獬豸等的複音詞，故有可能商代或更早廌字是發兩個音的。

23	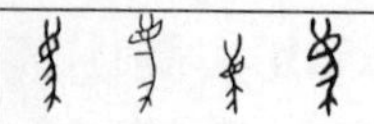		廌	s	廌	廌 高大的羊類動物象形。
24		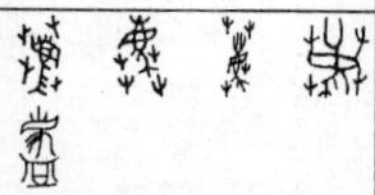	薦	s	薦	薦 廌所吃之草是織薦的好材料。
25		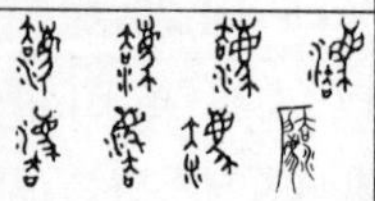	灋 㳒 𠊧	s h k	法	灋 法 傳說獬豸可助判案,角觸不直者去之,法律公平如水流之意。
26			𦋺 羈	s h	羈	羈 廌的雙角被繩子綁著之狀,卜辭用以爲驛站。

又如甲骨文的彔字（字 27）【彔，刻木彔彔也。象形。凡彔之屬皆从彔。】作汲水的轆轤形，假借爲山麓，而後世以轆轤稱之，也有可能是古代一字讀多音節的現象。還有，少數的

形聲字是由兩個不同韻部的字組成，也有可能一代表前一音節，一代表後一音節。意義爲今日之後的昱（字 28）【昱，日明也。从日立聲。】甲骨文第一期時假借描寫鳥類羽毛的羽字（字 29）【羽，鳥長毛也。象形。凡羽之屬皆从羽。】去表達，第二期時加日的義符，第三期時增一以羽與立合成的翌字【翊，飛皃。从羽，立聲。】立顯然也充當翌字的聲符。根據周法高的擬音，先秦時羽屬魚陽部，音如 **vjwav**。立屬緝侵部，音如 **liəp**。昱屬之蒸部，音如 **vriwəv**，三字都不同韻。此字的演變，從羽到翌再到昱。想來從商代到兩周，語音已有了變化。羽的聲母與昱同，翌與昱不同類，其變化的途徑較難從 **v** 到 **l** 又回到 **v**，故有可能 **v** 與 **l** 分屬昱語音的第一與第二個音節。

27	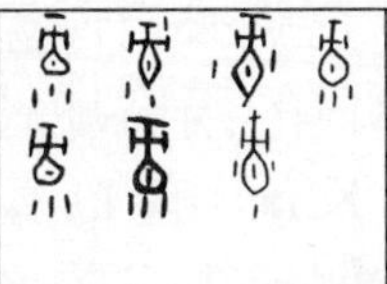		 S	彔	彔 汲水的轆轤形。
28			 S  S	昱 翌	昱 羽毛形，假借爲日明。後加立聲，又改爲从日立聲。
29	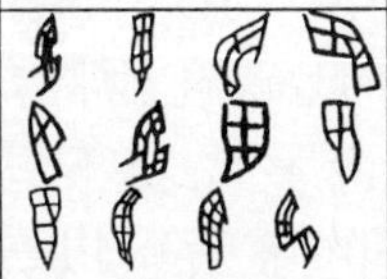		 S	羽	羽 一隻羽毛形。

從古代國際間的貿易交流，似乎也表現中國語文有類似多音節的現象。有一幅西元前十六世紀的埃及壁畫石刻，描寫東方的港口正在上貨，其上有多處的聖書體銘文。在船上方的文字，說明所載的貨物是各式各樣的奇珍與香料。根據 James Henry Breasted 的翻譯，「The loading of the ships very heavily with marvels of the country of Punt; all goodly woods of God's-Land, heaps of myrrh-resin, with fresh myrrh trees, with ebony and pure ivory, with green gold of Emu, (mw), with cinnamon wood, khesyt wood, with ihmut-incense, sonter-incense,

eye-cosmetic, with apes, monkeys, dogs, and with skins of the southern panther, with natives and their children. Never was brought the like of this for any king who has been since the beginning.」(《Ancient Records of Egypt, Historial Documents》頁 109)其中有桂木(with cinnamon wood, khesyt wood.)。據原註，khesyt wood 是種製香料的甜木。埃及的桂木是個象意字，意爲磨粉的樹。銘文對所載的品物，不同的類別前都帶有 with，此 khesyt wood 之前無 with，很可能就是其前象意字桂木香料的讀音。桂木的植物學名是 Cinnamomun cassia auct. family Lauraceae。在西元前十六世紀時爪哇人控制其貨源，他們以丁香交換中國的桂皮，然後銷到西方的非洲及西亞。植物學名的桂木 cassia 來自北阿薩姆 Assam 語的 khasi。它應來自原產地的語言。爪哇人所販賣桂皮的原產地是中國今日的兩廣地區，桂的廣韻切音是古惠，擬訂的上古音是 kwev。Khasi 有 ks 兩個音節，表示原產地的語言，此物的名稱該有二個或更多的音節。因此中國桂的上古音的韻尾 v 可能是第二個音節的遺留。筆者向教聲韻學的同事請教，桂的音讀也可能受 s 的影響而變成第四聲。

以上所舉兩個例子，雖只是蛛絲馬跡，但一個字讀兩個音節的可能並非絕不可能。畢竟，就目前所知，起碼在西周之後，儘管一個字有時可在不同的時機讀不同的音，代表不同的意義，但每次也只能發一個音節。故不但句子的字數可以等長，連音節也等長。還有，中國的語詞，由於音節短，爲避免混淆，更使用聲調加以辨義。如此一來，句子的字數、長度既可以一樣，音節也可以同長，甚至平仄的節奏也可以要求一定的模式，從而發展成律詩、詞曲、對聯等講求平仄聲調的特殊文學形式。同時也由於單音節的原因，音讀相近的字就多了起來，導致古代多用假借字的現象，同時也發展了謎語、歇後語一類的文字遊戲。連帶繪畫的題材也受到影響。如年年有餘(魚)，子孫連甲(蓮、鴨)，吉慶平安(戟、磬、瓶)，三陽開泰(羊)，耄耋延年(貓、蝶)，福祿雙全(蝠、鹿、葫蘆)，馬上封侯(馬、猴）等圖案，都是應用音讀的假借原則。

中國多同音詞的語言特質，可能也導致中國的文字到現在還保留象形文字的特徵，沒有走上拼音文字的道路。西洋的語言是多音節的，雖然也有少量同音節而不同意義的現象，如英語的 rite、write、right、wright，其意義都不同而讀音卻一樣，但絕大多數的字，用音讀就可以區別意義，於是用一個形符加上多個音標就可以確定一字的意義。所以古埃及的字，除少量的象形、象意字外，主體是意符加音符的形聲字，或整個詞都是音節。但中國的語言主要是單音節的形式，有很多同音或音近的詞。如果也以少量的形符加上固定的、少量的音符以表達意義，就會引起同形異義的混亂。因此就儘量以象意的方式創造文字，通過生活經驗的聯繫，表達很多概念性的意義。後來窮於象意文字的創造，逐漸發展了形聲字，但也以不同字形的諧聲字根去代表該音讀，以避免發生同音詞也同形的困擾窘態。

第四節　主要書體

從商代甲骨文到現在，中國文字又經歷了三千多年，雖然有些字還可以依稀辨識其象形的特徵，但小篆以後的書體已起了基本性的變化，最先是以平直代替圓潤均勻的筆劃而形成隸書體，再變爲以基本的勾勒豎撇組成的楷書，就難看出其原來的象形外觀了。西元第七世紀以來，除有意糾正南北朝隨意變更筆劃的習氣而提倡正字樣的措施，印刷的廣泛應用，也收到了正字的功能，才使得字形少變化而趨於一定。以下介紹幾種比較重要的書體。

一、甲骨文：

在商代，如第二節的討論，一般應該用竹簡書寫文字。但因竹簡難於在地下長久保存，故目前見到的資料，絕大多數是刻在晚商龜甲或肩胛骨上的占卜記錄，以及少量澆鑄於青銅器上的銘文。偶而才見使用毛筆書寫於陶器或骨器的例子。由於甲骨文字的數量最多，故以甲骨文泛稱商代的文字。西周早期雖也有甲骨出土，但數量少，重要性大減。商代甲骨文的重要性在於其時代早而數量又多，有刻辭的估計出土十萬片以上（號稱十五萬片）。此系常用的字絕大部分是屬象形與象意字，但如計算個別的可識字，已有大致兩成的形聲字，即已有最進步的造字法，且已發展很久了。由於它是目前最早的大量保存的文字，故是探索漢字字源不可或缺的材料。同時，因它是商王室的占卜記錄，包含很多商王個人與治理國家時所面對的諸多問題，是關係商代最高政治決策的第一手珍貴歷史資料。此期字形的結構著重於意念的表達，不拘泥於圖畫的繁簡，筆劃的多寡，或部位的安置等細節，故字的異體很多，詳見以後的討論，現在略舉數例。如**漁**(字 30)【𤅩，搏魚也。从𩺰水。漁，篆文漁从魚。】有水中游魚，釣線捕魚，佈網捕魚等多種創意。又如**毓、育**(字 31)【育，養子使作善也。从𠫓，肉聲。虞書曰：教育子。毓，育或从每。】甲骨文不但有兩個不同創意的結構，一作婦女產下帶有血水的嬰兒狀，一或作嬰兒生出子宮外之狀。前一形的子有正立與倒墜之異形，生育者的母親有頭上插骨笄或無的區別，甚至作一般代表男性的人形，更有將生產者省去的，還有又添加一手拿著衣物以包裹新生嬰兒之狀。至於嬰兒滑出子宮外的字形，也有三種位置上的變化。

30	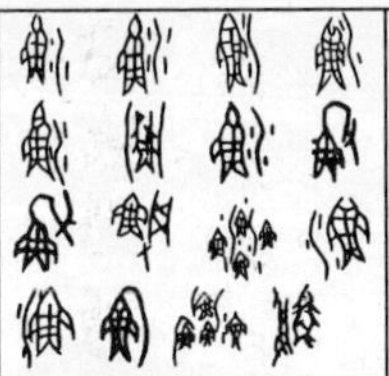	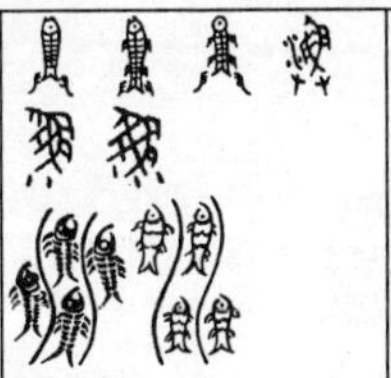	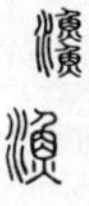 s	漁	漁 有水中游魚，釣線捕魚，佈網捕魚等多種創意。
31	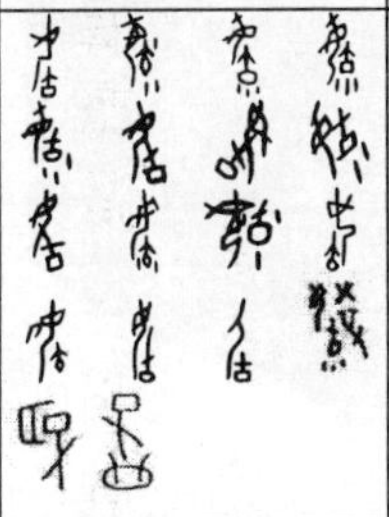	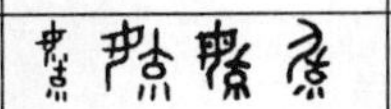	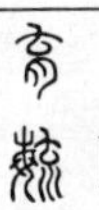 s h	毓 育	毓、育 一婦女產下帶有血水的嬰兒狀。或有手持衣物將包裹之狀。

圖 10：晚商第一期的刻辭。

圖 11：晚商第二期的刻辭。

又由於甲骨刻辭絕大部分是用刀刻的，筆劃受刀勢操作的影響，圓形的筆劃被刻成四角或多角狀，較之銅器上的銘文減少了很多圖畫的趣味性。如上舉眾多的漁字，早期金文的族徽字形就比甲骨文的逼真得多。此期的文字，由於是商朝建都於河南安陽，兩百多年間的占卜紀錄。使用的時機和地點是在限定的範圍內，有規範的機構，每一時期的書體特徵也比較容易把握，已建立很嚴謹的斷代標準，可以較容易地確定每一片刻辭的書體年代，有利於探索字形演化趨向，以及制度、習俗演變等種種問題，所以是本書討論的主要對象。

青銅器：為祭祀而作

圖 12：晚商第三期的刻辭。

圖 13：晚商第四期的刻辭。

圖 14：晚商第五期的刻辭。

二、金文：

約指西元前十一世紀，到秦始皇統一中國的西元前三世紀之際的文字，但也常包括晚商的銅器銘文。過去因爲這一時期的主要材料是鑄於青銅器的銘文，故稱之爲金文。此期的文字也出現於武器、璽印、貨幣、陶器、簡牘和布帛等器物和金屬以外的材料。近年簡牘和布帛的材料出土很多，使戰國時代的文字資料大大地豐富起來。青銅器是爲禮儀的需要而鑄造的，所記的內容是希望傳之久遠的光榮事跡。故銘文書寫工整，筆法婉轉美麗，故或有金文爲正體而甲骨文爲俗體的說法。銅器上早期的字形，不但嚴謹工整，尤其是所謂族徽文字，或稱記名金文，看起來比其前的甲骨文更近圖畫的性質。譬如族徽文字中的人，都把圓頭顱的形象畫出來，如等形。動物和器物也都畫得更仔細，如、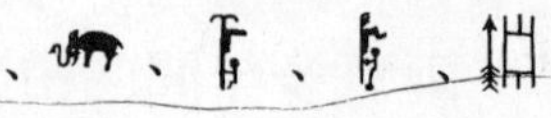。故也普

遍認爲它們表現比甲骨文更早的傳統，即更適宜以之探討文字的創意。至於見於銅器以外的文字，因主要目的是實用，不是禮儀所需。故往往書寫草率而筆劃有所省略以及訛變等情形，往往不宜用以探討文字的創意，且資料旁雜，故本書所附字例的金文部分暫不舉這一類的字形。

圖 16：西周早期的銅器銘文。

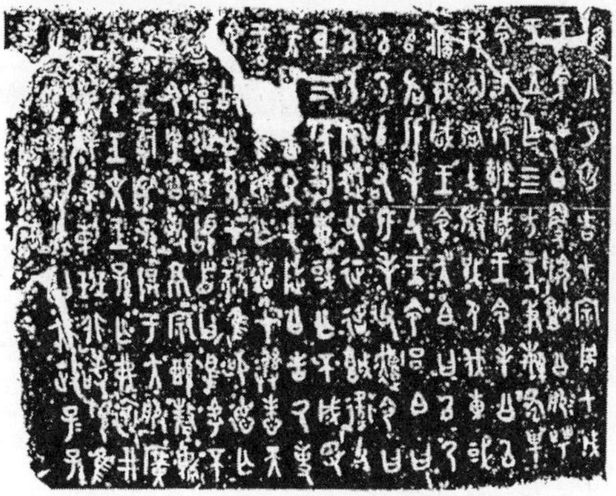

圖 17：西周早期的銅器銘文。

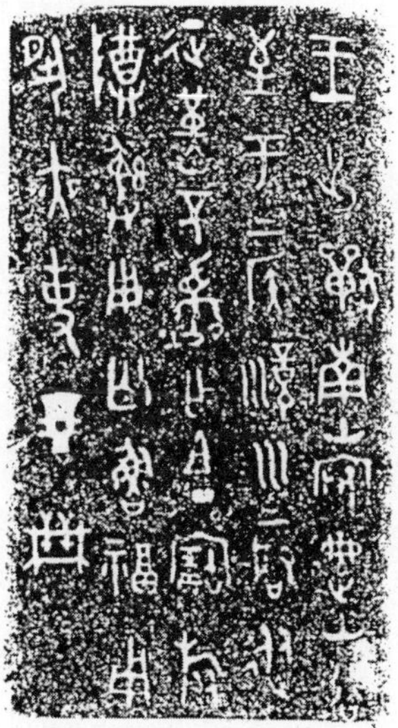

圖 18：西周中期的銅器銘文。

圖 19：西周中期的銅器銘文。

經過秦代朝廷的有意文字整理，也使得一些地方性的文字與後世所發展的字形關係要較疏遠。此期經歷的時間長，銅器的鑄造，前期以周王室爲主。後來工藝在各諸侯地區也迅速發展，不免反映強烈的地區色彩，使書刻其上的書體也呈多樣化，有時字形的結構也非常不同。如以最常見的冶字(字 32)【冶，銷也。从冫，台聲。】爲例，各地域書寫的歧異就如圖 15 所示。此字的創意不易推測，文字的構成部件包括火、刀、容器、煉渣，可能表達刀劍於火上加熱，並在砧上鍛打以擠出雜質的鍛鐵技術。不過此期字形的結構和位置已漸有一貫的安排。春秋之後，新創的象形、象意字大減而形聲字大增。形聲字已普及各詞類，不局限於人地、動植物等名詞。銅器銘文的斷代較不易像甲骨文可具體確定屬某個王的世代。但銅器銘文也可以依據內容，或器制、花紋等條件而判斷出是早期、中期或晚期的作品，西周與東周的作品也容易區分，故而也可以看出在較長期間的字形演化趨向。

32		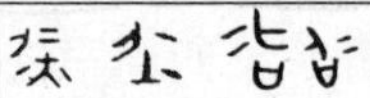	冶 s	冶	冶 可能表達於火上鍛打刀劍的冶鐵技術。

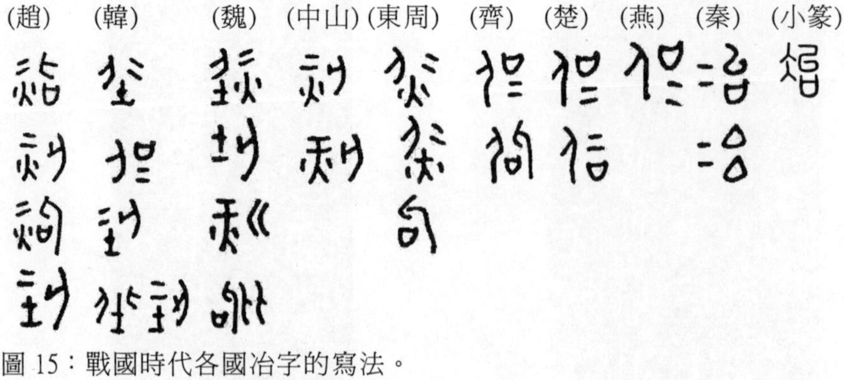

圖 15：戰國時代各國冶字的寫法。

圖 20：西周晚期的銅器銘文。

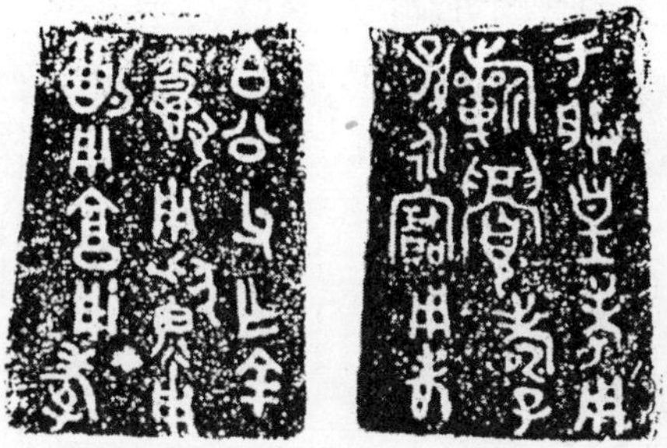

圖 21：西周晚期的銅器銘文。

圖 22：春秋時期的銅器銘文。

圖 23：春秋時期的銅器銘文。

圖 24：春秋時期書寫

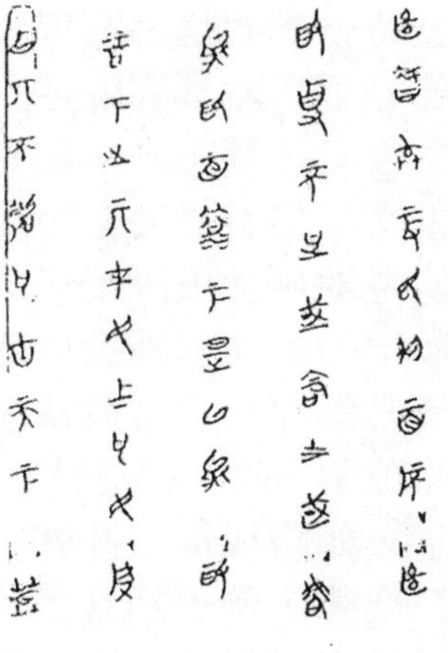

圖 25：戰國時期書寫於竹簡上的楚國文字。

於石版上的晉國誓詞。

圖 26：戰國時期楚國的銅器銘文。

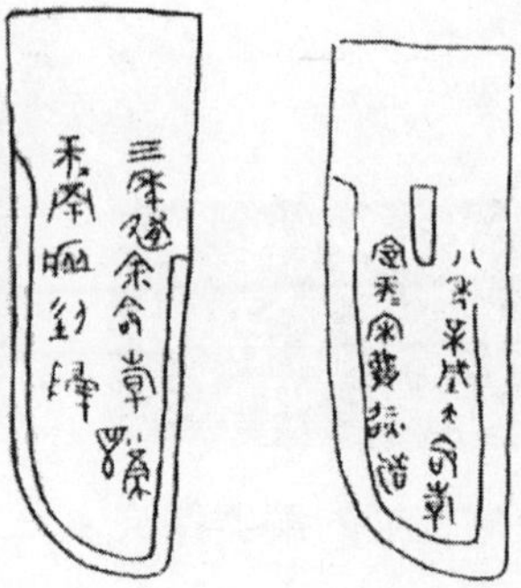

圖 27：戰國時期韓國兵器上的刻銘。

三、小篆：

取材自西元二世紀，東漢許慎編寫的《說文》中所錄字形。它反映先秦以來文字整理的結果，有時字形保持了比戰國晚期還早的傳統。譬如一個字的最高部分如是橫劃，晚商以來就常上加一短橫劃，戰國時代例子更多（見第七節第二章字形演變方向），而小篆就常選用不加短橫的較早字形。小篆之後，字的結構、筆劃、位置已差不多固定。大致說，此後的文字在筆勢上有所變化，但基本的構架已少變動。《說文》所收的字形主要是小篆，有異體時就標明是古文或籀文等。許慎所據以編寫的材料大概絕大部分不早於戰國晚期。小篆的字形，其結構基本上與古文和籀文沒有什麼不同。如有不同時，許慎才特別加以標明。所舉的古文，常有異於自甲骨文、金文演變下來的正規字形，比較可能是地域性或訛變後的字形。近年出土的楚文字常與《說文》所舉的古文有極近似的結構，或許就是取材的源頭。籀文則結構常繁複，但合於傳統的文字組合趨勢，可能與小篆來自相同的源頭。《說文》於標準字形外，常錄不同的形符或聲符的異體字，如阱或從穴井聲，岫或從穴由聲，虹或從虫申聲，療或從疒樂聲，例子相當多。大致反映各地域的異文，因此小篆可以說是秦朝整理和簡省籀文而統一各國字形後的結果。小篆是已起了很多變化後的字形，難以依之以探索字源。但小篆有最齊全的材料，是後世書體所據的祖型，也是辨識古代文字的媒體。與簡帛文字相較，常保存較古老的字形，故認識小篆是研究中國古文字必備的知識。

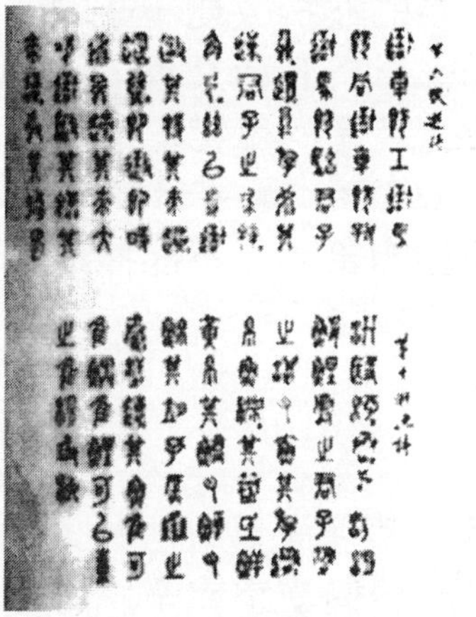

圖 28：戰國時期秦國的石鼓文摹本。

圖 29：戰國晚期秦國詔版上的小篆字形。

圖 30：漢代石碑上的小篆字形。

圖 31：漢代石碑上的隸書字形。

四、隸書：

它是戰國以來書體在快速及草率書寫下的結果。先秦與西漢的仍然保留小篆的筆意，到了東漢時代就與小篆的筆勢截然有別。一般以爲隸書之名，來自爲求書寫的快速以應付管理大批徒隸所需的繁重文書工作，官吏以簡易的波折改變小篆的渾圓、平衡、典雅的筆勢。其實這種趨勢，見於各種文書，不限定於有關法律的事務。隸書盛行於漢代，草率的筆勢已漸成有一定波折規律的筆劃，進一步破壞小篆僅存的圖畫趣味和結構。很多不同部件都被類化而簡易爲同樣的筆劃，不能據以解說文字的創意。

五、楷書

爲今日一般使用的書體。它是把隸書整理成更有法則，可以用幾種易於書寫的筆劃構成的書體。終於使漢字完全脫離圖形的趣味，變成完全由點、劃組成的抽象形體了。其體勢從漢代慢慢蘊釀，隋唐時候完全建立其筆勢。在要求快速的結果下，東漢以來又同時逐漸發展了行書與草書兩體。但因行書與草書的筆勢較難畫一，個人的風格太突出而不易辨識。加以印刷的廣泛流傳又起著正字的功能，使楷書成爲較通行的書體。

第五節 文字的結構和分類

一、《說文解字》

文字雖不是某個人發明的，卻是因某一群人的需要而加速發展起來的。文字對一般人的主要用途是記錄所擁有的財物數量，或重要的吉慶婚喪節日，鮮少涉及思考演繹，及繁雜事務的詳細描述，故不必有多量而成體系的文字符號。但政府的官員、史官爲了記錄事件的曲折過程，或人事的銓敘；巫師爲了不忘記繁複的儀式過程、使用的器物材料以及製造方法，故有必要發展一套體系較完整的記錄制度，因而促進文字制度的推廣與建立。所謂的黃帝史官倉頡創造文字，應視作史官們爲本身的業務需要而建立了文字的體系，不當視爲文字由一人所創造。政府的官員在創造文字體系的初期過程中，雖然沒有依據很嚴謹的條例，卻也有相當的共識，一定的原則。譬如說，敲擊樂器的槌大致都是直柄的，但在甲骨文都寫成曲柄，而與以打擊造成傷害爲目的的直柄殳字有別。如果沒有共識，就不會有這樣違反實物形體的一致作法（請參考第六節探究創意方法的討論）。

又在較進化的社會，人的地位有高有低，有些事經常發生在貴族的生活圈中而少見於下層的民眾，記錄時就以畫出眼睛的人加以區別。如**履**(字 33)【履，足所依也。从尸，服履者也。从彳夊。从舟，象履形。一曰尸聲。凡履之屬皆从履。䪵，古文履从頁从足。】金文畫一個穿鞋子的人。還有一字形多了個水的構件，不知是否表示踐履濕地需要穿鞋子。穿鞋子如果與身份無關，就不必費事把此人的眼睛，甚至眉毛都描寫出來。中國有以赤足表示尊敬的傳統。爲了保持廟中的潔淨，就有在前往寺廟的途中穿鞋子，而於行禮之前脫鞋，赤足進入神聖的廟堂以保持禮堂潔淨的需要。一般民眾沒有這種需要，也沒有必要穿鞋子，故代表鞋子的字需要強調高級貴族的形象。

順便提一下，《說文》從履之字有屨【屨，履也。从履省，婁聲。一曰鞮也。】、歷【歷，履下也。从履省，歷聲。】屖【屖，履屬。从履省，予聲。】、屩【，履也。从履省，喬聲。】、屐【，屩也。从履省，支聲。】等字，其形符都作履的省形。這是一種利用空間的創字法，即「省形」。其產生大都因爲該字可分析爲多個構件，有獨特性，不易與它字混淆，而且字形也方整，只好去其部分以容納聲符。另一方面又有所謂「省聲」者，即把某字的聲符省略其部分。但是聲符的主要作用在讓人易於見字發音，如果聲符省了形就不易讓人了解其不省之形而失去建構聲符的目的，因此其應用當在不得已時才會使用。《說文》所認定的省聲字絕大多數是有問題的，以後會有所討論。

33			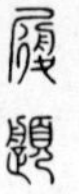	s k	履	履 有頭臉的貴族穿鞋之狀。

再舉一例，**沫**(字 34)【，洒面也。从水，未聲。，古文沫从廾水从頁。】甲骨文作一跪坐的人從盤盂中取水洗臉之狀。金文則改作全身洗澡之狀。此字金文出現非常的多，創意是洗澡，但銘文都假借爲眉壽的眉。字形繁雜的作雙手持皿倒水向盤皿上的人加以沖洗，此字或省雙手，底下之皿，雙手以及盤皿。最簡省的作有眼睛有眉毛的人及水滴。中國華北經常缺水，一般人較少沐浴，但貴族可能因經常舉行祭祀而要經常沐浴潔身，故以貴族形象創字，否則何必費事強調人的頭部細節。銘文的眉壽都作沬壽，可能原來表達慶祝高壽時要沐浴整裝。祝壽是貴族較常舉行之事，故要以貴族形象表達。

34			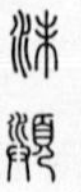	s k	沫	沫 一人臨盆雙手洗臉之狀，金文改以雙手持皿倒水向人之沐浴狀。

一個文字被創造後的年代一久，經常是由於字形的演變，使得某些字的創意變得不易了解，於是就有人開始探索個別文字的創意。如果以文獻的記載爲憑，至少自戰國時代起，就零星有分析中國文字結構的例子。如《左傳·宣公十五年》『故文，

反正爲乏。』從甲骨文的字形看，正字(字 35)【，是也。从一。一以止。凡正之屬皆从正。，古文正从二。二，古文上字。，古文正从一足。足亦止也。】的本義是征伐，以一腳面向一居住區，有加以攻伐之意。正確和適當大致是其引申義，字形後來演變成從一止，故而才有反正爲乏之說。【，春秋傳曰，反正爲乏。】在較早的時代，正的正反寫法，意義是無別的。而且從銅器銘文的字形看，乏的字形尚不是正的反向。因此反正爲乏之說可能不是春秋時代的人所能如此分析的。故有人懷疑，這些解析文字的句子是古文學家爲了突顯古文學說而羼入《左傳》的。

35	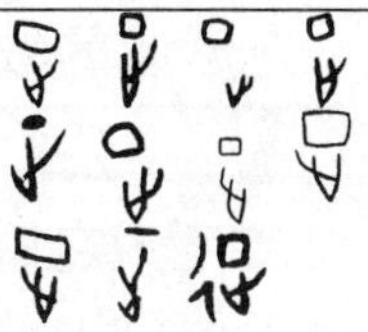		 s k k	正	正 足面對一都邑，征伐的對象。
			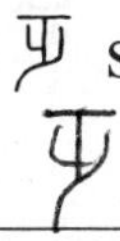 s	乏	乏 金文創意不明。小篆以反正表達匱乏之意。

又《左傳・昭公元年》『于文，皿蟲爲蠱。』蠱字(字 36)【，腹中蟲也。春秋傳曰，皿蟲爲蠱。晦淫之所生也。梟磔死之鬼亦爲蠱。从蟲从皿。皿，物之用也。】以皿中有蟲，表現食物不潔而導致生病，對蠱字創意的解說是正確的。

36			 s	蠱	蠱 皿中有蟲，食物不潔可致人生病。

又如《韓非子・五蠹》『古者蒼頡之作書也，自環者謂之厶，背厶謂之公。』公字(字 37)【，平分也。从八厶。八猶背也。韓非曰，背厶爲公。】甲骨文作八在口旁，創意可能與兌(字 38)【，說也。从儿，㕣聲。】類似。兌以喜悅時嘴兩旁的線紋表意，那是男女老幼都有的現象。公大致是以人年老時肌肉鬆弛，在口兩旁形成併行的溝紋來表意。那是老人特有的形象，

故利用之以表現老人才有的地位。後來口演變成圓圈，類化爲厶，難以認出原形，不怪韓非子有如此的分析。還有《左傳・宣公十二年》『夫文，止戈爲武。』武(字 39)【，楚莊王曰，夫武，定功戢兵，故止戈爲武。】以兵戈與腳步組成。止字在商代並無阻止、禁止等意義。創意可能來自持戈而行走於路上的人爲武士，或持戈而跳的爲大武之舞蹈。以上所舉例子，分析字形的都不是從事文字創作的人，如果是文字的工作者，當會更加注意。

37	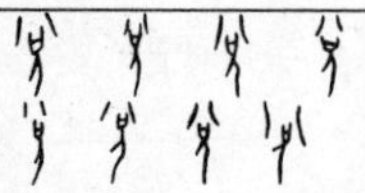		 s	兌	兌 一人喜悅時，嘴上方形成的紋線。
38	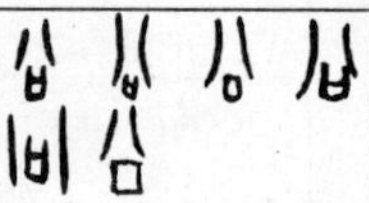	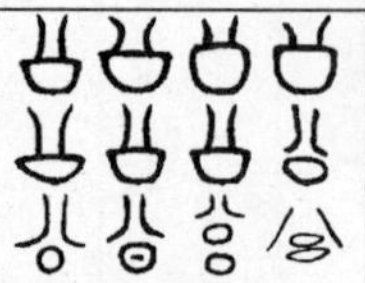	 s	公	公 象老人之口兩旁有直紋狀。
39	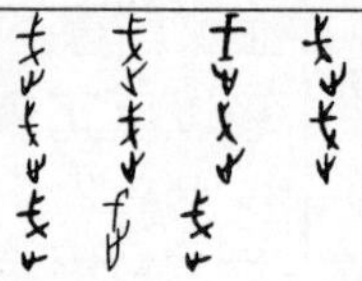	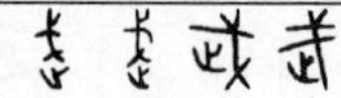	 s	武	武 持戈行路者爲武人，或持戈而舞者爲大武舞。

不過從文字出現的時代看，有意分析字的結構，還可上溯到商代晚期。缶(字 40)【，瓦器所以盛酒漿，秦人鼓之以節歌。象形。凡缶之屬皆从缶。】的創意許慎雖說是象形，但作爲容器口緣之上的午字，實不屬容器上任何的東西，所以酒漿容器象形的創意實在不是適當的。

40	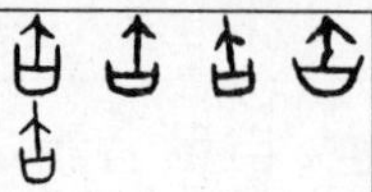	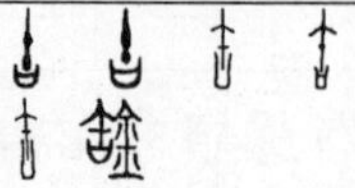		缶	缶 匋析出，陶拍在土胚上造型。

缶字應是從匋字析出的。匋(字 41)【，作瓦器也。从缶，包省聲。古者昆吾作匋。案，史篇讀與缶同。】作一人蹲立而以陶拍對一塊黏土製作陶器之狀。缶字的結構是去掉匋字的人形而剩下陶拍與陶器之狀，所以缶必是從匋字析出的創字，而不是以

陶拍與陶器表達的。從此字的創造，知商代就已知分析字形的結構以創造新的文字了。

41		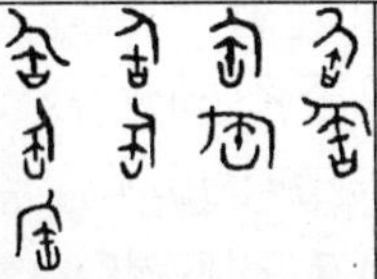	 s	匋	**匋** 一人以陶拍製作陶器之狀。

類似的文字分析也可以從**敢**(字 42)【，叡進取也。从𠬪，古聲。，籀文叡。，古文叡。】看出。敢字作手持挖掘工具與一籃子之狀，實在難以表達勇敢之意。如果不與厥字【，崟也。一曰地名。从厂，敢聲。】、**嚴**(字 43)【，教命急也。从吅，厥聲。，古文嚴。】比較，就不可能明白其創意。厥、嚴字作手持工具於山洞中挖礦并置之籃中之狀，有時山外也有幾個已運出的籃子。在古代，在山中挖礦是非常危險的事，故有山岩及嚴厲的兩組意義。因需要有相當的勇氣才能從事此等工作，故才分析嚴字，取去山岩部分而創敢字。推知創字的人已從事分析嚴的字形。

42		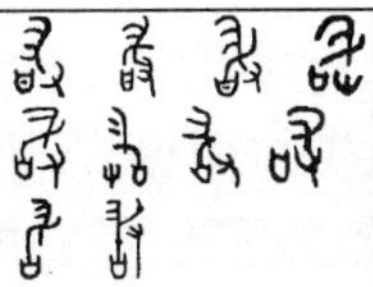	 s z k	敢	**敢** 手持挖掘工具與籃子，挖礦爲勇敢的行爲。
43			 s s k	嚴	**厥、嚴** 手持工具於山洞中挖礦並置之籃中之狀。

商代雖已出現形聲字，但形符還有限。春秋時代形聲字才大增，同時擴及各詞類。如頁，爲一個特著頭部的人形，之前都是作爲表達貴族形象的象意字而與頭的意義無密切關係，但到了春秋時代，從頁的形聲字大增，而且都與頭部的意義有關（詳後，本節第三小節的「分類的意見難一致」）。但是，有系統的專門針對文字結構作分析研究而形之於文字的，首推東漢許慎的《說文解字》。

許慎是東漢人，《後漢書・儒林傳》有傳，『字叔重，汝南召陵縣人也。性淳篤，少博學經籍，馬融常推敬之。時人爲之語曰：五經無雙許叔重。爲郡功曹，舉孝廉。再遷，除洨長，卒于家。初，慎以五經傳說臧否不同，於是撰爲《五經異議》，又作《說文解字》十四篇，皆傳於世。』許慎的生卒年月都已不詳。據學者的考據，豫州汝南召陵縣約當今日河南郾城縣，他約生於漢明帝時，即西元五八年以後。早年當過郡功曹，受到人民的愛戴，被推舉爲孝廉。建初四年(79AD)漢章帝於白虎觀召集學者講學，四年後令賈逵簡選高材生講授古文經學，許慎可能於此時從賈逵學習。永初四年詔馬融等校書東觀，許慎參加此項工作，受馬融敬重，並被時人推崇爲五經無雙。許慎還當過大尉南閣祭酒，故被稱爲許祭酒。除《五經異義》外，還著有《孝經古文說》、《淮南子注》等，今皆亡佚，只有《說文解字》通行於今。許慎於東漢和帝永元十二年(100AD)完成《說文》的寫作，他的兒子許沖於漢安帝建光元年(121AD)上表奏獻，時許慎已老病在床，大概不久就結束生涯。

許慎創作《說文》有其社會背景，不是一時興來之作。許慎接受賈逵之學，而賈逵爲劉歆的再傳弟子。劉歆立古文經學，賈逵爲古文學派的創始人。所以《說文》爲古文學，應該是淵源有自。西漢解除暴秦挾書之禁，提倡經學，除口傳而以當時通行文字寫定的今文經外，陸續有古代文獻出現，爲了解讀這些古代文獻，並以之建立於學官，以爲仕進之途，就有學者開始研究古代文字，它爲《說文》的寫作提供了有利的條件。爲了要取代今文經既有的地位，古文學派只得發展更爲有說服力與合理的經義，而不是斷以私意，無是非的標準。所以從事就文字本身的規律去探求字義與詮釋古文經的經義，因此就有了文字本義，即創意的探索。

《說文》經奏獻之後，很快就廣泛流傳，並有研究《說文》的著作。到了唐代，李陽冰刊定《說文》，可能有些改動，因無更早的版本傳世，所以對許慎的《說文》原貌已無從論定。現在流傳的版本是由兩兄弟的兩個系統所傳下的，一是弟弟的小徐本，南唐徐鍇的《說文繫傳》。一是哥哥徐鉉的大徐本，此宋初的校定本，比小徐本多收 78 字，重文 116 字。對於所收字的說解，兩書有歧異，歷來考訂其間是非的論著也不少。現在最常使用的是段玉裁的《說文解字注》，也是本書引文所據的本子。民國二十年丁福保編纂《說文解字詁林》，採錄有關《說文》之著作一八二種，共二五四家之說。後又有《詁林補遺》，搜羅更爲完備。

由於今天所傳的《說文》已非許氏的原貌，其著述的真正體例已難究竟，大致可以看出幾點。一是全書九千三百五十三字分隸於五百四十部，部的序列是根據字形的繫聯，形體相關或相近的依次排列，始一終亥，看不出有特別的理論根據，其序列見此節後之附錄。部首之後的隸字，每個字先釋字義，再解字形，然後列異體。一部之內的字序，大體也有一定的規律。凡東漢的帝諱必列最前，然後是先吉後凶，先實後虛的意義。與部首形體重疊或相反者在之後。今以示部與牛部所收之字列於此節後之附錄，以略見概況。所收書體以小篆爲主，還包括古文、籀文，偶又列或體、奇字、俗書等名目。小篆是《說文》的基本字形，大致是秦朝整理文字，省改籀文的成果。古文來自壁中書，基本上是戰國時期與秦通行者有異的東方六國字形，但有些字形卻保留商代的結構，如農(字 44)【農，耕人也。从晨，囟聲。農，籀文農从林。農，古文農。辳，亦古文農。】甲骨文作林與辰的組合，表示以蜃製工具在森林從事農業之意。卜辭也使用爲早上的時段，因拿農具去林間工作是一大早就要做的事。

44		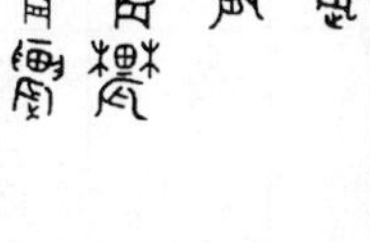		s z k k	**農**	**農** 林與辰組合，以蜃製工具在森林從事農業之意。

此字西周以後增一田的符號，強調在有規整區劃的田地工作，而古文的字形（辳）竟然還保留商代及西周時代沒有田的

形式。籀文的體勢同小篆，但往往較繁，亦爲秦國文字。或體是別有寫法的同時代的異體字，有時卻反映更早的字形。俗體是漢代通行的字體而與傳統的字形可能不合者。奇字則是訛變的形體，難於據以說解創意。

《說文》對字形常有很好的分析，時有精妙的說解。其錯失大致都是由於沒有見到古代的字形，難以洞見真義。《說文》雖然對文字的創意經常有不當的說解，但也保存了一些古文字與其演變成形聲字之間的橋樑，如囿(字 45)【囿，苑有垣也。从囗，有聲。一曰，所以養禽獸曰囿。𡈉，籀文囿。】保存了田中有四木的籀文字形，使我們可以辨識田中四屮或四木的甲骨文字形，知道創意是特定範圍內種植草木的游樂場地。

45	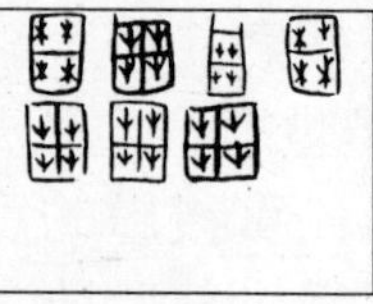		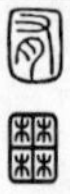 s z	囿	囿 栽培觀賞類植物的遊樂場地。

又如野(字 46)【野，郊外也。从里，予聲。埜，古文野从里省从林。】保存的古文字形作土上雙木夾予，使我們辨識甲骨文的埜就是其前形，士訛成土而增聲符「予」。野大致以林中豎立性崇拜物之處表意，有別於居住區的邑(字 47)【邑，國也。从囗。先王之制，尊卑有大小，从卪。凡邑之屬皆从邑。】邑以跪坐之人與一範圍表達家居的生活範圍。以及工作區的田(字 48)【田，陳也。樹穀曰田。象形。囗十，千百之制也。凡田之屬皆从田。】象區劃規整的農田形。

46		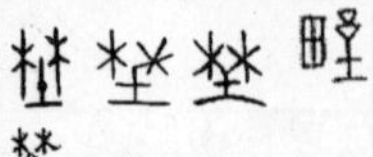	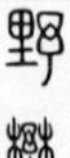 s k	野	野 林中豎立性崇拜物的郊野處。
47	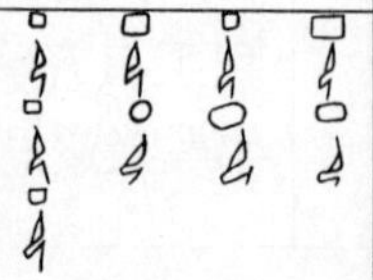	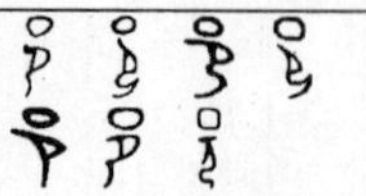	 s	邑	邑 人跪坐居息的範圍，爲居住區。

48	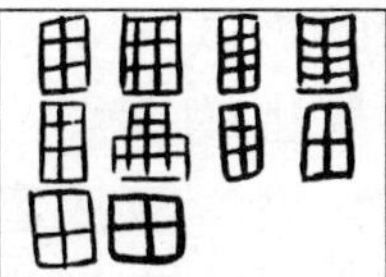	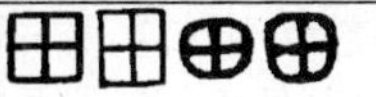	 s	田	田 區劃規整的農田形。

登(字 49)【豋，上車也。从癶豆。象登車形。𤼷，籀文登从廾。】也保存了和甲骨文字形一樣的雙手捧矮凳讓雙足登上的籀文字形。秋(字 50)【烁，禾穀孰也。从禾，龜省聲。𪛁，籀文不省。】讓我們了解甲骨文取象蝗蟲或蝗蟲受火烤，以秋季景象表達秋季是其源頭。其演變的過程，大概蝗蟲之形訛變如龜，乃加禾以示與農事有關，最後省去龜而成從禾從火之字形。

49		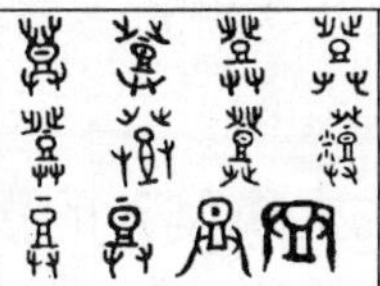	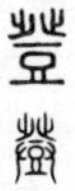 S Z	登	登 雙手扶持矮凳讓他人上登之狀。
50	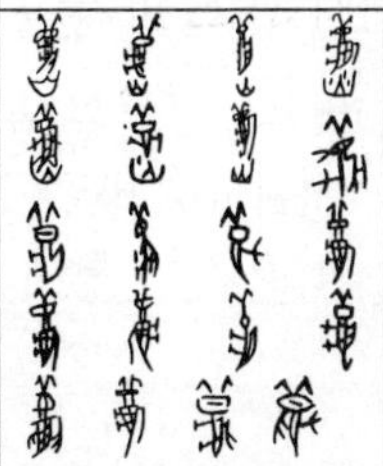		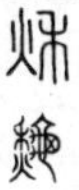 S Z	秋	秋 象蝗蟲形或蝗蟲受火烤之狀，為秋季的景象。

上文所舉的毓、育(字 31)也保留了甲骨文的兩個字形，一為婦女產下帶有血水嬰兒的毓字，一為嬰兒滑出子宮外的育字。所以《說文》對古文字的研究還是很重要的。

《說文》的研究到了清代的乾隆、嘉慶時代大為興盛，形成專門的研究學科。有清一代研究《說文》而有著述的超過兩百人，其中有四家被認為在不同的研究領域作出傑出的貢獻。分別為段玉裁的《說文解字注》、桂馥的《說文義證》、王筠的《說文句讀》與《說文釋例》、朱駿聲的《說文通訓定聲》。略為介紹如下。

段玉裁（1735-1815AD）著述甚豐，《說文解字注》是他傾畢生心力所完成的鉅著。他參考多種本子，對大徐本有所增改與訂正。段注《說文》突破單純校訂、考證的方式，全面地論述文字的形、音、義相互間的關係，作訓詁學上的探討。雖然一般認爲他在探求古字的本義，以及闡明形、音、義三者之間的關係有很精闢的意見，但因爲段玉裁是在爲《說文》作注，體裁受《說文》本身質量的限制。許慎對於字的創意說解既是基於晚出的訛變字形，以致對於象意字的說解有超過一半以上的錯誤，自然大大影響了對它作注解的正確度。而且此書的校正亦有瑕疵，標明的古韻分部常與所列的諧聲表有出入。

桂馥（1736-1805AD）的《說文義證》，其撰寫的重點是徵引大量的古代文獻資料以佐證《說文》的說解。也因體例的關係，對《說文》錯誤的說解也曲予論證，對初學者來說是不適宜的。

王筠（1784-1854AD）《說文釋例》的撰寫重點是解釋《說文》的體例。前十四卷說明六書及《說文》的體例，後六卷敘述一些疑惑。王筠能以新出的金石古文字形補正《說文》的說解，就文字學的研究觀點看，較段注有創見。他闡發的《說文》體例指示閱讀《說文》的門徑，也常是現代傳統說文學的研究主題。

朱駿聲（1788-1858AD）《說文通訓定聲》的體例是將《說文》所收字重新依諧聲字根分類。理出 1137 個字根，從音韻的切入點全面討論字的創意，也能利用新出的古文字形以說解字義。但過分注重音韻與意義的關係，助長了右文說的傳播。

附：《說文》部首及選例（括弧內數字爲卷數）
小篆字形：

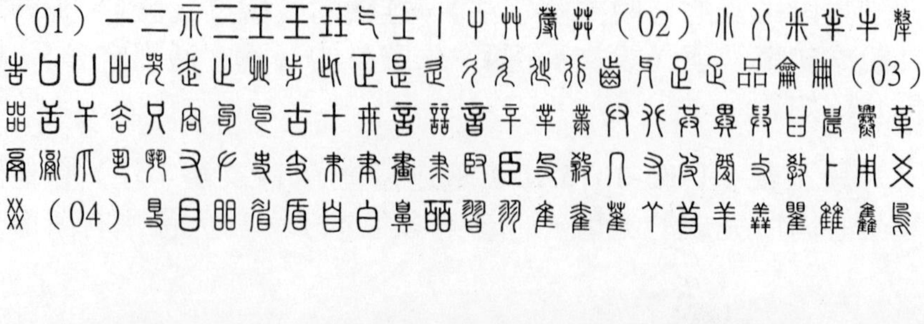

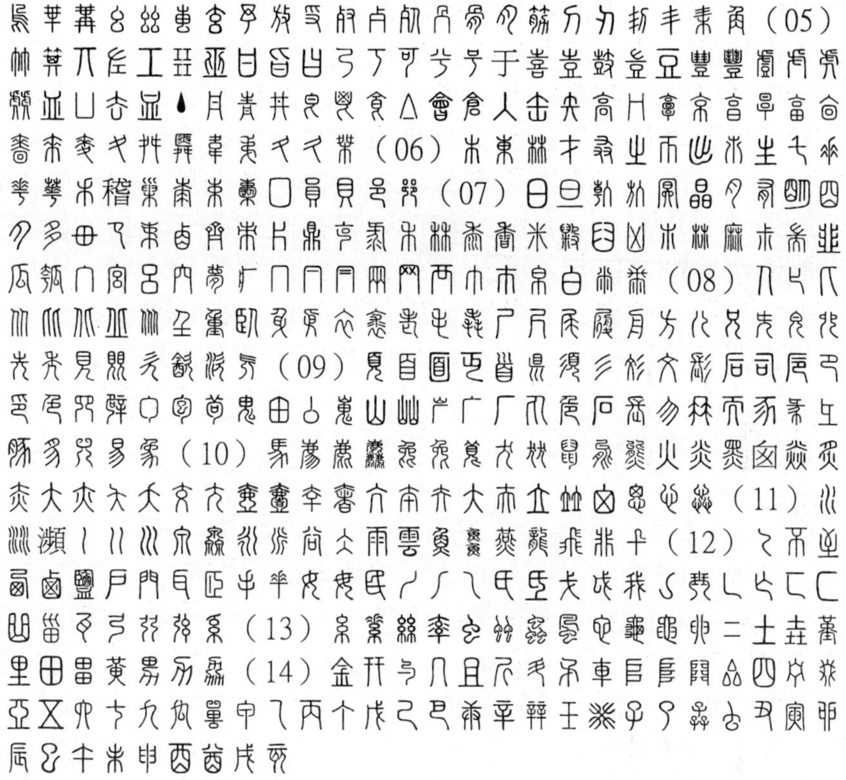

今體字形：

（01）一二示三王玉玨气士丨中屮蓐茻（02）小八釆半牛犛告口凵吅哭走止癶步此正是辵彳廴延行齒牙足疋品龠冊（03）㗊舌干谷只㕯句丩古十卅言誩音䇂丵業廾𠬞共異舁𦥑晨爨革鬲䰜爪丮鬥又𠂇史支聿聿畫隶臤臣殳殺几寸皮㼱攴教卜用爻㸚（04）旻目䀠眉盾自白鼻皕習羽隹奞萑𦫳苜羊𩫏瞿雔雥鳥烏𠦒冓幺𢆶叀玄予放𠬪𣦼歺死冎骨肉筋刀刃㓞丯耒角（05）竹箕丌左工㠭巫甘旨曰乃丂可兮号于喜壴鼓豈豆豊豐䖒虍虎虤皿凵去血丶丹青井皀鬯食亼會倉入缶矢高冂𩫖京亯㫗畗㐭嗇來麥夊舛舜韋弟夂久桀（06）木東林才叒之帀出𣎵生乇𠂹𠌶華𥝌稽巢桼束𣝁囗員貝邑𨛜（07）日旦倝㫃冥晶月有明囧夕多毌𢎘𣐺𠧪齊朿片鼎克彔禾秝黍香米毇臼凶朩𣏟麻尗耑韭瓜瓠宀宮呂穴㝱疒冖冃闩㒳网襾巾市帛白㡀黹（08）人七匕

从比北丘众壬重臥身㐆衣裘老毛毳尸尺尾履舟方儿兄先皃兂先禿見覞欠㱃次旡（09）頁𦣻面丏首県須彡彣文髟后司卮卩印色卯辟勹包茍鬼甶厶嵬山屾屵广厂丸危石長勿冄而豕㣇彑豚豸㒪易象（10）馬廌鹿麤㲋兔萈犬㹜鼠能熊火炎黑囪焱炙赤大亦夨夭交尣壺壹㚔奢亢夲夰大夫立竝囟思心惢（11）水沝瀕く巜川泉灥永𠂢谷仌雨雲魚𩺰燕龍飛非卂（12）乙不至西鹵鹽戶門耳𦣝手𠦬女毋民丿厂乀氏氐戈戉我亅琴乚亡匸匚曲甾瓦弓弜弦系（13）糸素絲率虫䖵蟲風它龜黽卵二土垚堇里田畕黃男力劦（14）金幵勺几且斤斗矛車𠂤𨸏𨺅厽四宁叕亞五六七九禸嘼甲乙丙丁戊己巴庚辛辡壬癸子了孨𠫓丑寅卯辰巳午未申酉酋戌亥）

（示【示，天垂象，見吉凶，所以示人也。从上。三垂，日月星也。觀乎天文以察時變。示神事也。凡示之屬皆从示。】所屬的字：祜【祜，上諱。】、禮【禮，履也。所以事神致福也。】、禧【禧，禮吉也。】、禛【禛，以真受福也。】、祿【祿，福也。】、褫【褫，福也。】、禎【禎，祥也。】、祥【祥，福也。】、祉【祉，福也。】、福【福，備也。】、祐【祐，助也。】、祺【祺，吉也。】、祗【祗，敬也。】、禔【禔，安也。】、神【神，天神引出萬物者也。】、祇【祇，地祇引出萬物者也。】、祕【祕，神也。】、齋【齋，戒絜也。】、禋【禋，絜祀也。一曰精意以享爲禋。】、祭【祭，祭祀也。】、祀【祀，祭無巳也。】、柴【柴，燒柴燓祭天也。】、禷【禷，以事類祭天神也。】、祪【祪，祔祪祖也。】、祔【祔，後死者合食於先祖。】、祖【祖，始廟也。】、祊【祊，門內祭，先祖所旁皇也。】、祰【祰，告祭也。】、祏【祏，宗廟主也。周禮有郊宗石室。一曰大夫以石爲主。】、祉【祉，以豚祠司命也。】、祠【祠，春祭曰祠。品物少，多文辭也。】、礿【礿，夏祭也。】、禘【禘，禘祭也。周禮曰，五歲一禘。】、祫【祫，大合祭先祖親疏遠近也。周禮曰，三歲一祫。】、祼【祼，灌祭也。】、𥛱【𥛱，數祭也。】、祝【祝，祭主贊詞者。】、福【福，祝福也。】、祓【祓，除惡祭也。】、祈【祈，求福也。】、禱【禱，告事求福也。】、禜【禜，設綿絕爲營，以禳風雨雪霜水旱厲疫于日月星辰山川也。一曰禜，衛使災不生。】、禳【禳，礫禳，祀除厲殃也。古者燧人禜子所造。】、禬【禬，會福祭也。】、禪【禪，祭天也。】、禦【禦，祀也。】、祏【祏，祀也。】、禖【禖，祭也。】、䄔【䄔，祭具也。】、祳【祳，社肉。盛之以蜃，故謂之祳。】、祴【祴，宗廟奏祴樂。】、禡【禡，師行所止，恐有慢其神，下而祀之曰禡。】、禂【禂，禱牲馬祭也。】、社【社，地主也。】、禓【禓，道上祭。】、祲【祲，精气感祥。】、禍【禍，害也。神不福也。】、祟【祟，神禍也。】、䄏【䄏，地反物爲妖也。】、祘【祘，明視以筭之。】、禁【禁，吉凶之忌也。】、禫【禫，除服祭也。】)

（牛【牛，事也，理。像角頭三封尾之形也。凡牛之屬皆从牛。】所屬的字：牡【牡，畜父也。】、犅【犅，特也。】、特【特，特牛也。】、牝【牝，畜母也。】、犢【犢，牛子也。】、⿰牛朮【⿰牛朮，二歲牛。】、犙【犙，三歲牛。】、牭【牭，四歲牛。】、犗【犗，騬牛也。】、牻【牻，白黑雜色牛也。】、⿰牛京【⿰牛京，牛白脊也。】、⿰牛余【⿰牛余，黃牛虎文。】、犖【犖，駁牛也。】、⿰牛寽【⿰牛寽，牛白脊也。】、⿰牛平【⿰牛平，牛駁如星。】、犥【犥，牛黃白色。】、犉【犉，黃牛黑唇也。】、⿰牛隺【⿰牛隺，白牛也。】、⿰牛畺【⿰牛畺，牛長脊。】、⿰牛支【⿰牛支，牛徐行也。】、犨【犨，牛息聲。一曰牛名】、牟【牟，牛鳴也。】、⿰牛產【⿰牛產，畜⿰牛產，畜牲也。】、牲【牲，牛完全也。】、牷【牷，牛純色。祭祀牷牲】、牽【牽，引而前也。】、牿【牿，牛馬牢也。】、牢【牢，閑也。養牛馬圈也】、犓【犓，以芻莝養圈牛也。】、⿰牛婁【⿰牛婁，牛柔謹也。】、犕【犕，易曰犕牛乘馬也。】、犁【犁，耕也。】、⿱非牛【⿱非牛，兩壁耕也。一曰覆耕種也。】、⿰牛曷【⿰牛曷，牛羊無子也。】、牴【牴，觸也。】、⿱衛牛【⿱衛牛，牛踶⿱衛牛也。】、⿱臤牛【⿱臤牛，牛很不從牽也。一曰大皃。】、⿰牛巠【⿰牛巠，牛厀下骨也。】、⿰牛今【⿰牛今，牛舌病也。】、犀【犀，徼外牛，一角在鼻一角在頂，似豕。】、牣【牣，滿也。】、物【物，萬物也。牛爲大物。天地之數起於牽牛。】、犧【犧，宗廟之牲也。賈侍中說，此非古字】

二、六書的爭議

學習中國文字學，對於『六書』的名稱和爭論是不能不有些常識的。所謂『六書』，或以爲就是創造漢字的六種法則，其實應該說是文字結構的類型。它的名稱首見於戰國時代的著作，《周禮・地官・保氏》之職，『保氏掌諫王惡，養國子以道，乃教之六藝：一曰五禮，二曰六樂，三曰五射，四曰五馭，五曰六書，六曰九數。』從引文可看出六書本是教學的科目，和文字學無關。漢代的學者才開始把它注解爲六種造字之法。有些人甚至還以爲其法始於造字之初，即黃帝、倉頡的時代，認爲其名稱也已定於倉頡的時代。文字是爲順應生活，慢慢創發而增多，很多創意是偶發的，並沒有先設立一定的法則，再遵循之以創造。尤其是歸納晚出字形所得的條例，更是難以窺見創字之初的實情。漢人所據以分析的字形，時間已經是文字創造幾千年之後，形體已起了極大的變化，其歸納的結果當然有很多不太可信之處。以前沒有更古的資料可供比較和探索，故要倚重《說文》對小篆字形的分析。如今已有大批更古的資料，自應實事求是，依據古文的現象去作分析和歸納。今以歷史回顧的態度略爲介紹六書於下。

漢代學者對六書的次序及名稱有以下三種意見；

(一)班固：象形、象事、象意、象聲、轉注、假借
《漢書・藝文志》

(二)鄭眾：象形、會意、轉注、處事、假借、諧聲
《周禮・地官・保氏，鄭注引》

(三)許慎：指事、象形、形聲、會意、轉注、假借
《說文解字・序》

這三位解說六書的源頭雖是劉歆的古文經學，但只有許慎給予定義及例子。他對每一法則的說明如下。

「指事者，視而可識，察而見意，上下是也。」

上(字 51)【二，高也。此古文上。指事也。凡上之屬皆从上。丄，篆文上。】以一短劃在一長劃之上表示在上的

六書首見周禮

漢代以其名為造字之法

位置關係。　鄭眾：象形、會意、轉注、處事、假借、諧聲

下(字 52)【丅，底也。从反上爲下。丅，篆文下。】以一短劃在一長劃之下表示在下的位置關係。

51			二 k 丄 s	上	上 一短劃在一長劃之上，表達在上的位置。
52			二 k 丅 s	下	下 一短劃在一長劃之下，表達在下的形勢。

「象形者，畫成其物，隨體詰詘，日月是也。」

日(字 53)【日，實也。大昜之精不虧。从O一。象形。凡日之屬皆从日。日，古文。象形。】以太陽的輪廓表示其物體。

月(字 54)【月，闕也。大侌之精。象形。凡月之屬皆从月。】以常缺的月亮輪廓表示其物體。

53		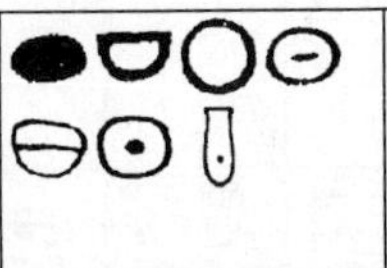	日 s 日 k	日	日 太陽的輪廓形。
54	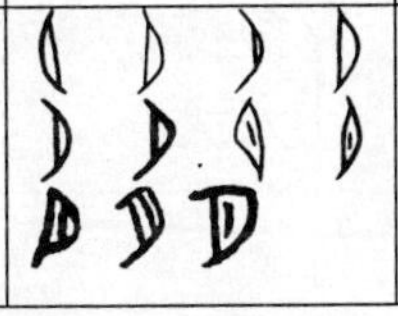	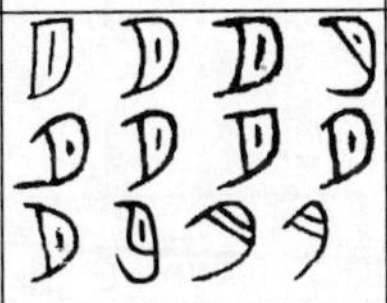	月 s	月	月 月亮的輪廓形。

「形聲者，以事爲名，取譬相成，江河是也。」

江，【江，江水出蜀湔氐，徼外崏山入海。从水，工聲。】聲讀如工的河流名稱（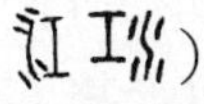）。

河，【河，河水，出敦煌塞外昆侖山，發源注海。从水，可聲。】聲讀如可的河流名稱（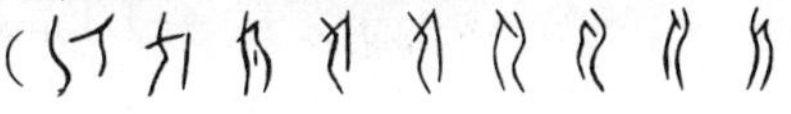

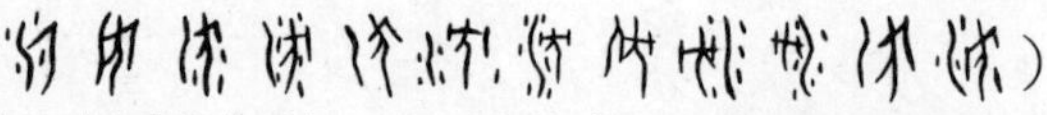（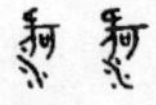）。

「會意者，比類合誼，以見指撝，武信是也。」

武(字 39)以持戈而跳的舞曲，或持戈行路者有勇武之態表意。（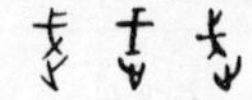）

信(字 55)【信，誠也。从人言。㐰，古文信省也。𧦠，古文信。】以持長管樂器作宣告的人才是可信的政府政策。

55			 s k k	信	信 持長管樂器作宣告的人,可信的政府政策。

「轉注者，建類一首，同意相受，考老是也。」

考(字 56)【考，老也。从老省，丂聲。】作持杖而行的老人狀，或與古代棒殺老人的習俗有關，用以表達已過世的父親。

老(字 57)【老，考也。七十曰老。从人毛匕。言須髮變白也。凡老之屬皆从老。】長髮持杖而行者爲老人。

56	 ?	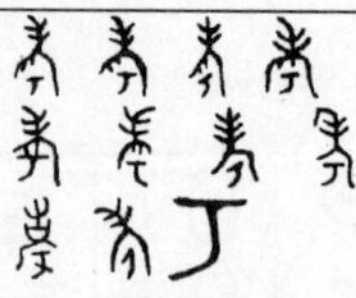	 s	考	考 持杖老人之狀。
57	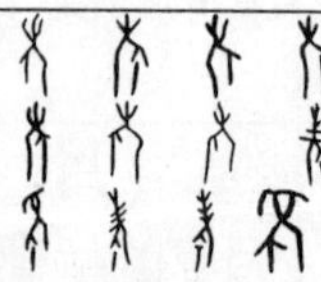	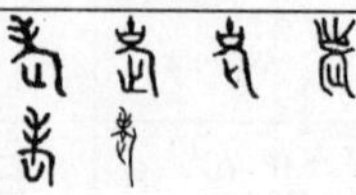	 s	老	老 象長髮持杖的老人狀。

「假借者，本無其字，依聲託事，令長是也。」

令(字 58)【令，發號也。从亼卪。】跪坐而戴高帽者爲發號施令的人。

長(字 59)【長，久遠也。从兀从匕，亡聲。兀者高遠意也。久則變匕。𠂆者到亡也。凡長之屬皆从長。𠑷，古文長。𠤙，亦古文長。】以一人不梳髻時的長頭髮表達長的概念。

58	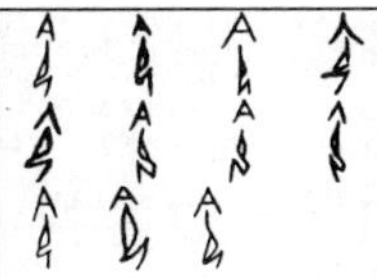	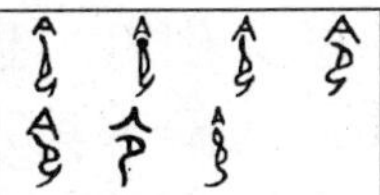	 s	令	令 戴帽跪坐者爲下達命令的人。
59	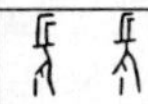	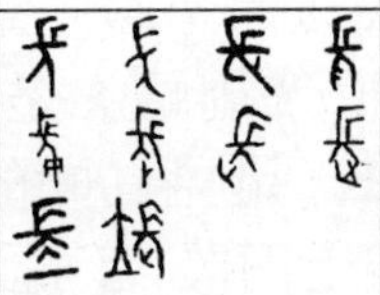	 s k k	長	長 象長髮的年老長者狀。

先談以上所提及的《周禮》六書的內涵，再談其他問題。關於六書的內涵，近世頗有爭論。其爭論約可分爲兩個方面，一爲六書是否造字之法，一爲其內容是否皆造字之法；

（一）《周禮》之六書與造字之法無關

（1）六書爲六甲，即六十干支表，小童初學的課目

此說起自近人張政烺，認爲六書造字法之說都傳自劉歆，之前絕無任何痕跡。而《漢書・食貨志》有『八歲入小學，學六甲、五方書計之事。』認爲六甲即六十干支表，與九九算術的九章，皆爲學童入門的最實用知識。故《周禮》保氏所教的六書應是指這個最基本知識的六甲，而非高深的造字之法。（六書古義，《歷史語言研究所集刊》10）此說很得一些學者的支持。

（2）六書爲課試學子的六種書體

近人蔣伯潛的《文字學纂要》以爲，漢初蕭何律中，以六體考試學子，鄭眾誤以《周禮》的六書釋之。龍宇純《中國文字學》更推展之，以上引《漢書・食貨志》的「書計」與《周禮》保氏之職的六書和九數相當，以爲六書不得爲六甲。六甲只爲書學之一端，未必能獨專書學之稱。《周禮》的五禮，六樂，五射，五馭，九數都是舉多少種類，不應獨六書例外而指六十干支。因《說文解字・序》有，『漢興，尉律學僮十七已上始試，諷籀書九千字，乃得爲史；又以八體試之，郡移太史並課，最者以爲尚書史。書或不正，輒舉劾之。』以爲八體即爲八種不

同書體。秦的八體是大篆、小篆、刻符、蟲書、摹印、署書、殳書、隸書。王莽時以六體代替八體，其六體爲古文、奇字、篆書、左書、繆篆、鳥蟲書。王莽六體大致爲三類書體，前兩種是上世古體，次兩種是當代的標準體，最後兩種是適應不同需要的變體。劉歆爲王莽國師，《周禮》是劉歆所推廣的。《周禮》屬古文學，劉歆是古文家，足見其間的關係。不過，漢代課試不同的書體是爲大人的取士而設，《周禮》的六書是入學兒童所誦習的科目。兩者的程度大有區別，對於剛學識字的小兒來講，一下子就要學六種書體，還包括一般人不常使用的特殊用途的書體，不管是智能或實用上，都是說不過去的。故這種見解不見得合適。

（二）許慎等漢儒的六書不都是造字之法

（1）轉注與假借爲用字之法

這是常見的所謂四體二用說，戴震受明人楊慎的影響而創，以爲象形、象事、象意、象聲四者爲造字之法，轉注、假借則爲用字之法。依許慎所下的定義，假借是用已有之字去代表另一未製專字之語言。它並沒有產生一個新的字形，故不認爲是造字之法。而許慎爲假借所給的兩例『令』與『長』，可能也都有問題。許慎由於不了解卪之構件所代表的形象爲跪坐的人，以爲與印章有關，故完全誤解令的創意。**令**(字 58)，是戴帽跪坐的卿士，下達命令的人，故引申其意義爲下命令的縣令，並不是本無其字的假借字。**長**(字 59)，是不束髮而暴露稀疏長髮的年老長者，可能由於年老長者普受敬崇，引申以名受縣民崇敬的長官，可能也不是假借字。兩字不管是依許慎的說解，或較可信的現代解釋，本身都是象意字（或會意字）。甚至許慎明明把「長」視爲形聲字，說明他所謂的「假借」是字的應用而不是字的結構分類或創字方法。至於轉注，許慎的說解和例子都留下太多的爭論空間，如下文所述。

（2）轉注說的紛亂

或以爲假借之法是借一個現有的字去代表另一未製專字的語言。雖然沒有增加新字，因賦予新的意義，也等於增加了新字，故也是造字之法。既然假借是造字之法，那麼所剩下的與之成配對的轉注，也應該是造字之法。但是如果這種說法是可以接受的，則引申也是增加一字的新意義，也應該歸入造字之法了。如此一來，則絕大部分的象形、象意字都可以兼爲假借、轉注與引申字了。

許慎對於轉注的說解，『建類一首，同意相受，考老是也。』太過精簡，到底所建類的類是什麼，所同的意又是那一類的意義，都沒有作更進一步的解釋。至於又如何轉而注之，更是付之闕如。到底是由考、老兩字之間的轉變，還是考與老各有所轉，也是不清楚。個別文字的解釋也沒有提及這種造字之法。因此如何在五種造字法以外，揣摩許慎的意思，另想出一個可能的造字之法，學者就分別從形、音或義等三方面，抒發想像之能，而導致近兩千年來有幾十種不同的解釋，有的是屬於字的應用，有的甚至是與說文本身的說解沒有關係的（參考《六書商榷》,《說文詁林·六書總論》)。以下試略舉其中一些說法。

1. 轉變一字的方向或位置以造的新字

唐·賈公彥：『建類一首，文意相受，左右相注』。

唐·裴務齊：『考字左回，老字右轉』。

宋·戴侗：『側山爲阜，反人爲匕，反欠爲旡，反子爲𠤕之類是也』。

賈氏和裴氏的意思，可能指考與老兩字的意義相似，字形也相近，而所持拐杖的方向一爲左一爲右。即稍爲變化既有的字形以創新字。戴氏著則較偏重字形的變化。這一類字形位置相反的例子太少，而且是分析小篆字形所得，其字並不見於文字初成體系的時代。它們很多只在文字學的討論可見到，日常並不使用。《說文》只談及部首的類，考老也是歸屬於同一部。而學者所舉的例，有的既不同部類，意義也不同，和許慎的意見有相當大的出入。或有可能指如上文所討論的匋缶、嚴敢的例子，考是自老字析出的異別字。

2. 意符相同而意義相關的字

南唐・徐鍇：『受意於老，轉相傳注，故謂之轉注。義近於形聲而有異焉。形聲江河不同，灘濕各異。轉注考老實同，好妙無隔，此其分也』。

清・曹仁虎：『既曰建類一首，則必其字部之相同。轉注者，一義而有數文。假借者，一文而有數義』。

部屬相同而意義與聲讀都相近的異別字也很少。老爲象意字，大致認爲考是自老字變化而造的同義形聲字。不但《說文》無妙字，它是否自好字創意轉來，也留下很大的爭論空間。如果只要意義相同或相似就視爲轉注，不但意義的分類易流於主觀，如以後將討論的右聲說，也失去以轉注命名的意義了。一文而有數義是引伸常見的現象，非只見於假借，不提引伸則造字之法也不全。

3. 同部首所隸屬的字

清・江聲：『其始一終亥五百四十部之首，即所謂一首也。下凡某之屬皆從某，即同意相受也。此皆轉注之談』。

說文部首所隸之字不皆形聲，隸字與部首也不一定有很密切的關係。部首的建立猶如索引的手段，非造字法。創字時也不是先建部首再依之造字。再者，《說文》部首設置是否得當也常是討論的課題。其他兩組造字都成對，假借與部首隸字的方式則不配對。

4. 同諧聲偏旁的形聲字

清・鄭知同：『轉注以聲旁爲主，一字分用，但各以形旁注之。轉注與形聲相反而實相成』。

即假借或引申添加形旁別義而形成的形聲字。其實此意見與聲符兼有意義者爲轉注的說法一樣而範圍較窄。只是沒有對應《說文》的說解，老與考不用同一聲旁，老也不是形聲字。《說文》也沒有以聲爲分類的意見。

5. 加形符或聲符的繁體或分化字

清・饒炯：『轉注本用字後之造字。一因篆體形晦，義不甚顯，而從本篆加形加聲以明之』。

沒有對應《說文》的說解。爲上一意見的擴充。

6. 假借字加音符

唐蘭：『於是假借來的私名注上形符，有時就拿音符來注形符，這是轉注。』

假借就是起於音的借用，很少再加注聲符的例子，而且也沒有對應《說文》的舉例與說解。

7. 文字轉音異讀以表示他義

宋・張有：『展轉其聲，注釋他字之用也。如其無少長之類。假借者，因其聲借其義。轉注者，轉其聲注其義』。

明・楊愼：『假借者，借義不借音，如兵甲之甲借爲天干之甲。轉注者，轉音而注義，如敦本敦大之敦，既轉音頓，而爲爾雅敦丘之敦，又轉音對，而爲周禮玉敦之敦。所謂一字數音也』。

明・朱謀瑋：『轉注因諧以廣音，南北殊聲，平仄異讀，謨轉慕莫之類』。

清・顧炎武：『凡上去入之字，各有二聲或三聲四聲，可遞轉而上同，以至於平，古人謂之轉注』。

都是就已有之字而推廣其用途，與假借的分別是改變音讀以代表他種意義，即異讀的現象。似也是用字之法，與造字無涉，也沒有對應《說文》建類一首的說解。

8. 字義引申爲轉注

清・朱駿聲：『轉注以通意之窮，假借以究聲之變』。

屬用字之法，與造新字無關，字本身可爲象形、象意或形聲。引申與假借是文字擴張的兩種最常用手法，如果承認假借爲造字之法，則引申也應是另一法，一加對照則朱駿聲的轉注可能即指引伸而言。只是許慎沒有清楚說解何爲建類一首，以及考老是否各有所轉，以致我們也無法肯定此說是否符合許慎的原意。

9. 同義爲轉注

清・戴震：『轉相爲注，互相爲訓，古今語也。爾雅釋詁有多至四十字共一訓，其六書轉注之法與』

也屬用字之法，與造新字無關。

10. 語言孳乳

章炳麟：『類謂音類，首者今所謂語基……若斯之類，同均(韻)而紐或異，則一語析異爲二也。即紐均皆同者，于古宜爲一字，漸及秦漢以降，字體乖分，音讀或小與古異。凡將訓纂相承，別爲二文，故雖同義同音，不竟說爲同字，此轉注之可見者也』。

順應語言變化而選用或借用的同義字，包括的範圍較寬。本身不是造字法，其字早已創造。

11. 形聲字之聲符兼有意義者爲轉注字

宋・鄭樵：『諧聲別出爲轉注。有建類主義，亦有建類主聲。有互體別聲，有互體別義。役它爲諧聲，役己爲轉注。諧聲轉注皆以聲別，聲異而義異者曰互體別聲。義異而聲不異者曰互體別義』。

真意不易捉摸，似乎不包括形聲以外的字，或是以聲兼不兼義爲形聲與轉注字的區別。

龍宇純：『以上徵引諸說，可以歸納之爲：或由形言，或由義言，或由音言，或又同時由形義、音義或形音義而言，大抵一般所能設想到的都已具備。除不能與上述轉注爲造字法則的結論相合，或不能獨立於會意形聲之外者外，尚有一根本問題爲學者所忽，即未能留意說文之說何自而來，而此點關係乎轉注之認識極大。因其來歷不明，或憑以索解，或棄而另標新說，先已失於無據』。(《中國文字學》頁 127)『曾將形聲字分爲如下四類。甲、象形加聲。乙、因語言孳生而加形。丙、因文字假借而加形。丁、從某某聲。其中乙丙兩類，或直接由象形、指事、會意字，經由假借階段而形成，而非假借；半義半聲而以聲符爲其本體，又不同於形聲，確然於象形、指事、會意、形聲、假借之外，獨張一幟，當即轉注一名所指。且此類字於六書發展居重要地位，不得無一名以指稱之。蓋六書以形聲最爲便捷，而形聲法實由此類字發展而成。此類字之於形聲，猶之乎象形之於指事會意，無狀實物的象形，即無表意的指事會意；無此類加注形符的文字，亦遂無取聲符造字的形聲，而製字之本不得有六，則以此類字當六書之轉注，正可謂理所當然，亦有其事實上的需要。』(同上，頁 136-137)

大致以形聲字之聲符兼有意義者爲轉注字。一個形聲字的諧聲偏旁是否兼有意義是相當主觀性的事（詳下文右聲說的討論）。而且，作者雖批評他人在創說時，或只考慮到名稱而忽視許氏的說解與舉例，但作者自己不免也患同樣的錯誤。許慎對轉注一法的舉例是考與老，考或可以看成形符老加聲符丂，大半不是因語言孳生而加形，或因文字假借而加形，以丂爲考的例子不多且時代晚。而老是象意字，更與形聲無關。既然轉注條例是許慎所立，『即任何不得議論，更不得擅改其字』(同上，頁 129)。雖然可辯解聲符即爲建類一首的類，但《說文》不見強調聲符爲類，故也不能說已照應許慎的說解。避而不談考老兩字的問題，以及舉例證明《說文》所舉的江河是純粹的形聲字，而非因語言孳生，或文字假借而加形符的種種問題。也還是不得許氏的意思。

文字的應用除本義之外，以引申與假借爲最常見，《說文》的轉注既然與假借配對，很可能就是指此最常使用的引伸方式。也有可能因感覺到少量的字是基於通過其他文字的分析而創造的，如反正爲乏，反人爲匕，反身爲㐆，或析匋爲缶，析嚴爲敢這一類。既然《說文》沒有講解清楚，據以分析條例的字形又是非常遲晚的小篆，實在沒有必要依從之以探究至少一千多年前的文字分類。莫若實事求是，針對古代的字形，探尋創意，不必理會造字法之條例與名稱，避免捲入定義的紛爭，無助於學術的進展。

（附：《說文》說解示例）

蓐(字 60)【，陳艸復生也。从艸，辱聲。一曰蔟也。凡蓐之屬皆从蓐。，籀文蓐从茻。】《說文》的分析有問題，創意應是以手持蚌製農具在除草。而且辱【，恥也。从寸在辰下。失耕時，於封畺上戮之也。辰者農之時也。故房星爲辰，田候也。】字應是後來就蓐字所析出之字。許慎不明辰爲蚌之形，故不得其解。辱作手持蚌，看不出會導出恥辱的意義。手持蚌製工具是爲除草。辱的創意不清楚，恥辱之意義可能得自假借。依《說文》之例，如果蓐是從草的形聲字，應隸屬艸部，但卻列爲部首，原因可能是蓐部還隸屬有薅字(字 405)。

60			S Z		**蓐** 手持蚌製農具割草之狀。

同樣現象，殳【，以杸殊人也。周禮，殳以積竹，八觚，長丈二尺，建於兵車，旅賁以先驅。从又，几聲。凡殳之屬皆从殳。】從早期的字形看，殳以手持直柄鈍頭敲擊器表意。《說文》雖分析爲形聲字，也可能因有很多以殳爲構件的複體字，

故以殳爲部首。

告(字 61)【告，牛觸人，角著橫木，所以告人也。从口从牛。易曰：僮牛之告。】一般是先下字的定義，再解說字形。此先說明告以牛表意的原因，屬釋形的範圍。此字甲骨文作一坑陷之上插一標識，乃以告誡行人不要誤陷其中取意，和牛沒有關係，後來字形演變多出一短劃以致形近牛。若依小篆的字形，乃牛與口之組合，看不出有牛角著橫木之形，就算有，角著橫木的主要目的在防備人被觸傷，不在警告。

61	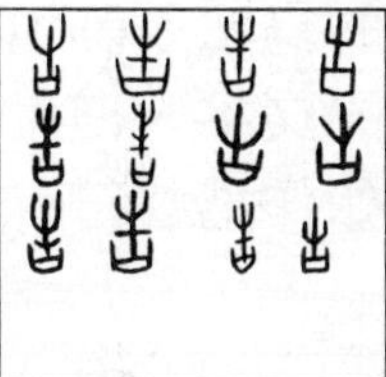	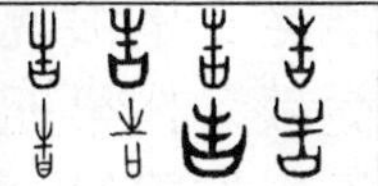	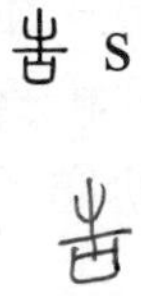 s	告	告 坑陷插一標識，告誡行人不要誤陷其中。

牟【牟，牛鳴也。从牛，㇉象其聲气从口出。】以彎曲的筆劃在牛之上表達牛出聲之氣息意。《說文》分析字形爲牛㇉，用「象」一詞表現出聲現氣的動程，知《說文》的會意字并不是都由完整的字組成，此處用「象」字表現動態的情況，不只用於象形。看來，就創意的觀點，象意要比會意一詞生動而涵意廣。

兵(字 62)【兵，械也。从廾持斤，并力之貌。兵，古文兵，从人廾干。兵，籀文兵。】以雙手持一長柄之石錛表意，因早期兵器乃臨時借用農具。許慎說明需要雙手持拿的原因是爲了增加攻擊力，但所錄古文字形尚不見出土，不知得自何種材料。

62	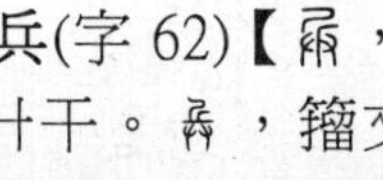	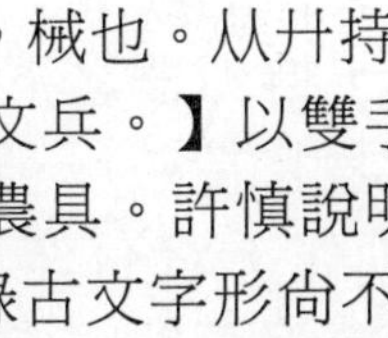	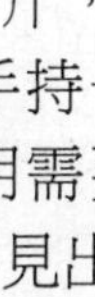 s k z	兵 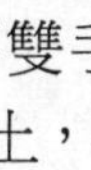	兵 雙手持石錛，借農具爲兵器。

嚳【嚳，告之甚也。从告，學省聲。】形聲字要與所諧的聲符同韻類與同聲類。嚳與學、告同屬幽中韻，三者聲母也都屬喉音之大類，故嚳從學聲看起來是合理的。許慎對於省聲的認定常是錯誤的，但學的早期字形無子，故可以從學聲，不必

省形。學的字形，屋下有空間可容別的構件。利用字形之空間的省聲較可靠。嚳的重點是告而非學，而且學也不列爲部首，故要從告部。但如從形聲字演進的過程看，可能初爲告的引伸義，後加學的形符或聲符而成形聲字。段玉裁認爲宜立學部而廢告部，嚳爲從學告聲。

學(字 63)【斅，覺悟也。从教冂。冂，尚矇也。臼聲。學，篆文斅省。】以交叉繩結，或加雙手以示打結動作，或表明施用於架屋。繩結是工作中常要利用到的技巧，爲學習的項目。子是後來所加的輔助說明。學字從攴是很晚的寫法，許慎誤以爲是較正確的寫法，故分析爲從教。在早期的文字，臼用來表現雙手自上而下的做事動作，不用作聲符。如作爲聲符，大多數自成一組而不分離。

63	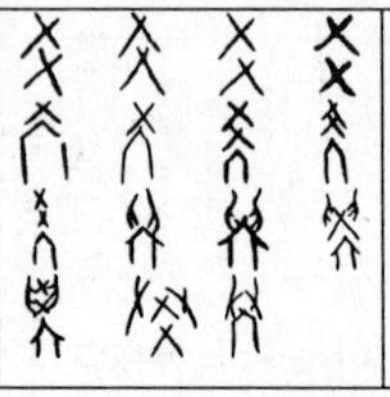		斅 學 S	學	學 以交叉繩結,或示雙手的動作,或施用於架屋。

晨(字 64)【晨，早昧爽也。从臼辰。辰，時也。辰亦聲。丮夕爲夙，臼辰爲晨，皆同意。凡晨之屬皆从晨。】甲骨文已有此字，表達以雙手持拿蚌殼製作的農具，整理農地是一清早就要從事的工作（割草用單手，持刃器之下端。挖地用雙手較有力，動作自上而下，故持器之上端。）。雖然晨辰同聲同韻，但早期的臼都是表現雙手的動作，沒有作爲形聲字形符的現象，最好不視晨爲形聲字。許慎沒有把臼辰如何表達早晨的創意說出來，很可能自己不太了解，故以兼聲之法解決。如以臼爲形符，也不涉早晨之義。

64	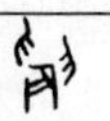		晨 S	晨	晨 象雙手持蚌製農具,一清早就要做的工作。

每(字 65)【每，艸盛上出也。从屮，母聲。】甲骨文作一

婦女頭上裝飾多件的豐盛飾物，非常美麗之狀，用以表達豐盛的情況。許慎根據錯誤字形，故分析不得其實，把一個完整的形體拆成兩個構件。

65	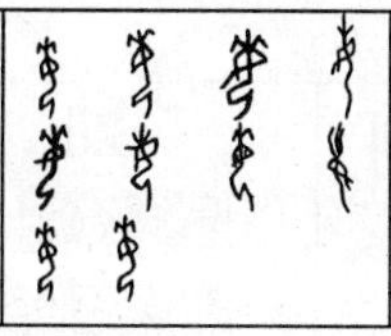	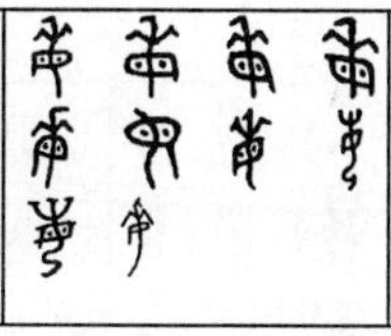	s 	每	每 婦女頭上裝飾多件美麗的飾物。

而(字 66)【而，須也。象形。周禮曰：作其鱗之而。凡而之屬皆从而。】甲骨文作下頷之鬚形，假借爲轉折詞。鬚的形象只是字的一小部分，人與下頷的形象是讓鬚的指稱更爲清楚。創意和鬚髮的須字相似。知許慎的象形定義，可容許有附加的輔助說明部分。

66	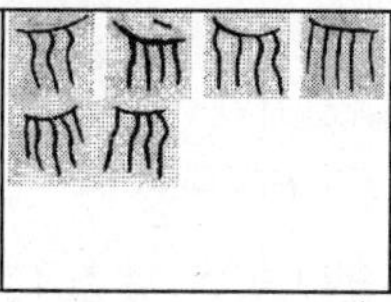	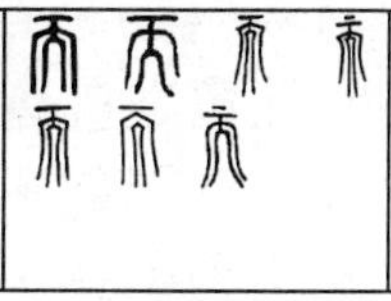	s 	而	而 下頷的鬍鬚形，假借爲轉折詞。

具(字 67)【具，共置也。从廾貝省。古以貝爲貨。】海貝的個體小，不必雙手捧拿。甲骨文作雙手捧一鼎之狀。鼎爲家家戶戶必具備之燒食器，要雙手持拿才能保持平衡。鼎的字形訛變成貝，故許慎不得其解。但他已能看出目是貝之省變，不能不令人佩服。

67		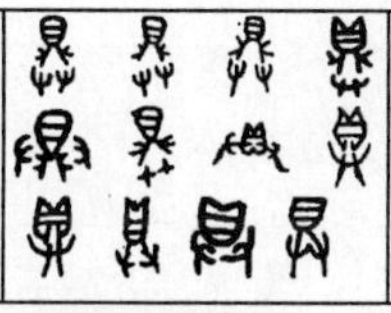	s 	具	具 雙手捧家家必具備的燒食器。

則(字 68)【則，等畫物也。从刀貝。貝，古之物貨也。𠟭，古文則。𠟢，籀文則，从鼎。】以鼎與刀組合表意。鑄銅彝器的鼎需高銅量才能色調美，鑄切割的刀需高錫量才能銳利而耐磨，鑄鼎與刀各有一定的合金準則。鼎的字形訛變成貝，許慎不得其解，故也說不出何以刀貝有等畫物之意。貝的個體小而堅硬，不能用刀切割等分。

止(字 69)【止，下基也。象艸木出有阯，故以止爲足。凡止之屬皆从止。】早期字形明顯是個有趾之腳形。腳用以走路，故用以表達行動。許慎雖知止與足有關，因字形訛變若叢草，故以草木生長的動作解釋之。很多以此為構件的字自然也得不到正解。

68				s k z	則	則 以鼎與刀組合，鑄銅鼎與刀，各有不同的合金準則。
69	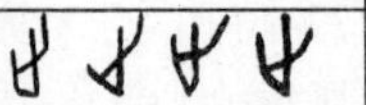			s	止	止 象有趾之腳形。

寅(字 70)【寅，髕也。正月昜气動。去黃泉欲上出，侌尚強也。象宀不達，髕寅於下也。凡寅之屬皆从寅。】甲骨文明顯作附有羽毛之箭形，假借以為干支記數。所有干支字分別借自不同事物，但許慎以為是有系統的創造，故以陰陽五行的概念加以解說。

70	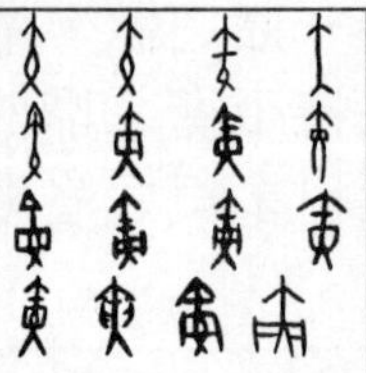	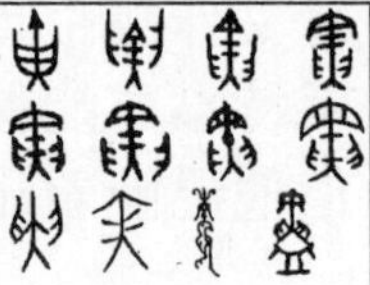		s	寅	寅 有羽毛之箭形，借為干支。

哭(字 71)【哭，哀聲也。从吅，从獄省聲。凡哭之屬皆从哭。】原作一人披散長髮痛哭之狀，哭聲連續不斷故以二口表示。人形訛變成犬，難得其實，故誤以為形聲字而找到含有犬的獄字以為省聲。《說文》省聲之說大都不可靠。可能想不出更適當的解釋才應用省聲的辦法。

71				s	哭	哭 象一人散髮連聲號哭之狀。

帝(字 72)【帝，諦也。王天下之號。从二，朿聲。帝，古

文帝。古文諸丄字皆从一，篆文皆从二。二，古文上字。示辰龍童音章皆从古文上。】原形或以爲是一朵花的形象，或以爲是捆綁的人形崇拜物，詳細的討論見第七節字形演變的方向。由於筆劃的自然演變，最上一筆如爲平劃，就會再其上加一無意義的短劃。許慎不了解這種規律，還要爲之立一個古文上的部首。《說文》雖說示辰龍童音章皆从古文上，但在各字的解說，都沒有強調字形與古文上有關。

72	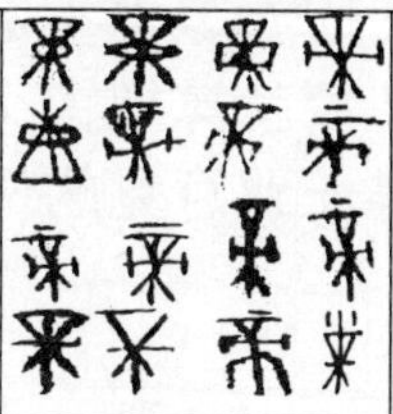	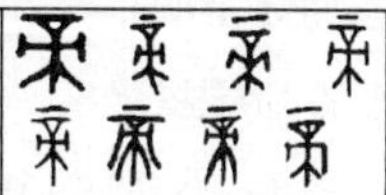	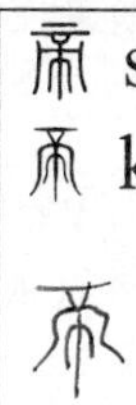 s k	帝	帝 或象花朵形，或是捆綁的崇拜物形。

三、古文字的分類

許慎的六書主要是針對小篆的字形而歸納的結果，其合理性如何，從二千年來學者要弄清楚轉注一法的眾多意見，即可看出一斑。小篆距離甲骨文的時代已有一千多年，字形已起了太多的變化，怪不得許慎常把字形解釋錯了。我們現在既知曉其前千年的文字資料，除非我們要研究許慎的體例或小篆的形體，如果真想探尋文字的造字法則，就目前來說，自應以時代較早的甲骨文與金文爲主要的研究對象，不必理會《說文》分類的細節。還有，如果我們要研究的是小篆字形的歸類或條例，也就不要拿甲骨文或金文的字形去作爲批判的依據。就像如要爲楷書作分類，也不能依據小篆的字形。

上文已經說過，文字創造之初並不是先建立條例才據以創造的。不過，人類思考的方式大致是有一定的模式。所能想像出的創字方法，各民族間應也是差不多的。基本上是有形體的就畫其形體，抽象的意思就要借用某種器物的使用方式、習慣或價值等的聯繫去表達。如果是不容易畫出的事物，或難表達的意義，就要通過借音的方式。借音的方式可以和字形的創意沒有關聯，而不是借音的方式，就要與字形有某種方面的聯繫。

故可以把文字的類別簡單地分爲音讀關係的標音文字與非音讀關係的意象文字兩大類。如果把許慎的六書，指事、象形、形聲、會意視爲造字之法，轉注、假借爲用字之法，則音讀關係的標音文字就是所謂的形聲字，其他三項就是非音讀關係的意象文字了。屬於指事的字不多，而且它也是一種概念的表示，在類型上近於會意，故唐蘭創三書之說，分意象文字爲象形文字與象意文字。比起六書或四書的分法，雖然三書看似簡單，但因各人思考的方向與重點等的不同，其間的界線也不是沒有爭議的。故莫若只分兩類：意象與諧聲。其實就算把古文字分成形聲與意象的兩大類，也還是有不能取得一致意見的例子。今暫依三書之名目，略爲介紹於下：

（一）象形：

約等於許慎的『象形』。《說文》的說解是，『畫成其物，隨體詰詘』，即隨物體的輪廓畫成一個具體實物的形狀就是象形字。它描繪的應該是可見、可觸摸的東西，也應是名詞。象形字可以是描寫得非常逼真，也可以是粗具輪廓。有時是受使用文字時環境的影響，有時則是受個人喜好的影響。譬如同一銅器的銘文，作爲族徽的就書寫得比較繁複逼真，而銘文的部分就比較簡易、抽象。象形文字和繪畫仍有不同。一般說，繪畫是描寫某特定人物的形狀，文字則是描寫人物的通性。

象形字主要是表現人物的形體，若意義爲超乎形體的，就應屬於象意的範疇。象形文字的歸類看似簡單，卻也不容易取得一致的認定。偏重字形者就以字的形體是否純粹描寫物形而認定是否爲象形文字。但偏重字義者就可能依據字的使用意義去歸類，認爲某些字是象意而非象形。譬如**高**(字 73)【高，崇也。象臺觀高之形。从冂口，與倉舍同意。凡高之屬皆从高。】甲骨文作一座高樓形。口爲後來演變的無意義填白。有人認爲此字是象形，因爲它描繪的是一座具體的建築物形象。但也有人認爲高低是屬於概念的性質，古人借高樓以表達高的抽象意義。一如**大**(字 74)【大，天大地大人亦大焉。象人形。古文穴也。凡大之屬皆从大。】雖是作一個大人的正視形，乃是借用比小孩身體爲大的大人的形體，去表示事物大小的概念，故認爲高不是象形字而是象意字。

73	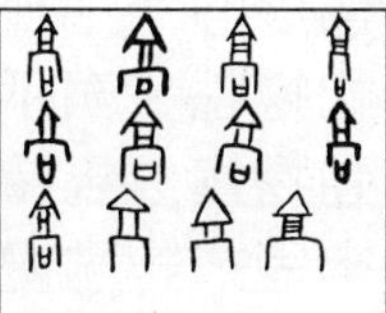	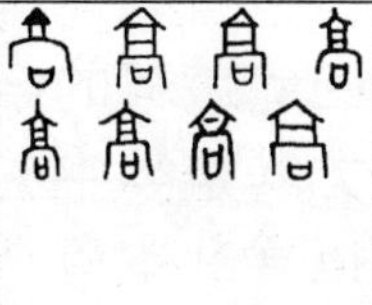	 s	高	高 象高大建築物之形，口爲塡白。
74	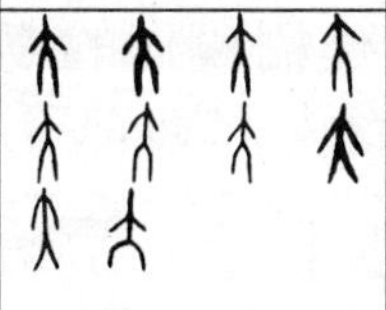	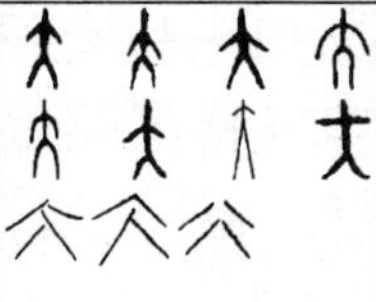	 s	大	大 以大人的形體表示大的概念。

但是我們所了解的甲骨文時代的字的意義可能並不是創字之初的意義。在商以前的時代可能另有它的本義。一般說來，抽象的概念發展較遲，很可能在初創時，高的本義是有具體物象的高樓(目前考古証據，商代已有高樓)，後來才引伸爲高度、高低。故對一個字的分類有可能受其在某時代使用意義的影響，甚至也可能受到我們對其創意了解的影響。如女(字 75)【，婦人也。象形。王育說。凡女之屬皆从女。】甲骨文作一人雙手交叉而跪坐之狀。一般認爲那是像女子的坐姿，故爲象形字。但是我們看到的古代婦女跪坐塑像，和男子並無分別，也是兩手平行下垂而停放在兩膝上。知女字的創造是通過人爲的設定和有意的區別，並非真正的象形，理論上也應是象意字。

75	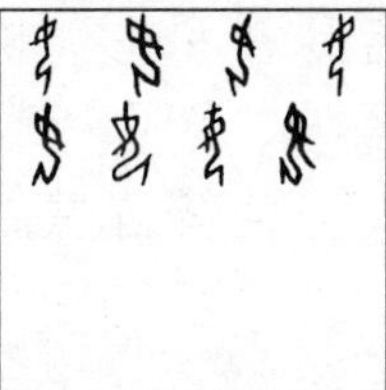	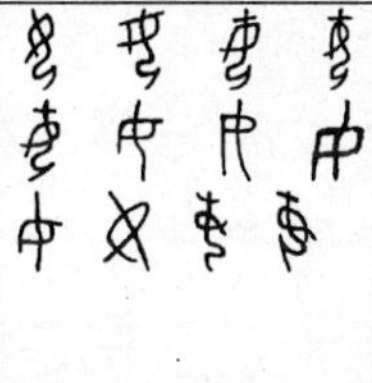	 s	女 	女 兩手交叉垂放在膝上的婦女跪坐形。

又如，歸類的標準偏重字義時，因有些物象的形體並沒有非常獨特的輪廓，需要輔助的訊息以確定其指稱。有人就因其使用的意義是名詞性的，就歸類於象形。但有人因其字形爲複體，就不認爲是象形字。如酒(字 8)，甲骨文作一酒尊及濺出的三滴酒形（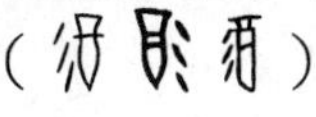）。有人就因象形文字爲獨體的原則，以及

有假酉爲酒的例子，認爲酒是以酒壺所裝的液體表意，或認爲是從水酉聲的形聲字，並不認爲是象形。又如牢(字 76)【，閑也。養牛馬圈也。从牛冬省，取其四周匝。】甲骨文一般作一牛或一羊關在柵欄中之狀，但也有只作柵欄形的。牢在卜辭是種特意豢養於牢中，不放任四處遊蕩的祭祀犧牲。表示的是特殊的品物，非一般的牛羊。尤其是牢中的動物換成馬時，意義才是飼養家畜的牢廄，故或以爲其本義爲牢固或特殊處理的祭祀犧牲，應屬象意而非象形。但它也有只作柵欄形的寫法，故以爲本義是柵欄，後來才引申爲特意圈養的牛羊牲品。

76	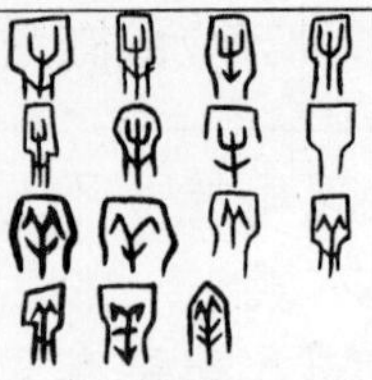		 s 	牢	牢 柵欄中豢養的牛或羊之狀。或只作柵欄形。

又如上文已介紹過的秋(字 50)，以秋季出現的蝗災表達其季節。蝗蟲的形象是象形，但秋季的意義卻是象意。就字形看，它是獨體的象形字。但從意義表達的手法看，應是獨體的象意字。不管是簡單的，或是較詳細的分類，都不免有難以確定界線的字，所以不必定要分出某個字的造字法是象形或象意，只要能和以表聲爲訴求的形聲字分別就可以了。最重要的還是了解一個字的創意以及其使用的意義。以下暫依字的結構形式，略述常見的象形字類型：

A. 單體的形式，較少有爭議。約可分爲三類：

（a）寫一個器物的整體形狀，如：

象(字 16)，畫整隻象的形狀。最重要是把長鼻子表現出來。（）

馬(字 18)，畫整隻馬的形狀。腳可以是單筆或複筆。馬鬃是必要的形象。（）

羽(字 29)【，鳥長毛也。象形。凡羽之屬皆从羽。】畫一枝羽毛形。不嚴格要求羽紋對稱。（）

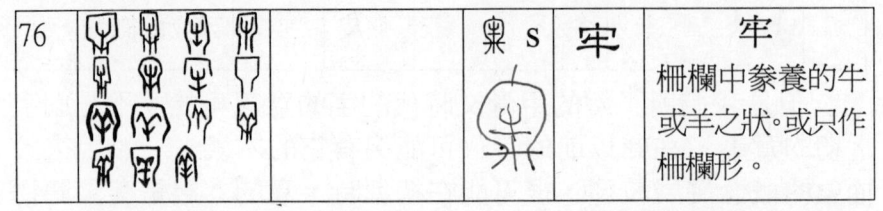

禾(字 77)【，嘉穀也。以二月始生，八月而孰，得之中和，故謂之禾。禾，木也。木王而生，金王而死。从木，象其穗。凡禾之屬皆从禾。】畫一株穀類作物的形狀。根葉可以對稱或不對稱，最重要是表現頂端下垂的穗。

77	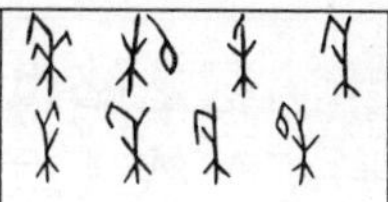	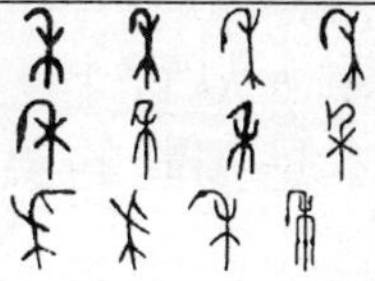	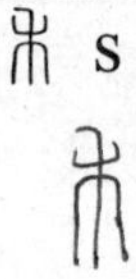 s	禾	禾 某種穀類栽培作物的形狀。

人(字 78)【，天地之性最貴者也。象臂脛之形。凡人之屬皆从人。】象側立的人形。金文族徽記號以人構形的常把頭部也畫出來（、），但一般的就把頭與身子連成一線（），比較不正確的就把頭與手臂連成一線（）。

78	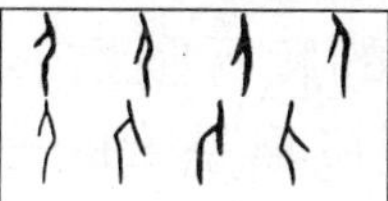	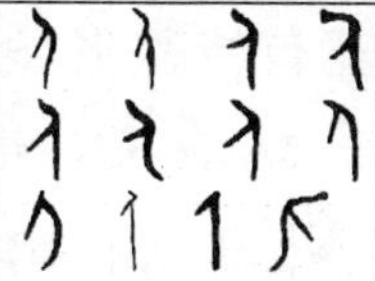	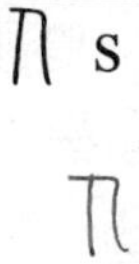 s	人	人 象側立的人形。

木(字 79)【，冒也。冒地而生，東方之行。从屮，下象其根。凡木之屬皆从木。】象一株樹的形狀。樹枝可以是對稱或不對稱的。

79	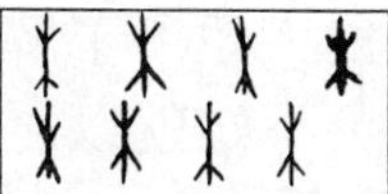	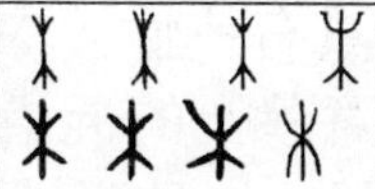	 s	木	木 象一株樹形。

戈(字 80)【，平頭戟也。从弋，一衡之。象形。凡戈之屬皆从戈。】畫一把裝柄的兵戈形。戈內一端的裝飾絲穗也常被畫出來。

80	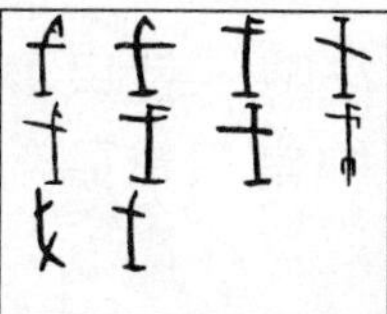		 s	戈	戈 象裝柄的實戰兵戈形。

皿(字 81)【，飯食之用器也。象形。與豆同意。凡皿之屬皆从皿。讀若猛。】畫一個日常使用的圈足容器形。特徵是

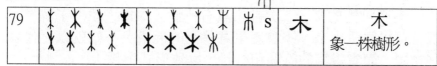

不畫出器的口緣而與豆的容器（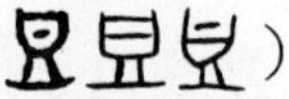）有所分別。

81			 s	皿	皿 日常使用的圈足容器形。

章(字 82)【，樂竟爲一章。从音十。十，數之終也。】象行列中手持的前導儀仗形。本是獨體的象形字，依《說文》的解說則爲會意字。

82		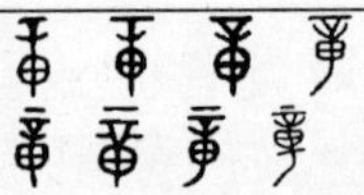	 s	章	章 行列的儀仗形。

龍(字 83)【，鱗蟲之長，能幽能明，能細能巨，能短能長。春分而登天，秋分而潛淵。从肉𦐇，肉飛之形，童省聲。凡龍之屬皆从龍。】象一隻頭部有特殊形象的爬行動物形，身子的彎曲與嘴巴同向的爲另一字。《說文》竟以爲是童的省聲。

83	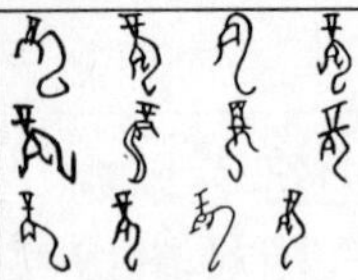	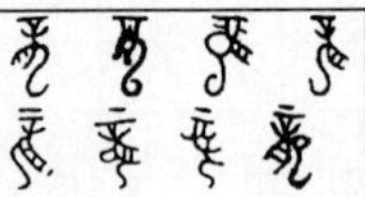	 s	龍	龍 頭部有特殊形象的爬行動物形。

有時物體的某一部分非常具有特性，深爲大眾所了解，一眼就可以辨識出來，不會產生意義上的混淆，不妨就以之代表其物體，節省書寫的時間和材料，以致形式上爲：

（b）**描寫部分的形象以代表整體**，埃及的聖書體就有很多以動物頭部代表整體的字。中國例子較少，大概是因爲中國以簡要的線條描繪形體，不易確定描繪的動、植物的種屬。

虎(字 17)，是整隻老虎的描寫，但作聲符時，就只畫其極具特徵的頭部(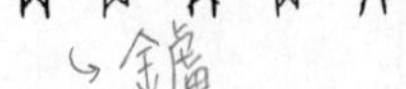)。作形符時也經常只畫頭部( )。

馬(字 18)，本作馬整體的形象，戰國時有只剩頭部的（)，因爲馬的頭形特殊。

牛(字 84)【牛，事也。理也。像角頭三、封尾之形也。凡牛之屬皆从牛。】描寫牛頭的形象以代表牛的種屬，包括雙角與眼睛，特徵是上翹的兩角。其爲牛的頭部而非全身的形象，可從金文族徽記號得知。

84	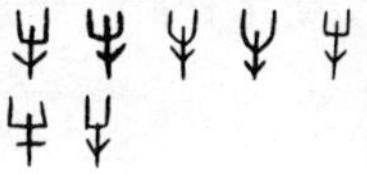	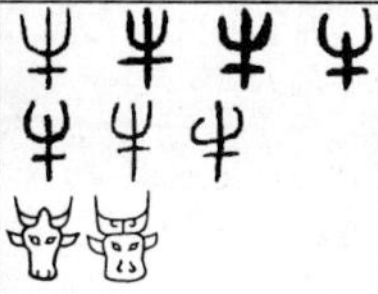	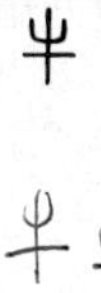 s	牛	牛 以頭部形象代表牛的種屬。

羊(字 85)【羊，祥也。从丫，象四足尾之形。孔子曰，牛羊之字以形舉也。凡羊之屬皆从羊。】描寫羊頭的形象以代表羊的種屬，包括角與眼睛，特徵是下彎的兩角。

85	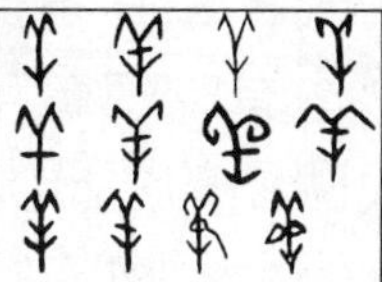	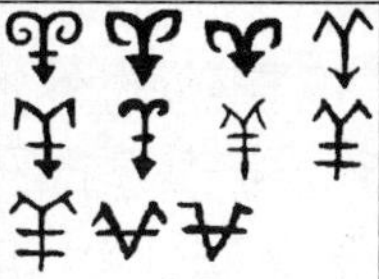	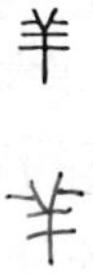 s	羊	羊 以頭部形象代表羊的種屬。

鹿(字 86)【鹿，鹿獸也。象頭角四足之形。鳥鹿足相比，从比。凡鹿之屬皆从鹿。】是鹿全形的描寫，但作聲符時，有時只畫有歧角的頭部，如甲骨文麓字或作林中一鹿頭（）。

86		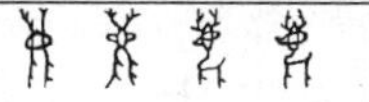	 s	鹿	鹿 整隻鹿的形狀。作聲符時，有時只畫頭部。

車(字 87)【車，輿輪之總名也。夏后時奚仲所造。象形。凡車之屬皆从車。】本作車子整體的形象，後來因太繁，把輿、輈、衡等部分省略，最後只留一輪及轄釘之形，古代有輪子的器物只有車，故不妨害對它的認識。

87	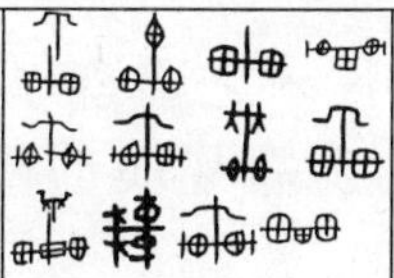	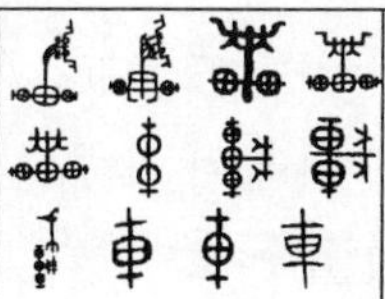	 s	車	車 作車子整體的形象。常簡省部分。

B. 複體的形式

有時某些物體的輪廓相類或近似，就要加上輔助的事物，才能使其指稱明白。由於它已不純粹是描寫一物件的實體，還需要附加補充的說明，以致在形式上成爲複體的形式。有人就會認爲它已含有本形以外的成分，類近意象，不是純粹的象形。此形式在實物形體之外所加的部分，一是已成字的，一是尚不成字的。

（a）附加符號的複體象形，如：

而(字 66)，象下頷的鬍鬚形。如不畫出下頷的輪廓，就不易明確其指稱。所加部分本不成字，故算符號。（）

黍(字 88)【黍，禾屬而黏者也。以大暑而種故謂之黍。从禾，雨省聲。孔子曰，黍可爲酒。故从禾入水也。凡黍之屬皆从黍。】字的本體象黍之形，但植物的外形，有時很難用簡單的輪廓加以區別其間種屬的不同。黍是商代釀酒的主要材料，因此就在字形的輪廓之外加上水滴，以明示此植物的特殊用途。此水滴的數量可以不拘，雖也可以寫成水流的樣子，還視同符號。

88		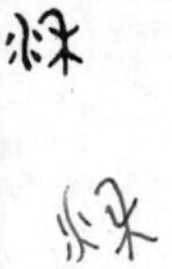	 s	黍	黍 象黍之形。加水滴表明是釀酒的材料。

犂(字 89)【犂，耕也。从牛，黎聲。】耕牛所拉的犂，其輪廓與刀子一類的刃器相似，因此加上翻起的土塵以爲分別。土塵可寫成二點或三點，故也視爲符號。它被借用爲牛屬的一種（或可能以耕田的水牛以與拉車的黃牛作區別。），因常與牛合文而終成一字。

米(字 90)【米，粟實也。象禾黍之形。凡米之屬皆从米。】指更精製的小米或稻米粒，如只畫小米點，就容易與他種物體相混，故加無特定意義的一橫畫。

89	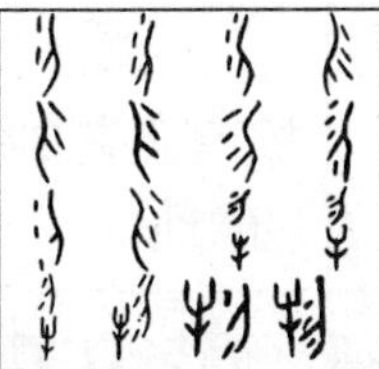		 s	犂	犂 一把犂及翻起的土塵，被借用爲牛的種屬。
90	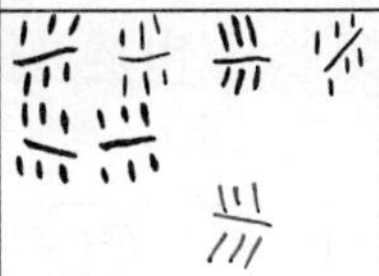		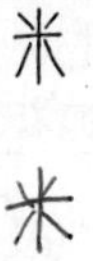 s	米	米 米粒形，加一橫畫以與他物區別。

玉(字 91)【王，石之美有五德者。潤澤以溫，仁之方也。䚡理自外可以知中，義之方也。其聲舒揚專以遠聞，智之方也。不撓而折，勇之方也。銳廉而不忮，絜之方也。象三玉之連，丨其貫也。凡玉之屬皆从玉。】象一根繩子所串聯的多片玉飾形，玉飾無一定的形狀，玉片的輪廓也易與他物混淆，故以串聯的玉飾形象去表達其質材。

91	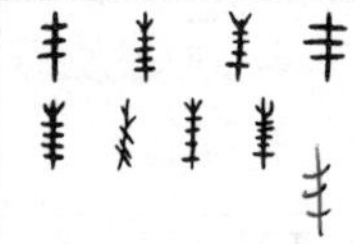	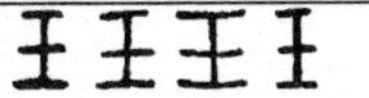	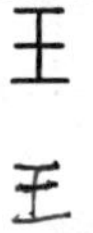 s	玉	玉 象繩子所串連的多片玉飾形。

土(字 92)【土，地之吐生萬物者也。二象地之上地之中。丨物出形也。凡土之屬皆从土。】作一塊可塑造的黏土形，字形很簡單，易於和他物混淆，就加上水滴的符號。加了水的黏土是製陶的材料，陶器是生活的重要器具，故以黏土造形。

92	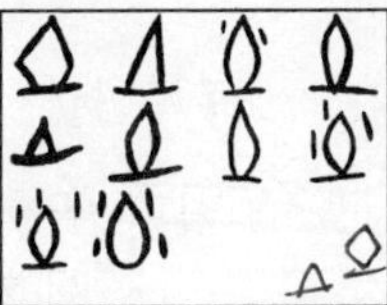	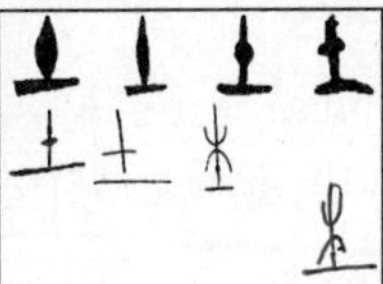	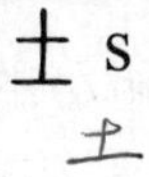 s	土	土 作一塊可塑造的黏土形。

韭【韭，韭菜也。一種而久生者也。此與耑同意。凡韭之屬皆从韭。】作生長於地上叢立的韭菜形。有可能與其它字混淆，加上代表土地的一橫，清楚表現其長於地上的形象。

瓜(字 93)【瓜，蓏也。象形。凡瓜之屬皆从瓜。】瓜之外形和許多物體相近，加上藤蔓才足以確定爲瓜類植物。

93			 s	瓜	瓜 象有藤蔓的瓜類植物形。

須(字 94)【，頤下毛也。从頁彡。凡須之屬皆从須。】是鬚的字源，鬚爲臉上之毛，若不加上人的顏臉，也易與其他東西混淆。後來附加部分類化爲頁。

94			 s	須	須 象人臉上之鬚毛形，借爲副詞。

帶(字 95)【，紳也。男子鞶帶，婦人帶絲。象繫佩之形。佩必有巾，从重巾。】帶爲束衣之物，把束帶後所造成的縐紋也一併描繪，才容易明白其指稱。

95			 s	帶	帶 象束帶及衣袍上的皺紋狀。

（b）附加的符號是有具體指稱的字，如：

酒(字 8)，酒是種穀物釀造的液態飲料，若只畫小點酒滴，就要與許多事物混淆，加上酒尊的酉，指稱就很清楚。酉本身是個酒尊的象形字，有一定的寫法。(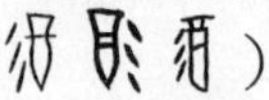)

牢(字 76)，牢爲祭祀目的而挑選的牛或羊，有特別的飼養場所，如只畫一牢籠，恐形象不明顯，故加一牛或一羊於其中。()

稻(字 96)【，稌也。从禾，舀聲。】稻米爲南方的物產，華北一般只見其輸入的顆粒而不見其株莖形。但米粒的輪廓與很多事物相近，故加運輸時用的長形米罐。此米罐與酒尊的酉雖同爲裝物之器，形狀稍異，也不會被誤會爲別的事物。米罐部分的覃本身有具體的寫法和意義。

96	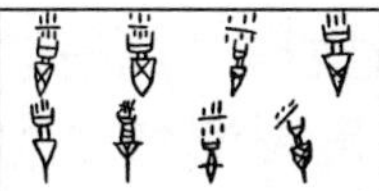	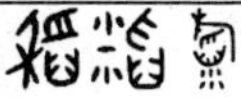	 s	稻	稻 米粒及盛裝的米罐。

粟(字 97)【，嘉穀實也。从卤从米。孔子曰，粟之爲言續也。，籀文粟。】指黍稻一類栽培植物的顆粒。如果只畫幾個顆粒，也易與其他東西混淆，故加一禾，以表明是可食用的穀粒。

天(字 98)【，顛也。至高無上。从一大。】指稱人的頭頂。如只畫頭輪廓的一個圓圈，也易與它物混淆，故加一大人之形於其下以明確意義。

97	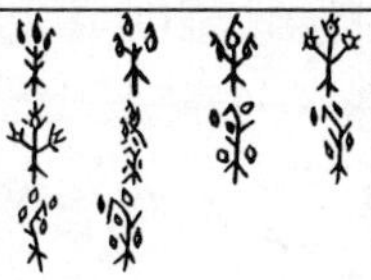		 s z	粟	粟 穀類作物形及其顆粒。
98	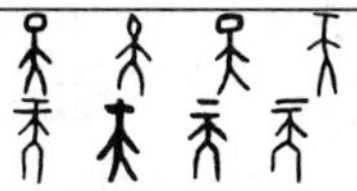	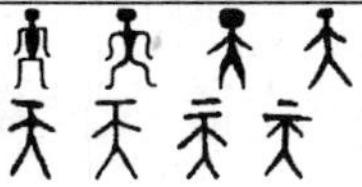	 s	天	天 在人最上端的頭形。

佩(字 99)【，大帶佩也。从人凡巾。佩必有巾，故从巾。巾謂之飾。】懸吊在腰帶上的玉佩，加上側立人形，表明人所服戴之物。

99		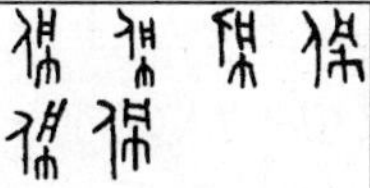	 s	佩	佩 懸吊在腰帶的玉珮及人形。

馘(字 100)【，軍戰斷耳也。春秋傳曰，以爲俘聝。从耳，或聲。，聝或从首。】戰爭時斬下敵人之首，常懸掛戈上用以展示，故加戈以明所指。

100	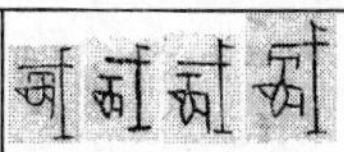	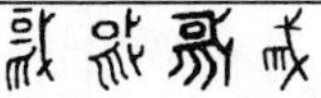	 s h	聝 馘	聝 象戈上懸掛殺敵之首。

石(字 101)【，山石也。在厂之下。口象形。凡石之屬皆从石。】以有尖銳角棱的石塊表意，爲使意義更清楚，加坑陷之形明示石塊挖土之功能。

101	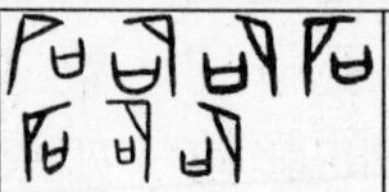	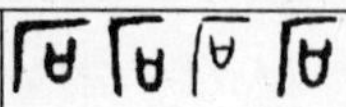	 s	石	石 有尖銳角棱的石塊，可挖坑陷。

尿(字 102)【，人小便也。从尾水。】、屎【菌，糞也。从艸胃省聲。】【《廣韻》菌，說文曰糞也。本亦作矢，俗作屎。】象一人排泄尿與屎之狀（、）。人的排泄物無獨特的形狀，若不加上人所排出該物的部位，不但兩者的指稱難明，也易於與其他小東西混淆。

胃(字 103)【，穀府也。从肉囟。象形。】消化食物的胃的形狀加上肉或腸子形，以免與其他形狀類似之物形混淆。

102	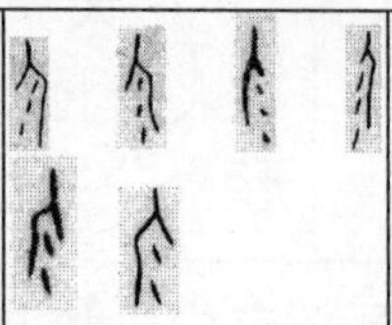		 s	尿	尿 人排尿狀。
103			 s	胃	胃 胃加腸子之形。

次(字 104)【，慕欲口液也。从欠水。凡次之屬皆从次。】口水和其他液體難別，加上一人張口而流出，明示其物質所出之處。

果(字 105)【，木實也。從木，象果形在木之上。】加上樹木的形象，才易明白是果子的形象。

104			s	(羨	次 人流口水之狀。

105			 s	果	果 樹木結果之形。

如前所言，這一類複體的象形字不妨也可視爲下一類的象意字。一般的區別是使用爲名詞者爲象形，使用爲其他詞類者爲象意。爲省事起見，大可以把非形聲字都視爲意象的一類，以與形聲的一類分別。象形字一般是名詞，但較晚的時代可能被用以代表其他類別的意義。如

高(字 73)，象一高大建築物之形，口爲後來無意義之填空。使用時大多引申爲高低或遠近的意義，不見用爲高大建築物之義。()

克(字 106)【  ，肩也。象屋下刻木之形。凡克之屬皆从克。 ，古文克。 ，亦古文克。】從**皮**字(字 107)【  ，剝取獸革者謂之皮。从又。凡皮之屬皆从皮。 ，古文皮。 ，籀文皮。】作手持皮製的盾牌狀，知克字是描寫皮盾的形狀。但它並不用以表示盾牌，而是表達能夠用以防身的能力。(𠬝【  ，柔皮也。从尸又。又申尸之後也。】手拿一塊柔皮之狀。)

106	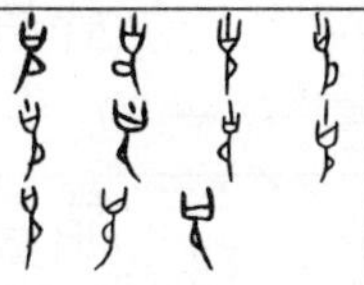	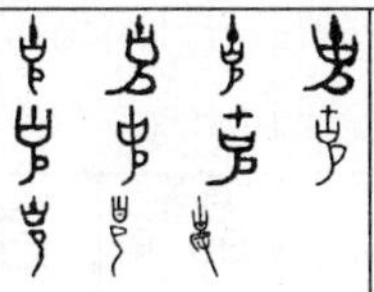	 s k k	克	克 皮盾的形象，有防身能力。
107		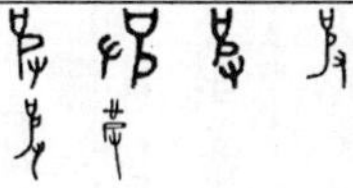	 s k z	皮	皮 手持皮製的盾牌以表達其材料。

來(字 108)【  ，周所受瑞麥來麰也。二麥一夆，象其芒朿之形。天所來也，故爲行來之來。詩曰，詒我來麰。凡來之屬皆从來。】本是來麥的全株形，可能因它是外來的品種，使用時大多引申（或有可能經假借）爲往來的意義。

享(字 109)【  ，獻也。从高省。曰象孰物形。經曰，祭則鬼亯之。凡亯之屬皆从亯。 ，篆文亯。】象在夯土臺基上的

建築物形，因是享祭鬼神的所在，故用以爲動詞而不用爲高大建築物之義。

108	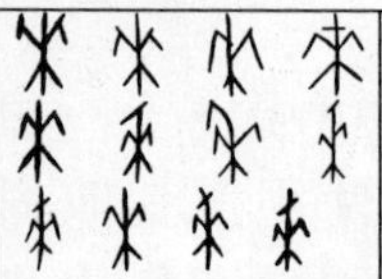	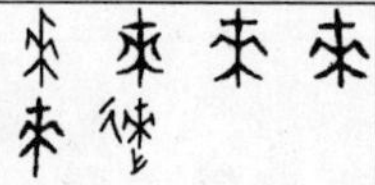	 s	來	來 麥禾形。假借爲往來。
109	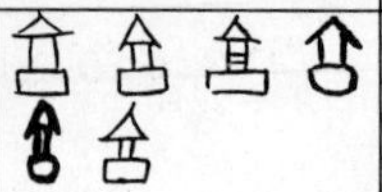	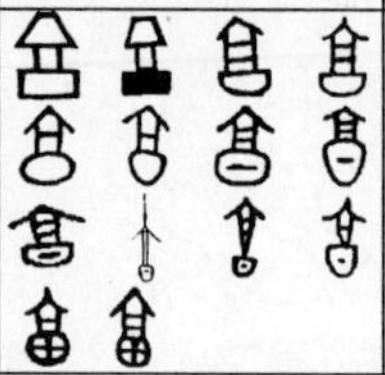	 s	享	享 在夯土臺基上的建築物形，爲享祭鬼神之所。

（c）重複形體

重複形體大都屬象意字。但偶有情況特殊，使用此法以指稱物象，如：

星(字 110)【晶，精光也。从三日。凡晶之屬皆从晶。】【曐，萬物之精上爲列星。从晶，从生聲。一曰象形。从○。古○復注中，故與日同。曐，古文。星，或省。】星體數量多，作三顆星形狀，避免與日或它物混淆。引申爲晶亮，乃加聲符生以爲分別。

110	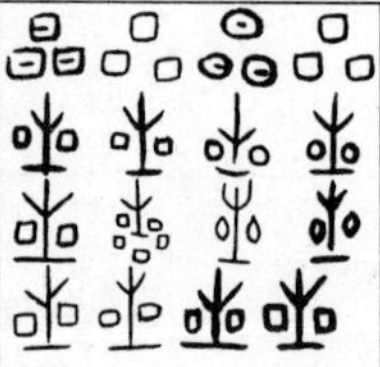		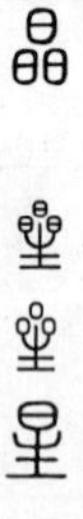 s s k h	晶 星	晶 晶亮的繁星形。 星 多顆繁星形，後加聲符。

絲(字 111)【絲，蠶所吐也。从二糸。凡絲之屬皆从絲。】絲線細，捻成線股後才能上機紡織，故以兩股造字。作爲一字的構件時才用單股絲線。

111	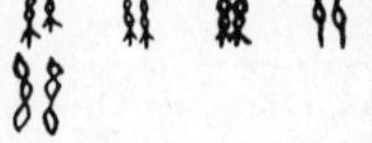		 s	絲	絲 兩股細絲線形。

呂(字 112)【，脊骨也。象形。昔大嶽爲禹心呂之臣，故封呂侯。凡呂之屬皆从呂。】象兩塊金屬錠形，爲避免與丁混淆而重複形體。後加金以明其物質的類別。宮字也因易與呂字混淆而加宀（）。

112	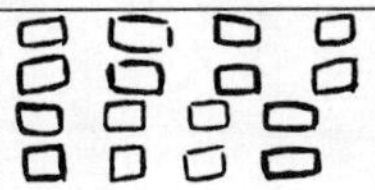	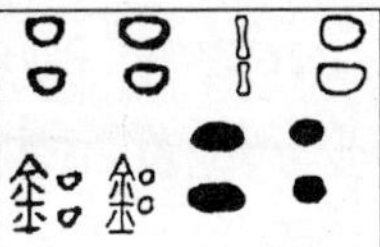	 s	呂	呂 兩塊金屬錠形。

（二）象意：

這一類的字主要在表現超乎物象的概念、思想等意義，或是難於用形象表達的事物，包括許慎的指事與會意字。《說文》的說解，『指事者，視而可識，察而見意，上下是也』，是指借用不成字的符號以表達器物所在的某個部位或與之發生關係的有關概念。『會意者，比類合誼，以見指撝，武信是也』，則是合兩個已是字的符號，以表達超乎形體之外的含意。純粹的指事字不多，而且與象意的分別有時很微細，也易因主觀成分的不同而起爭議。爲省事起見，不如與象意字同屬一類。象意字有些是借用物體的屬性以表達抽象的概念，故造形是獨體的，如上文所舉的高(字 73)（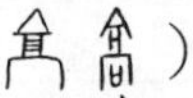）、克(字 106)（）、來(字 108)（）、享(字 109)（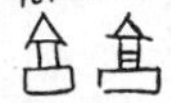）等字。借以表達概念的物體有時也要作某種輔助性的說明，以致有些組成的部分是不單獨成字的。構件之間常有互動的關係，不只是會合幾個構件以引導出一個意義而已，如雙手常是表示習慣性的持拿方式與所持的部位，故於此採用象意而不用會意之詞。象意字依其結構大致可分幾類：

A. 全體是符號，因它是普遍性的概念，沒有特定的對象及形制，如

上(字 51)，以一小短畫在一長橫畫之上，表達一物在某物之上的形勢。這種關係不限定於某些器物，故不以具體的東西

去表達。()

下(字 52)，以一小短畫在一長橫畫之下，表達在某物之下的形勢。()

小(字 113)【小，物之微也。从八，丨見而八分之。凡小之屬皆从小。】、少(字 114)【少，不多也。从小，丿聲。】以三或四小點表示其物體積之小與少，也都不表達具體的東西。一般來說，重複的形象絕大多數是表達超乎形體之外的觀念。

113	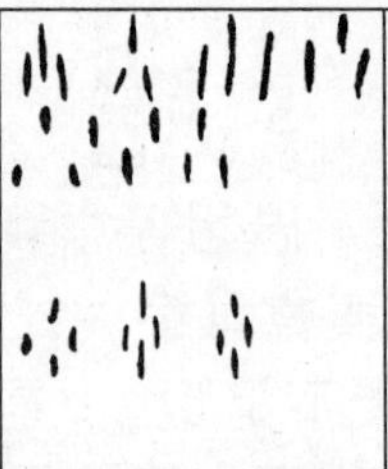			小 少	小 以三或四小點表示其物體積之小或少的概念。 少

一【一，惟初大極，道立於一。造分天地，化成萬物。凡一之屬皆从一。弌，古文一。】、二【二，地之數也。从耦一。凡二之屬皆从二。】、三【三，數也。天地人之道也。於文，一耦二爲三，成數也。凡三之屬皆从三。】、四(字 114)【四，侌數也。象四分之形。凡四之屬皆从四。】，以一、二、三、四等長之線條表達數量的概念。

114	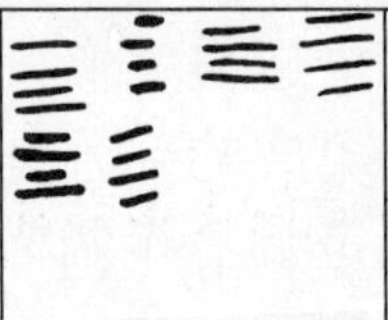	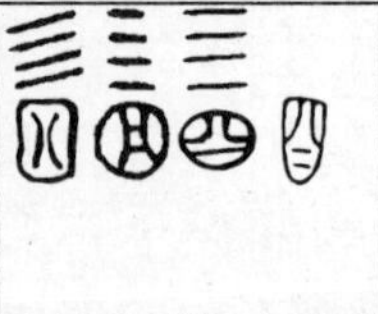	 s	四	四 以四條等長線表達數量概念四。

五【五，五行也。从二，侌昜在天地間交午也。凡五之屬皆从五。】、六【六，昜之數，侌變於六，正於八。从入八。凡六之屬皆从六。】、七(字 115)【七，昜之正也。从一，微侌從中衺出也。凡七之屬皆从七。】、八(字 116)【八，別也。象分別相背之形。凡八之屬皆从八。】、十(字 117)【十，數之具也。一爲東西，丨爲南北，則四方中央備矣。凡十之屬皆从十。】借簡單符號以表達最常使用的數量概念。

115	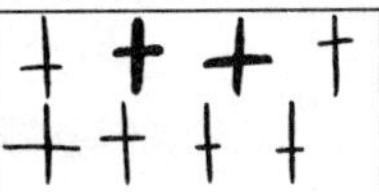	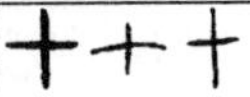	 s	七	七 借簡單符號以表達數量概念。
116	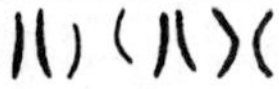	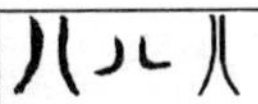	 s	八	八 簡單符號。
117			十 s	十	十 簡單符號。

丩(字 118)【，相糾繚也。一曰，瓜瓠結丩起。象形。凡丩之屬皆从丩。】兩段線條相糾纏之狀，表示糾纏的狀況。

118	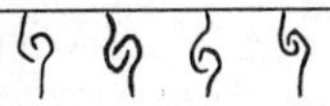		 s	(糾	丩 線條糾纏之狀。

B. 單體的物體

它和象形字的不同點在於借形體以表達與該形體有關，但卻超乎該形體以外的概念，如

秋(字 50)，甲骨文取象蝗蟲或蝗蟲受火烤，以秋季景象表達秋季。如以字形而論，前形可歸象形，後者則必爲象意。()

大(字 74)，是一個大人的正視形象，表達與小孩相比的個體之大，重點是概念而非大人的形體。(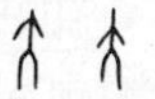)

工(字 119)【工，巧飾也。象人有規榘，與巫同意。凡工之屬皆从工。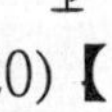，古文工从彡。】大致是象懸吊著的石磬形，是**攻**字(字 120)【，擊也。从攴，工聲。】所敲打的器具形，它是樂工所常敲打的樂器，故借用以表達樂工、工匠之意。也表達專業者的技術之工巧。

119	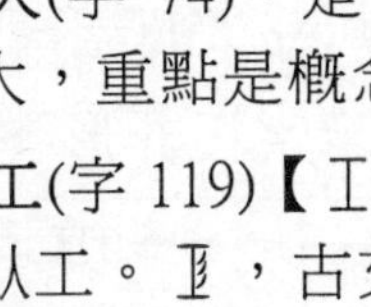	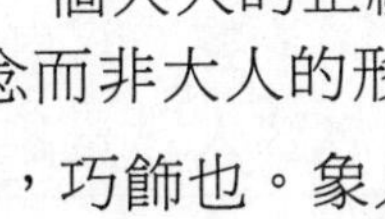	工 s  k	工	工 大致是象懸吊著的石磬形。

120		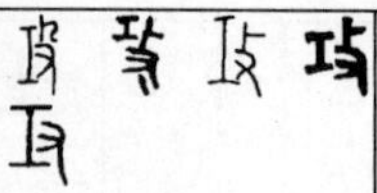	 s	攻	攻 刮削並敲打石磬以調音。

ナ【，左手也。象形。凡ナ之屬皆从ナ。】、又(字 121)【，手也。象形。三指者，手之列多略不過三也。凡又之屬皆从又。】以人的左右手的形像表達其所在的左與右的位置關係。

121	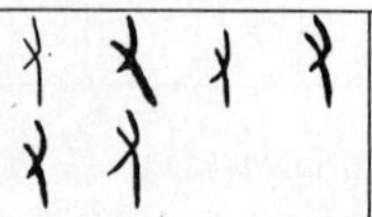	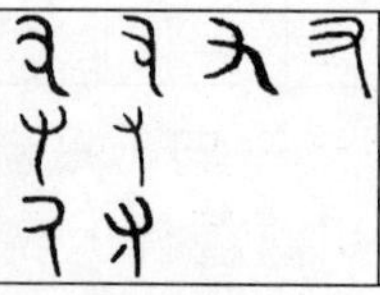	 s	又	又 以右手形象表達右的位置關係。

且(字 122)【，所以薦也。从几，足有二橫。一，其下地也。凡且之屬皆从且。，古文以爲且，又以爲几字。】【，始廟也。从示且聲】男子性器象形，爲人類繁殖的根源，就以之表達人倫的祖父。借爲語詞，後加示而成祖。

122	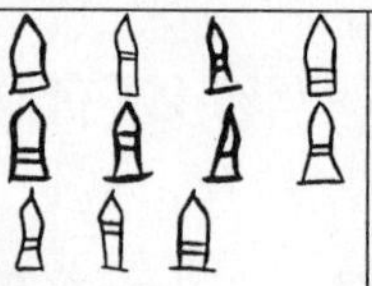		 s k	且	且 男子性器象形，爲繁殖的根源，用以表達人倫。

屰(字 123)【，不順也。从干，下凵屰之也。】大是人體的正常姿態，以倒逆的大表示與正常狀況有違的情境。後被併入逆(字 124)【，迎也。从辵，聲。關東曰逆，關西曰迎。】逆可能表現一足前迎逆向前來之客人，是象意字，非形聲。

123	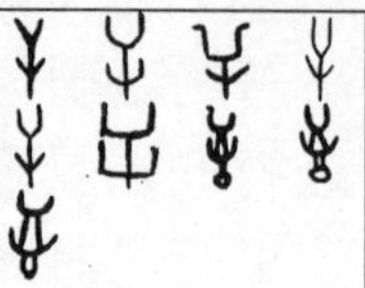		 s		屰 以倒逆的大表示與正常狀況有違的情境。

124	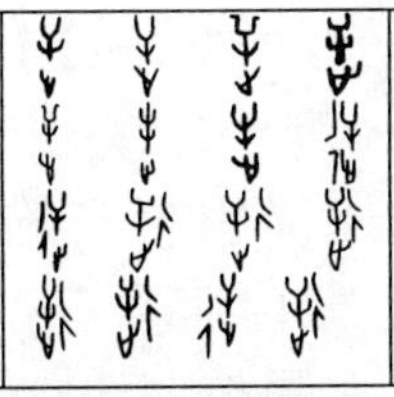	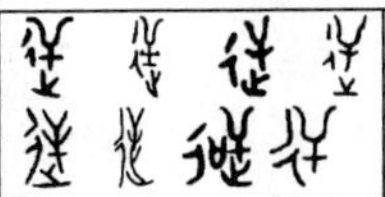	 s	逆	逆 一足迎接逆向前來之人。

丑(字 125)【，紐也。十二月萬物動用事，象手之形。日加丑亦舉手時也。凡丑之屬皆从丑。】手指彎曲之狀，表示用力扭抓的動作。借爲干支。

交(字 126)【，交脛也。从大，象交形。凡交之屬皆从交。】以人兩脛相交之姿態，表達交結的情況。

125	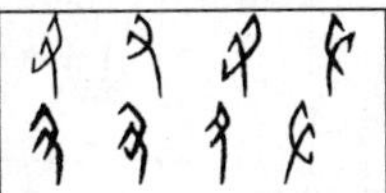		 s	丑	丑 手指彎曲，用力扭抓的情狀。
126	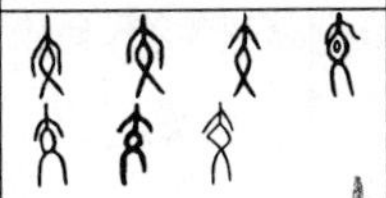	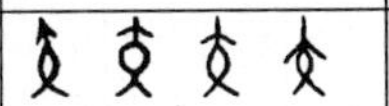	 s	交	交 人兩脛相交之姿態。

C. 形體加符號

牟，以彎曲之乙符號表達牛所呼出之氣（ ）。

刃(字 127)【，刀鋻也。象刀有刃之形。凡刃之屬皆从刃。】一短畫指出刃在刀上的部位。

127	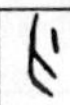		 s	刃	刃 以一短畫指出刃在刀上的部位。

亦(字 128)【，人之臂亦也。从大，象兩亦之形。凡亦之屬皆从亦。】以兩短劃指示腋在人體所在之處。

128	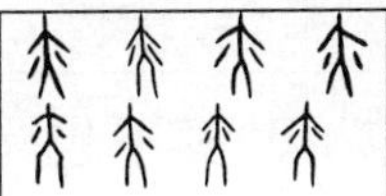	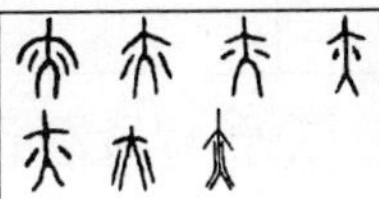	 s	亦	亦 以兩短劃指示腋所在之處。

肘(字 129)【肘，臂節也。从肉寸。寸，手寸口。】【厷，臂上也。从又从古文厷。𠃋，古文厷，象形。肱，左或从肉。】以彎曲之筆劃表明肘在整隻手臂的所在位置。從甲骨文的字形看應是肱字，但就形象的表現看應是肘字。數目字九(字 130)【九，昜之變也。象其屈曲究盡之形。凡九之屬皆从九。】可能借整隻手臂形之音表達。肘與肱兩字的使用可能有所混亂。

129			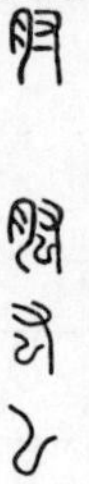	s s k h	肘 肱	肘 以彎曲之筆劃表明肘在整隻手臂的所在位置。 肱
130	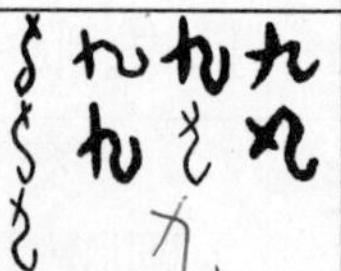	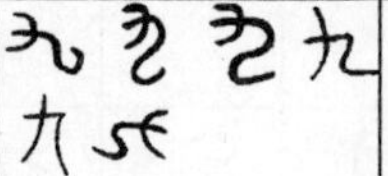		s	九	九 借整隻手臂之形以爲數目。

面(字 131)【面，顏前也。从百，象人面形。凡面之屬皆从面。】圓圈呈現顏面的輪廓，眼睛是面部表情最生動者，輔助表明輪廓爲人的顏面。也有可能把人的身子畫出來，強調人的顏面。

131			面	s	面	面 包括眼睛在內的顏面範圍。

彭(字 132)【彭，鼓聲也。从壴从彡。】表達短促有力的聲音，加鼓表明所發之音響。

132	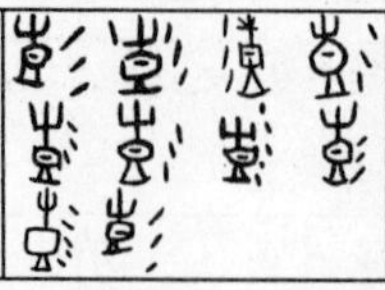	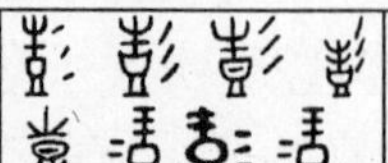	彭	s	彭	彭 鼓所發短促而有力的聲響。

奠(字 133)【奠，置祭也。从酋。酋酒也。丌其下也。禮有奠祭。】酒尊所安置之處，一橫或可能表示運輸時所放置的架

子。大酒尊固定安置某處，不像其它用具經常搬動。

133	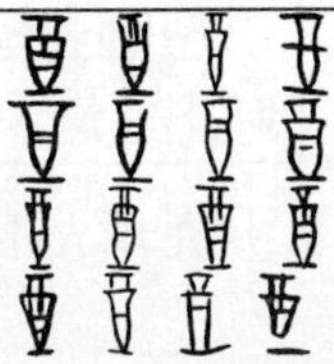	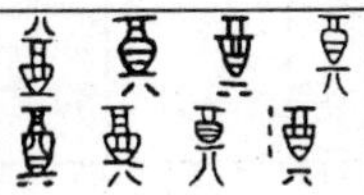	 s	奠	奠 以酒尊所安置之處表安定，因少移動。

朱(字 134)【，赤心木，松柏屬。從木，一在其中。】木之中段標一短橫，表示主幹所在。

134		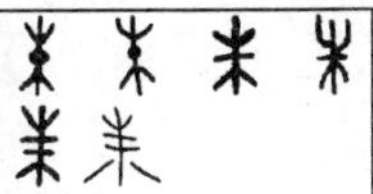	 s	朱	朱 木之中段標點，表示主幹所在。

本(字 135)【，木下曰本。從木從丅。，古文。】、末(字 136)【，木上曰末。從木從丄。】分別以一短橫，表示樹之本、末所在位置。

135			 s  k	本	本 以一短橫，表示樹之根本所在。
136		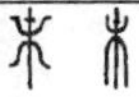	 s	末	末 以一短橫，表示樹梢之所在。

身(字 137)【，躬也。从人，申省聲。凡身之屬皆从身。】畫出人身腹部所在。

137		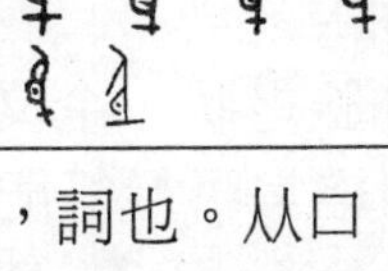	s	身	身 以線條畫出人身腹部的所在。

曰(字 138)【，詞也。从口，乚象口气出也。凡曰之屬皆从曰。】以短劃表示口所呼出之聲。

138	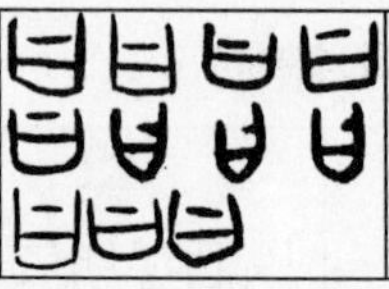	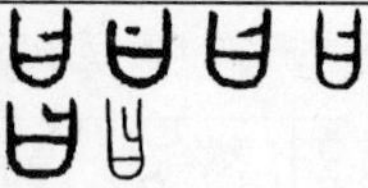	 s	曰	曰 以短劃表達口所呼出之氣。

臀(字 139)【，髀也。从尸下丌居几。，尻或从肉隼。，尻或从骨殿聲。】畫出人身臀部所在。

必(字 140)【，分極也。从八弋，八亦聲。】柲之字源，在一把杓的柄上加一短劃，表明指稱的部分。

尤(字 141)【，異也。从乙，又聲。】手指頭上加短劃，指示受傷部位。

139	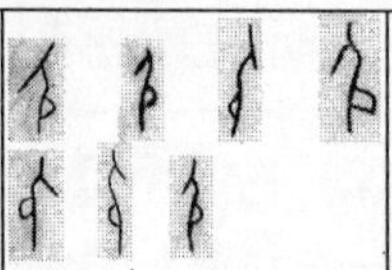		 s h h	臀	臀 以線條畫出人身臀部的所在。
140	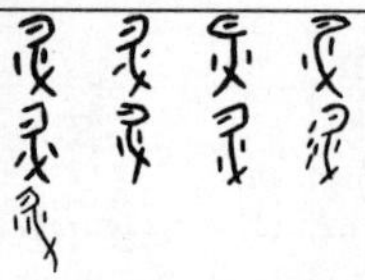	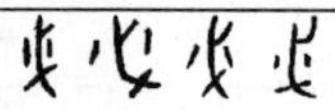	 s	必	必 在杓柄加短劃，表明指稱的部分。
141	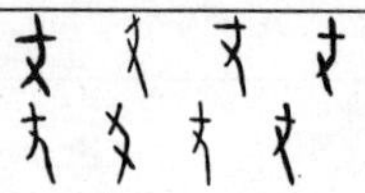		 s	尤	尤 在手指加短劃，指示受傷部位。

D. 具體表現一種情況或動態，可能包含不成字的部分，是早期最常見的象意字結構。

毓、育(字 31)，一婦女產下帶有血水的嬰兒狀。血水不成字。或作嬰兒字生出子宮外之狀。( )

沫(字 34)一人臨盆雙手洗臉之狀，金文改以雙手持皿倒水於一人之沐浴狀。貴族可能因經常舉行祭祀而要沐浴潔身，一般人較少沐浴，故以貴族形象創字。()

正(字 35)，腳所面對的都邑，爲征伐的對象。(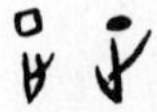)

邑(字 47)，人跪坐居息的範圍，居住區，非耕種的田地。( )

長(字 59)，一人髮長之狀。( )

夫(字 142)【，丈夫也。从穴一。一以象簪。周制，八寸爲尺，十尺爲丈。人長八尺，故曰丈夫。凡夫之屬皆从夫。】大爲人正立之形，一橫短畫爲骨笄的形象，成人因結髮才需要以笄固定髮型，故用以表達已成年的男子。

見(字 143)【，視也。从目儿。凡見之屬皆从見。】指明人之目司視覺之功能。

142	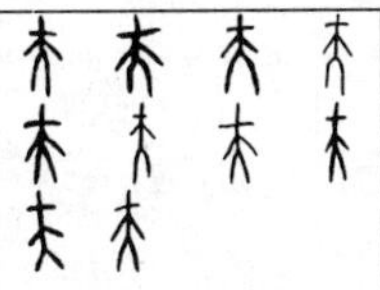	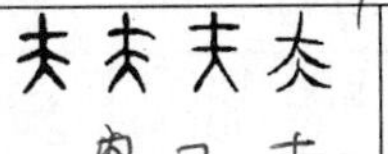	 s	夫	夫 頭上插一髮笄的成年男子。
143	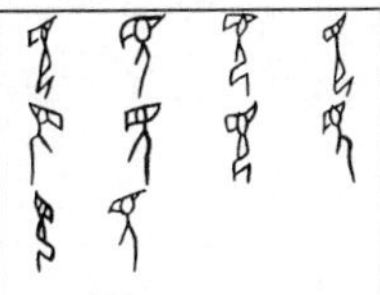		 s	見	見 指明人之眼睛司視覺之功能。

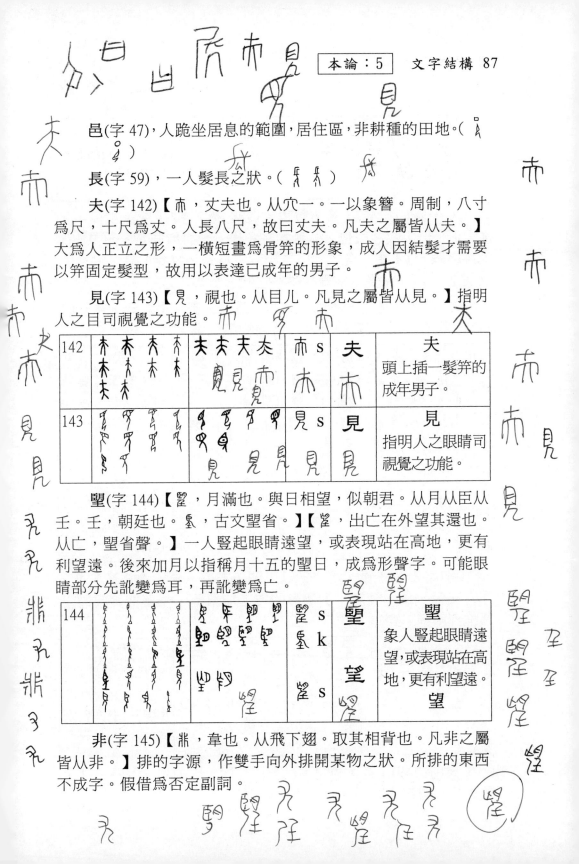

朢(字 144)【，月滿也。與日相望，似朝君。从月从臣从壬。壬，朝廷也。，古文朢省。】【，出亡在外望其還也。从亡，朢省聲。】一人豎起眼睛遠望，或表現站在高地，更有利望遠。後來加月以指稱月十五的朢日，成爲形聲字。可能眼睛部分先訛變爲耳，再訛變爲亡。

144		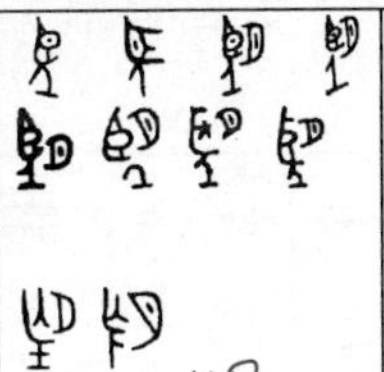	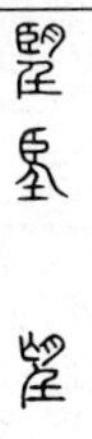 s k s	朢 望	朢 象人豎起眼睛遠望，或表現站在高地，更有利望遠。 望

非(字 145)【，韋也。从飛下翄。取其相背也。凡非之屬皆从非。】排的字源，作雙手向外排開某物之狀。所排的東西不成字。假借爲否定副詞。

145	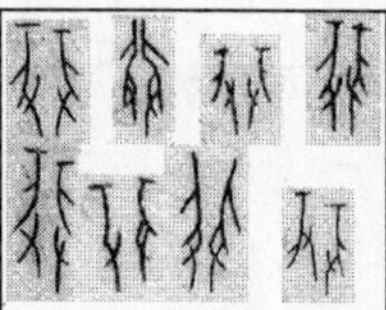	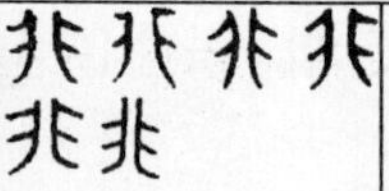	 s	非	非 雙手向外排開某物之狀。

橆、舞(字 146)【橆，豐也。從林𡘲。𡘲，或說規模字。從大卌。卌，數之積也。林者木之多也。橆與庶同意。商書曰，庶艸緐橆。】【舞，樂也。用足相背。从舛，橆聲。𡙘，古文舞从羽亡。】一人雙手持舞具跳舞之狀。舞具不成字。

次(字 147)【次，不前不精也。从欠二聲。】說話或用食時口噴出殘餘物爲不良的行爲。殘餘物不成字。

146	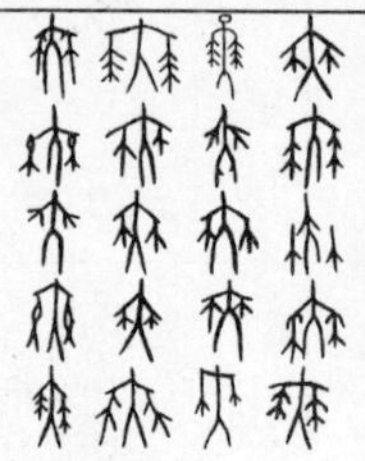	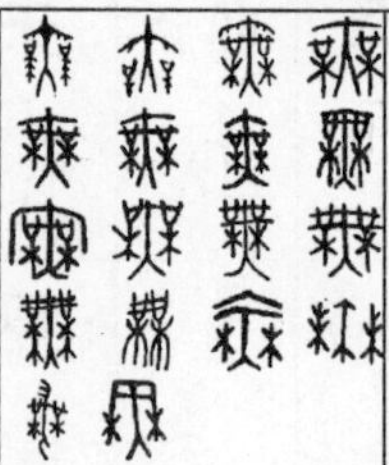	 s s s k	無 舞	舞 一人雙手持舞具跳舞之狀。後加舛,強調雙足的動作。
147	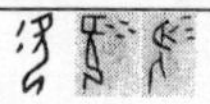	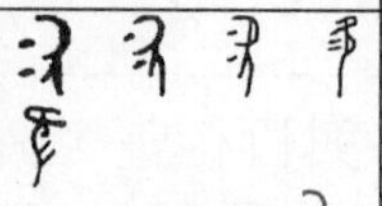	 s	次	次 說話或用食時,口噴出殘餘物爲不良行爲。

旁(字 148)【旁，溥也。从二闕，方聲。旁，古文旁。旁，亦古文旁。旁，籀文。】犁形的方上加犁壁，犁壁把挖起的土塊推到兩旁。犁壁不成字。

148		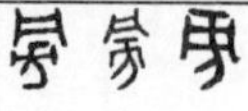	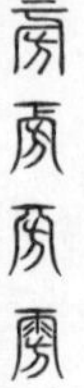 s k k z	旁	旁 犁刀之上裝直板犁壁,作用是在把翻起的土推到兩旁。

興(字 149)【興，興也。从舁同，同，同力也。】四手共舉一輿架。輿架不成字。

149	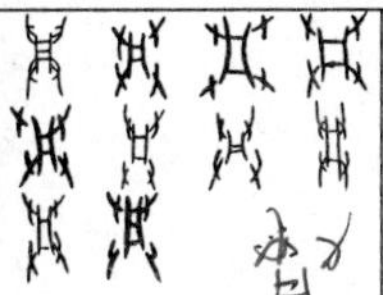	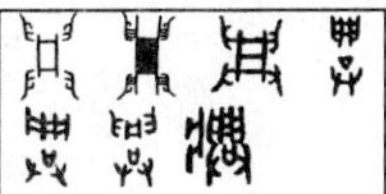	 s	興	興 四手共舉起一輿架,口爲無意義的塡空。

疾(字 150)【疾，病也。从疒，矢聲。𤶁，籒文疾。𠤼，古文。】人爲箭所傷之病痛。

疒(字 151)【疒，倚也，人有疾痛也。象倚箸之形。凡疒之屬皆从疒。】人病危臥於床上，預備接受合於禮儀的死亡儀式。

150	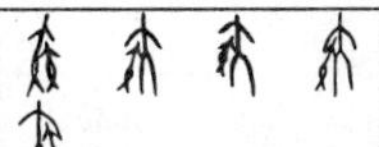	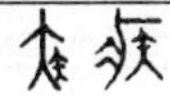	 s z k	疾	疾 人爲箭射所傷之病痛。
151	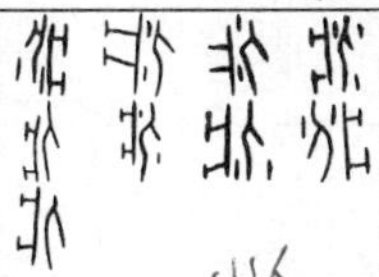	【 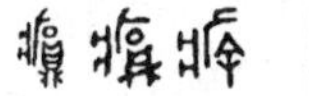	 s		疒 一人病危睡臥於床上,預備接受死亡儀式。

眔(字 152)【眔，多也。从众目示意。】以日下三人表達眔多的勞工大眔。

步(字 153)【步，行也。从止𡳾相背。凡步之屬皆从步。】以兩腳步行走的位置表達其走路動態。

152	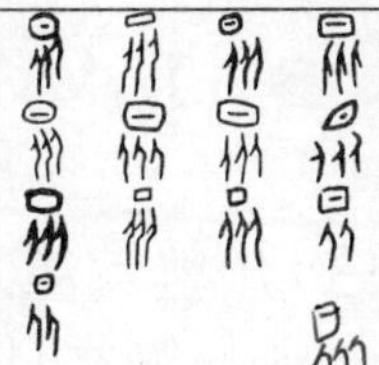	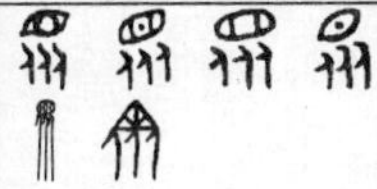	 s	眔	眔 以日下三人表達眔多的戶外勞工大眔。
153	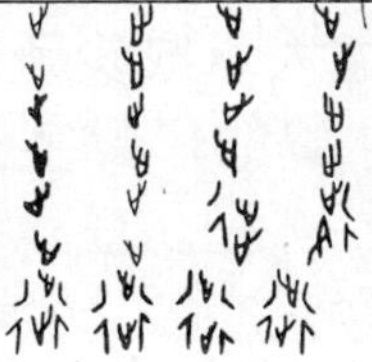	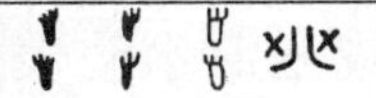	 s	步	步 以兩腳步行的上下位置表達其走路動態。

炙【炙，炙肉也。从肉在火上。凡炙之屬皆从炙。】表現

肉在火上燒烤之狀。

E. 兩個或更多的重複形體

林(字 154)【，平土有叢木曰林。从二木。凡林之屬皆从林。】指生長林木眾多的地區，以併立的樹表意。

从(字 155)【，相聽也。从二人。凡从之屬皆从从。】一人在一人身後相隨之情況。

比(字 156)【，密也。二人爲从，反从爲比。】以一人隨從於一人之後表示其親密關係。

154	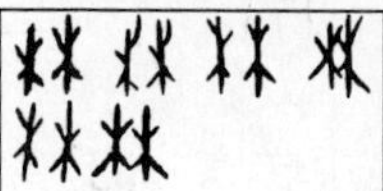	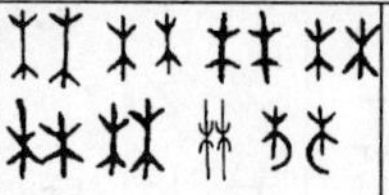	 s	林	林 生長林木眾多的地區，以併立的樹表意。
155	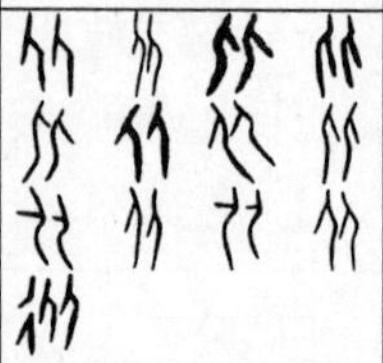	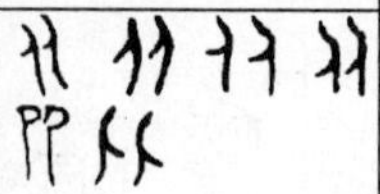	 s	(從	从 象一人在一人身後相隨之情況。
156	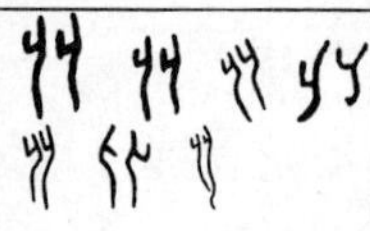	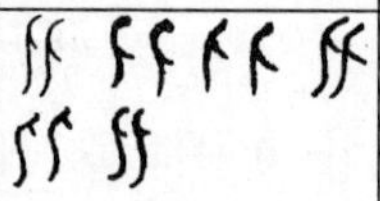	 s	比	比 一人隨從一人身後之親密關係。

森【，木多皃。从林从木。讀若曾參之參。】林木更爲眾多的地方。

災(字 157)【，害也。从一雝川。春秋傳曰：川雝爲澤凶。】【，天火曰烖。从火，𢦔聲。，或从宀火。，籒文从巛。，古文从才。】初以重疊二或三道水波表達大水成災難的概念。後改以河川受壅成災，房屋火災，或從才聲的形聲字。

157	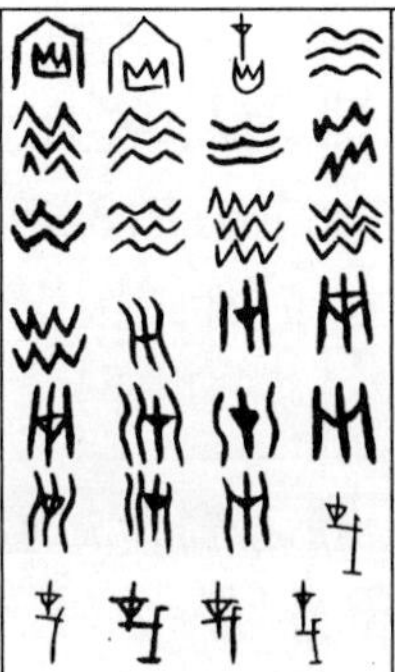		 s s h z k	災	災 重疊二或三道水波表達大水爲災的概念。

多(字 158)【多，緟也。从緟夕。緟夕者，相繹也，故爲多。緟夕爲多，緟日爲曡。凡多之屬皆从多。】兩塊肉以表達多數的概念。

158	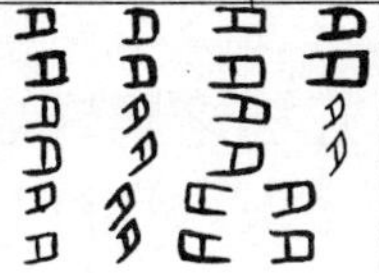	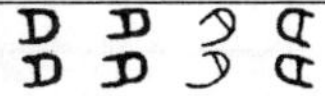	 s	多	多 兩塊肉以表達多的概念。

炎【炎，火光上也。从重火。凡炎之屬皆从炎。】焱【焱，火華也。凡焱之屬皆从焱。】重疊二或三火炎表達較烈火勢或火煙的概念。

並(字 159)【竝，併也。从二立。凡並之屬皆从並。】以兩個並立的人表達類似的並立情況。

159	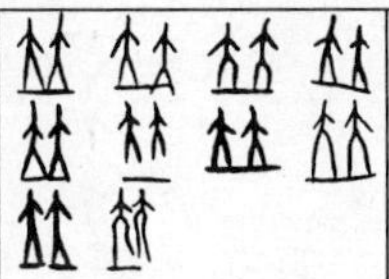	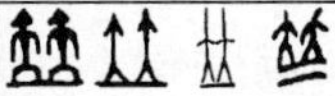	 s	並	並 以兩個並立的人表達並立情況。

替(字 160)【普，廢也。一偏下也。从並，白聲。替，或从曰。㬢，或从兟从曰】《說文》的解說對應兩立不齊的字形，以兩人站立的位置不齊有失威儀以表達敗事的情勢。但卻沒有該字形，顯然有脫文。金文的另一形作並立於深坑內之狀，大致表達如不知權變，如爬上另一人的肩上，不相互合作以求脫險是爲敗事。

160			 s h h	替	替 兩人站立不齊，或並立於深坑而不合作脫險，表達敗壞的情勢。

麤(字 161)【，行超遠也。从三鹿。凡麤之屬皆从麤。】以二或三鹿表達類似群鹿奔跑時相互衝撞之魯莽狀。

161	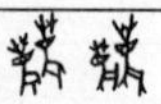		 s	麤	麤 以群鹿奔跑時相互衝撞表達魯莽情狀。

秝(字 162)【，稀疏適秝也。从二禾。凡秝之屬皆从秝。讀若歷。】兩行禾之狀。禾的栽種不能太密集，人可步行其間，以之表達稀疏之狀況。

162	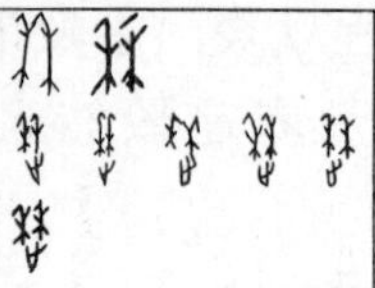	【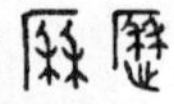	 s  s	秝 歷	秝 ~~禾栽種間距稀疏人可步行其間。~~ 歷

茲(字 163)【，微也。从二幺。凡丝之屬皆从丝。】【，艸木多益。从艸，絲省聲。】兩束絲併列，創意不詳，假借爲語詞。

戔(字 164)【，賊也。从二戈。周書曰：戔戔。巧言也。】兩戈相向有所殘害，後改爲兩戈相疊。

163	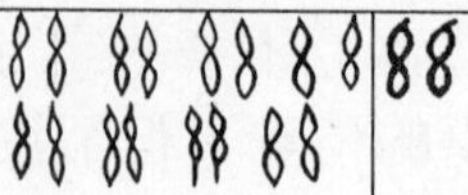			茲	茲 兩束絲形。
164	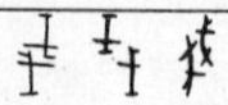	【	 s	戔	戔 兩戈對向相殘。

友(字 165)【友，同志爲友。从二又相交。㕛，古文友。𦫳，亦古文友。】朋友相互以右手輔助。金文字形下加一深坑，可能表達朋友相互協助挖掘深坑之意。

劦(字 166)【劦，同力也。从三力。山海經曰：惟號之山，其風若劦。凡劦之屬皆从劦。】作三把挖土工具協作，或共挖深坑之狀。

165		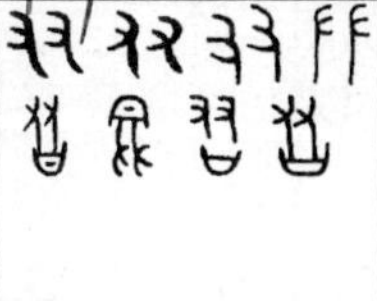	s k k	友	**友** 朋友相互以右手輔助。
166	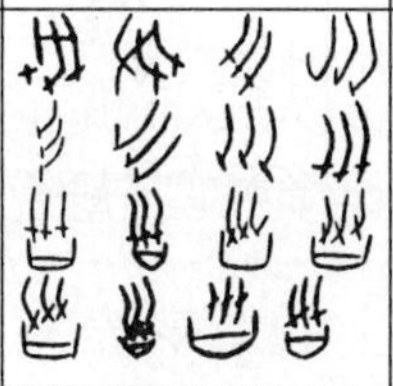	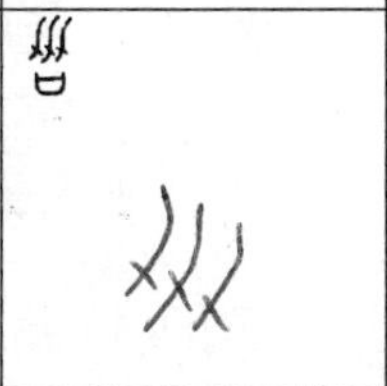	s	劦	**劦** 三把挖土工具協作,或共挖深坑之狀。

F. 不同字形的複合體

以其間相涉及的關係表意，爲後來常見的象意字結構。細分的話尚可分兩類；一是構件間可掉換位置，表示意義是通過聯想而得，如**牡**(字 167)【牡，畜父也。从牛，土聲。】、**牝**(字 168)【牝，畜母也。从牛，匕聲。】牛與士或匕的組合，用以表示動物的雄與雌性別。位置可左右對調，或甚至上下排列。甲骨文或以豬犬與士或匕組合用以表達各種動物的雌雄。**吠**【吠，犬鳴。从口犬。】表達狗之口所發出之叫聲，犬與口也不必有一定的組合。

167			s	牡	**牡** 牛與士的組合,以表達雄性動物。
168	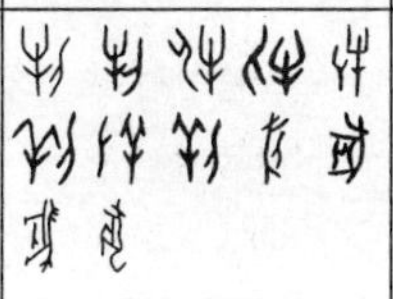		s	牝	**牝** 牛與匕的組合,以表達雌性動物。

一是構件間有一定的位置關係。如**休**(字 169)【休，息止也。

從人依木。】以一人依息於樹旁表意。人與木的關係只能左右配置而不能上下配置，而且人也要背著樹，不可面對著樹，此和具體表現一種情況或動態的方式類似，有時也不好分別。再如**臭**(字 167)【臭，禽走，臭而知其跡者犬也。从犬自。】以犬與自的組合，因狗的嗅覺非常敏銳，理論可以不同的位置組合，但鼻子長在頭部，故習慣上以自在上而犬在下排列。

169	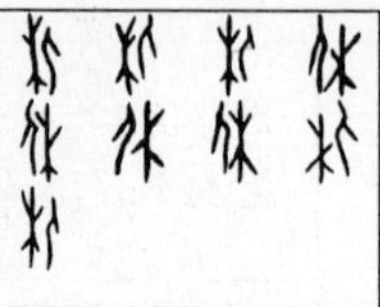	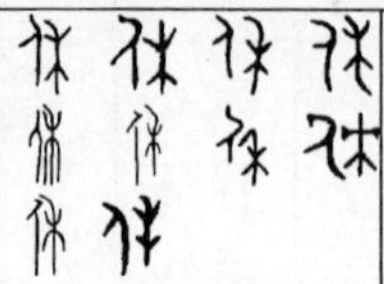		休	**休** 一人依息於樹旁之意。
170			 s	臭	**臭** 犬與自的組合，因狗鼻嗅覺敏銳。

刪(字 20)，冊與刀組合，以刀刪改竹簡上的錯字表意。

農(字 44)，林與辰組合，以蜃製工具在森林從事農業之意。甲骨文也使用爲早上的時段，因拿農具去林間工作是一大早就要做的事。(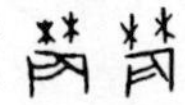)

族(字 171)【族，矢鏠也。束之族族也。从㫃从矢。㫃所以標眾矢之所集。】族在甲骨文的意義是人數不多的血族戰鬥單位。箭鏃爲戰鬥的用具，血族是隸屬於同一旗幟之下的戰鬥單位，故以箭鏃與旗幟以表達血族的意義。

171	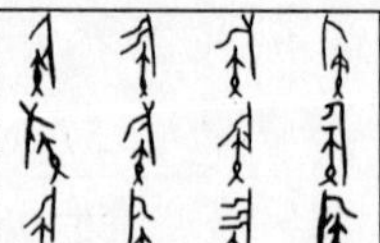		 s	**族**	**族** 隸屬於同一旗幟下的戰鬥單位。

劓(字 172)【劓，刖鼻也。从刀臬聲。易曰，天且劓。劓或从鼻。】自與刀的組合，表達以刀割鼻之刑。金文的字形於自下加一木，輔助說明以割下的鼻子展示於樹上以示警戒之意。

172	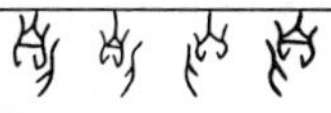		 s h	劓	劓 以刀割鼻之刑。

器(字 173)【，皿也。象器之口。犬所以守之。】犬與四口組合，狗善叫吠才有器用。四口表示連續的吠聲。

173		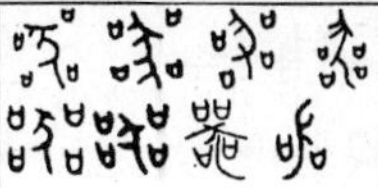	 s	器	器 犬與四口組合,狗能吠叫的器用。

初(字 174)【，始也。从刀衣。裁衣之始也。】衣與刀組合，用刀裁割布料爲縫衣之始。

174	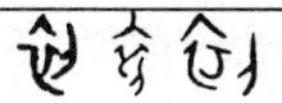		 s	初	初 用刀裁割布料爲縫衣之始。

G. 字形變易位置

都是較晚期於分析字形之後所創。

正(字 35)、乏(字 35)：正爲征的初形，假借爲正確。城邑的口字形訛變成一，小篆乏的創意有可能是反正的字形而來。（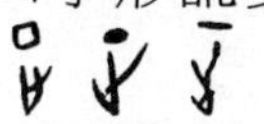）

永(字 175)【，水長也。象水巠理之長永也。詩曰：江之永矣。凡永之屬皆屬永。】、𠂢【，水之衺流別也。从反永。凡𠂢之屬皆从𠂢。讀若粺。】：永爲沿水道而修的路，彎曲而長延。衍【，水朝宗于海皃也。从水行。】、洐【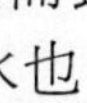，溝行水也。从水行。】的創意與之相似，沿水道而修的路長延（）。商周時代文字常反正不別，反永成𠂢以表達斜分之派流爲後來的意義。

175	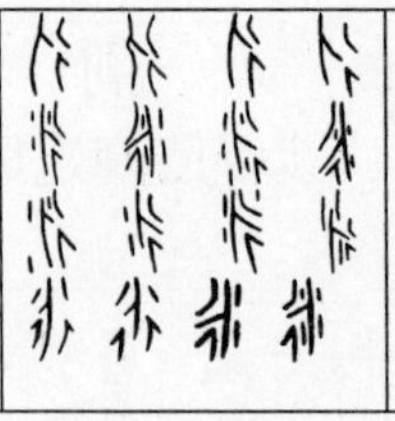		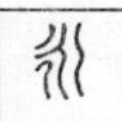 s	永	永 沿水道而修的路彎曲而延長。

片【片，判木也。从半木。凡片之屬皆从片。】、爿(字 176)【爿，反片爲爿。讀若牆。】：分析木字爲二，右半的片、左半的爿。爿字甲骨已有，爲床之象形。反之成片字，《說文》則以爲片早於爿，且以爲從木字分析所得。

176	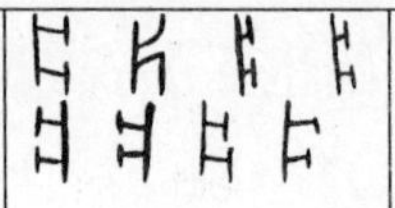		 s	爿 (牀	爿 象病弱時所睡之床形。

子(字 177)【子，十一月陽氣動、萬物滋。人以爲稱。象形。凡子之屬皆从子。𢀈，古文子从巛，象髮也。𠾅，籀文子囟有髮，臂脛在几上也。】、𠫓【𠫓，不順忽出也。从到子。易曰：突如其來，如不孝子突出，不容於內也。𠫓即易突字也。】子爲幼兒正視形，倒之成𠫓，頭在下則不順。

177	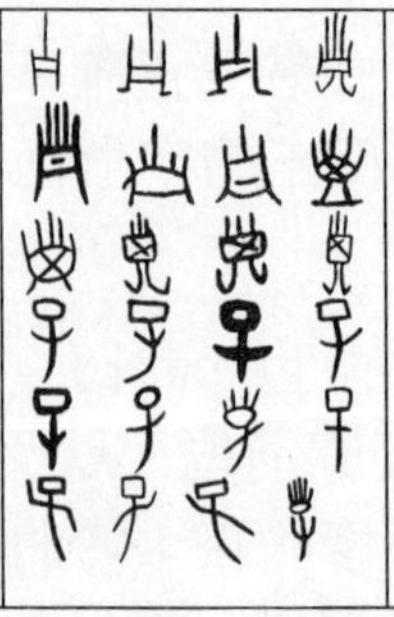	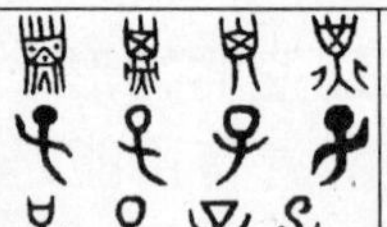	 s k z	子	子 小孩整體或頭部之形。

彳【彳，小步也。象人脛三屬相連也。凡彳之屬皆从彳。】、亍【亍，步止也。从反彳。讀若畜。】乃分析自十字路形象的行字(字 178)【行，人之步趨也。从彳亍。凡行之屬皆从行。】。彳、亍常作有關行道的形符，意義並無不同。

178		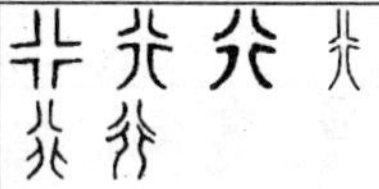	 s	行	行 十字路形。

（三）形聲：

約同《說文》的形聲，其解釋是『以事為名，取譬相成，江河是也。』意思是依事類而取音之相近者以造字。簡單地說，此類字絕大部分有一代表事物的義符和一代表音讀的聲符。但也有全是音符的例子，故象聲之名或更適切。形聲字是最方便、簡易的造字法，只要選擇一個形符和一個聲符，不管多抽象的意義，都可以很容易用這種方式造出來。上文已經談到，可能因中國是單音節的語言，故造字以象意字為主。然後在文字的使用過程中慢慢形成形聲字而被人發覺其方便，才大量以之創字的。

形聲是一種可以應用無窮的簡便造字法，它是經過長期間的發展才逐漸形成的方式。雖然商代已有百分之二十的形聲字，但絕大多數的常用字都不是形聲字，而且也限定在幾個形符。春秋時代才有意以形聲字的形式大量創造新字，併把形符擴展到各領域。在人們還沒有領會此種造字法之前，由於語言中有很多概念很難用適當的圖畫方式去表達，而日繁的人事，也沒有辦法給每一個意思造一個專字。於是就想出了兩個辦法以解決使用上的困難。一是引申，一是假借。

引申的方法是用一個字去表達一些與其基本意義有關的意思，它可能就是許慎所說的轉注。有時某些概念之間可以找到它們共通的特性，或是其意義有先後層次發展的關係，不妨用同一個字去表達它們的意義。如复(字 179)【，行故道也。从夊，畐省聲。】甲骨文作一腳踏在一個鼓風袋的踏板上，它借用腳重複上下的動作，把袋內的空氣不斷地通過鼓風管擠進煉鑪，以表達往復、重複的意義。它被用於表達各種與往復和重複有關的各種事務，如旅行的往返，陽光的復現，攻伐的恢復，甚至多件衣服。

179	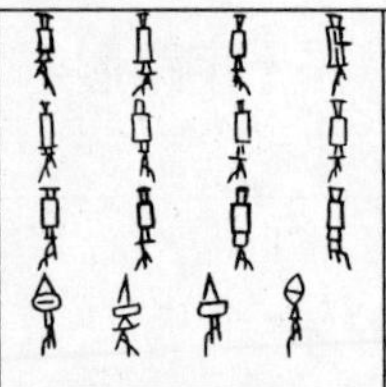	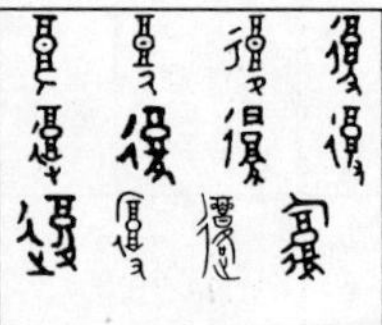	 S	复	复 一足踏在鼓風袋的踏板，往復鼓風入鑪之狀。

一個字除中心的意義外，還可以兼帶很多擴充的有關意義。經過長期間的擴充，有時一個字可能擁有一些不太相關，甚至是相反的意義。譬如亂字，在周代兼有治與亂的相反意義。如《尚書·皋陶謨》『亂而敬』、《尚書·泰誓》『予有亂臣十人』的亂都有治理的意義。**亂**字【亂，不治也。从乙𤔔。乙，治之也。】可能從金文的**辭**(字 180)【辭，說也。从𤔔辛。𤔔辛猶理辜也。𤔲，籀文辭从司。】發展而來。字形像兩手以有尖銳鉤針的工具去解開纏繞的亂線，故有亂的意義。線亂了就要加以整理，使線索就緒，故也有了治理的意義。**絕**(字 181)【絕，斷絲也。从刀糸卪聲。𢇍，古文絕，象不連體絕二絲。】與**繼**【繼，續也。从糸𢇍。𢇇，繼或作𢇇，反𢇍爲𢇇】的古代字形也只是正反之別，創意同樣是來自紡織的作業。絲亂了要用刀切斷再加以接續，故演化成斷絕與接續兩義。終字有終止、死亡與長久的意義，也似是相反的意義。

180			 S Z  S	辭 亂	辭 兩手以鉤針在解纏繞的亂線，線亂了要整理，故兼有棼亂與治理義。 亂

181			 s k s h	絕 繼	**絕** 亂絲要用刀切斷再接續，故演化成斷絕與接續兩個意義。 **繼**

後來爲了要分別本義與其擴充意義，並確定各自的字形，有些字就在字源分別加上水、火、木、人、衣、心、口、言、手、頁、彳、辵等不同意義的屬類，成了不同字形的形聲字。如冓(字 182)【冓，交積材也。象對交之形。凡冓之屬皆从冓。】可能表示兩木構件以繩捆縛的相互交接之狀，人們就用以表示各種與交接、相會有關的意義。

182	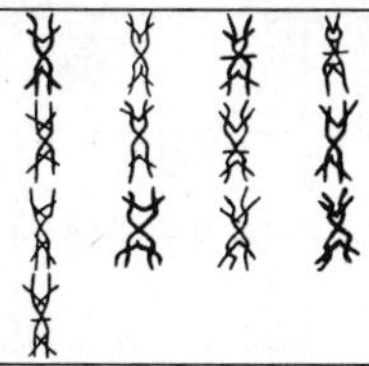	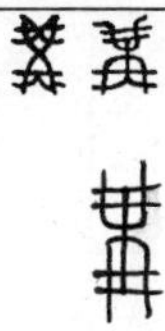	 s	冓	**冓** 兩木構件以繩捆縛的相互交接之狀。

後來以各種形符加到冓字之上以分別各引申義，於是就形成了構【構，蓋也。從木，冓聲。杜林以爲椽桷字。】、購【購，以財有所求也。從貝，冓聲。】、媾【媾，重婚也。從女，冓聲。易曰，匪寇婚媾。】、遘【遘，遇也。从辵，冓聲。】、溝【溝，水瀆也。廣四尺深四尺。从水，冓聲。】、講【講，和解也。从言，冓聲。】、覯【覯，遇見也。从見，冓聲。】等從冓聲而與交接的概念有關的各個形聲字。由引伸而演變成的形聲字群都有共同的中心意義，以致令人有從某聲的字都有某種意義的感覺，因此過分強調這種聲符帶有意義的現象而有右聲說的主張。見後討論。其實後來有意以形聲方式新造的字，反而大都是基於音近的因素而非意義的引伸。

假借的方法是，當一個意思難以用圖畫去表達時，借用一個發音相同，或相近的現成字去表達。譬如黃字(字 183)【黃，地之色也。从田，炗聲。炗，古文光。𡕛，古文黃。凡黃之屬皆从黃。】甲骨文是一組璜珮的象形，被借用以表達與玉無關的黃的顏色。後來為了要避免可能的混淆，就在本義的黃字加上玉的義符而成璜的形聲字，以與借義的黃有所分別。

183	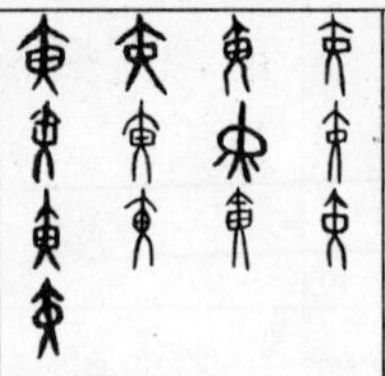	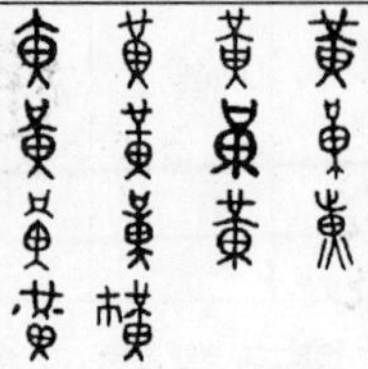	 s k	黃	黃 一組成串的腰珮形，借為顏色。

同樣的，莫(字 184)【，日且冥也。从日在茻中，茻亦聲。】本象日已西下於林中的傍晚時分，作鳥於林中，表達其歸巢的時間。春秋時代莫被借用為否定的副詞，因此就在本義的莫字，加上日的義符而成暮字。很多假借字就通過這個步驟而成為形聲字。

184	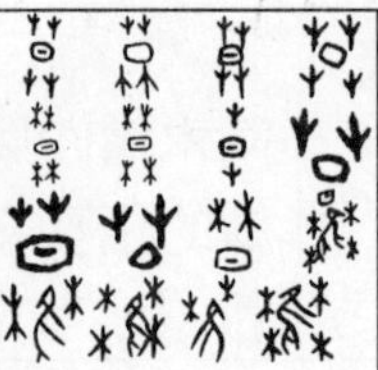	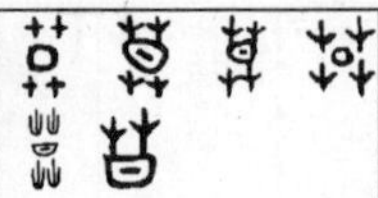	 s	莫	莫 日已西下林中，或鳥歸巢林中，表達傍晚的時分。

有時為了音讀的便利，或修正已發生變化的音讀，就加上新的聲符，也形成形聲字。譬如，甲骨文的風字(字 21)是借用鳳鳥的象形字（）。後來在鳳形上加凡或兄的聲符以為區別（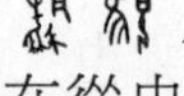）。但是這個新的形聲字又被用為鳳鳥的意義，就別造現在從虫凡聲的風字。又如甲骨文的晶字(字 110)本是繁星的象形（）。它兼有晶亮的引申義。於是也在晶上加生的音符而成為星字（），以與晶字區別。有時一個字已因聲讀的關係借用為其他意義，因某種原因又標上一個音符，使整個字都是音符構成的。如羽(字 29)是羽毛的形象（），商代借為翌日，加上立的聲符（），戰國時羽更借為音樂宮調的名稱，而又加上于聲（）。一個形聲字不管是加上聲符或義符而形成的，在形式上，它們絕大部分都可分析為與意義有關的形符，以及與音讀有關的聲符，只有少數純由音符組成。

如上所述，大部分早期的形聲字是象形或象意字，經過了長期間的使用，才在不知不覺中演變成的。人們一旦察覺這種簡便的造字法，就有意以這種形式大量創造新字。最早有意創造的形聲字可能是族名、地名、動植物一類，很難用圖畫去表達的專有名詞。稍後才推廣到其他詞彙的領域，終於成爲後世最廣泛應用的造字法。

依其形成的過程，形聲字約可分爲三式：

A. 聲加形符：

(a)由假借而來

彔(字 27)加林＝麓【，守山林吏也。从林，鹿聲。一曰，林屬於山爲麓。春秋傳曰，沙麓崩。，古文從彔。】，汲水的轆轤形，借爲山麓。()

須(字 94)，加髟＝鬚【《廣韻》，鬚，俗。】，臉上鬍鬚，借爲副詞。()

丑(字 125)，加手＝扭【《廣韻》，扭，按也。】，手指彎曲以扭物，借爲干支。()

非(字 145)，加手＝排【，擠也。从手，非聲。】，雙手排東西往兩旁，借爲副詞。(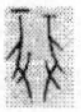)

黃(字 183)，加玉＝璜【，半璧也。从玉，黃聲。】，成串之腰珮形，借爲顏色。()

莫(字 184)，加日＝暮【《廣韻》，暮，日晚也。冥也。】，日已西下林中，借爲副詞。()

采(字 185)【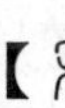，捋取也。從木從爪。】加手＝採【《廣韻》，採，取也。俗。】，手採樹上果實，借爲光彩。

父(字 186)【，巨也。家長率教者。从又舉杖。】加斤＝斧【，所以斫也。从斤，父聲。】，手持石斧，借爲親屬。

185	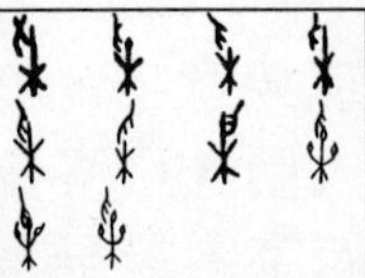		 s	采	采 手採樹上果實，借爲光彩。
186		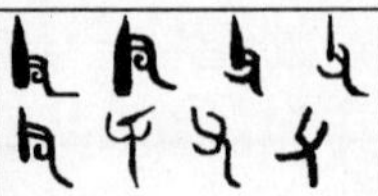	 s	父	父 手持石斧的勞動者，借爲親屬稱呼。

原(字 187)【，水本也。从灥出厂下。，篆文从泉。】加水＝源【《廣韻》，源，水原曰源。】，泉水湧出的源頭，借爲平原。

縣(字 188)【，繫也。从系持県。】加心＝懸【《廣韻》，懸，俗，今通用。】，懸掛頭顱於樹上，借爲行政單位。

187		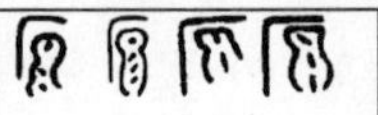	 s	原	原 泉水湧出之水源意，假借爲平原。
188		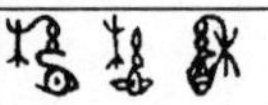	 s	縣	縣 懸掛人頭於樹枝之狀，假借爲行政單位。

前(字 189)【，不行而進謂之歬。从止在舟上。】加水＝湔【《廣韻》，湔，洗也。一曰水名，出蜀玉壘山。】，洗足於盆中，借爲時間副詞。

叟(字 190)【，老也。从又灾。，籀文从寸。，叜或从人。】加手＝搜【，眾意也。一曰求也。从手，叜聲。詩曰，束矢其搜】，持火把於屋內搜索，借爲老人。

189	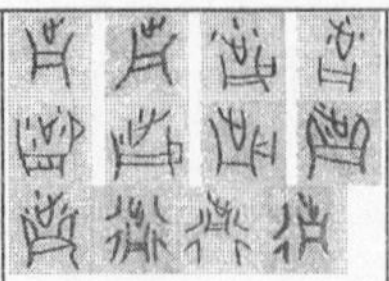	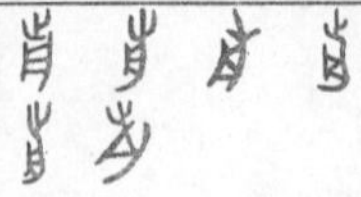	 s	前	前 洗足於盆中，假借爲時間副詞。

190	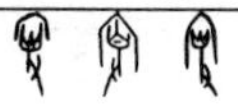		 s z h	叟	叟 手持火把於屋內搜索事物，借爲老人。

叔(字 191)【叔，拾也。从又，尗聲。汝南名收芌爲叔。村，叔或从寸。】【尗，豆也。尗象豆生之形也。凡尗之屬皆从尗。】加艸＝菽【《廣韻》，尗，豆也。菽，上同。】，手採豆莢，借爲親屬稱呼。

191			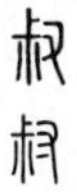 s h	叔	叔 手採荳莢，借爲親屬稱呼。

萬(字 192)【萬，蟲也。从禸。象形。】加虫＝蠆【蠆，毒蟲也。象形。蠆，蠆或从蚰。】，蠍子形，借爲數字。

192	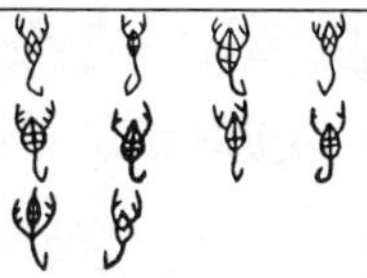	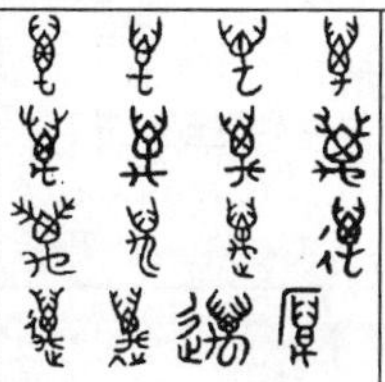	 s	萬	萬 蠍子的形象，借爲數目。

（b）引申義別異

皮(字 107)【皮，剝取獸革者謂之皮。从又，爲省聲。凡皮之屬皆从皮。】加衣＝被【被，寢衣，長一身有半。从衣，皮聲。】，手持皮盾，引申表面。加彳＝彼【《廣韻》，彼，對此之稱。】，借爲人稱代名詞。(皮)

复(字 179)，加彳＝復【復，往來也。从彳，复聲。】、加衣＝複【複，重衣也。从衣，复聲。一曰褚衣。】，腳踏鼓風袋，動作重複。(复)

冓(字 182)，加水＝溝【溝，水瀆也。从水，冓聲。】加見＝覯【覯，遇見也。从見，冓聲。】，兩木構件交接，兩物交接。(冓)

帚(字 193)【帚，所以糞也。从又持巾埽冂內。古者少康初作箕帚秫酒。少康，杜康也。葬長垣。】加女＝婦【婦，服也。从女持帚灑埽也。】，掃把形，主婦之職。

193	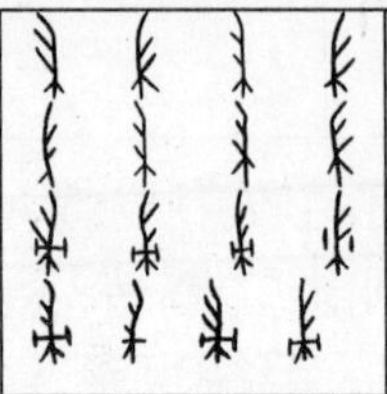		s	帚	帚 掃把形，清潔內外是主婦之職。

免(字 194)【免，兔逸也。从兔不見足。會意。】加冃＝冕【冕，大夫以上冠也。从冃，免聲。古者黃帝初作冕。絻，冕或从絲作。】，頭戴盔冑，可避免傷害。

194	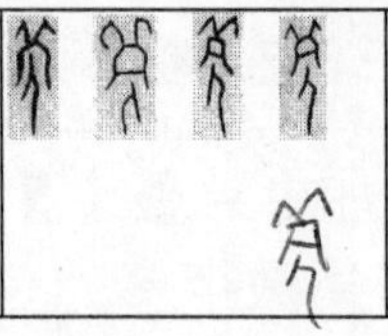	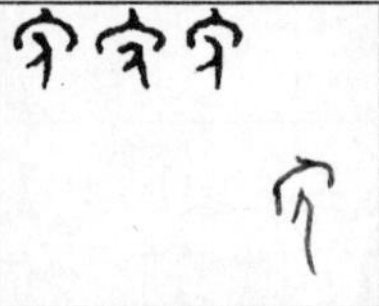	s	免	免 一人頭戴盔冑，可避免傷害。

孚(字 195)【孚，卵即孚也。从爪子。一曰信也。】加人＝俘【俘，軍所獲也。从人，孚聲。春秋傳曰，以為俘聝。】，手控制小俘虜，可信賴給予工作。

195	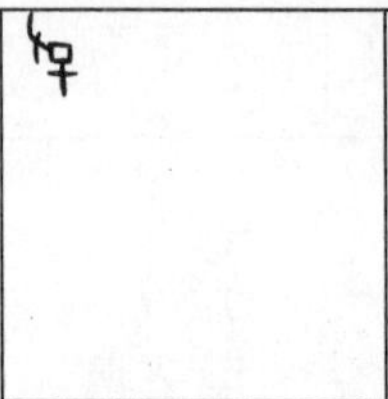	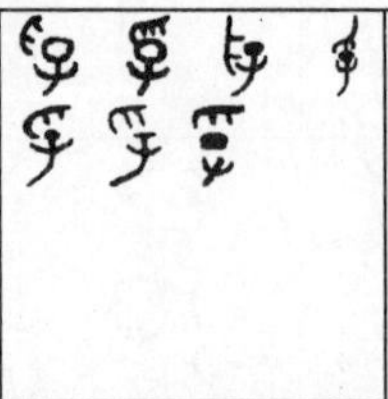	s	孚	孚 象以手控制小俘虜，小孩不狡猾，可信賴使工作。

皇(字 196)【皇，大也。从自王。自，始也。始王者，三皇大君也。自讀若鼻。今俗以作始生子為鼻子是。】加火＝煌【煌，煌煌輝也。从火，皇聲。】，加羽飾之帽，盛裝。

196	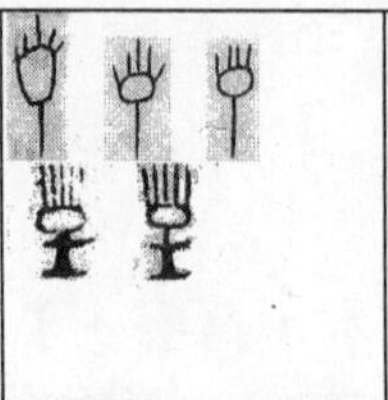	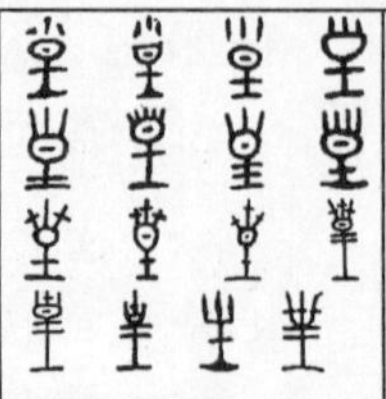	s	皇	皇 象裝飾孔雀羽毛的舞蹈用美麗帽子形。形容詞。

曹(字 197)【 ，獄兩曹也。从㯥在庭中也。从曰治事者也。】加木＝槽【 ，嘼之食器。从木，曹聲。】，瀘酒之槽，官家作業。加米＝糟【 ，酒滓也。从米，曹聲。 ，籀文从酉。】，濾下之渣。

卑(字 198)【 ，賤也。執事者。从𠂇甲。】加女或妾＝婢【《廣韻》，婢，女之下也。】，手持儀仗牌之類，低級職務。()

197	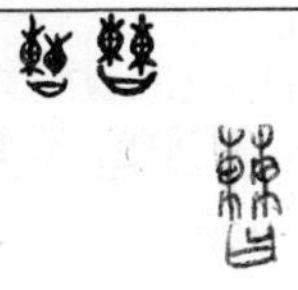		 S	曹	曹 槽上兩袋在濾酒之狀。
198			 S	卑	卑 從事持拿儀仗牌之賤職。

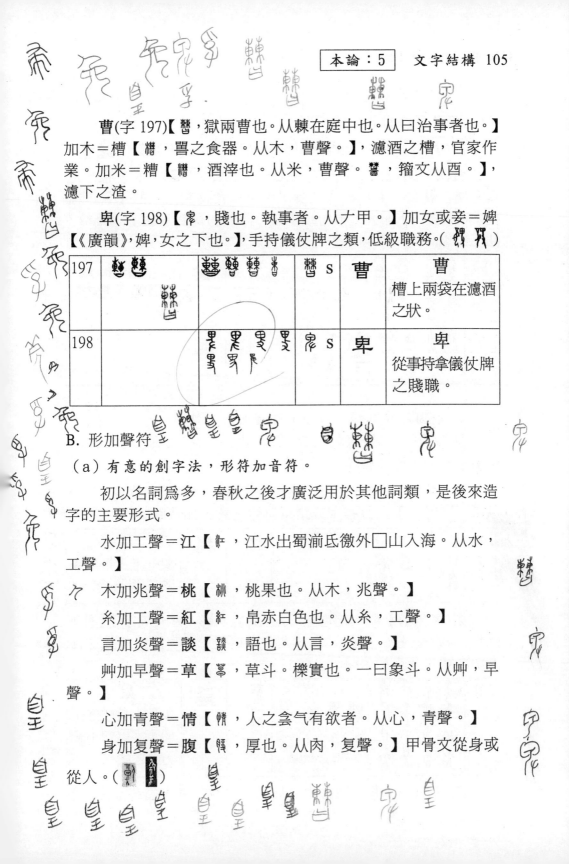

B. 形加聲符

（a）有意的創字法，形符加音符。

初以名詞爲多，春秋之後才廣泛用於其他詞類，是後來造字的主要形式。

水加工聲＝江【 ，江水出蜀湔氐徼外□山入海。从水，工聲。】

木加兆聲＝桃【 ，桃果也。从木，兆聲。】

糸加工聲＝紅【 ，帛赤白色也。从糸，工聲。】

言加炎聲＝談【 ，語也。从言，炎聲。】

艸加早聲＝草【 ，草斗。櫟實也。一曰象斗。从艸，早聲。】

心加青聲＝情【 ，人之侌气有欲者。从心，青聲。】

身加复聲＝腹【 ，厚也。从肉，复聲。】甲骨文從身或從人。(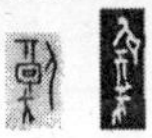)

（b）因引申而別義，例子少。

晶(字 110)，眾星形象，引申爲晶亮，加生聲別義。（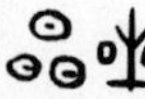）

食(字 199)【，亼米也。从皀，亼聲。或說，亼皀也。凡食之屬皆从食。】加蓋之熟食，引申以食物飼人。飤【，糧也。从人食。】加人之形符以別義。後改加司聲別義【《廣韻》，飤，食也。飼，上同。】。

199	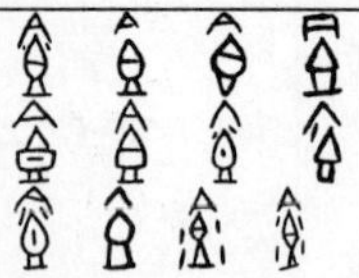		 s	食	食 象加蓋保溫之食物形。
	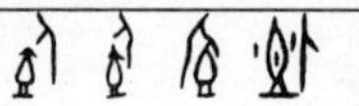	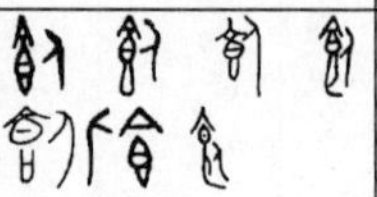		飼	飼

（c）可能因順應音變，或便利音讀而加音符。

埜(字 46)，林野祭祀之處，戰國時加予聲，小篆以田代林，再田土合成里而成野字。（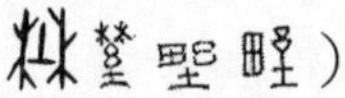）

耤(字 200)【，帝耤千畝也。古者使民如借，故謂之藉。从耒，昔聲。】象人推犁或踏犁耕地之意，加昔聲。

200	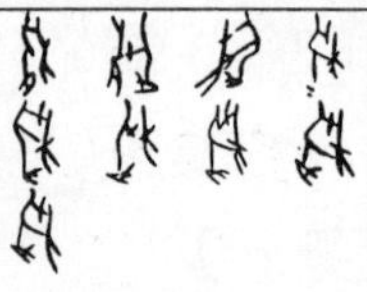		 s	耤	耤 象一堆人推犁或踏犁耕地之意。

疑(字 201)【，未定也。从匕吴聲。吴，古文矢字】【，惑也。从子止匕，矢聲。】一人持杖猶疑於十字路口不知往何方向之意，金文加牛聲。

201	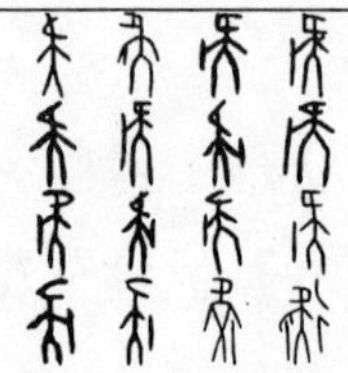		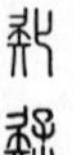 s s	疑	疑 象一人持杖猶疑於十字路口不知方向之意。

蛛(字 202)【，鼅鼄也。从黽，朱聲。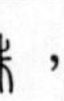，鼄或从虫。】

蜘蛛象形，加朱聲，後以虫代黽。

齒(字 203)【齒，口齗骨也。象口齒之形。止聲。凡齒之屬皆从齒。𠚕，古文齒字。】口中齒形，可能爲了與齒疾諸字區別而加止聲。

202	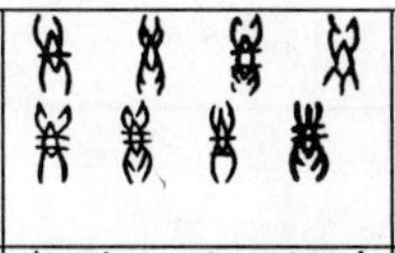	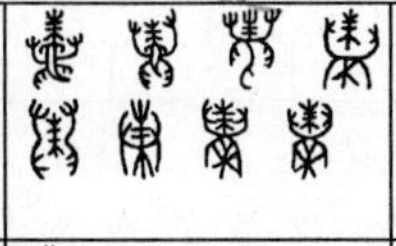	鼄 s 蛛 h	**蛛**	**蛛** 蜘蛛象形。
203	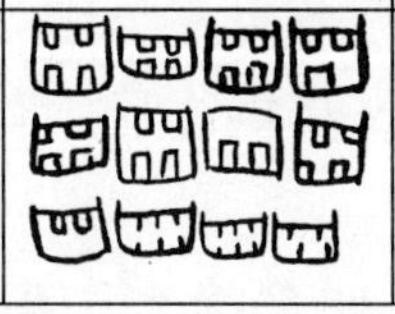	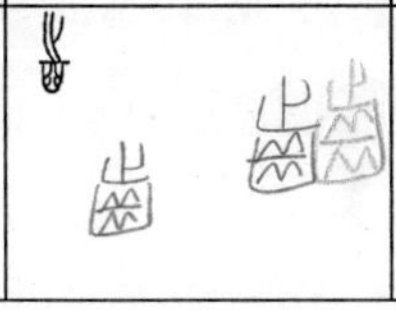	齒 s 𠚕 k	**齒**	**齒** 口中之齒列形。

肇(字 204)【肈，上諱。】【肁，始開也。从戶聿。】以戈破門製造事端，加聿聲。

204	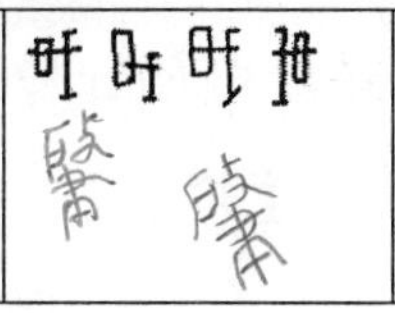	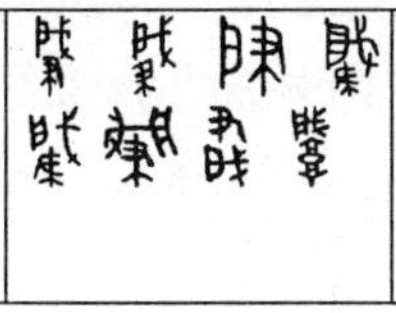	肇 s	**肇**	**肇** 以戈破門,製造事端。

鑪(字 205)【鑪，方鑪也。从金，盧聲。】有支架的火爐形，加虎聲。

205	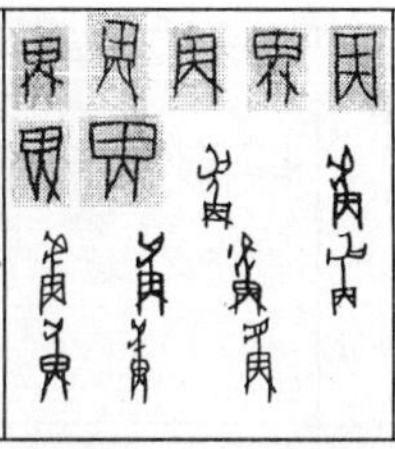		鑪 s	**鑪**	**鑪** 有支腳可移動的火爐形。

臧(字 206)【臧，善也。从臣，戕聲。𢦶，籀文。】戈刺瞎奴隸眼睛，加爿聲。

206			臧 s 𢦶 z	**臧**	**臧** 以戈刺瞎奴隸眼睛,減低反抗能力而順服。

蠹(字 207)【蠹，木中蟲。从䖵，橐聲。螙，蠹或从木。象

在木中形。譚長說。】原應作蠹蚰之形，商代已加橐聲。

207	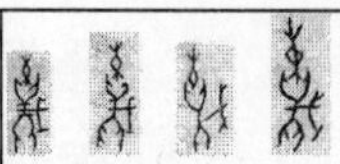			蠹	蠹 原形或應作蠹蚰之形，商代已加橐聲。

（d）為便利書寫及規劃，化象形或象意文字為形聲。

囿(字 45)，範圍內特地栽培植物之處，改變爲從囗，有聲。（）

稻(字 96)，以裝在罈中的穀米表意。改變爲從米，舀聲，後又規律化，易米爲禾。（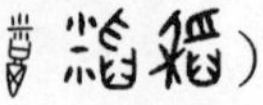）

阱(字 208)【阱，陷也。从𨸏井，井亦聲。穽，阱或从穴。汬，古文阱从水。】設陷捕捉野生動物，改易爲𨸏加井聲。

埋、薶(字 209)【薶，瘞也。从艸，貍聲。】埋牲於坑中，小篆改易爲從艸貍聲，後又改易爲從土里聲。

沈(字 210)【沈，陵上滈水也。从水，冘聲。一曰，濁黕也。】原作沉牛於河中以祭祀鬼神。

208			 s h k	阱	阱 設陷捕捉野生動物。
209	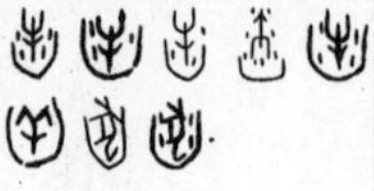		 s	埋	薶 埋牛、羊等犧牲於坑中。
210	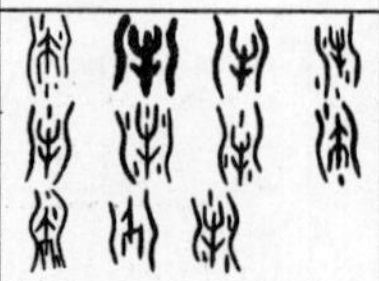	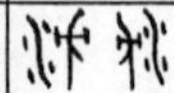	 s	沈	沈 沈牛於河中以祭祀鬼神。

猴(字 211)【猴，夒也。从犬，侯聲。】象形，改變爲從犬

侯聲。

魅(字 212)【，老物精也。从鬼彡。彡，鬼毛。，或从未。，籀文从彖首，从尾省聲。】鬼的面具或身上塗有閃爍的燐，埋葬多年的老鬼才有的現象。改變爲從鬼未聲。

211			 s	猴	**猴** 象猴子形。
212			 s h z	魅	**魅** 身上塗有閃爍燐光的老精怪。

岳(字 213)【，東岱南霍西華北恒中大室。王者之所以巡狩所至。从山，獄聲。，古文，象高形。】多重山巒之象，改變爲從山獄聲。

213	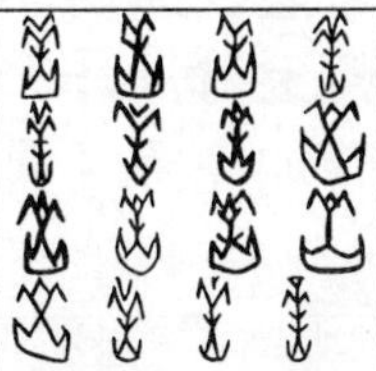		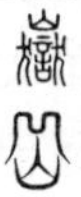 s k	嶽 岳	**岳、嶽** 多重山巒之象。

虹(字 214)【，螮蝀也。狀似虫。从虫，工聲。明堂月令曰，虹始見。】雙頭穹身的神話動物，改變爲從虫工聲，或從雨兒聲的霓字。

誥(字 215)【，告也。从言，告聲。，古文誥。】原作雙手拿著長管樂器作政府的宣告。

214	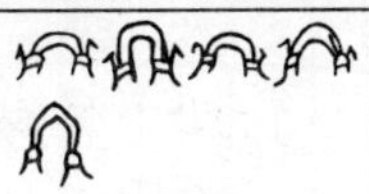		 s	虹	**虹** 雙頭穹身的神話動物。
215		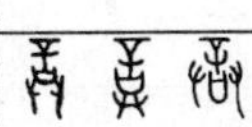	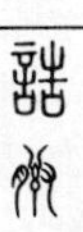 s k	誥	**誥** 雙手拿著一把長管樂器，政府有所宣告的方式。

C. 聲加聲

大都因假借而再加聲，例子少。

鳳(字 22)，加凡＝風，初借鳳鳥之形爲風，繼加凡聲爲風專字，或加兄聲，又被用爲鳳，乃造凡虫的風。（鳳 bj∂m，凡 bjw∂m，風 pjw∂m，兄 xiwang）（）

羽(字 29)加立＝翊，初借羽毛之形爲昱日，繼加立聲＝翊【，飛皃。从羽，立聲。】（羽與立不同韻部，可見商周的聲韻有異）後又別造從日立聲的昱(字 28)。羽又聲借爲音樂的宮調，戰國時加于聲。（羽 vjwav，立 dzi∂m，于 vjwav）（）

乎(字 216)【，語之餘也。从兮，象聲上越揚之形也。】創意不明，或可能爲寧字(字 217)【，願詞也。从丂，寍聲。】、甹【，定息也。从血，甹省聲。讀若亭。】的下半部分，寧、甹字作皿下有支架的托盤，其上並有湯汁。可能表達燙熱的食物要用托盤才不會被燙傷而安全。乎字爲托盤上有湯汁，創意可能因受燙痛而呼叫。後聲借爲語詞，戰國時加虎聲【，哮虖也。从虍，乎聲。】（乎 gav，虎 xav）

216	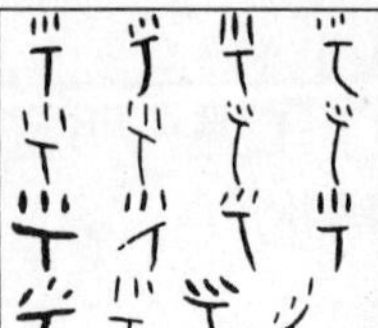	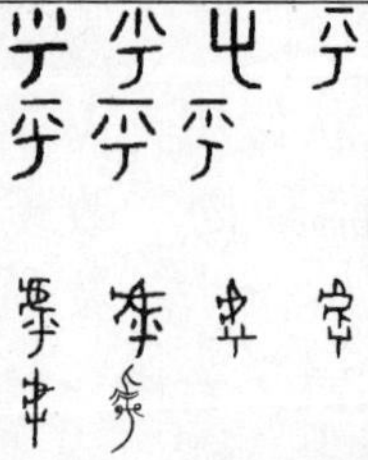	 s   s	乎 虖	乎 創意不明，借爲語詞，戰國時有加虎聲之例。 虖
217	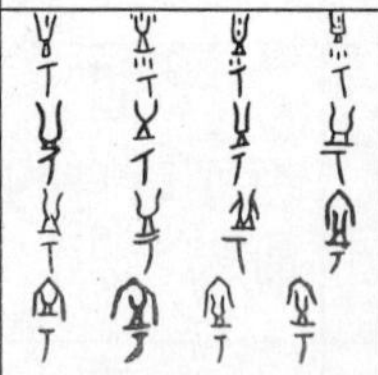	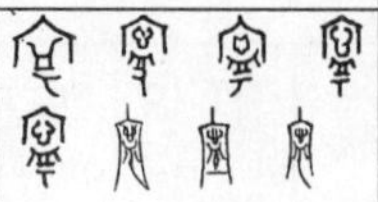	 s	寧	寧 作皿下有支架的托盤，用托盤才不會燙傷而安全。

兄(字 218)【，長也。从儿从口。凡兄之屬皆从兄。】從祝字形，知象一人或立或跪坐而張口祝告之狀，音借爲人倫，金文有加往聲者。（兄 xiwang，往 gjwang）其它，如戰國時代

有好幾個方國用從虍從魚的𧇣字以替代余（），作爲第一人稱代名詞。人稱代名詞都是使用音假的方法。虎、魚、余都屬魚陽韻（虍 xav，魚 ngjav，余 riav），顯然虍與魚都是聲符的組合。戰國銅器銘文（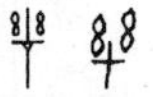），以從玆從才作爲哉字使用，玆、才、哉都屬之蒸韻（玆 tsjiəv，才 dzəv、哉 tsəv），也應是純音符的組合。

218	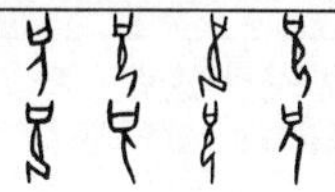	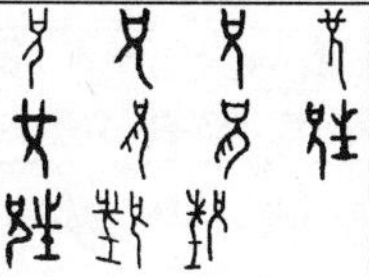	 s	兄	兄 象一人張口祝告之狀，借爲人倫。

（四）分類的意見難一致

不管是以上所介紹的三書說，或傳統的六書說，對於某個字的分類，要取得學者們意見的一致是不簡單的。就算採用兩分法，即分形聲與意象字，面對最早的甲骨文而不是已起訛變的小篆，也不是可取得一致的歸類意見。在所有的造字法中，形聲字可以說是最容易辨識的。

（1）它一定包含至少一個聲符，而且聲符都是成字的。例外的例子不多，如往【，之也。从彳，㞷聲。，古文从辵。】的甲骨文字形作（），乃從止王聲，兩構件連成一體。

（2）形聲字與其所諧的聲符，兩者的韻母同屬一大類是必須的條件之外，兩者的聲母也要同屬一大類。如唇音爲一類，喉音爲一類，舌音又爲一大類等。如不同類，則認定就大致有問題。如聖(字 219)【，通也。从耳，呈聲】甲骨文作一人有敏銳的聽力，能辨別各種音響以表達有過人的才能，它含有壬的部分是由於字形的變化，和呈聲無關。依周法高擬音，先秦時代聖讀如 st’jieng，呈讀如 dieng，聲母的類別不同，就算甲骨文以來聖的字形演變過程不清楚，我們也要懷疑聖字從呈聲的可能。

219	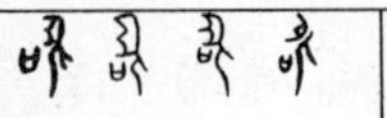	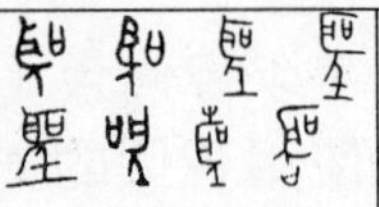	 S	聖	聖 一人耳朵聽力敏銳，能分辨聲響，強調天賦體能。

又如彘(字 220)【，豕也。後蹄廢謂之彘。从彑从二匕，矢聲。彘足與鹿足同。】甲骨文表現一枝箭穿透一隻豬的軀體，知是以射箭所獵獲表明野豬的品種。後來意義擴充至家豬。從字形看，應與矢聲無關。依周法高擬音，先秦時代彘讀如 dier，矢讀如 st'jier。聲類很不同，顯然不是形聲字。

220		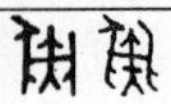	 S	彘	彘 被一箭射穿身軀的野豬。

（3）除聲韻的條件外，形符所代表的意義也要與形聲字的意義是同類的。譬如頁【，頭也。从百从儿。古文䭫首如此。凡頁之屬皆从頁。】爲特著人頭部之象形文（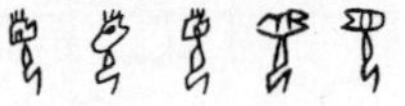，）。以頁爲形符的形聲字，意義一定是有關頭部的。但顥【，白皃。从景頁。楚詞曰，天白顥顥。南山四顥，白首人也。】的意義和頭沒有直接關係，所以不是形聲字。此字的創意不很容易了解。京爲高樓的形象，頁原先爲貴族的形象，古代高樓爲施政的場所，詢政的大臣都是老人，其白頭髮在日光照射下，閃爍發亮。顥的原義較可能是在施政的高樓出現的德高望重的白髮老人，白是引申義。又如頪【，難曉也。从頁米。一曰鮮白皃。从粉省。】此字的創意應是一人有散光一類的視覺毛病，看東西時影像重疊不清楚之狀。都與頭部意義沒有直接關係，故也是象意字。再如寡(字 221)【，少也。从宀頒。頒，分也。宀分故爲少也。】許慎以爲創意來自分家產，一如貧字【，財分少也。从貝分，分亦聲。，古文从宀分。】先以分宀創意，可能不易了解，改以分貝會意。甲骨文寡字作屋中一見，金文改變爲屋中一頁，分的部分是後來字形演變所造成。

在早期時，見或頁作爲一字的構件常用以表示貴族的形象而非看見或頭部的形符。寡以屋中屬貴族的人數寡少表意，本義與建築物或頭部都沒有直接的關係，後來頁主要作爲頭部的形符，一般人不明其創意，又因人形的前後加上無意義的裝飾點，以致看起來像是從分，因而有分家產之說。

221	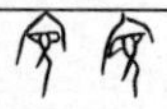	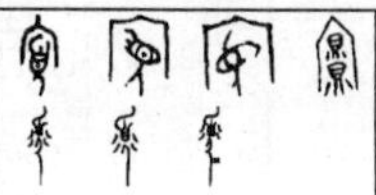	 s	寡	寡 建築物中的大人物。數量寡少。

再舉一常見之例，宀是房屋的外形，以此作爲構件的字，如果是形聲字，則其基本意義就要與建築物有直接的關係，否則就是象意字。如宅【，人所託居也。从宀，乇聲。，古文宅。，亦古文宅。】爲人所居之建築（）。室【，實也。从宀，至聲。室屋皆从至，所止也。】爲建築物的分間（，）。寵【，尊居也。从宀，龍聲。】爲尊者所居之處（）。寬【，屋寬大也。从宀，萈聲。】爲屋寬大。客【，寄也。从宀，各聲。】（）、寄【，託也。从宀，奇聲。】爲臨時居所。它們的本義都與建築物有關，故都是形聲字。寢(字 222)【，臥也。从宀，侵聲。，籀文寢省。】爲晚上睡眠之室，意義與建築物有直接的關係。但此字的甲骨字形卻是象意字，以屋中常備有掃把以清潔的是寢室表意，後來才演變類似形聲字。

222	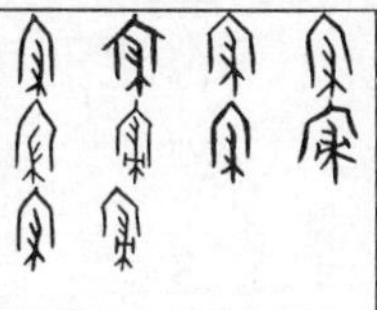		 s z	寢	寢 屋中常備有掃把以清潔之寢室。

反之，安(字 223)【，竫也。从女在宀中。】以女性要在家中才安全，外出容易遭受侵犯，本義與建築物無關，故是象意字。宂【，㪉也。从宀儿。人在屋下無田事也。周書曰，宮中之宂食。】以男性在屋中休息有空閒，不必到田地工作表意，故是象意字。宗(字 224)【，尊祖廟也。从宀示。】以有神主的廟表示同出自同一個祖先的宗族，本義與建築物無密切

關係，故是象意字。

223	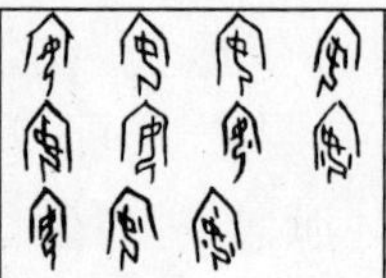	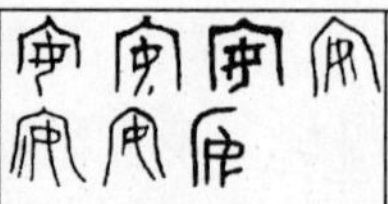	 s	安	安 女性在家中才安全。
224	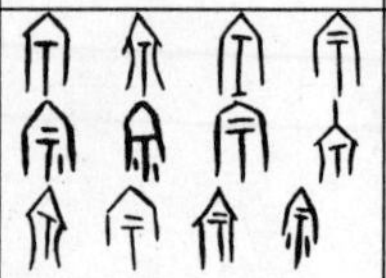	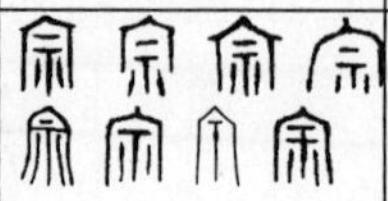	 s	宗	宗 陳設神主的廟是同宗所拜祭之處。

判定一字是否屬形聲字看似簡單，但學者之間對它的認定，也常有不一致的情形。李孝定先生曾以『六書』的分類，分析能辨識的甲骨文字，探討各書所佔的百分比有多少。不談其他五書的分類，針對他所歸類爲形聲字的例子來撿討，值得討論的至少有以下的例子：

旁(字 148)，犁刀之上裝直板犁壁，作用在把翻起的土推到兩旁。方是耕犁的形象。金文有把犁壁下移至犁刀的上方的寫法，更是寫實的描寫，所以不是形聲字。（方 pjwang，旁 bwang）（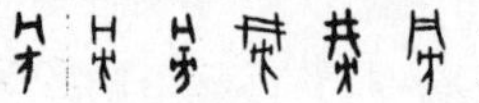）

每(字 65)，頭上有盛飾的婦女，顯得很豐美。字形沒有母的構件。（母 m∂v，每 mw∂v）（）

牡(字 167)、**牝**(字 168)，士與匕是動物性別的符號，甲骨文還以之標識於豬、鹿、犬等動物，士的聲與韻也與牡不同類屬，故不應是形聲字。同樣的，從豕、馬、鹿等的性別字，讀音也不同韻，知應該都是象意字。（士 dzi∂v，土 t'av，牡 mw∂w）（匕 pjier，牝 bjien）（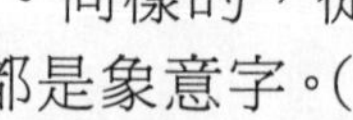）（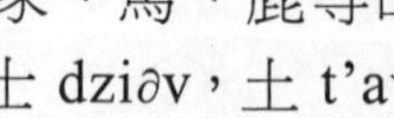）

犁(字 89)，初文作一把犁及翻起的土塵，借以名雜色牛，犁的字形可能是犁牛的合文。就算它是形聲字，也應把初形計入象形或會意。（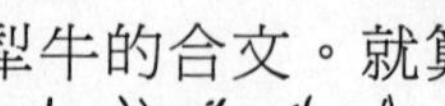）

吝(字 225)【，恨惜也。从口，文聲。易曰，以往吝。，古文吝从彣】吝與文的聲母不同類，恐非形聲，古代葬儀要棒殺老人以放魂，後來演變爲刺紋並埋土中，可能表達嘆惜後代

的人違背古俗。（文 mjwən，吝 liən）

召(字 226)【，評也。从口，刀聲。】初文作溫酒盆上一酒壺，一手持杯，一手拿杓，挹酒以招待客人之意，後來才簡省爲一匕一口，才被誤爲從口刀聲。如爲形聲，就不會隱藏於眾多部件之中。（刀 taw，召 tjiaw）

225	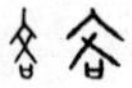		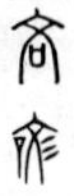 s k	吝	吝 經紋身之屍體埋於土坑,惋惜違背棒殺之古習。
226		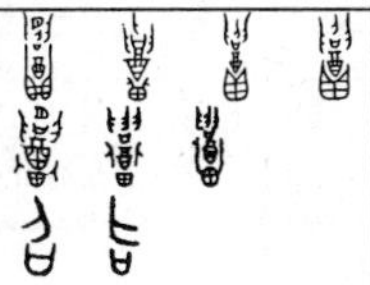	 s	召	召 作溫酒盆上一個酒壺,一手持杯,一手拿杓,挹酒招待客人之意。

喪(字 227)【，亡也。从哭亡，亡亦聲。】表現在桑樹枝幹間掛很多籃筐的採桑葉作業，借以表達喪亡。如爲從口桑聲，一個口就夠了，不必三或四口，且位置不固定。（喪 sang，亡 mjwang）

227	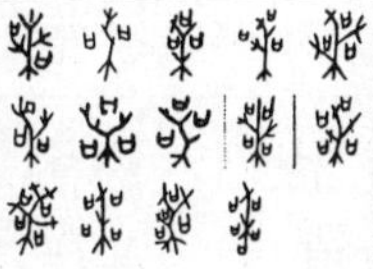		 s	喪	喪 桑樹枝幹間很多籃筐的採桑葉作業，借爲喪亡。

歸(字 228)【，女嫁也。从止婦省，自聲。，籀文省。】自與歸的聲母分屬不同大類，可能與婦女歸寧所帶東西(土與掃把)有關。（自 twər，歸 kjwər）

228		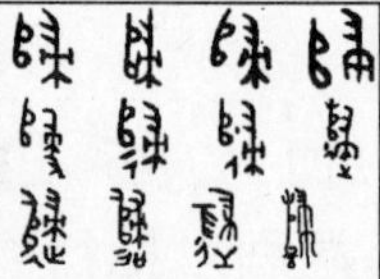	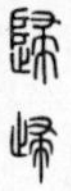 s z	歸	歸 以土堆與掃把組合,可能與歸嫁禮俗有關。

歲(字 229)【㱑,木星也。越歷二十八宿,宣徧侌陽,十二月一次。从步,戌聲。律厤書名五星爲五步。】原爲大型之鉞,爲處罰之刑具,用以名歲星。可能在天空一年移動十二分之一,被利用以紀年歲。後加步,可能表示它是移動的。鉞與歲的聲韻都不近,鉞字形後來演變如戌,才被誤認爲戌聲,與歲的韻相差更遠。(鉞 vjwat,歲 sjiwar)(戌 sjieet,歲 sjiwar)

229			 s	歲	歲 大型之鉞形,爲處罰之刑具,用以名歲星。

進(字 230)【䢙,登也。从辵,閵省聲。】以隹與止表現鳥的飛行只進不退,不像其他動物可倒行。省聲之說很不可靠。

230			 s	進	進 以隹與止表意,鳥飛行只進不退。

遲(字 231)【䢜,徐行也。从辵,犀聲。詩曰,行道遲遲。䢜,遲或从𡰥。䢜,籀文遲从屖。】以一人背負一人在行道行走,比一般人行走遲到。從屖或犀聲是商以後的字形。

231		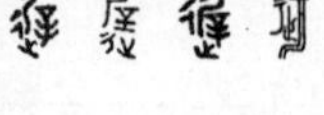	 s h z	遲	遲 一人背負一人在行道行走,比一般人行走遲到。

途(字 232)【《廣韻》途,道也。】余(以諸切,魚韻 riav)與途(同都切,模韻 dav)的聲韻雖相隔不遠,很可能是象意字。

途是大道，余爲使者所持之證物，官道所見景象。

232	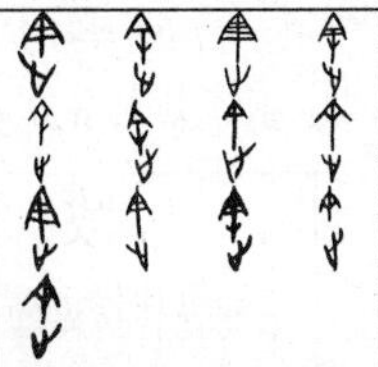			途	途 途是大道,余爲使者所持之證物,官道所見景象。

退(字 233)【，卻也。从彳日夊。一曰行遲。，退或从內。，古文从辵】由內及止組成。從小篆或體推論甲骨文的字形，內可能是自門內視掛簾掀開而結於門柱的形象。足在門內以表達退而安息之意。內及止都和退的音讀無關。

233	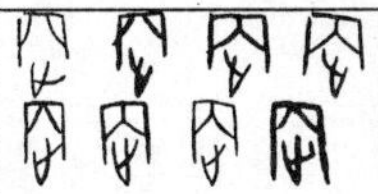		 s h k	退	退 足在門內以表達退而安息之意。

言(字 234)【，直言曰言，論難曰語。从口，䇂聲。凡言之屬皆从言。】此字顯然是一個不可分割的形体，應是長管樂器的形象，政府召集人員的信號，故信以吹管號的人所佈達的爲可信的公告，誥字初文以雙手捧言吹奏表意。

234	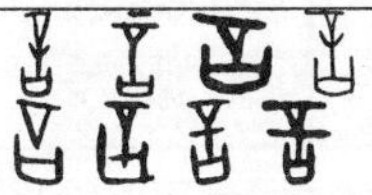	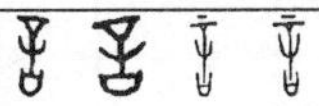	 s	言	言 象長管樂器形。

攻(字 120)，詳下文分析，刮削石磬，手持敲棒以測音，故工下有三小點表示石屑。如爲單純的形聲，就不需三小點。()

敘(字 235)【，次弟也。从攴，余聲】手持余表意。余爲使者、旅客所持信物。可能與對的創意相近，手舉使者信物表明有所敘述。敘雖然與余字聲韻很近，但早期的文字，「又」用來表現手持拿的動作，少當形符。(余 riav，敘 rjav)

235			 s	敘	敘 余爲使者、旅客所持信物。手舉之表明有所敘述。

教(字 236)【，上所施下所效也。从攴斈。凡教之屬皆从教。，古文教。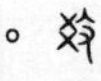，亦古文教。】可能手持棍杖勸導小兒學打繩結。繩結是古代很實用的技術。許慎亦不以教爲是形聲字。

236	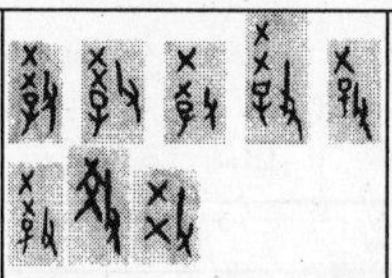	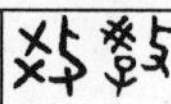	 s k k	教	教 手持棍杖勸導小兒學打繩結。

學(字 63)，以交叉繩結，或加雙手以示動作，或表明施用於架屋。子是後來所加的輔助說明。在早期的文字，臼用來表現雙手作事的動作，不用作聲符。（臼 kjәwk，學 grәwk）（ ）

眢(字 237)【，目無明也。从目，夗聲。讀若委。】以眼睛與挖眼的工具表現挖眼之刑，受刑後獨眼的視力較差。夗是後來分析眢字而得的字形【，轉臥也。从夕卪。臥有卪也】。卪是跪坐形，怎會用來表達睡臥之意。（夗?jwan，眢?wan）

237			 s	眢	眢 以挖眼工具表現挖眼之刑，受刑後視力較差。

魯(字 238)【，鈍詞也。从白，魚聲。論語曰，參也魯。】以魚在盤上表意，魚被認爲是佳餚。和魚聲類相隔甚遠。（魚 ngjav，魯 lav）

238	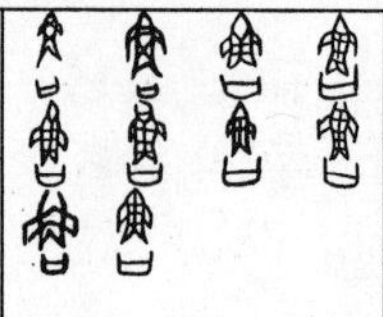		 s	魯	魯 以盤上的魚佳餚表達美好之意。

習(字 239)【，數飛也。从羽，白聲。凡習之屬皆从習。】大致以鳥降落時翅膀習習振動聲表達重複的概念，習的音讀(rjiәp)與羽聲(vjwav)或自聲(dzjier)無關。

239	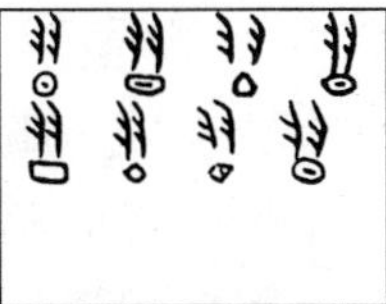		 s	習	習 鳥降落時翅膀振動的習習聲響。

蔑(字 240)【，勞目無精也。从苜从戍。人勞則蔑然也。】早期文字把眼睛與眉毛都畫出來的都是具有貴族身份的人，字作此人的腳被戈所傷，或與巫術有關，以傷殘的貴族為巫？或受刖刑的貴族，憂鬱寡歡，精神不振。從結構看，不應是形聲字。許慎亦不以為是形聲字。

240	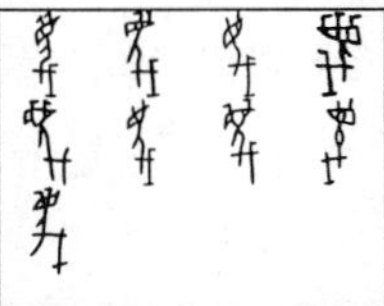		 s	蔑	蔑 象一貴族受刖刑而致心情沮喪。

智(字 241)【，識詞也。从白于知。，古文智。】此字最複雜的構形由矢、口、于、冊四個構件組成，李先生在《甲骨文字集釋》說其創意難知，不知後來基於何種理由歸屬於形聲字。擬定的古代音讀，矢為 st’jier，口為 k’ew，于為 vjwav，冊為 ts’rek。知與智為 tiev。如為形聲，冊最有可能當音符，金文省去冊的部分，聲符一般很少省略。此字有上告的意義，冊的部分較可能與意義有關，當聲符的可能性較低。許慎雖說不出此字的創意，亦不以為是形聲字。

241	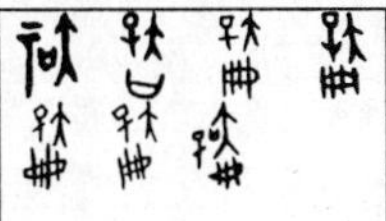		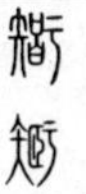 s k	智	智 創意難知。

羌(字 242)【，西戎羊種也。从羊儿，羊亦聲。南方蠻閩从虫。北方狄从犬。東方貉从豸。西方羌从羊。此六種也。西南僰人焦僥从人。蓋在坤地，頗有順理之性。夷俗仁，仁者壽。有君子不死之國。孔子曰，道不行，欲之九夷，乘桴浮於海。有以也。，古文羌如此。】大半表現羌人的特殊帽飾。羌為商代主要人牲來源，故有時還加繩索套於頸上。帽飾和羊字不同，羊羌的聲母也不屬同一大類。（羊 vriang，羌 k’ang）

242	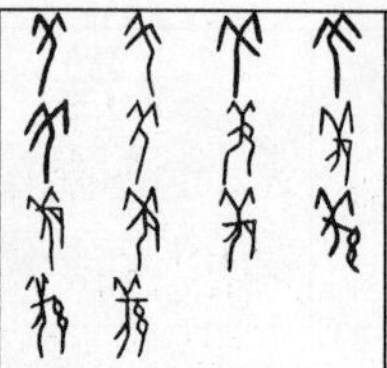	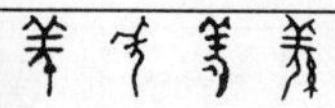	 s k	羌	羌 表現羌人的特殊帽飾，有時還加繩索套於頸上。

牢(字 76)，牛羊在柵欄中之狀。不知何以收入形聲，也重複收在會意類。()

曹(字 197)，槽上兩袋在濾酒之狀，口形的酒槽是創意的必要部件，不應析爲形聲。()

寧(字 217)，初文作皿下有支架的托盤，燙熱的食物要用托盤才不會燙傷而安全。李先生在未詳欄列有寧字，想是指其初形而言。(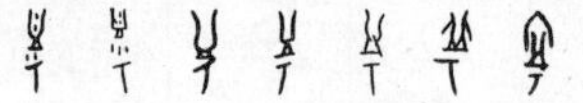)

厚(字 243)【，山陵之㫗也。从厂从㫗。，古文厚从后土。】【，厚也。从反享。凡㫗之屬皆从㫗。】坩鍋器壁厚而重，以上重下輕不能自立而依靠著它物之狀。〔也列於象形〕

243		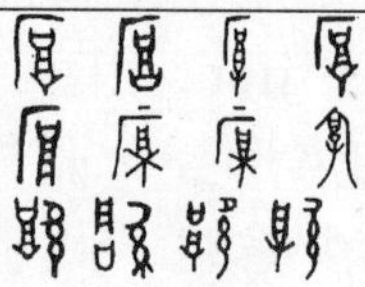	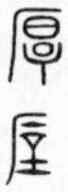 s k	厚	厚 依靠著它物的厚壁坩鍋形。

复(字 179)，一足踏在鼓風袋的踏板往復鼓風之狀。接連爐壁的送風管，常一端細於另一端，甲骨文也常把此特徵表現出來。許慎雖不得其解，亦不以爲是形聲字。()

楚(字 244)【，叢木。一名荊也。從林，疋聲。】甲骨文以林與正組成，本不從疋聲，可能以征伐的對象是樹林所包圍的城邑表意。(疋 siav，楚 ts'iav)

244	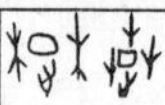	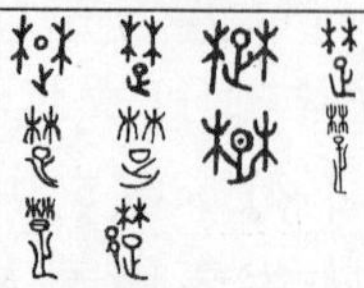	 s	楚	楚 以征伐樹林所包圍的城邑表意。

員(字 245)【，物數也。从貝，口聲。凡員之屬皆从員。】圓之字源，陶鼎以圓形爲多，以陶鼎的周圍爲圓形以表達圓的

形狀。（口 vjwər，員 vjwən）

245	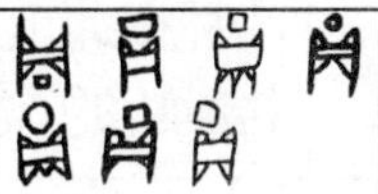	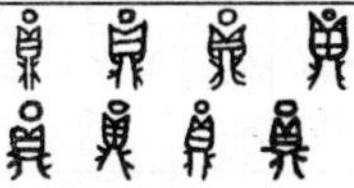	 s	員	員 鼎以圓形爲多，表達圓的形狀。

朐(字 246)，甲骨文常作爲量詞使用，爲兩塊修整後的肩胛骨包成一束之狀，與句聲無關。同樣意義的句子有時寫作屯。屯爲兩版肩胛骨包成一束的側面形象，朐則爲下視的形象。

246	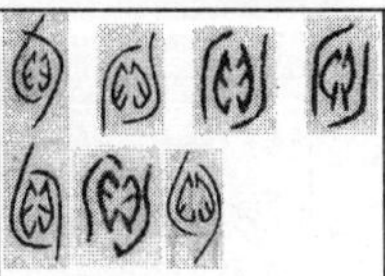				朐 下視兩塊肩胛骨束成一包之形。

稷(字 247)【，齋也。五穀之長。从禾，畟聲。，古文稷。】【，治稼畟畟進也。从田儿从夊。詩曰，畟畟良耜。】可能以跪坐祈禱於禾神之前表意，初義爲農官，後來才用以名禾之種屬。畟可能自稷字析出。（畟 ts'iək，稷 tsjiək）

247	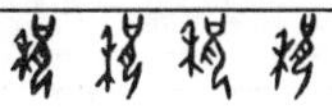	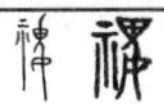	 s  k	稷	稷 一人跪坐而祈禱於禾之前。

年(字 248)【，穀熟也。从禾，千聲。春秋傳曰，大有年。】表現一成年男子頭上頂著收穫的禾束狀，古代一年一熟，引申一年的時間。年不是禾類，人與禾連接一起不分開，較不會是形聲字。（人 njien，年 nen）

248	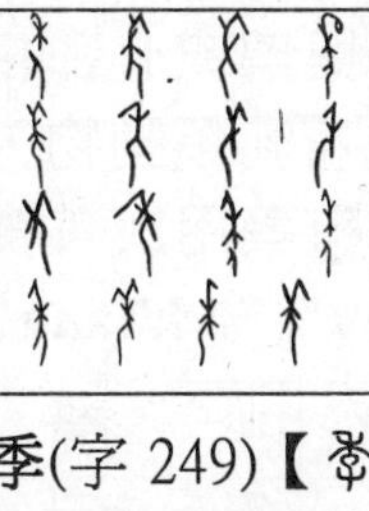		 s	年	年 男性成人搬運農穫物之狀。

季(字 249)【，少稱也。从子稚省，稚亦聲。】小兒搬運收穫的禾束，天候突變時最後動用的人力，與子或稚聲無關。（子 tsjieev，稚 dier，季 kjiwer）

249	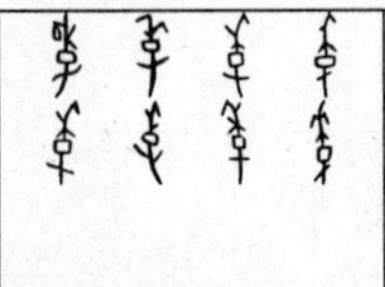	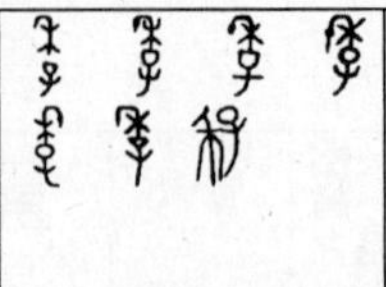	 s	季	季 小兒搬運禾束，最後動用的人力。

稻(字 96)，稻爲華南穀物，華北的人只見它裝於缸中，不見其株形，與覃聲不近。（覃 dəm，稻 dəw）（）

家(字 250)【，居也。从宀，豭省聲。，古文家】豬適應溫度功能不良，同時爲收集肥料，與家居廁所同處，與牛羊馬之牢的條件不同，《說文》豭省聲之說很不可靠。

250	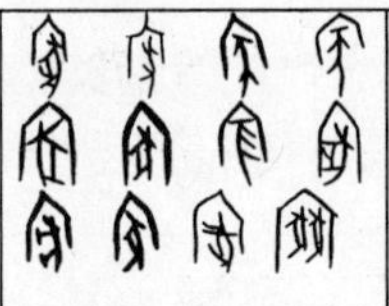	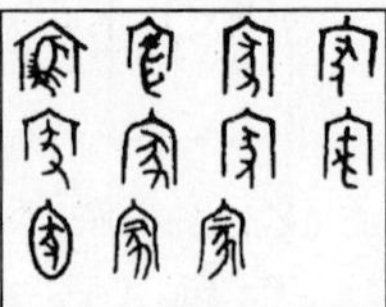	 s  k	家	家 屋簷下養豬之處亦家居所在。

宰(字 251)【，辠人在屋下執事者。从宀从辛。辛，辠也。】辛是臉上刺紋的刑具，宰是管理罪犯的官員，表達執行處罰的官邸，顯然不是形聲字。宰與辛的聲韻也相隔很遠。（宰 tsəv，辛 sjien）

251	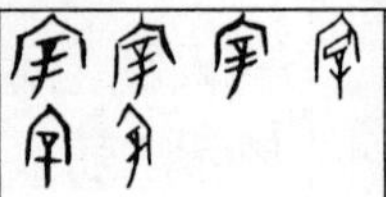		 s	宰	宰 屋中一刑具，掌司法之所在。

兌(字 38)，悅之初文，以口兩旁之笑痕表達快樂心情，與台聲無關。（台 riwan，兌 dwar）（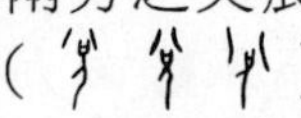）

慶(字 252)【，行賀人也。从心夊从鹿省。古禮以鹿皮爲摯，故从鹿省。】以廌與心會意，慶的聲韻與廌或心都相隔甚遠，應非形聲。廌是種喜溫暖的大形似羊的哺乳類動物，今日越南的深林猶有生存，它的心可能被認爲具有藥用或美食，有得之則可慶祝之意。（心 sjiəm，廌 diev、drev，慶 k'iang）

252		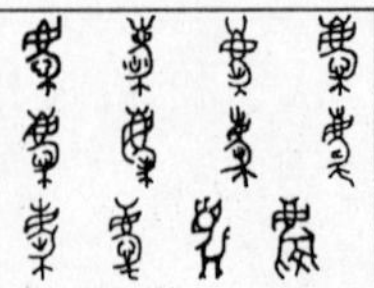	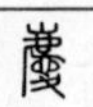 s	慶	慶 得到廌獸的心值得慶祝。

姬(字 253)【，黃帝居姬水，因水爲姓。从女，𦣞聲。】可能表達以密齒髮梳裝扮的貴族女性，古代髮笄可分階級。甲骨字形從每而非從女。（𦣞 vriəv，姬 kiəv 王妃、vriəv 姬水）

253	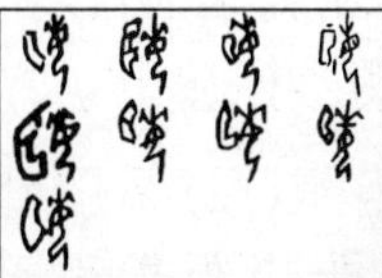		 s	姬 	姬 能表達以密齒髮梳裝扮的貴族女性。

奴(字 254)【，奴婢皆古辠人。周禮曰，其奴，男子入于辠隸，女子入于舂稾。从女又。，古文奴。】可能表達爲手所控制的女性奴僕，與妥的創意同。早期文字「又」用以表現手持拿的動作，少當作形符。（女 niav，奴 nav）

254	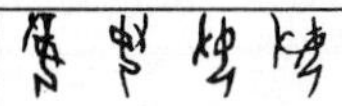	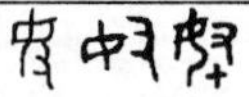	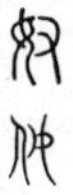 s k	奴	奴 爲他人所控制的女性奴僕之意。

如(字 255)【，從隨也。从女从口。】可能表達女性說話要輕聲委宛，接受指導，才有教養的概念。（女 niav，如 njav）

255	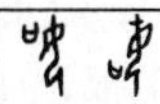		 s	如	如 女性說話要輕聲委宛才有教養。

埜(字 46)，野的象意字，林中豎立崇拜物之處，有別於固定範圍內生活起居的邑。予聲後加。（予 riav，野 rav）（）

附：〔李孝定先生所舉甲骨文六書分類的例字〕（括弧內數字爲《說文》卷數）

象形（22.53%）：

(01)元天帝示玉玨气士中屯屮(02)小少介釆牛口單乃可于止行齒足龠冊(03)舌干𠫓辛妾鬲𠃨又彗𠂇聿殳𣪊甫卜用葡爻(04)目眔眉𣪊自羽隹雞萑羊美鳥鳳朋舄幺𢆶叀冎骨肉刀角(05)竹箕工乃可于壴鼓豆豐虎皿盧去主井皀鬯爵食合矢

缶矢高京享㫗畐亩來麦夂夔舞弟(06)木條朿桀枼東無𠂹桑索垂橐㮛貝(07)日㫃晶月冏毋函㯥鹵栗粟齊朿片鼎克彔禾秝穗黍米耑宀向宮㝵冃网罕巾帚㡀(08)人企倗依匕身衣卒裘尸屍屎尿舟儿兒兔先旡(9)頁百面首文卩鬼山岳厂石磬長勿而豕㹠㣇豸兕易象(10)馬廌鹿麟麇兔犬猴火大夨夭壺幸(11)水淵㵎川州泉永仌雨霓靁雲魚燕龍(12)不戶門耳乂氏氐戈戣戉我匸甾弓弘(13)糸絲虫蜀龜黿黽鼉𪓑亘凡土墉堇田疇黃力(14)𠁁且俎斤斗斝升車𠂤阜宁丁戊辛子丑巳未申酉戌。

指事（1.63%）：

(01)一上下三(02)必(03)叉卟(04)芈肘刃(05)曰彭寫丹(06)朱(10)亦(12)弦(13)二亟(14)四。

會意（32.33%）：

(01)祭祝璞芻蘁折薅莫(02)八分兆牨犙牢喙吹君启咸周咅各吠吅前𣦻登發步此正乏征逆徙遣逐得馭延(03)㗊㚘商古十廿卅冊訊詩競對僕廾丞畁弄弇戒兵異興要晨農爨爲埶𡚴鬥叟曼尹劵及秉反𠬪叡取友史事肆隶臣臧㱿豉尋啓徹攸斆攸敗寇鼓㪅畋改牧占(04)𥄎相眣𥃩隻雀離𦾔翟𦏧霍𩁹𩇒集鳴棄冓再幼幽㥯受爭歺死𢧵利初刪刖制劓㓞耤解㱿(05)典奠甘廼卤旨喜鼓𧯷虢虤益盡盥阱即既饔養飼內躲侯尤𩫖覃畗嗇韋乘(06)杈杲柵臬樂采析休𣡌林森才之出索生束刺國囚困圂賴買邑(07)晉晛昃昔游旋旅族冥明夙多秦秝黎香春臿舀兇㓾安寶宿宋㝅宗突夢疒疾疫冡麗羅羈幎㡀敝(08)保何伐俘咎疑化印艮从并比北丘㞢壬望監老㞋朕兢先見㞙吹飲(09)令卮印卯辟勹畏㠯豢豕豩肆㲋豚(10)馭縶驫逸冤尨臭獲犾㹜尞爇烄𥝩焚灾光炎燮焱赤夾夷吳執圉奏畀奚夫立並(11)湔溫衍派汓休濕沫涉巛谷雷漁(12)乳至聖聽聲聞職耶扶摯授承拖揶扎女妻毋好晏妓妥民弗氐肇戎戰戍或戔武戔區医匧弜系孫(13)絕編彝蚰蠱它埽封圣堯畕男劦(14)鑄処斫輿官陵陟降隋𦔮獸孕季疑㐬育羞酒莤奠。

形聲字（27.27%）：

(01)旁社福祐祏祈禦禪每萑萌茀雈蒿春蔽葬(02)牡犅牝犁嗡妼嚨召問唯唐吝喁喪趠趄歷歸歲徒過進遝迨遘逢通還遲避退追遷途循彶徫徬復御衛跽踬龢嗣(03)器句千言龔竅虜鬳餗婦歔效敉敡攻敘教學(04)督瞋咩省魯智習嬰雉雞雛雍雇堆嫛藋舊蔑羌牂兆牢鳳鷸鶾膏腹剛荊(05)箕曹曹寧乎粵虘盂盛齋盧青㠯倉鴋亳厚复致(06)虢柳杞柏樹槁宋櫛相槃柄棋楚麓生員貧貯責朐邦(07)時晵昱昕旂旃星龓盟竦鬻稷穅年糟家宅室宣定宰寝宂寂宕寮罘帛(08)伊侚倞儐俌任僖傳耋考般服兌視歆歆(09)邵醜庭廣龐硪豜豣貚(10)驪駁騽駕馳騫麋麃塵橐犷戾狂狄猶狼狐狽犯獄獄熯閔熹亵㚇黨戕戚慶(11)河沮洛汝油淮洧濼洹涓洚演沖滋浥沚汜濘潢湄濿濩涿瀧濛涵沮汏洒濤㳄雪霎霖霾雩龗(12)聾排胼揆扔扞抔姓姜姬姞娶婦妃妊娠妹姪嘉姼婢奴娍娥婀妷媚娸姘妐如婡嬪媟孌妨婪嬉娘妝戋匡匰(13)紹紊綠紟蠹鄭埜畯疆(14)鑊鍰斧新陽陮陴成曩辪锫。

假借（10.53%）：

禮祿祥福祐柴祖祠禘禍祟命歲征遺迤屠復往得後千呼音父殺貞用暨白百翌副剔逌可于嘉去饎饉來東師南貢賞鄙酆鄭邢郤鄉啓晦昕有夕秋稻宜白伯仲儐作侵使北方兄觀卿旬驟獻燔亦悔雪西揚婦母妣姷毋弗我無終綏風在錫五六七九禽萬甲乙丙丁戊己庚辛壬癸子娩丑寅卯辰巳午未申酉醴戌亥。

未詳（5.71%）：

曾公余告呈吉哭商奭奭奡鷹再寁予巫丂兮寧今會入央良杏匜賓昏昌㿟宦同吊袋彤方允兄次后司昜易羊而㚔冬非戠義亡乍勹賡率恆陸亞甲乙尤丙己壬癸寅卯以午亥。

第六節 文字的創意

一、 古文字的創意

幾千年來，人類有幾種獨立發展的古老文字體系。其中最著名的爲埃及的聖書體、美索不達米亞的楔形字，以及中國的漢字。基本上，它們都是以圖畫式的表意符號爲主體的文字體系。今天，其他的古老文字體系或已湮沒，或爲拼音文字所取代。只有中國的漢字仍然保存其圖畫表意的特徵，沒有演變到拼音的系統。雖然一般人無法從筆劃了解一字的原來創意，但文字學家可以綜合古代字形與字義而追溯其創意。這種特性對於有志探索古代中國文化者給予很大的方便。

世界各古老文明的表意文字，都可以幫助我們了解其時的社會。因爲這些文字的圖畫性很重，不但告訴我們那時存在的動植物、使用的器物，也往往可以讓我們窺見創造文字時的構想，以及借以表達意義的事物。在追溯一個字的演變過程時，有時也可以看出一些古代器物的使用情況，風俗習慣，重要社會制度或工藝演進的跡象。比如葬儀，考古的發掘只能告訴我們其埋葬的姿勢、隨葬器物的種類及數量等靜態的信息，但通過文字的表現，卻可以啓示我們其動態的演化過程，筆者也曾經借助古代字形，探討中國古代喪儀的演化過程。由棒殺老人演進到遺棄老人，在演進到死後丟棄深谷，讓野獸代人執行出血放魂的儀式，然後是象徵性破壞屍體，再身上刺紋，透雕薦板，撒紅色的礦物，終於以紅色的棺材入殮。其中好幾個過程都有文字反映。見拙作《中國古代社會》（臺北：臺灣商務印書館，1995）第十三章。

西洋的早期文字，偏重以音節表達語言，意象的字比起中國少得多，相對的可資利用以探索古代社會動態的資料就比中國少。中國由於語言的主體是單音節，爲了避免同音詞之間的混淆，就想盡辦法通過圖像表達抽象的概念，多利用生活的經驗和聯想以創造文字。不但象意字多，用以造字的情境也遍及各領域。筆者所出版的《中國古代社會》，就是以古文字配合考古、民俗等訊息，介紹古人生活的各種樣態。以下略舉一些例子：

文(字 1)，紋身習俗（ ）。源自喪葬的放血歸魂儀式。古代葬儀要棒殺老人以釋放靈魂去投生，後來逐漸演變為刺紋並埋於土中，**吝**(字 225)以紋身之人與土坑構形（ ），可能表達嘆惜其違背棒殺老人的古俗。郭店楚簡《老子》與銅器銘文，**鄰**(字 256)【 ，五家為鄰。从邑，粦聲。】的金文構形作 ，為紋身之人與二方形之坑。古代墓葬區都是矩形土坑而規整地比鄰安排，故以表達比鄰而次之狀況。可能由於壞字或缺筆的原因，六朝時候的墓碑有幾個訛變成兩口者。

256			S	鄰	鄰 比鄰而葬之墓地。

郭(字 7)，表現城市的城樓建築（ ）。平面為圓形的城是早於四千年前的形式。

廌(字 23)，作高大的羚羊類動物形（ ）。**薦**(字 24)，以廌所吃的草料是編織薦子的好材料表意（ ）。**灋**、**法**(字 25)，古代傳說解廌會牴觸罪人而有助判案（ ）。**羈**(字 26)，作廌的雙角為繩索縛住之狀（ ），甲骨文使用以為驛站之設施，很可能古代以之拉車。**慶**(字 252)，以廌與心組成（ ）。廌的心臟可能被認為美食或有藥效，故獲得時可資慶祝。今日廌已在中國滅絕，變為神話的動物獬豸，代表司法。但現今越南猶存有廌，是種大型熱帶動物。商代曾有以黃廌燎祭的記錄〈《合》5658〉，旁證古代氣候較今日為暖和。

彔(字 27)，作汲水轆轤的形象（ ）。知使用之以汲水，方便工作進行。

履(字 33)，作高級貴族穿鞋之狀（ ）。強調貴族身份，知其發明乃出自禮儀所需，未了脫鞋而以乾淨的赤足進入神聖的廟堂以保持地面的潔淨。

秋(字 50)，以蝗蟲或以火燒烤蝗蟲表達其出現的秋季（）。商代一年有春秋二季，蝗蟲在夏末秋初爲害農作物。推知秋季包括夏季，而春季包括冬季。四季的順位與後世不同。

則(字 68)，以鼎與刀組合（）。鑄銅鼎需要高銅低錫的合金成分以得金紅顏色，有助祭祀陳列時的觀瞻。鑄銅刀需要近二成的高錫成分才能銳利而耐磨。鑄造銅器時要遵循各自的合金法則，才能生產好的鑄件。表現商代正確的合金知識。

來(字 108)，作麥禾之形（）。來在甲骨文有二義，小麥是本義，往來是假借義。西周以前在中原地區尙不見小麥實物出土，有可能往來的意義源自它是外來的穀食。

享(字 109)，作高夯土臺基上的建築物形（）。使用爲祭享之義，知高建築爲享祭鬼神之所在，非一般家居。

祖(字 122)，作男性器形（）。用以表達兩代以前的男性祖先，表明當時已知生育原因來自男子，非受自然界事物所感受，是進入父系社會才有的知識。

夫(字 142)，作一人頭上插一支髮笄（）。**妻**(字 257)【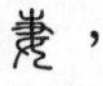，婦與己齊者也。从女从中从又。又，持事妻職也。中聲。】作一婦人用手整理頭髮之狀。古代成年男性頭上插一支髮笄，已嫁婦女則開始結髮也插髮笄，反映古代成年人的習俗，也反應商墓出土骨笄之多。

257	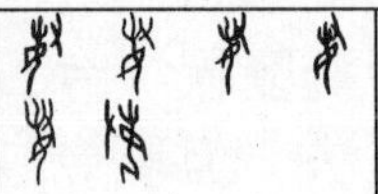		 s	妻	妻 用手整理髮型，已婚婦女的行爲。

次(字 147)，作一人張口噴出液體之狀（）。反映古代飲食禮節，吃飯時說話以致濺出渣餘爲不敬的次級行爲，故有食不語之禮儀。

旁(字 148)，以犁與犁壁組合構形（）。裝有犁壁之犁，可連續前進，將挖起的土推向兩旁，爲拉犁才有的裝置。旁證商代牛耕技術。

災(字 157)，作水患、火燒、兵戈等災難之狀()，商代的字形變化由早期的水、火災變爲後期的兵災，表明已進入經常爭戰的多階層社會。

器(字 173)，以一犬與四口構形（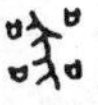）。犬連續吠叫有如多張嘴巴才有器用。知商代已用狗看家以防外人，生活方式爲農業而非田獵。

復(字 179)，作腳踏鼓風橐之踏板，反復鼓風之狀（）。知使用鼓風橐鼓風幫助燃燒。由字形印證聯接煉爐壁端之鼓風陶管較尖細。

曹(字 197)，作槽上兩袋之狀（）。爲大規模的濾酒作業，印證商人喜好飲酒習慣。

家(字 250)，作有屋簷之養豬場所（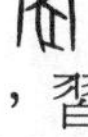）。爲保護閹割後之仔豬不受風寒之感染，及便利收集水肥，習慣地把豬養在屋簷下，與家居相鄰。與在戶外露天飼養的牛羊馬之牢廄構造不同。圂(字 258)【，豕廁也。从囗。象豕在囗中也。會意。】甲骨文有作二豬在有屋頂的豬圈中，也說明因其排泄物與人一樣，都是很好的有機肥料，故飼養於家中，鄰近廁所。

258	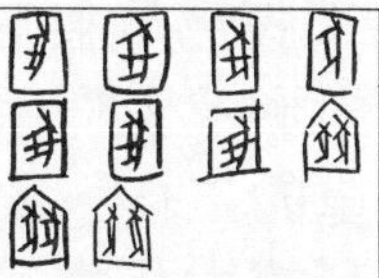		 s	圂	圂 豬養在有屋頂的豬圈中。

吉(字 258)【，善也。从士口。】作型範於深坑之中。型範於澆灌銅液之後，若置於熱空氣中使散熱慢而冷卻時間延長，金屬便有充分時間整合，可使鑄件精良，故有良善之意。它反映一種文獻無徵而考古不能確證的古代科學知識。

259	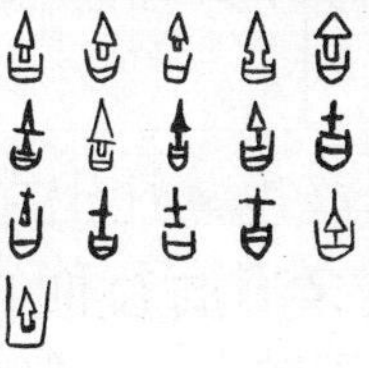	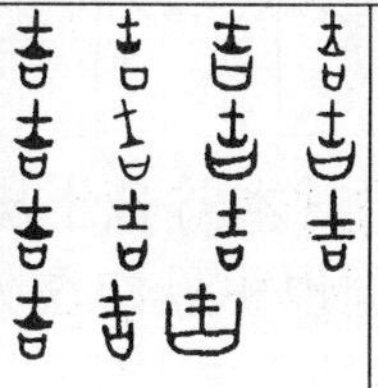	 s	吉	吉 置型範於深坑，使散熱慢而冷卻時間久，可使金屬鑄件精良。

昔(字 260)【𦠆，乾肉也。从殘肉，日以晞之。與俎同意。】構形是大水與日子，表達大水爲患的日子已是往昔之事，知晚商的水患已不嚴重，故才用以表達過去的日子。

260	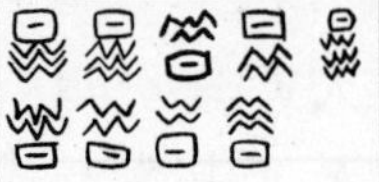		 s	**昔**	昔 大水爲患之日，已是往昔之事。

燮、燮(字 261)【燮，大孰也。从又持炎辛。辛者物孰味也。】【燮，和也。从言又，炎聲。讀若溼。燮，籀文燮从羊。】作手持竹筒於火上燒烤之狀。辛和言的部分都是竹筒的類化，《說文》給予燮、燮兩字的字義，一爲本義，一爲假借義。它是種中國久已不行的燒飯方式，以前高山族常於外出打獵時行之，今日東南亞仍存此俗。

261		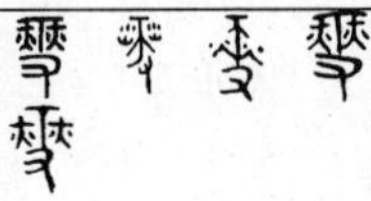	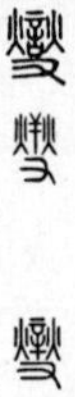 s z s	**燮**	燮 手持竹筒於火上燒烤，竹筒燒焦則飯也熟。

爲(字 262)【爲，母猴也。其爲禽好爪，下腹爲母猴形。王育曰，爪象形也。爲，古文爲，象兩母猴相對形。】作手牽象鼻，引導之使工作。知商代已知馴象從事笨重的工作。象是種熱帶動物，今已南移，不在中國境內生存，旁證古代氣候較今日爲暖和。

262	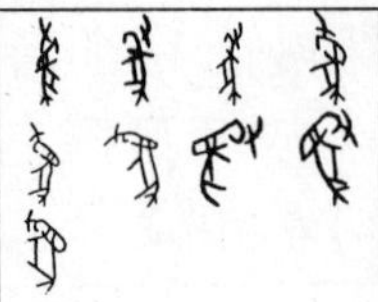	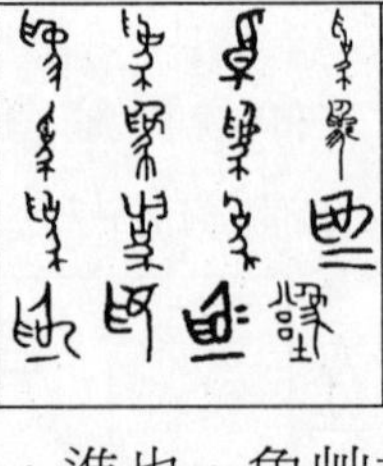	 s k	**爲**	爲 手牽象鼻引導工作。

出(字 263)【出，進也。象艸木益茲上出達也。凡出之屬皆从出。】、**各**(字 264)【各，異詞也。从口夂。夂者有行而止之，不相聽意。】作以足出、入半地下式穴居，表達外出與來臨之

意。反映古代華北住家情況。

263	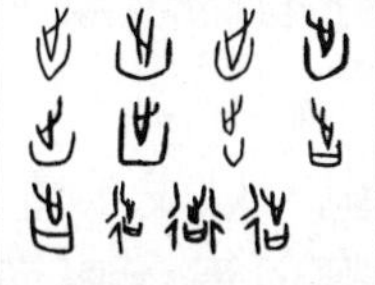	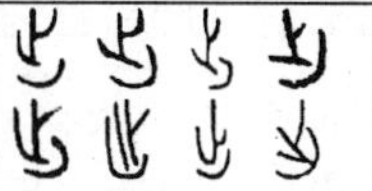	 s	出	出 一足步出半地下式穴居。
264	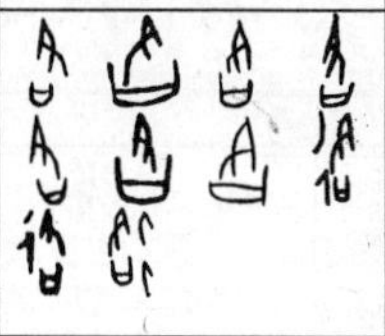	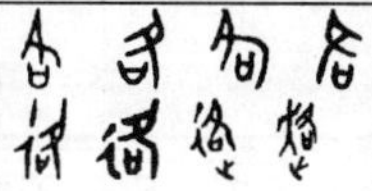	 s	各	各 一足步入半地下式穴居。

雖然古代華北以半地下穴居爲主，但已有二層樓的建築物。甲骨文有一享(字 109)在一享之上（），表現在階梯式夯土臺基上的二層高樓（代表多層），可能即後來的臺字。**京**(字 265)【，人所爲絕高丘也。从高省，丨象高形。凡京之屬皆从京】作建在杆欄上之建築物形，爲華南適應濕熱氣候的家居，它比一般地面上的建築物高，爲京城才見的高大建築物，並不是高丘的形象。甲骨文也有一字作一享在一京之上（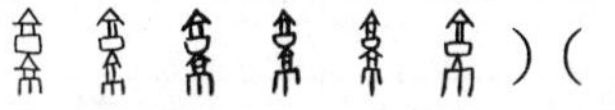）（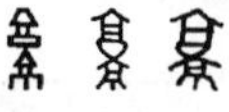），表現在杆欄式建築物上的多層建築物形，可能即後來的樓字。

265	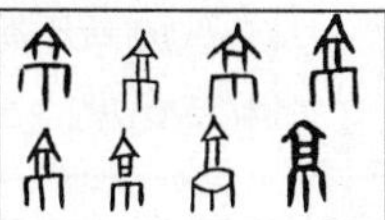	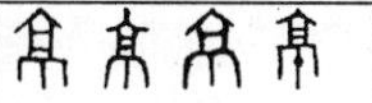	 s	京 	京 象建於干欄上的高樓形。

微(字 266)【，隱行也。从彳，聲。春秋傳曰，白公其徒微之。】【，眇也。从人从攴，豈省聲。】作手持利器棒殺病弱或視覺不佳的老人狀。印證遠古流血放魂，希望再生的死亡儀式。

266			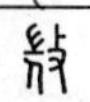 s  s	微	微 手持棒杖殺病弱老人。

粦(字 267)【，兵死及牛馬之血爲粦。粦，鬼火也。从炎舛】作一人身上所塗夜間發光之顏料，爲巫扮鬼之材料；**魅**(字

212)作戴鬼面具而身上塗磷的老精怪之形，朽骨中的磷經多年才會移到表面而飄浮於空中，故爲老朽之骨才有的現象。都反映古代對磷礦物的知識。

戲(字 268)【，三軍之偏也。一曰，兵也。从戈，䖒聲。】以戈戲弄高踞矮凳上老虎的遊戲，當時已有類似漢代東海黃公的娛樂性節目。

267		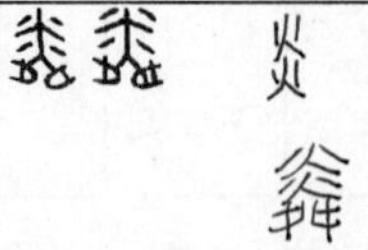	 S S	磷 燐	粦 巫身上所塗夜間發光之顏料。
268		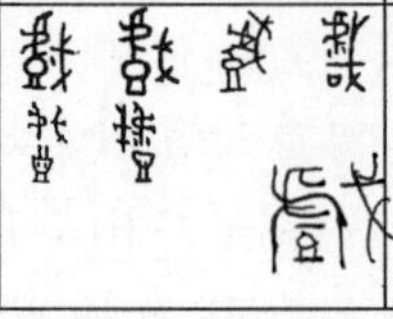	 S	戲	戲 以戈戲弄高踞的老虎的娛樂節目。

奇(字 269)【，異也。一曰，不耦。从大从可。】作一人騎在動物之上之狀，引伸爲奇數，印證商代已知跨騎牛馬之技術，非遲至東周時代。

269	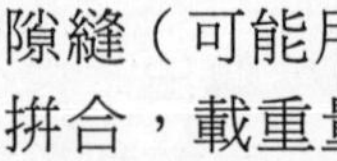		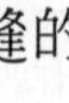 S	奇	奇 一人騎動物狀，引伸爲奇數。

朕(字 270)【，我也。闕。】作雙手持器具彌補舟之木板間的隙縫（可能用生漆），故有隙縫的意義。知商代已有製作以木板拼合，載重量高的木船。

270	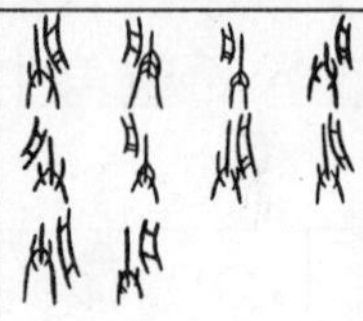	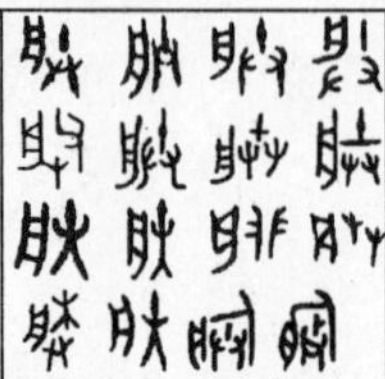	 S	朕	朕 雙手持器具彌補舟版間的隙縫。

差(字 271)【，貳也。左不相值也。从𠂇𠂹。，籀文差从二。】作以手拔禾之狀。**利**(字 272)【，銛也。刀和然後利。从刀和省。易曰：利者，義之和也。，古文利。】作一手持

禾，一刀把禾割成二段之狀。收穫農作物用手拔是錯誤的行爲，用刀割才快而有利。反映古代收割技術。

271			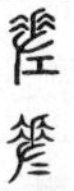 s z	差	差 以手拔禾根部是錯誤的收穫方式。
272		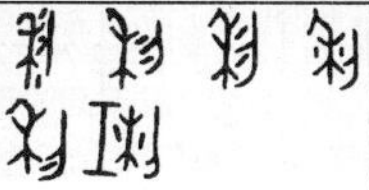	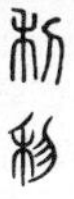 s k	利	利 以刀割禾根部才是快而有利的收穫方式。

留(字 273)【，止也。从田，丣聲。】作農田旁有一水溝，可留住水以灌溉田裏的農作物之意。了解古代蓄水灌溉的事實。

273			 s	留	留 田旁水溝，可蓄水以待灌溉表意。

深(字 274)【，深也。一曰竈突。从穴火求省。讀若禮三年導服之導。】【，深水出桂陽南平，西入營道。从水，罙聲。】作一人在洞穴中，汗流浹背並張口呼吸之狀。礦井深處的空氣齷齪因而導致呼吸困難，古人以之表達深遠的概念。反映挖礦情況。

274		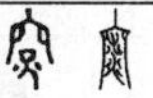	 s s	深	深 礦井深處一人汗流浹背，張口呼吸困難之狀。

襄(字 275)【，漢令解衣而耕謂之襄。从衣，𤕦聲。，古文襄。】作一隻（或多隻）動物拉曳雙手扶著的耕犁並激起土塵之狀。牛有助耕作故有襄助之義。知商代已有這種重要的農耕技術。

光(字 276)【，明也。从火在儿上。光明意也。】作一人

頭頂著火之狀。火不能以頭頂，所頂者必為燈具。**幽**(字 277)【幽，隱也。从山𢆶，𢆶亦聲。】火與兩股線蕊組合，以燈蕊光線幽暗表意。都反映燈具的使用。但商代不見專用燈具出土，知有事時才臨時借用吃飯的陶登，推知夜間活動不多。

275		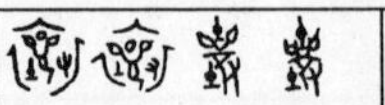	 s k	襄	襄 雙手扶犁而前有動物拉曳並激起土塵之狀。
276		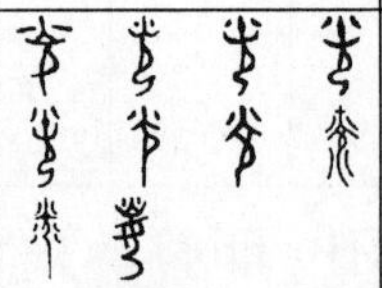	 s	光	光 一人頭頂燈火而有光。
277		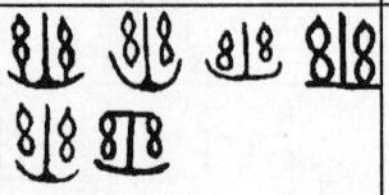	 s	幽	幽 火燃兩股燈蕊，光線幽暗。

更(字 278)【㪅，改也。从攴，丙聲。】作手持器具打更報時之意。是種夜晚報告時間的活動，知商代晚上有巡邏報更及夜間有比夙與夕更細的時間分段。

俞(字 279)【俞，空中木為舟也。从亼从舟从巜。巜，水也。】針與承盤的組合。針刺皮膚而以盤承接流出之膿血，血膿解除後病即可癒，反映針灸療技。

278	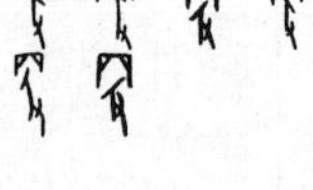	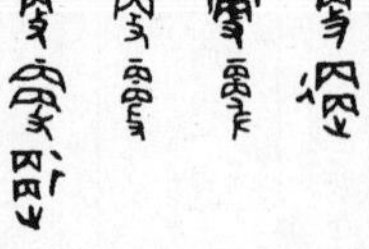	 s	更	更 手持器具打更報時。
279			 s	俞	俞 針與承盤，放血膿後病即可癒。

陟(字 280)【陟，登也。从𨸏步。陟，古文陟。】作兩足步上樓梯之狀。**降**(字 281)【降，下也。从𨸏，夅聲。】作兩足步

下樓梯之狀。甲骨文且有字形表現高臺或杆欄上的二層樓建築形。

280	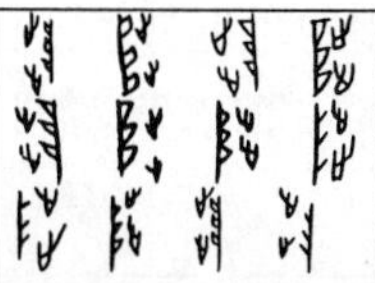	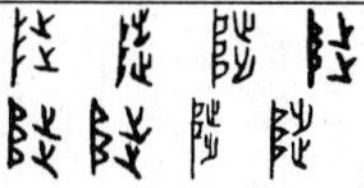	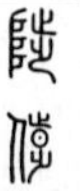 s k	陟	陟 兩腳往上爬樓梯之狀。
281		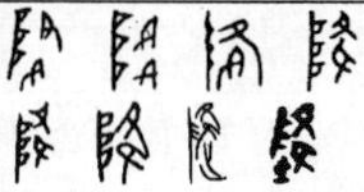	 s	降	降 兩腳自樓梯下降之狀。

建(字 282)【，立朝律也。从聿从廴。】、**律**【，均布也。从彳，聿聲。】、**逮**【，自進極也。从辵，津聲。】作手持筆瞄繪修築道路的計劃圖。甲骨文建與律的用法無別，道路的修建有一定的標準及規則。反映重視車道的修築標準。《詩經·大東》『周道如砥，其職如矢。』即反映其實況。

282		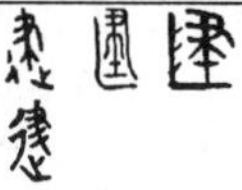	 s  s	建 律	建 手持筆規劃道路的修建。 律

疒(字 151)，生病臥於睡床，預備合於死亡的禮儀（）。**夢**(字 283)【，寐而覺者也。从宀从疒，夢聲。周禮以日月星辰占六寢之吉凶。一曰正寢。二曰咢寢。三曰思寢。四曰寤寢。五曰喜寢。六曰懼寢。凡寢之屬皆从寢。】【，不明也。从夕，瞢省聲。】作一大人物睡臥床上強迫作夢狀。古代爲政者爲得神旨以作重大決定的依據，以吃藥或絕食的方法強制求夢，可能導致死亡，故在床上作夢，預備萬一死亡，不違禮儀。一般人的作夢不如大人物的重要性及迫切性，故畫出大人物的顏面。

283			 S  S	夢	夢 一大人物睡床上若有所見，古代強制求夢習慣。

牧(字 284)【牧，養牛人也。从攴牛。詩曰：牧人乃夢。】作手持牧杖導引牛羊。牢(字 76)，作飼養牛羊於牢中。兩字都有從牛與羊兩體，因羊在農業社會失去重要家畜地位，從羊之字形消失。反映爲發展農耕，開闢農田，羊無大用，牛可耕地故被保留的情況。

284	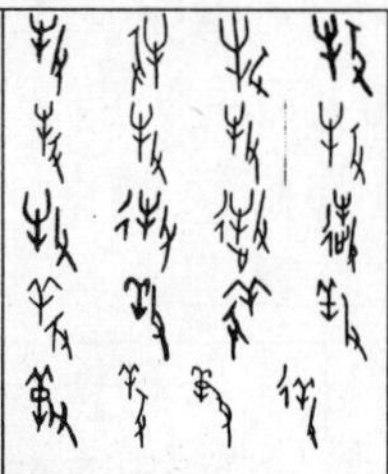		 S	牧	牧 手持牧杖導引牛羊。

嘉(字 285)【嘉，美也。从壴，加聲。】【妿，女師也。从女加聲。杜林說加教於女也。讀若阿。】以婦女生育有可用耒耜耕地之男孩，表達它是件值得嘉美之事。表現古代對兩性價值的差異。

285		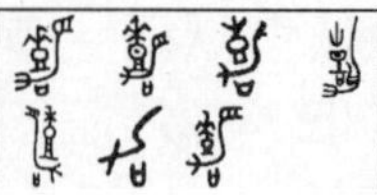	 S  S	嘉	嘉 婦女生可用耒耜耕作之男孩，可嘉美之事。

熯(字 286)【熯，乾皃。从火，漢省聲。詩曰：我孔熯矣。】【堇，黏土也。从黃省从土。凡堇之屬皆从堇。𡋝，古文堇。𦰩，亦古文。】作火上焚巫求雨，知商代已然，東漢還見施行。巫爲防止受火焚之痛楚，乃發展藥物。甲骨文還有（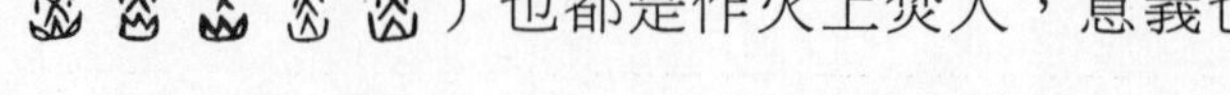）（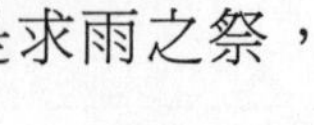 ）也都是作火上焚人，意義也是求雨之祭，

很可能都是同一字的異體。

286	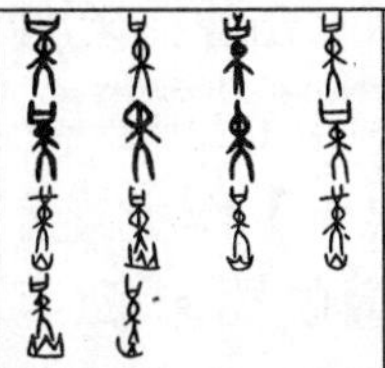	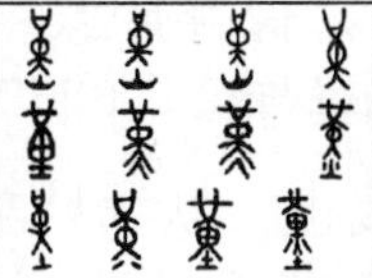	 s s k k	**熯 堇**	**堇、熯** 象乾旱時於火上焚巫求雨之景。

得(字 287)【㝵，行有所得也。从彳，㝵聲。㝵，古文省彳。】作於行道拾到他人遺失的海貝，大有所得。表明古代海貝的價值高。到了戰國時代，因積蓄已多，價值大爲低落。

287		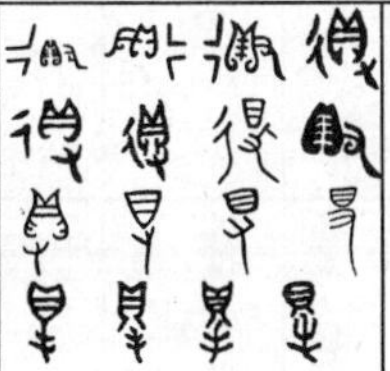	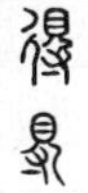 s k	**得**	**得** 拾得行道上他人遺失之海貝，大有所得。

敗(字 288)【敗，毀也。从攴貝。賊敗皆从貝。䝴，籀文敗从賏。】作兩手各持一海貝相互敲擊，或手持利器敲打海貝。海貝在古代內陸是高價之物，毀壞了就失去其交易的價值，沒有比之更敗壞的事。另有一字作棒打燒食之鼎，可能也含同樣敗壞的意味。

買(字 289)【買，市也。从网貝。孟子曰：登壟斷而网市利。】作網到海貝之狀。海貝爲人人需求之物，可以之買賣東西，從事商業。了解海貝的商業效用。

288	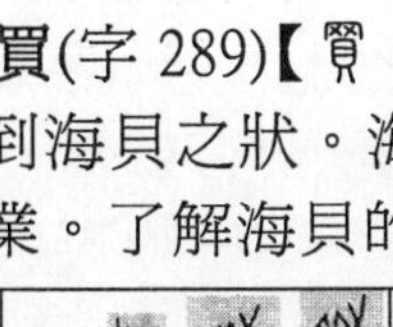	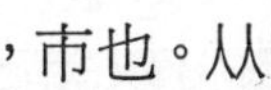	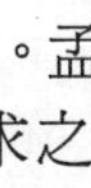 s z	**敗**	**敗** 以雙手各持一貝相互打擊，或以棒敲打海貝，敗事之舉。
289	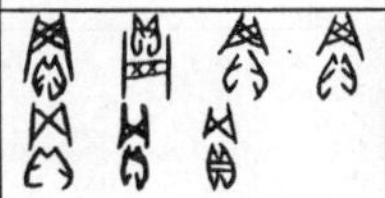		 s	**買**	**買** 網到的海貝，可從事商業買賣。

寶(字 290)【，珍也。从宀玉貝，缶聲。，古文寶省貝。】玉與海貝都是貴重之物，需好好保存於家中。缶聲爲後加。以上以貝組成的字，意義都與價值和商業有關，說明貝在古代爲貴重之物。

義(字 291)【，己之威義也。从我从羊。】作戈之前端有美麗的垂飾，非實戰之武器，爲講求美麗的儀仗器。**章**(字 82)，作另一種儀仗形（）。顯示古代儀仗行列的不同儀仗形式。

290	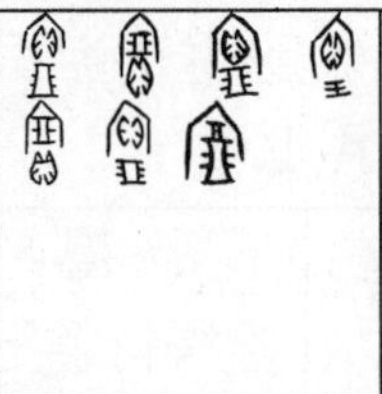	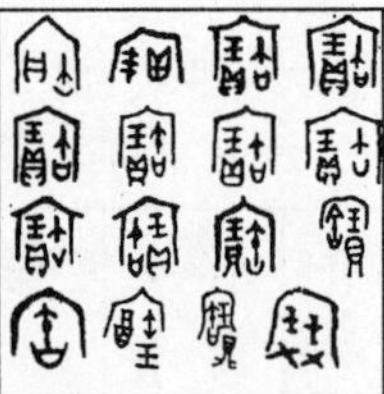	 s k	**寶**	**寶** 藏於屋中的貝玉都是寶貴之物。
291	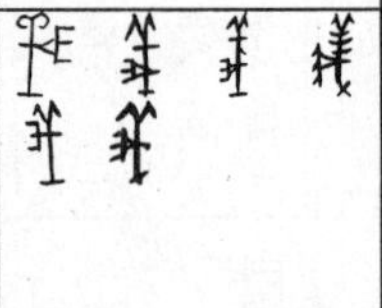		 s	**義**	**義** 戈端有美飾的儀仗，非實戰武器。

卒(字 292)【，隸人給事者爲卒。古以染衣題識，故从衣一。】作綴甲之衣形，爲高級軍官之裝備。後來製作多，一般士卒亦使用，尤其是最前線的作戰部隊。反應產業的進步。

民(字 293)【，眾萌也。从古文之象。凡民之屬皆民。，古文民。】作一眼爲針所刺瞎，乃對付奴隸之方式。**臧**(字 206)，作一豎立之眼爲戈所刺瞎。以刺瞎眼睛之刑法對待奴隸，減少其反抗力，也是古代其他民族所常使用之法，但中國古代典籍已不見記載。

292		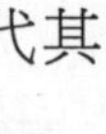	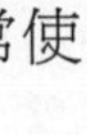 s	**卒**	**卒** 綴甲之衣，高級軍官之裝備。產業進步後士卒亦使用。

293	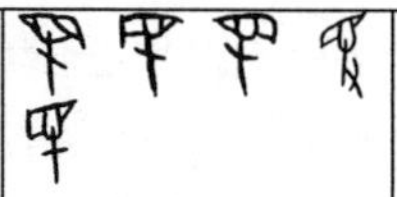	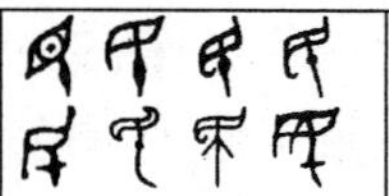	 s k	民	民 眼睛爲針所刺瞎之奴隸。

化(字 294)【，教行也。从匕人，匕亦聲。】作兩人表演翻觔斗一上一倒的變化。爲古代娛樂節目，在其他社會也是敬神的節目。

尋(字 295)【，繹理也。从工口，从又寸。工口，亂也。又寸，分理之也。彡聲。此與㪉同意。度人之兩臂爲尋，八尺也。】作伸張雙手丈量某種器物的長度，爲利用人身的自然尺度，古代一尋等於八尺。所丈量的器物中有言，知言爲長八尺的管樂器。有簫子，知簫子長度爲八尺。

294	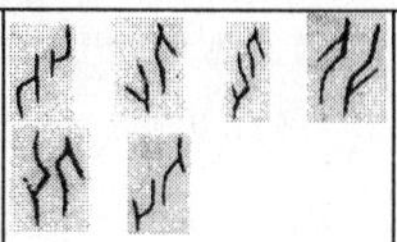		 s	化	化 兩人表演翻觔斗的娛樂節目。
295	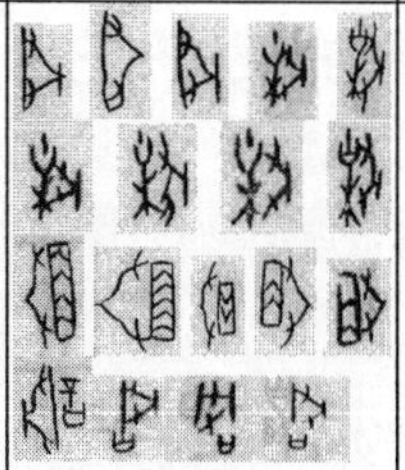		 s	尋	尋 伸張雙手丈量一物之長度。

死(字 296)【，澌也。人所離也。从歺人。凡死之屬皆从死。，古文死如此。】作一人在撿枯骨，或死人埋葬在土坑、棺中的各種葬式之情況。前一形在甲骨文，似乎偏重表達客死在外的情形。

296			 s k	死	死 作撿枯骨，或死人埋葬於土坑、棺中的各種葬式。

獸(字 297)【，守備者也。一曰兩足曰禽，四足曰獸。从嘼从犬。】以田網與犬皆爲打獵工具，表達狩獵之意，引申爲被捕獵的野獸。田網可能爲了活捉野獸，犬則爲搜索野獸的匿藏處。

297	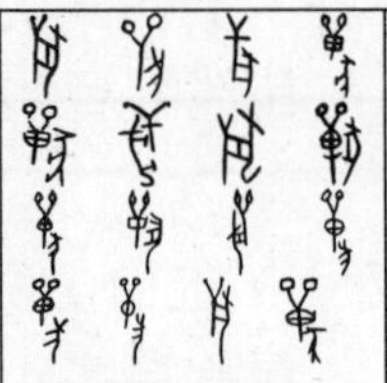		 s	嘼犬	獸 田網與犬都是打獵的工具。

二、探究創意的方法

識字與研究字的創意雖有關係但卻是不同的學問，兩者的研究方法也有點不同。探索一字的創意約有以下幾個要點：

(一) 首先是了解每個符號所代表的內涵

字是方便人在社會中生活的需要而創造的，故人的形體、動作或表現的方式，就成爲文字描繪的主要構件，而其所見的景象和器物爲次要的構件，故要對它們有所認識。如以人體爲例，要辨明是正立（）、側立（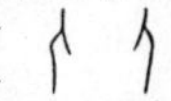）、倒立（）、躺臥（）、跪坐（）、蹲坐（）等種種形像；手的動作也要分辨單手操作（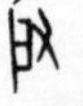）、雙手持拿（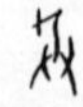）、前伸（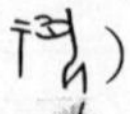）、上舉（）、上提（）、下壓（）、擁抱（）、捧持（）、後伸（）、受縛（）、受械（）、互鬥（）等繁雜的不同表現；腳也有行走（）、跨上（）、上舉（）、下踏（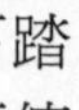）等種種的分別；頭部則有前視後顧（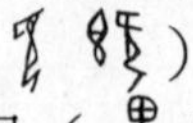）、上望下俯（）、套繩（）、裝飾（）、戴面具（）等的區別。這些都要仔細的觀察。

對於代表不同事物的同一符號，就要仔細思考其較可能代表的內涵。譬如，口的符號在古代的文字最常代表的東西是嘴巴（）、容器（）、坑陷（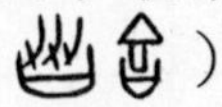）以及無意議的填

空（ ）。見到這樣的符號，就先往這三方面推想，找出與字義可能關聯的情況。至於字形與之相似的口，則表現在一定的範圍內。它可能是城鎮或壕溝（ ）、屯駐區（ ）、建築物（ ）、田地（ ）、器物周圍（ ）、葬坑（ ）、金屬錠（ ），甚至頭部（ ）。還有，有些符號看起來相似，卻有分別，就要格外注意。譬如殳的符號，甲骨文有兩種寫法，手持的器物，一是直柄，一是曲柄。直柄的是以攻殺爲目的，意在造成傷害（ ），即殳字【 ，以杖殊人也。周禮，殳以積竹，八觚，長丈二尺，建于兵車，旅賁以先驅。从又，几聲。凡殳之屬皆从殳。】；曲柄的工具，則欲達成某種目的。如**磬**(字 298)【 ，石樂也。从石， 象縣虡之形。殳所以擊之也。古者毋句氏作磬。 ，籀文省。 ，古文从巠。】作手持棒槌敲打石磬之狀。**鼓**(字 299)【 ，擊鼓也。从攴壴，壴亦聲。讀若屬。】【 ，郭也。春分之音，萬物郭皮甲而出，故曰鼓。从壴从屮又。屮象𠂹飾，又象其手擊之也。周禮六鼓，雷鼓八面，靈鼓六面，路鼓四面，鼖鼓、皋鼓、晉鼓皆兩面。凡鼓之屬皆从鼓。 ，籀文鼓从古。】作手持樂槌擊鼓狀。此字的擊槌甲骨文作殳，後訛變成攴或攴。

298			s z k	磬	**磬** 手持敲棒演奏磬樂，後加石。
299			s s z	鼓	**鼓** 手持樂槌擊鼓之狀。

　　觳【 ，盛觵卮也。一曰射具。从角，㱿聲。讀若斛。】甲骨文作手持樂槌敲擊牛角狀（ ）。㱿【 ，從上擊下也。从殳，肖聲。一曰，素也。】甲骨文作手持樂槌敲擊鐘鈴一類樂器之狀（ ）。設【 ，施陳也。从

言殳。殳使人也。】以殳與言組成，乃陳設管樂及敲打樂器以預備演奏時用。**攻**(字 120)作手持棒槌敲打石磬以檢驗音程（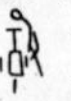）。這些字中的殳都是樂槌。(也可能表現敲擊樂器之狀)。**醫**【，治病工也。从殹从酉。殹，惡姿也。醫之性然得酒而使，故从酉，王育說。一曰殹病聲，酒所以治病也。周禮有醫酒。古者巫彭初作醫。】以矢殳酒皆治病工具表意。**役**(字 300)【，戍也。从殳彳。，古文役从人。】甲骨刻辭乃有關醫療之事，大半作以醫療器具敲打一人背部從事醫療工作。此兩字的殳是醫療器具。**段**(字 301)【，揉屈也。从殳㿟。㿟古叀字，廄字从此。】金文的意義是裝飯食的圓形簋容器名，殳的構件代表取飯之匙。以上實物的器柄都是直的，但創字者故意畫成曲柄，重點在表達使用之以造成特殊的效果，並以之與造成殺傷目的的直柄武器有所區別。這是不能不特別注意的。

300	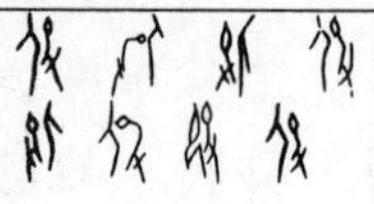		 s k	役	役 手持器具敲打一人背部從事醫療工作。
301		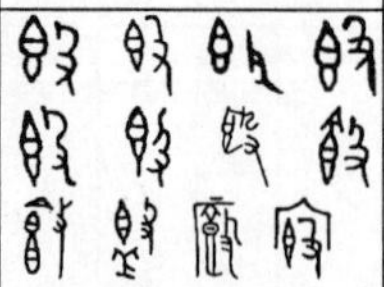	 s	簋	段 手持匕匙在盛食之簋旁。

再如口與倒三角形，有人以為代表同樣的事物，其實也很不同。三角的倒口形常是器物的蓋子或人的帽子。如**食**字(字 199)表現蓋子（），**令**(字 58)則是表現帽子（），**冑**(字 302)【，兜鍪也。从冃，由聲。，司馬法冑从革。】作眼睛之上覆戴一頂兜帽狀。兜帽的部分也是三角形。

302			 s h	冑	冑 眼睛之上覆戴一頂兜帽狀。

同時也要注意同樣符號在不同位置時的用意。如聿(字 10)作手持筆的書寫工具（　），尹(字 303)【，治也。从又丿。握事者也。】以手持筆者爲治人之官吏表意，書(字 3)作手持筆沾墨以明書寫的動作（　），君(字 304)【，尊也。从尹口。口以發號。，象君坐形。】以手持筆沾墨書寫的人是統治者表意，晝(字 13)以手執筆書寫的時段爲白天表意（　）。文字都表現了手執毛筆上端的狀況。

303	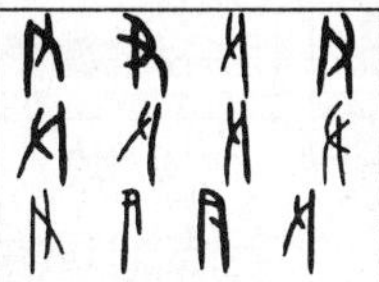	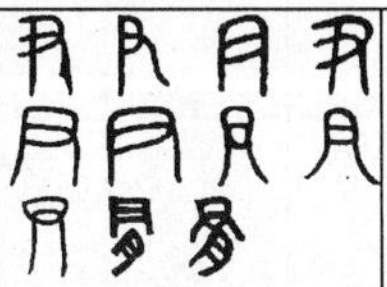	 s	尹	尹 手持筆治理人民的官員。
304	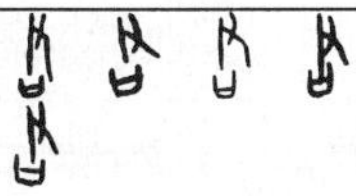	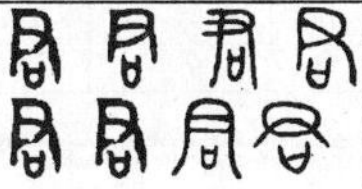	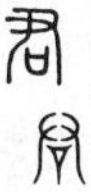 s	君	君 手持筆沾墨書寫的人是統治者。

類似情況的有盡(字 305)【，器中空也。从皿，㶳聲。】作手持刷子在洗盤皿之狀，燼(字 306)【，火之餘木也。从火，聿聲。】做作手持火箸在撥弄火之餘燼，或有可能要使火旺盛些。它們所表達的非手執毛筆，而是火箸上端或刷子上端的狀況。

305	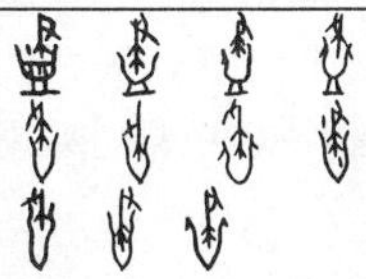		 s	盡	盡 手拿刷子洗滌盤皿使清潔之狀。
306			 s	燼	燼 手持火箸熄滅灰燼之狀。

如持杖的下端，就有撲打的效果。攸(字 307)【，行水也。从攴从人水省。，秦刻石嶧山，石文攸字如此。】作手持棍棒下端以打擊一人背部之狀，後增血流下滴之輔助說明。㪿(字 308)【，分離也。从𣏟从攴。𣏟，分㪿之意也。】作手持杖撲打麻株以分離麻皮之纖維狀。散(字 309)【，雜肉也。从肉，

㭬聲。】作手持杖撲打竹葉上之肉塊使碎散之意。

307	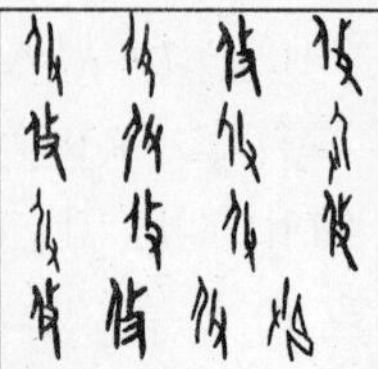	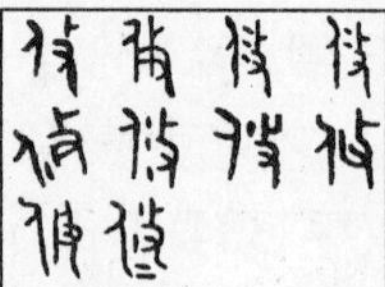	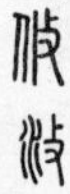 S 秦刻石	攸	攸 手持杖打擊一人之背部，後加流血之狀。
308	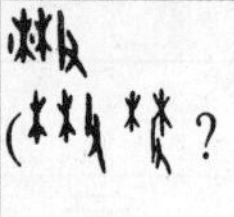		 S		㪔 手持杖撲打麻株以分析纖維。
309		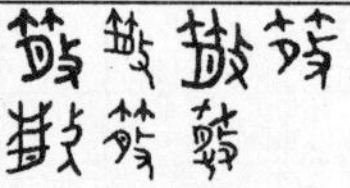	 S	散	散 手持工具在竹葉上剁肉使碎散。

兩手在下則是爲捧物或提物，如登字(字 49)，作雙手扶一矮凳讓兩足登上()。而在上則常爲向下打擊，如秦字(字 310)【，伯益之後所封國。地宜禾。从禾舂省。一曰秦禾名。，籀文秦从秝。】作雙手持杵的上端向下打禾以精製穀粒之狀。

310			 S Z	秦	秦 雙手持杵打禾以精製穀粒。

（二）了解一個字演變到不同時代的寫法和趨向，以推測字的可能原形

關於字形演變的問題，將在下一節討論。如果對於字形演變的規律有所了解，不但可據以推測一字的較早形體而得到較合理的解釋。同時對於是屬於字形演變所加的無意義符號或字形，也可不理會以避免作過多附會的推測。如平(字 311)【，語平舒也。从亏八。八，八分也。】作天平的兩端各有一物保持平衡以稱物重之意，戰國的字形常有平橫之上多一短橫的習慣。從演變規律，知那是無意義的增飾，就可以不理會此一短劃所代表的意義。

311		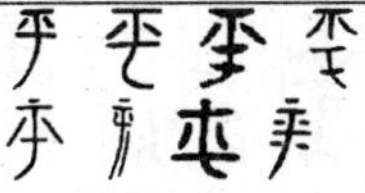	 s	平	平 秤重物的天平式稱竿形象。

又如禽(字 312)【，走獸總名。从内。象形。今聲。禽离兕頭相似。】以生擒野獸所使用的長柄田網形表意。以之與禺（）、禹（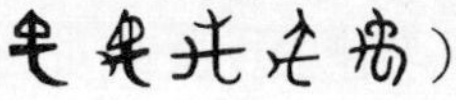）、萬(字 192)（）等含有内的字群比較，就可從演變規律知内的原形可能是一直線或彎線，就不會被晚期複雜的字形所迷惑。

又如高(字 73)（）、興(字 149)（）等字，也可以從很多字知這兩字的口構件是充當無意義的填空。著者曾把高字裏的口看作是建築物的地窖，也有人把興字的口看作與口發聲的事有關，也都是不得其解。

312	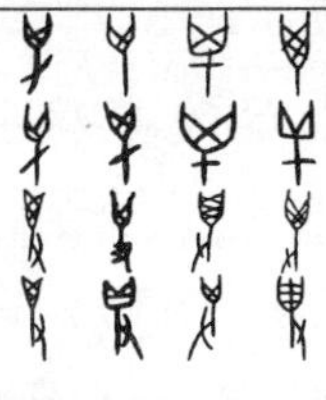		 s	禽	禽 長柄田網形,用以捕捉鳥獸。後加今聲。

（三）其次是比較構形相似的字群，求其共通的意象，或差異所在

譬如王字(字 313)【，天下所歸往也。董仲舒曰，古之造文者，三畫而連其中謂之王。三者，天地人也。而參通之者王也。孔子曰，一貫三爲王。凡王之屬皆从王。，古文王。】的形象很簡單，一比較皇字(字 196)的構形與意義，了解皇是裝飾孔雀羽毛的舞蹈用美麗帽子（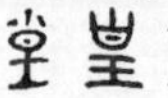），則王是帽子形。因爲要指揮大規模的戰爭，指揮者戴高帽時較易爲部下識別其命令。因爲王是經常戴帽的人，故以名其地位，一若『乘輿』爲皇帝的代稱。

313	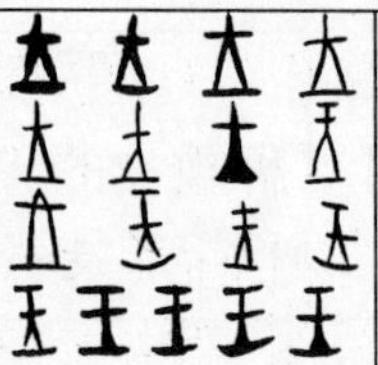	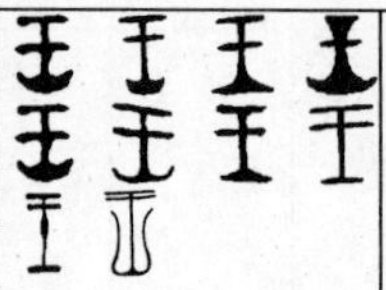	 s k	王	王 象高帽形。王戴高帽，其指揮才易爲部眾所見。

又如坑中有牛、羊、豬、犬()皆爲埋字(字 209)，因四者都是家畜，是供祭的品物。如換爲鹿或兕（ 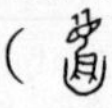 ），就成阱字(字 208)，因是設陷的捕獵對象。如年(字 248)、委【  ，隨也。从女，禾聲。】、季(字 249)三字的構形都是禾下一人，依字形演變的部件代換條例，可能是一字的異體，現在既然意義有別，就有其創意上的考慮。推理，知年以男性成人搬運農穫物取象（  ），表達年度的意義。委以女性搬運農穫物，體力不勝負荷取意。季則是小孩搬運農穫物（  ），那是天氣有變，搶收時最後動用的人力，故表達序列的最後位子。

（四）合理解釋每一部件，綜合整個字形所表現的事務也合於古代的情況

要達到這樣的要求，就要對古代的事物有些認識。譬如吉字(字 259)，甲骨文最早的字形作一口盛裝某物之狀（  ）。歷來說解甚多，但都不很合理。或以爲置矢鏃、兵器於盧筐不用，不動武故有吉善之意。這種偃兵息武的觀念恐怕不是商代所能有。或以爲一斧一砧之象，但何以連繫吉善的意義呢？或以爲象穴上豎木圖騰柱。圖騰柱是地位表徵，敘述家族歷史，與吉善的本意似不太有關連。筆者以之與金有關的字群作比較，認爲它表現已澆鑄的範型，放置於深坑中慢慢冷卻，以得光滑的良好銅鑄件，故有吉金的良善意義。這樣的解釋，坑上的字形與商代的鑄銅器實模範套合之形一致，與商代鑄銅遺址四周常見有模型破片的深坑的考古現象相合，緩慢冷卻有助表面緻密度的完成也是冶金的經驗。比較起來，此說最爲合理。但如不熟悉商代的考古以及冶金的知識，恐怕就不易領會它的創意。

又如旁字(字 148)，或以爲是形聲字，其實是表現犁刀上加

犁壁（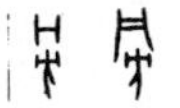），犁壁有曲直兩式，用以把翻起的土推向兩旁，節省挖土後再翻到兩旁的作業，是拉犁的必要裝置，間接證明牛耕的使用。了解古代的農業技術，有助探索此字的創意。創意的考察最忌見形附會。曾見有人說解愛字，根據現今楷隸書的寫法，不知原是形聲字，字形已有訛變，竟說是一手把心獻給另一人的手。也有人把**食**字(字 199)分析爲人良兩個構件，說是一人的身體狀況良好才能吃得下飯，故有食物的意思。不知原作加蓋的盛食容器形（）。總而言之，探究一字的創意，因越早的字形越接近創意，故要找尋最早的字形，然後分析構形的每一部件，參合字的使用意義，推想古代所能有的條件下，給予一個合理的解釋。只要任何一部件難於合理解釋，就是不得其實。如**攻**字(字 120)，甲骨文作手持樂器敲打槌一類的曲柄殳，敲打一件下有三小點的工形物（）。如果輕易把它當形聲字看待，就難解釋三小點的用意。筆者以爲它表現刮削早期長版石磬以定音的工作，三小點是刮下的石屑，它是石磬校音的必要過程，它還表現檢驗音調時石磬單獨懸吊的景況，與磬字所表現的演奏多件石磬時的懸吊方式有所不同。校音是爲了改善音質，故攻也常有預期達到更好效果的引申義。文字演變的過程，有代表意義的幾個小點常因筆劃難規劃而被省略，如**前**(字 189)作洗足於盤內之狀，代表水滴的小點也被省略。雖然也有原無點的字，爲了表達更清楚而加點的，如**攸**(字 307)原作手持棍棒打一人之背狀（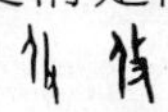），後加三小點表示血跡（）。但後加的小點一般的編排是有規律或平衡的，如**示**(字 314)【示，天垂象，見吉凶，所以示人也。从上。三垂，日月星也。觀乎天文以察時變。示神事也。凡示之屬皆从示。】初作一豎在一短劃之下，從**宗**(字 224)作一示在廟內（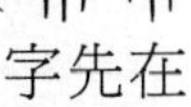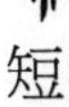），知示爲同宗之人們在廟內所禮拜的祖先神位。示字先在短橫之上加一短劃，後在直豎之兩旁各加一點以爲無意義的填空。而攻字不規律的三小點是原有的，是有意義的，是象意字而非形聲字。抱持這種態度去解釋古文字的創意，就可以減少很多的錯誤及附會。

314	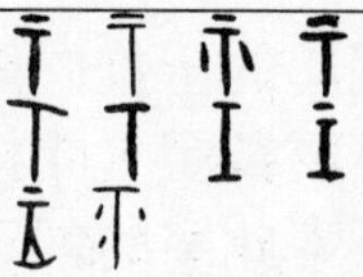	（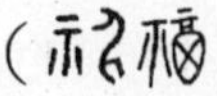	 s	示	示 血親神靈所寄住的神位形。

探究一個字的創意有一定的步驟。首先分析字的結構，其次是決定是否形聲字。如爲意象一類的字，再探究與使用意義之間的關係。就以文字的**字**(字 2)爲例，其結構是由一個屋子與一個小兒組成（），它應該是意象類的字。如果是形聲字，就沒有什麼好探究的了。字的意義不屬於建築物一類的，故不是從屋子的形聲字。宀不見作爲音符，也與字的聲母和韻類部很不同，故也不是從子的形聲字，因此必是意象字。字的中心意義與命名有關，文字是後來引申的意義，也絕對與房子無關。在古代，不論中外，都有給孩子命名的儀式，一般是在確定孩子能生存下來之後，才引薦給祖先，計算爲家族的成員。其期間有達數年者，在中國是三個月。字既是有關小孩之事，又有關建築物，就很可能是表現呈獻小兒於宗廟之內，向祖先報告家族新成員名字之儀式。這樣的考慮，既符合字的結構，也不違背古代的習俗，就是合理而可接受的解釋了。

又如作爲時間副詞的**晨**字(字 64)，作兩手自上持拿蚌製農具狀（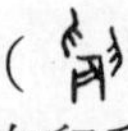）。如果它是形聲字，則辰爲聲符而臼爲形符。但是兩手的臼和時間沒有關聯，較不會作爲表意的形符。那麼它的創意較可能是怎樣的呢？從**蓐**(字 60)所表現割草的方式是單手持辰的下端（），知晨表達的重點不在割草。觀察其它字的創意，兩手在上可以表達向下舂打，衝擊，如**秦**(字 310)（）；也可以是向上提起，如**具**(字 67)（）。如果辰上之雙手表達向下動作，則可能表達挖地，但挖地不是天天要做的農務。如果表達向上提起的動作，則爲齊備農具以便去工作，這是農民天天一清早就要進行的事情，用這種情況來表達早晨的意義是合理的。通過這樣的分析才比較可以得到古人創此字的真實構思了。

再如**微**(字 266)（），其字源爲散，《說文》的說解是【，

眇也。从人从攴，豈省聲。】甲骨文明明作手持利器棒殺老人之狀。聲符例當單獨構形，被認爲是豈省聲的頭髮部分連在人頭上，哪會充當聲符，因此也要仔細的思量。段玉裁的注很有趣，『眇各本作妙，今正。凡古言敳眇者，即今之微妙字。眇者小也。引伸爲凡細之稱。』棒打老人實在很難得出微小的意義。眇的意義是【眇，小目也。从目少。】可能和敳的創意拉上關係。《說文》的字序，前已言之，是有一定規律的，字義類似的排在一起。四篇下目部的字序，矇【矇，童蒙也。从目，蒙聲。一曰不明也。】以下依序爲眇【眇，小目也。从目少。】、眄【眄，目徧合也。从目，丏聲。一曰衺視也，秦語。】、盲【盲，目無牟子也。从目，亡聲。】、瞂【瞂，目陷也。从目，咸聲。】、瞽【瞽，目但有朕也。从目，鼓聲。】、瞍【瞍，無目也。从目，叟聲。】都和眼睛瞎了或視覺不良有關，所以眇的意義也和眼瞎有關。遠古時代因爲生產低落，生活困難，常有殺老人以減輕生活負擔的舉動，導致有流血放魂以便早日投生，重新做人的信仰。棒殺的對象常是衰弱有病，難於照顧自己的老人。在古代的環境，老人也容易目盲。因此有可能以棒殺老人表達衰弱有病，甚至是目盲老人的意義。棒殺的行動一般在暗中舉行，故有隱行的引申義。受棒擊者是病弱的人，故有微弱、微小等引申義。通過這樣的分析，要比視之爲形聲字更切合字形與字義。

附：古代常見的諧聲字根，即非形聲的意象字。（括弧內的字爲後來演變或被誤以爲形聲字者。）取自《古文諧聲字根》（臺灣商務印書館，一九九五）

（一）之職蒸 -∂v, -∂k, -∂ng

乃(孕)又(友尤囿)力丌才久(羑誘)弋士巳(改)己子(字)弓之巛(災灾)牛止(齒)矢仄(昃)升厷(肱弘)不艮仌(冰)北丘司以(能)市史(吏事)母(每)而亥灰再耳伏色丞承亙(恆)戒灷(朕)里(埋貍)𦣝(頤姬)克采毒甾來其畀刵佩亟或(域馘)怪朋牧麦

(陵)肯凭直(德)則思昱某負食畐革苟爯爂羿宰茲息乘陟啚得婦匿嫠葡麥敕黑啻絲棘喜郵異皕(奭畫)陾曾登求戠嗇意登逯疑臺熊兢(競)琟徵辤辭瞢(夢)興醫龜蠅鷹

（二）魚鐸陽 -av, -ak, -ang

ㄩ(去)匚尢女(如奴)于(華)下土夕丈乇(宅亳)亾(良喪)上巴夫父(甫)牙匃互午毌亢丮戶五尺予(野)王(往皇)卬方(旁)爿(將倉牂臧)刅(創)宁白(百)巨処乍乎兄古石(橐槖)永且(俎)疋(梳楚)皿(盟)丙(更)央襾羽瓜各匠亦兆屰(逆)羊(養羌)网向(尙)行(衡)光呂虍(爐)豦朿巫步乇吳赤(赦)車谷兵冏冶杏㒳(兩)皀(卿)雨(黍)者(書)茉(鈣)初股武舍(余敘途)炙長居昔(耤)秉明享昌庚(唐)京(黥)並禹亞叚(豭家)香若兔相昜馬卸(御馭)庫亮夏旅烏(於)眀(睪瞿)素眔洓索隻射舁(輿與)啚畕(疆)桑魚(魯漁穌)圉庶(席)鹵莫竟章商爽望郭斝強普瓜䍃舄彭象量戟黃壺奭黽亞(䍐)鼓葬鼠睪赫蒦圖詻虢寡慶無(舞羅)霍毀(襄)壑罜羹矍蠱麤

（三）支錫耕 -ev, -ek, -en

乀(氏也)厂丁(成盛)冂(鼏)宀(冟冥)彳兮井(阱)支壬(呈聖聽廷)只令冊疒戹(軛)正平卮生(星)此企朿(帝)圭厎糸并名芊启(啓)系(奚)役医豕佞豸巠狄甹甹(寍)兒知易爭幸炅析青卑是弭臭盈省益彖秝(歷)鬲耿脊徙規頃斯買畫奠晶詈解敬辟嬖鬩鼎鷹鳴覞觳熒(褮)䀠(嬰)夐謦霝贏甏觟巂醯麗繼轟

（四）幽中 -∂w, -∂wk, -∂wng

丂 (考) 勹(匊雹匏)ㄐ九(宄)冃(冒)爪孚丑(羞)叉(蚤)手中六夲臯夰(昊)戊卯矛(柔)由(繇)冑幼冗目囚冬(終)老共(陸)早艸好(薅)牟舟臼州休幺(幽)缶(寶)守汙(泅)竹夙尗(叔戚)戎肉(育毓)充孝告(誥)牡孚(俘)牢百攸(條)酉(酒柳留)夅宋臼(學)肘秀卣夅(降)彤咎匋受匊阜帚臭周宗杳首保叟韭毒酓复采(穗)討舀(稻)臭流躬(宮)畜髟祝曹馗殹(簋廏)埽脜彪翏宿莤鳥孰逐翏(穆)臬(毀)報棗游就奧眾肅瑁道悳麀農蒐牖嘼(獸)雔(讎)盩蟲豐夒疇鑄竈嬰(秋)鬻屬虣

（五）宵藥 -aw, -awk

了刀(召紹)小幺勺少毛爻(教)夭叏产号吊交𠂤兆(頫)休尿皃(貌)杲表卓要苗県垚(堯)虐笑高(鎬)肁(肇)料釗雀羔窅𦍌敖匘巢票𦮃臭雀盜勞喬朝焱尞焦(醮)喿𩨗翟翟暴㬥麃皛樂龠爵鼂囂顥

（六）侯屋東 -əw, -əwk, -əwng

几(凫)殳卜口工(虹)亍廾(龔)斗孔公从丰(邦)凶(兇)木句主付用(甬)玉后戍朱(蛛)肯(㱿)曲同共曳𠩺走豆足束禿谷角局弄囪(蔥)尨乳取(叢)彔𥎦具豖東(重)後奏侯(猴)俞禺敄屋壴(尌)封旱(厚)鬥冓芻辱(蓐)冡送哭茸容雝(饔)冢兜婁𥁰屚寇晝鹿族舂區(驅)須粟業(僕璞)竦㔷蜀獄(岳嶽)需𩫖業續(賡)龍雙

（七）歌 -a

丂(柯何)匕(化)𠂇(隓墮)叉午个(箇)戈厄瓦它禾加皮多朵冎危𢼸那坐我沙吹妥果臥奇㚔(嘉)宜科差㼌貨离(離)麻惢為義瑞羸罷戲虧羅羈

（八）祭月元 -ar, -at, -an

乙丿く(𡿨畎)𠃊(戉)巜乂(刈)厂大孑孓干(戰)屮山𡳾宀丸夬丯(栔害割)市(芾)曰月(跀刖)朩丹丱(關)反元幻犬片介世匃外歺𣥠(撥)㕣友(髮敝)末旦半毌弁反谷(沿兖)夗(眢)伐氒(厥)𣅀𡿧安劣全奻亘(宣)幵(荆)舌辛(言)吅(雚串患)㫃𢍏(𦳊𠫯)吠帀寽叡卵折(哲嚞)貝(狽)兌(銳)刪戾次別延(延)釆(番)見肙𠦒旻㡀(敝)制叕免叕戔侃旹(辥)官扶(輦)叀(專𢿱叀)肙肰歹拜砅剌(賴)首取𡿺彖(喙)耑昷爰奐姦𢍏衍建耎便(鞭)柬(闌)泉穿冠面段看扁(編)前欮咅桀泰(太)宦害殺虔威臬(劓)般示扇雋班原𠳋(遣)袁(還)帶敗埶(爇)祭彗(雪)离(萬)設聅冤㒼曼連旋䙴(遷)最毳叡絕(𢇍)寒㭊(散𢿱)萑單(彈鼉)莧㝱焉楙(樊)桀閒(澗)萬(蠆)閑𦥑善隉短筮辠舂會歲𠠫筭㽞煩𢍏豈䌛算睿𣦼罰奪辥𣹟(漢)臱(邊)截徹縣㢈衛㬇(難)縣嬎𧆨(獻)𣟴𣎳(檗)憲虤(虢)聯燕盥鮮𦏲贅竄斷𢇍贊𤄒邊顯𩿥孿

（九）微物文 -ər, -ət, -ən

乙文囗(韋)匸兀寸巿刃川旡(既)內气火勿屯允斤分云文(吝麐)巴(巽)卉(奉賁蕡)未(沬)出(朏)朮(秫)凷(塊)弗本圣自(帥歸)妃回耒衣虫戌由胄厽聿艮存先舛(舜)位㕞(殷)孛(誖)希叟(沒)禸尾君辰(晨)困隶昒枚乖肥非委隹卒剈昏門(㥶)昆奔侖囷典尻(臀)叡(蒯)臾(貴)豙威畏胃突亂盾(循)軍眉㾊屍彪(魅)配飛𥁕(溫)退衰敳(微)豈崇骨鬼孫圂㥯(隱)員隼(雖)尉豚率敏堇𠦒奞家開幾飧壼蚰筋焚尊綏罪臯壺熏對豩(燹)塵雷累緜頪辜磊褱器冀奮毀薦糞鼻鯀㸚㬎鰥顨轡靁鬱鬱爨

（十）脂質真 -er, -et, -en

一厶匕(旨牝)几二(次)八七人(千年)卪(即)尸夂卂(訊)廴比水匀日引匹尹天朿卟氐(祗)矢(疾雉彘)四示尒(爾)穴必(瑟)失(眣)㐱玄申(陳陣)田民夷伊西自死弜至吉米(櫱)血因印旬囟兕臣(嚚)弟利(犁)抑辛身㣇季妻戾皆(譬)眉(媚)美癸計頁垔信聿(津)㶳盡秦師栗真昚(慎)𠕋晉甡㴱(淵)桼閉悉戜戛寅黹矞犀遲惠替畢臸睿(濬)粦(磷鄰)進閏肆棄疐豊逸齊實賓履摯質壐㮚𪗉彝瀕𩰫盭夔䜌贙

（十一）緝侵 -əp, -əm

入十马(函)及三彡(參尋)凡(鳳)亼帀廿兂(簪蠶)冘(沈)心壬今(飲禽金琴)囟立㕯羊(南)合卅众男邑㞢卒(執蟄)沓林亩旨咸侵(𩟽寢)音甚品(喦臨)罙突(深)軜習咠集覃森𥄕㬎濕蹔審闖㶣䌛籲疊靁龖

（十二）葉談 -ap, -am

凵广欠产(詹)乏冉甲(柙)甘(甜厭)聿占丙劦叶(協)劫夾耴叐灭夾妾法捷㦰芆炎臽奄盍葉染弇㔾㬎涉閃兼斬聑敢嚴業僉銜監巤曄曄燮燮龜聶

三、右聲說

在轉注之節，曾介紹一種意見，認爲形聲字的聲符兼有意義者即為轉注。形聲字的形成有好幾條途徑，由引申加形符以別義的，當然就變成聲符和字的意義有關聯。如果引申義多，各別加上不同的意符，就有從某聲的字有某含意的感覺了。例如冓字(字 182)以木構件交接處繩索捆綁之狀（），表達兩物接觸的情況。它被應用到各種交接的情況，後來加形符以分別個別的意義，講是兩人交談，媾是男女交合，構是架屋的木構件，購是兩方的買賣，溝是縱橫交流的排水道，遘是兩人相遇於路上。顯然，不少這一類的形聲字，其聲符是兼有意義的。有時一個字在很早期的時候就兼表達幾個相關的意義，很難確定哪一個是本義。如卿(字 315)【，章也。六卿，天官冢宰，地官司徒，春官宗伯，夏官司馬，秋官司寇，冬官司空。从卯，皀聲。】作兩人相對跪坐吃飯之狀。卿士之意義應來自相對跪坐進食是卿士的吃飯禮節。但在甲骨刻辭此字被用為相向的嚮【《廣韻》嚮，與向通用】與饗宴的饗【，鄉人飲酒也。从鄉从食，鄉亦聲。】那麼，它的本義是卿士，還是相向，或是饗宴呢？同樣的，專字(字 316)【，六寸簿也。从寸，叀聲。一曰專，紡專。】作一手拿著一個已繞上絲線的紡輪狀。它可能表達三個不同的意義；一是紡磚；一是專門，因紡織是專業的工作；一是轉動，因以轉動紡磚的方式繞線，以便以之安在織機經軸而紡布的。這三個意義各有所偏重，都和操作紡輪有關，難於確定何者是本義，何者是引申義。而且有些字只是找一個聲音相近而可別義的字作聲符，並沒有刻意找一個意義也有關的字作為聲符。因此，如何決定一個聲符是兼有意義的，就免不了有見仁見智的爭論發生。如果要把沒有含意的聲符強解為有意義，就不免產生捕風捉影的牽強附會。我們沒有辦法把初創一個詞的古人從墳墓挖出來問個清楚，到底為何選用某種聲讀以表達某種的意義。

315		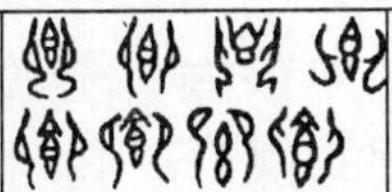	 s	卿 饗 嚮	卿 卿士相對跪坐進食之狀。

316	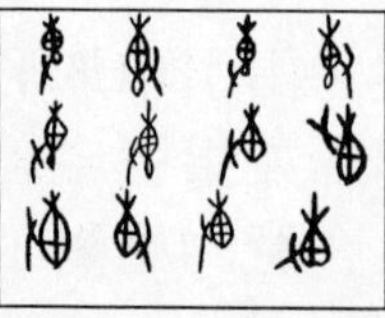	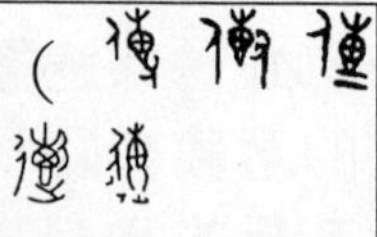	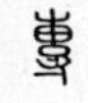	S	專	專 手拿已上線的紡輪狀。

語言的發音與意義之間的關係的假設，是我們根據我們所了解的語音規律而整理與歸納出來的。或以爲語言先文字而有，語音與語義之間一定有某種的關係，否則語言怎麼會有共識。這還是一個有待論證的假設。起碼以中國文字爲例，很多字的字義，從商代到現在都沒有變，但讀音都起了很大的變化，韻部的分合也產生很大的變化，可知文字與意義的關係要較語音與語義的關係密切與穩定。對語音與語義間的關係，觀測的角度不同，意見自然就有差異。從很早開始，就有人提出，以某字諧聲的字有某一個中心意義。漢代註解經常採用的聲訓辦法，就是把聲讀看成是有意義的。如《說文》對**酒**(字 8)【酒，就也。所以就人性之善惡。】、**馬**(字 18)【馬，怒也。武也。】、**木**(字 79)【木，冒也。冒地而生，東方之行。】**牛**(字 84)【牛，事也。理也。】**羊**(字 85)【羊，祥也。】等的說解，就是以爲命名與音讀有關，但都還不作系統性的歸納。到了晉人楊泉的《物理論》,『在金石曰堅，在草木曰緊，在人曰賢』。宋沈括的《夢溪筆談》，有『王聖美治字學，演其義爲右文。古之字書皆从左文。凡字類在左，其義在右。如木之類其左皆从木。所謂右文者，如戔，小也，水之小者曰淺，金之小者曰錢，歹而小者曰殘，貝之小者曰賤。如此之類，皆以戔爲義也』。就都認爲諧聲符號與意義有密切的關聯。從戔聲之形聲字帶有小的含意是經常被舉以爲例子的，以下且分析看看。**戔**字(字 164)本形作兩戈相向。戈是種以殺人爲目的而設計的武器，兩戈相向有相殘的含意。所舉的錢字，古代是用於指稱挖土的農具，三晉地區採用它的形狀鑄成銅幣，因此也用錢指稱銅製通貨。初期的銅幣都鑄得很厚重而大，購買力很大，並沒有小的含意。至於賤字，貝之所以被利用爲通貨的媒介，除了美麗、罕見、耐用等特點外，貝的大小一致，易以計值，是被採用的重要因素。沒有所謂的尺寸大小問題。貝在西周或之前是高價的物質，《令

簋》有『賞令貝十朋，臣十家，鬲百人。』以貝十朋與臣十家、鬲百人等列，可見其價格高。由於戔與小的意義並沒有必然的關係，故或以爲錢是用於剷土，而剗　　　　　　　　　無，【《廣韻》剗

韻》剗

思有關（裘錫圭《文字學概要》p200）。這表明對戔聲表意的意見學者間是不一致的。其實，還有很多從戔聲的字與小和殘損的意義都是無關的。現將《說文》從戔聲的字義列於下，以見與小的意義有關的只是少數。（※表示可能聲符兼有小的意義）

俴【俴，淺也。从人，戔聲。】※
後【後，跡也。从彳，戔聲。】
帴【帴，帬也。一曰帗也。一曰婦人脅衣。从巾，戔聲。讀若末殺之殺。】
猆【猆，犬齧也。从犬戔聲。】
棧【棧，棚也。竹木之車曰棧。从木，戔聲。】
嶘【嶘，尤高也。从山，棧聲。】
淺【淺，不深也。从水，戔聲。】※
殘【殘，賊也。从歺，戔聲。】
綫【綫，縷也。从糸，戔聲。線，古文綫。】
踐【踐，履也。从足，戔聲。】
諓【諓，善言也。从言，戔聲。】
賤【賤，賈少也。从貝，戔聲。】※
俴【俴，水阜也。从阜，戔聲。】
錢【錢，銚也。古者田器。一曰貨也。从金，戔聲。詩曰，庤乃錢鎛。】
虦【虦，虎竊毛謂之虦苗。从虎，戔聲。竊，淺也。】※
衡【衡，迹也。从行，戔聲。】
餞【餞，送去食也。从食，戔聲。】
箋【箋，表識書也。从竹，戔聲。】

（另有：濺【《廣韻》濺激流貌。】、琖【《廣韻》玉琖，小杯。】、盞【《廣韻》小杯。】、輚【《廣韻》埤蒼云，臥車也。亦兵車。又儀禮注云，載柩車也。】、醆【《廣韻》酒濁微清。】

等）

從句(勾)聲的字也常被舉以爲與彎曲的意義有關。句(字317)【，曲也。从口，ㄐ聲。】本象包裹一件東西之狀。上一章討論的所謂從貝句聲之眗字(字 246)，意義爲一對肩胛骨，即作某物包裹兩個骨臼之狀（）。句的中心意義是包圍與環繞，容易由之延伸以指稱彎曲的事物或狀況。以下也列舉《說文》從句聲的字義：

317				s	句	句 象包裹某種東西之狀。

拘，【，止也。从手句，句亦聲。】
笱，【，曲竹捕魚笱也。从竹句，句亦聲。】※
鉤，【，曲鉤也。从金句，句亦聲。】※
跔，【，天寒足跔也。从足，句聲。】※
朐，【，脯挺也。从肉，句聲。】
翑，【，羽曲也。从羽，句聲。】※
痀，【，曲脊也。从疒，句聲。】※
耇，【，老人面凍黎若垢。从老省，句聲。】
絇，【，纑繩絇也。从糸，句聲。讀若鳩。】※
軥，【，軛下曲者。从車，句聲。】※
枸，【，枸木也。可爲醬，出蜀。从木，句聲。】
刨，【，鐮也。从刀，句聲。】※
苟，【，艸也。从艸，句聲。】
昫，【，日出溫也。从日，句聲。】
姁，【，嫗也。从女，句聲。】
佝，【，佝瞀也。从人，句聲。】※
狗，【，孔子曰：狗叩也。叩气吠以守。从犬，句聲。】
玽，【，石之似玉者。从玉，句聲。讀若苟。】
駒，【，馬二歲曰駒。从馬，句聲。】
竘，【，健也。一曰匠也。从立，句聲。讀若齲。】

蒟，【蒟，果也。从艸，竘聲。】
蚼，【蚼，北方有蚼犬食人。从虫，句聲。】
⿰酉句，【⿰酉句，酒醬也。从酉句聲。】
詬，【詬，謑詬也。从言，后聲。訽，詬或从句。】
煦，【煦，烝也。一曰赤貌。一曰溫潤也。从火，昫聲。】
⿰黽句，【⿰黽句，鼃屬，頭有兩角。出遼東。从黽，句聲。】
鼩，【鼩，精鼩鼠也。从鼠，句聲。】
敂，【敂，擊也。从攴，句聲。】
斪，【斪，斪斸，所以斫也。从斤，句聲。】
欨，【欨，吹也。一曰笑意。从欠，句聲。】
雊，【雊，雄雉鳴也。雷始動，雉乃鳴而句其頸。从隹句，句亦聲。】※
鴝，【鴝，鴝鵒也。从鳥，句聲。】
⿰禾⿰句又，【⿰禾⿰句又，穦⿰禾⿰句又也。从禾从又，句聲。又者从丑省。一曰木名。】
⿰句阝，【⿰句阝，地名。从邑，句聲。】

從以上所舉的例子，知聲符兼有意義的，畢竟是少數。所以裘錫圭也說，『事實上，同从一聲的形聲字具有顯然沒有同源關係的不同系統字義的例子，是很常見的』（裘錫圭《文字學概要》p200）。

不單如此，有人從古韻入手，主觀地挑選幾個諧不同聲的字，以它們具有共同的韻讀，就規納之以爲都具有某種意義，經常不考慮字本身的形構問題。譬如說口、后、喉、谷、孔、巷、肛、工、空、公、凶等字都具有喉部發聲而-ung 韻尾的音，就認爲這樣的音具有孔洞、穿通的含意。（藤堂明保《漢字語源辭典》p302-307）如此主觀而論斷一字的創意，有時就不免任意解釋與附會。譬如以后與司的字形相反，說司爲尿道口，后爲肛門。后(字 317)【后，繼體君也。象人之形。从口。易曰，后以施令告四方。凡后之屬皆从后。】與司(字 318)【司，臣司事於外者。从反后。凡司之屬皆从司。】的創意不容易明白，以早期文字正反不拘的習慣看，兩字或是同一字後來的分化。

兩字的上部分雖與人形略似，但並不是人的構形。就渊算是人的形構，后得的口也不在人後。從銅器銘文的使用意義看，司與辭(字 180)同，而司爲辭的右半（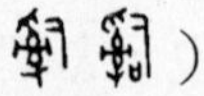）。辭以勾針解亂絲表意而有治理、管理的意義，口的部分是後來所加的無意義塡空，從辛的辭字是很晚才有的。司應是從辭減省的字，后又是自司分出的異音讀的別義，它們與人的形象無關，更不用說與尿道口和肛門了。

318		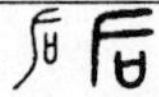	 s	后	后 司字的反形。
319		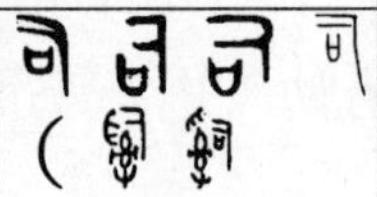	 s	司	司 辭字析出，勾針治理亂絲。

又說喉從侯聲，侯是射箭的靶。侯人的職責是把射在靶上的箭拔下來，察看陷入的洞。侯字(字 320)【，春饗所射侯也。从人从厂。象張布，矢在其下。天子射熊虎豹，服猛也。諸侯射熊虎。大夫射麋。麋，惑也。士射鹿豕。爲田除害也。其祝曰，毋若不寧侯，不朝于王所，故伉而射汝也。，古文侯。】確是以一支箭射在一張靶上表示其物體。但射箭的重點是中不中目標點，和洞的形狀或深淺是無關的。

320		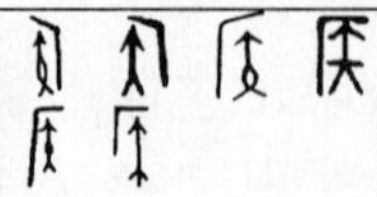	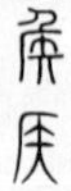 s k	侯	侯 箭射在靶上狀。

又說工是扛的字源，以棍穿洞而可扛舉。這是據晚出的字形立說，前文已述明，工(字 119)是單獨懸掛的石磬象形，並沒有棍子的影子。至於公字(字 37)，是老人嘴巴兩旁之紋溝形。解釋更是奇妙，舉韓非子背私爲公之例，以爲與谷字是聲韻的對轉，是挖開一個洞顯示其內容。凶則是掉進坑陷而有凶險之意。巷爲里中之道路，人要穿過路而走，故也來自同源。這種

釋字方式不但多附會，出人意料，往往同一諧聲的字群有同時顯示多項語意。如又說垢從后聲，以厚濁的土取意。吼從孔聲，取重濁的叫聲。紅從工聲，表達厚重的顏色。

聲音早於文字的創造。開始的時候，聲音與語意可能有密切的關係，但隨著時間的流轉，它們的關係可能越來越疏遠。如以中國的情形作例子，經常是一個字的某個意義三千年來不變，但讀音卻一再發生變化，如緒論所舉的例子，可見聲音與意義的關係是不穩定的。再者從方言也可以看出聲音與意義的關係也是不穩定的。中國字的某字形一樣，意義一樣，但方音卻不同。如果聲音與意義有必然的關係，則讀音就不會起變化。甚至有假設江河的命名都具有特殊的意義，說長江的水流聲工工，故以工諧聲。黃河的水流聲可可，故以可諧聲。很多語言因年代久遠，所代表的意義已茫昧不可考，再加上命名的時代已難考證，如何確定某字的諧聲偏旁取得其意義的時代，而同樣讀音的字爲何不具有同樣的意義或變化等的各種難於考證，易流於主觀論斷的棘手問題，都是難讓人輕易接受的地方。

當然，不可能一個聲音只能表現一個含意。但每一種事物情況，都是很多因素與條件的組合，譬如一張桌子，它的組合包括木或金屬製作、四角或圓形、高出地面、有支腳、供飲食、擺設或讀書用、室內外使用、有無雕飾、上漆、加彩等等的內容。如何能肯定我們所作的分組和古人的想法是一致的呢？又如何肯定某個事物的命名確是由於表現這個聲音的這個意義而不是另一個意義呢？有時一字形或一音讀兼有數意，演變到後來，聲音已變化很多，但其中一個意義因形而有義，形成諧該字形之形聲字皆包含有該意義。與其視爲該字因聲而得義，不如視爲因形而得義。如果創字的時候，創字的人已意識到讀音的代表意義，就比較有可能在字形中表現出來，因此同諧聲的字具有相通的語意還有點根據。如果選取幾個音近的字而加以歸類，且不談每一組字的時代性與使用意義之間的關係，就留下太多爭論的空間了。

第七節 古今字形演變及通例

一、判斷字形演變的方向

釋讀古代文獻是研究古代歷史與社會的首要工作。不能辨識文字，就不能明瞭文義，根本就不能作進一步的研究。文字在使用的過程中，受到許多因素的影響而使外形及結構發生變化。唐蘭曾就繪畫、契刻、書寫、印刷、行款、形式、結構、筆畫、趨簡、好繁、尙同、別異、致用、美觀、創新、復古、殽混、錯誤、改易、是正、淘汰、選擇等各因素加以探討（唐蘭，《中國文字學》頁 117-148）。這些因素致使古今的字形形成非常大的差異，有時是面目全非。即使處於今日文字已標準化，排印印刷品的字型有一定的範本，其傳播也是無遠弗屆，可到達每一個角落，但還是無法完全防止字形發生變化。人們或在公開的文字，或在私底下的記錄，爲求書寫的方便而簡化某些字的寫法是很常見的。認識一個字的原形或較早形象，不但有助於辨識古文字，如上文所談，也對創意的探討有助益。故如何分辨古今不同階段的兩個字形是同一個字，就成了文字學研究的重要內容，幾乎講授文字學的課程都包含這個內容。

文字的演變不外是因爲自然與人爲兩個因素。自然的演變是無意識而逐漸的，比較多體勢上的變化。但演變到了某種程度，也可能產生劇烈的變化而難以追查其源流。人爲的改變是有意的，或爲別嫌，或因歸類，或順應新環境、新思想而改造，比較多結構上的差異，它對探求字形的演變，以及創意，都有較大的阻力，需要借助其他的材料才易辨明。

如果明白了文字的一般演化規律，對一個字的前後字形的變化，不但比較容易把握，也能明白其演變的途徑與原因。就可以依演化的規律來推斷某字較早的形象，甚至是原形，或認定兩種字形是一字的異體。它不但有助於辨識古文字，也對文字創意的探討有所助益。故如何分辨古今不同階段的字形是同一個字，其演變的趨向爲何，就成了文字學研究的重要內容之一。

各家對於字形的繁化、簡化、偏旁的代換等等現象常作詳細的分析與歸納。但在討論兩個字形之間的前後關係時，似乎都沒有著重討論或考慮到，到底是根據何種原則、理由或條例，導致判定字形是由甲形變成乙形，而非由乙形變成甲形的結論。每一個字的演變，常有各自的背景、原因與途徑，總的情形非常複雜，但也有一些常態，一些例外，不能任由主觀設定。如果能依據幾個原則作綜合性的探討，以之觀察兩個字或一群字形之間的演變方向，應該是有所助益的。以下就思考所及，就其較重要的原則，分項略加探討。

（1）字的時代性

事物的演變是時間流動所造成的，字形的演變也不例外。字形演變的方向當然也是由早而晚，故一般的情形是出現於較早的字形應該代表比較早期的形式。不過，字形演變的過程，不但可能歷時甚長，而且也不是單向前進。我們今日收集到的文字資料不見得周全，可能不真正反映實際全部的字形演變情況。從甲骨文到小篆之間的字形演變現象看，不但同時有異體并存，難以辨明何者較早。有時還有爲了某種目的而書寫較早期字形的現象，即後代文獻上的字形有可能反而保持較前代字形爲早的現象。甲骨文已經是相當成熟的文字，一定有比之更早、更原始的字形存在，故甲骨第一期的字形也不是最早的字形。再者，西周銅器的年代，在時間上要較甲骨文爲遲。但其上的所謂族徽文字，或稱爲記名金文，字形往往要較一般甲骨文的字形看起來原始、寫實些，故不少學者以爲它們保留更早的傳統。這說明以字形所在文獻的年代作爲字形演變方向的依據，並不是絕對的。書寫較早時代字形的風氣，從商代到小篆的時代，一直不斷地發生著。略舉數例於下，以示反復的變化並不是非常罕見的。

王字(字 313)，是個帽子的形象。甲骨文第一期時作一個三角形上一橫，第二期時除延續此形外，還有在最上加一短橫，那是常見的字形演變規律，第三期同形，第四期時部分延續此形，大多數就棄此短橫，恢復第一期的字形，第五期又恢復加一短橫，並且三角形也合成一豎，終成小篆的王字。

(甲 1) (甲 2) (甲 3) (甲 4) (甲王) (甲 5) (小篆 · 古文)

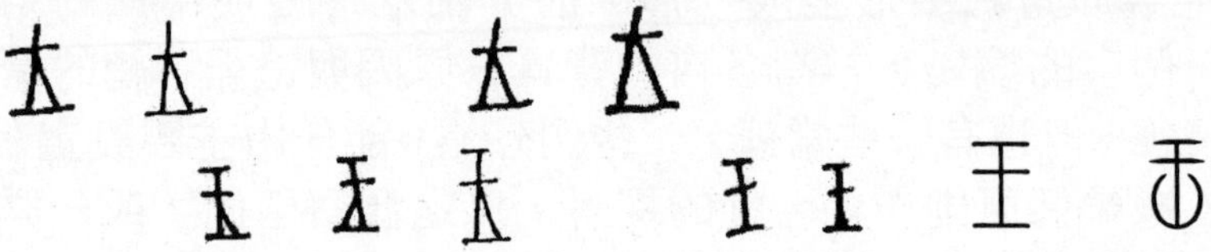

協字(字 166)，第一期時作三把並列的力在一凵或口之上，表現多人用挖土的工具共同協力挖掘深坑之意。此期也有省略深坑的部分，第二期以前一形爲多，第三期兩形並見、第四期使用省略之形，第五期偶見省略深坑的字形，絕大多數又恢復早先的有深坑的寫法。但是到了戰國時代，深坑的部分又再被省略，三力也被安排成定式的三角形相疊。

(甲 1) (甲 2) (甲 3) (甲 4) (甲 5) (周中) (戰國) (小篆)

教字(字 236)，甲骨第一期作手持棍，教小孩學習打繩結的技術，第三期除此形外，出現省略小孩，作手持棍與繩結之形，王族卜辭亦同。西周時期目前只見省略之形，春秋時代又回到有子之形。同時又多出以雙手打結的字形。小篆教字則採用以手持棍棒威嚇小孩學打繩結之形。與教的字形和意義有關的**學**字(字 65)，可能最先作雙繩結形（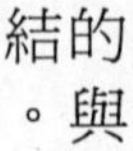），後加屋（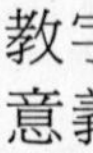），表明施用繩結之處所。再加雙手（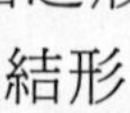），把打結的動作也表現出來。到了周初，屋下加子（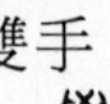），表明學習者的身份是小孩，又有一形更加上手持杖加以管教（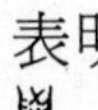）。此兩繁形并行至戰國時代，

《說文》學字首列持杖管教之形，而以沒有持杖的字形爲小篆。

(甲 1) (甲 3) (甲王) (周中) (春秋) (戰國) (小篆・古文)

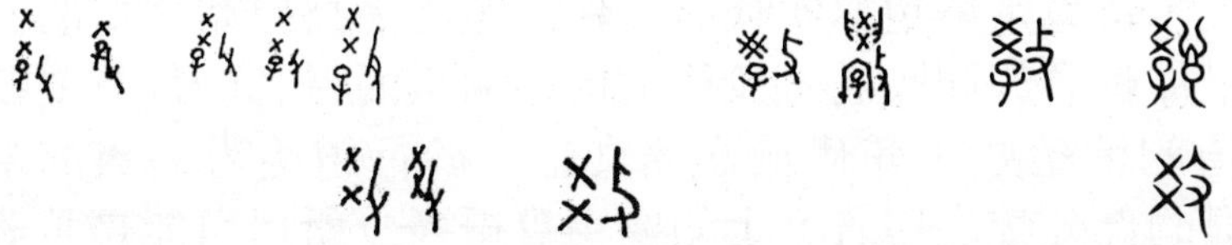

還字(字 321)【，復也。从辵，瞏聲。】甲骨字形的創意不詳，也許與以衣服或在行道招魂的儀式有關，原作行道之中有眉及方，另一形作行道之旁有衣與目。西周金文，第二形的衣中增一圓圈以表示頭部(或以爲是聲符)，但到了戰國楚簡，很多含有環字部件的字又恢復無圓圈的字形。小篆再恢復有圓圈的字形。

321	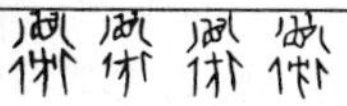		 S	還	還 或與招魂的儀式有關。

(甲 1) (周早) (周中) (周晚) (戰國) (小篆)

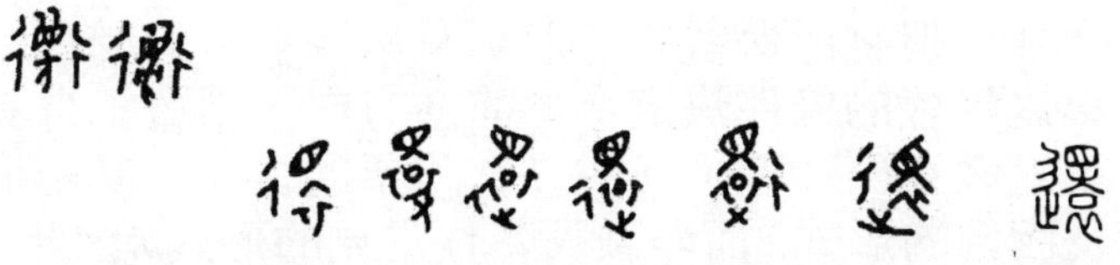

如上所舉諸例，可見從商到秦代，改變習慣而使用前代字形的現象並不是非常罕見的，因此不能輕易以字形出現的文獻年代早晚爲唯一的依據，去決定何者是較早的字形。如果沒有一個字的較完整演變歷史，只根據某片段，或只就兩個字形加以論斷，就不免有以偏概全的可能錯誤發生。顯然，時代的前後並非是判定演變方向的絕對準則。如果沒有甲骨文以來某個字形的較完整演變過程，就很難輕易地看出，出現於時代較晚的字形到底是省簡(或繁化)，或是使用較前代字形的結果。

就算甲骨文是最早的文獻，表現字的最早形態。但因甲骨文自第一期起就經常有兩形并存的現象，如**得**字(字 287)從第一期起，絕大多數作手持一海貝之形，偶見作多一行道之形。兩周時代也是兩形並行，小篆才選擇有行道的爲正體，沒有行道的爲古文，這也是難單以年代的條件確定何者爲原始字形的例子。如果從創意的觀點看，於行道拾得海貝而得利的創意要較沒有行道的清楚些，商代銅器銘文也有於行道拾得海貝的得字，其貝的部分較之甲骨文上的要寫實得多，所以可能是承繼較早的字形。

(甲 1)　(商晚) (周中)　(周晚) (春秋) (戰國)　(小篆) (古文)

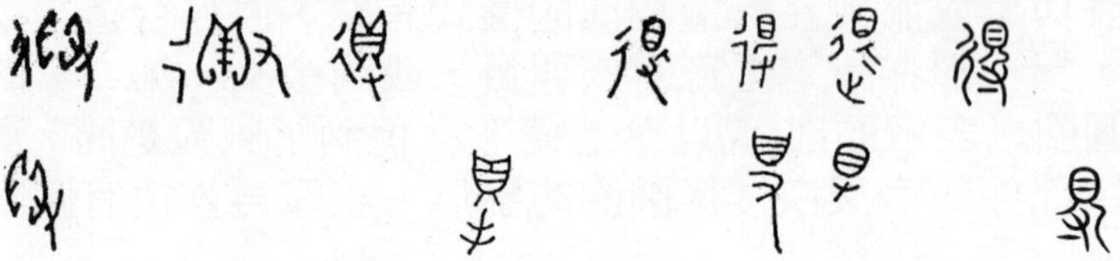

還有上述的**協**字(字 166)，也是第一期就兩形并見（ ）。又如**農**字(字 44)《說文》的小篆字形見於西周晚期，籀文字形見於春秋時代（ ），而所列的從林從辰的古文（ ）卻見於甲骨而不見於金文。《說文》所收的古文，一般認爲是戰國時代東方六國的文字，但它所保留的字形卻有呈現更古的商代的形式，可見，單以年代的條件決定字形演進方向，常會不得其實。同樣的，上述**教**字(字 236)，《說文》所舉的古文，其結構也作見於甲骨及西周的形式，而非戰國時代常見的形式。因此，有必要再參考其他的條件，才可能比較有把握地推斷某兩個特定字形之間的演進方向爲何。

（2）文獻的性質

文字的書寫，有時因不同的性質而採用不同的體勢或字形。同是一件銅器上的文字，族徽的部分，一般要較銅器銘上的部分較爲繁複而逼真。族徽是代表社區群體的符號，隨意變動不但得不到別人的認同，甚至有可能遭受處罰。日常實用的文字就較沒有這種顧慮，故而較易輕忽或爲便利而起變化。族徽文字不是應對日常生活所需，較易保存書寫的傳統。學者也因銅器上的族徽，其所描寫的物體形象比甲骨文的字還要寫實些，故普遍認爲它們要較甲骨文的字形原始。有人在討論字形演變的趨向時，就把它們列在甲骨文之前，也認爲文獻時代的早晚不足完全反映字形的繁簡階段，甚至一般的金文銘文，也有不少的字形就寫得比甲骨文更像實物之形。故談到字形演變的趨向時，就常依字形的寫實程度把它們列在甲骨文之前。譬如**牧**(字 284)甲骨文有幾種形構，作手持牧杖驅趕牛隻之狀（），或作手持牧杖驅趕羊之狀（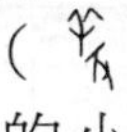）。兩形又都另有加一行道（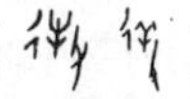），表達爲道路之旁的小規模放牧之意。這四種字形都出現在第一期，如何決定到底是先有牛，或先有羊之字形，以及是省略或增加行道，就要成爲棘手的問題。在中國古代的遺址，羊的出現雖早於牛，但在有文字時期的主要居住的華北農業區，已是牛多於羊，故牧羊的字形不必早於牧牛。當時也以農耕爲主要生活方式，放牧只是農餘的工作，故有行道的字形很可能發展較遲。但現在從牧在亞內的三個族徽符號、、，牧都作行道之旁放養牛之形，大致可決定有行道的字形較正式，沒有行道的是省略的字形。甲骨另有一形於行道放牛之形又加一足，是否與牧爲同一字待決，暫不討論。

甲骨文因用刀刻在堅硬的甲骨上，較之以毛筆書寫要困難得多，因此寫起來比銅器銘文較不寫實，如圓形的常刻成矩形。但同樣是刻在骨上的，具有展示目的的文字，就有寫得比一般的貞辭更爲象形的習慣。如《合》37848（下圖 A）是商王在雞麓捕獲老虎的記錄。該骨是老虎的上膊骨部分，雕刻了繁縟的圖案并嵌鑲綠松石，展示的意味顯然。其上的雞字，作爲形符的隹或鳥字就寫得比同屬第五期的《合》37363、37470、37471、37472、37494 等片上雞字（下圖 B）的隹或鳥要逼真些。

A B

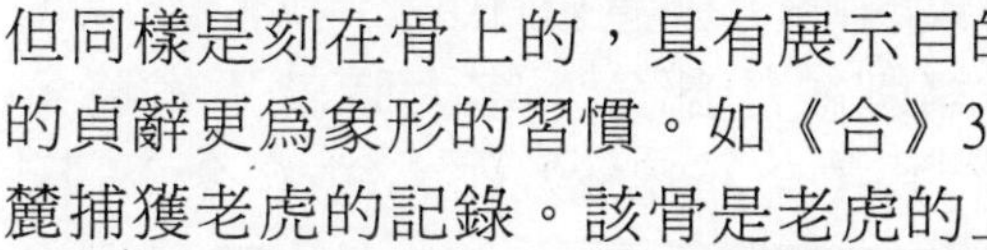

又如于字 (字 322)【亏，於也。象氣之舒於。从丂从一。一者，其氣平也。凡于之屬皆从於。】比照平字(字 311)的結構，可能作大型天平式之稱桿之形（）。此字有繁簡兩形，繁者可能表達爲防止因稱重物而斷折，故要以複式綑綁增固之狀表示。《合》37848 以及有同樣具有展示作用的《佚》518 骨雕，其上的于字都作繁形，而一般貞辭都作簡形。銅器的銘文，早期的以繁式爲多，晚期的則以簡式爲多。

322	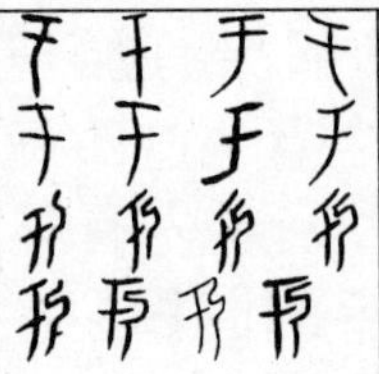	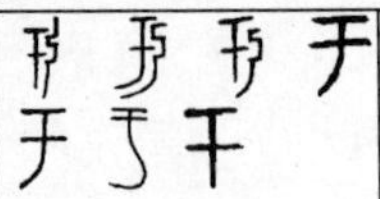	 s		 稱桿之形。或作複式增固。

(甲 1) (甲 4、王)　(甲 5)　(商晚) (周早)　(戰國)　　　(小篆)

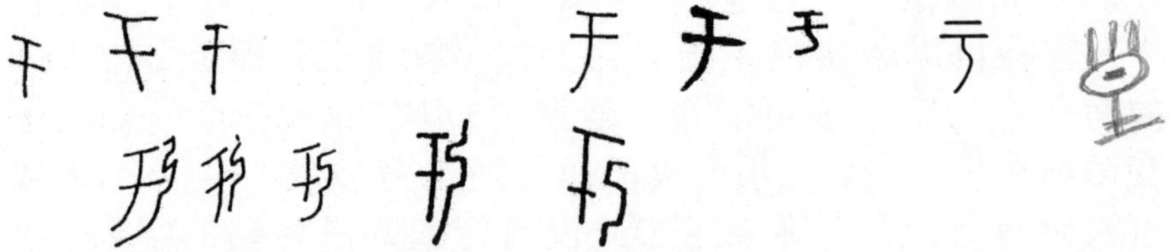

有時字的大小也會影響字形的選擇。如文字(字 1)，早期的字形有作一人的胸上有交叉或心形的刻紋狀，另一形則省略胸上的刻紋。刺紋是古代喪葬的美化儀式，所以銅器銘文多用作稱呼已過世的人，如前文人、文祖、文妣、文父、文母，故創意必是在胸上刻紋。如把刺紋省略，創意就不明。我們發現，甲骨刻辭的字小時，文就不寫刺紋的部分，字大時就不省略，如《合》4611 作交叉紋（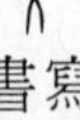），《合》18682 作心紋（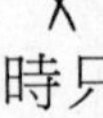）。因此可知，空間容許時較會書寫較完整的字形，字太小時只得省略某部分的字形。時代較晚的文件，可能因其使用的性質，有採用較之當代或前代一般的字形更爲原始或寫實的習慣。再舉一個現在還常見的現象，現代一般所用的書體是楷書，但是圖章所用的書體卻常是秦漢時代的小篆。因此，文獻的年代不是判定字形演變方向的絕對標準，但文獻的性質是不能忽略的輔助標準。

書寫者的身份也是值得注意的方向，官方的文件往往較民間的保守而正確。官方公佈的文字，有充裕的時間書寫，而且意在展示，故一般較為謹慎，不隨意變動。民間的文化水平較低，同時為求快捷以應付增加的工作量，就喜歡省減筆劃，而且也比較不會因文字的潦草而受到處罰。由於他們的文化水平較低，所簡省的也往往是不當的部分，六朝的碑刻文字錯誤多，石工識字水平應是重要的因素。相對的，同時代的文字，簡帛或竹簡上的文字形體多有不同，一個字往往有二至四種的形體。而銅器上的便顯得較單一，改變的程度比較小。銅器銘文較多官方的製作，簡帛文字則多私人的書寫，這也說明官方的文件書寫較謹慎，故有些學者就把金文視為正體，甲骨為俗體。正體就是在比較鄭重的場合使用的正體字，俗體就是日常使用的比較簡便的字體。

字形的演變有時也有地域性的習慣。如皇字(字 196) 為裝飾有孔雀羽毛的帽子形象（），到了春秋時代，羽毛末稍豎劃各增一短橫，戰國時代的曾侯乙鐘還保存羽毛的眼（），但楚系的文字就把眼的部分省去了（），從創意的觀點看，也應是較遲的字形。同樣表現了曾、楚地域之異的例子。還有曾姬無卹壺的室字，其形符仍作屋形（），而楚系的銅器及簡帛則常只保留屋脊的部分，如客（鑄客鼎）、室（鑄客豆）、寶（欒書缶）。楚地可能加入中原的政治舞台較晚，使用漢字的時機較窄，水平也有差距，故常有省略的習慣，這也再次印證不能單據年代作為判定字形演變的方向，一定還要配合字的創意、自形演變規律、文獻性質等條件，才會得到較可靠的論定。

（3）字的創意

就一般文字的演變方向看，為了整齊與美觀的因素，繁雜的字形要省簡，簡易的字形就要增繁，使字的結構有適度的筆劃。譬如第五節所談的形聲字，其演化的過程，經常是為與假借或引申義分別而加上一個形符或聲符，其中可能也隱含有使筆劃適度的用意。又如全由聲符組成的形聲字，戰國時代假借爲宮調的羽字加上于的聲符，假借爲語詞的乎字加上虎聲，本字的筆劃都不多，也可能就是爲了此原因，而不是聲讀起了變化，需要重新標上適當的音符。但有時兩個字形的筆劃相差不大，文獻的性質相近，年代也相若，就應另找判斷演變趨向的條件，而字的創意也應是有效的參考條件之一。如果某字創意絕對重要的部分被省略了，就較可能是因後世不明創字的用意而簡省。如**微**字 (字 266)甲骨文作一手持利器棒殺病弱長髮老人之狀，而楚簡就有省去手持利器的部分。失去必要的棒擊動作，當然是變化後的字形。又如**秦**字(字 310)作雙手持杵舂打兩束禾以製精米之狀（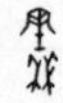）。如省去雙手（），也就失去必要的舂穀動作，就是較遲的字形。向下舂打的動作應持棍棒的上端，則雙手下移的寫法（）也應是較遲的變化。**灋**(字 25)的創意是如羊似鹿的廌獸，有判斷善惡的本事，而法律要求公正如水之保持平衡。廌是構成法字的絕對必要部分，省簡成水與去兩個構件組合的字形，就無法創造去除罪犯者的法律概念，所以被省去廌的字形，自是較遲的字形。如果一形的創意較合理，自也可以看作較早的字形，如**望**字(字 144)象人豎起眼睛遠望之意。遠望以站在高地（）效果較平地好，故站在平地（）的較可能是後來簡省的字形。

創意必要部分被省掉了的字形，其時代性比較晚，要解決有這種條件的字形演變方向比較容易。如果省略的部分並非是必要的，就比較難於判斷兩個字形間到底是增加或減省的關係。雖然一般的情況是繁複的要省簡，簡易的要增繁，但有時字形已相當繁雜了，卻有人仍然覺得尚不夠達意而想加以補足，以下略舉數例。

秋(字 50)，甲骨文第一期作一隻蝗蟲之形。因它出現於夏秋之際，商代秋季包括夏季，故其意義，除蝗蟲外還代表秋季。第三期除此形外，多一蝗蟲下有火之形，至第五期兩形並存。

目前戰國的文獻作從禾從火，或從日從秋。《說文》的小篆作從禾從火，籀文作從禾從𪚼。

(甲 1) (甲 3) (甲 4、王) (甲 5) (戰國) (小篆) (籀文)

如果從年代與字形的條件看，其最可能演變的過程是，先有蝗蟲之形，然後下加火，再加禾，然後省蝗蟲形，或省蝗蟲形而加日。但從創意的觀點看，蝗蟲的形狀易與其他昆蟲相混，故籀文的字形蝗蟲部分就錯成龜。但表現農民以火驅趕的景象，可能更易表現蝗蟲的種屬以及出現的季節，因而有火的字形有可能是較早的字形。

舞字(字 146)，原象一人雙手下垂而持拿舞具之狀，字的筆劃並不簡單，但它表現跳舞的意象並不很清楚。《說文》出現下加兩腳的字形。兩腳的舛是爲顯明跳舞的動作。由於此字在小篆之前都不見加舛的字形，以年代的原則，自可斷定有舛的字形較遲，但如果單從創意的原則，就難判定何者較早。**粦**(字 267)（巫師身上塗磷 ）、舜【，舜艸也。楚謂之葍，秦謂之藑。蔓地生而連華。象形。从舛，舛亦聲。凡舜之屬皆从舜。，古文舜。】（身上塗磷的巫師或神像在櫃中）都具有同樣的增加舛或簡省舛的演變方向問題。此二字的意義和表現兩腳的舛的關係似乎不大，而甲骨文含有粦構件的字(《合》27286)已有加舛的例子，似乎難判定加舛的是較早或較遲的字形。若以舞字到很晚的時代都還無加舛的例子，舞字加舛後，巫師跳舞的形象更爲明顯，可借助推論，粦與舜字，有舛的字形較可能是後來使意義明顯的增補。若像楚簡以及一些戰國的金文，**舞**字的舞者兩手被省略或變形了（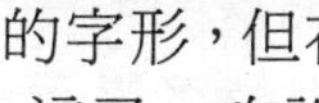），它屬創意的絕對必要部分被省略或變形，自是較晚的字形，但在使用的年代上，它又早於有完整人形的小篆字形，這又一次說明年代並不是有

效而絕對的判定字形演變方向的依據。

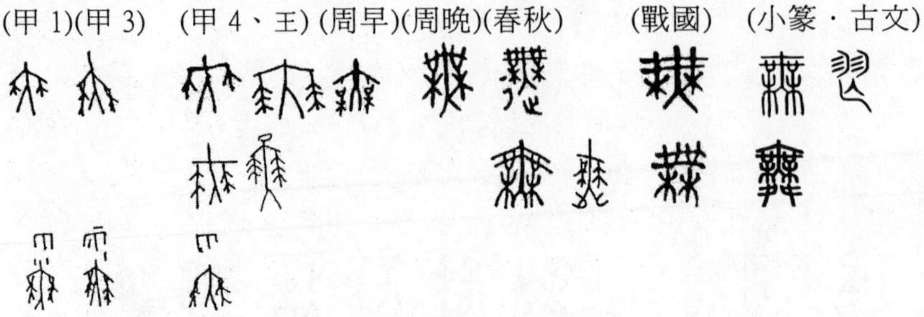

再如棄(字 323)【，捐也。从廾推華棄也。从𠫓。𠫓，逆子也。，古文棄。，籀文棄。】甲骨文有二形，一作雙手持簸箕將帶有血水的嬰兒丟棄之狀，另一形則又加雙手拉繩以示絞殺的動作，兩形都出現第一期。絞殺的動作似無必要，字形也太繁，故較可能是後加的輔助說明，終因太繁而被淘汰。

323			s k z	棄	棄 雙手持簸箕將嬰兒丟棄之狀。

甲骨文的毓字(字 31)，一般作一婦女(有時簡成人形)生下一個帶有血水的嬰兒狀，第一期就出現（ ）。另一形則加手持衣袍以便包裹新生的嬰兒狀（ ），到第五期才出現。一來此字形已太繁複，二來前者的字形已充分表現生產的意義，故此晚出的字形就被淘汰了。有人建議，可能基於較進步的醫學觀念，後來才知用衣物包裹新生嬰兒以防受寒生病，故手持衣袍的毓字是較遲的結構。在文字的使用時期，穿衣已是正常的習慣，嬰孩一出生應該就會加以包裹，不會是後來才有的新知識，故不必是晚出的寫法。今以簡形較早出現，且已足以表達生育之意，故定爲較有衣袍的一形爲早。

召字(字 226)，甲骨文也有簡、繁二形，簡形出現於第一期及第四期，作一杓與一杯（ ）（或以爲是旨字），繁形見於第五期及銅器。最繁複的作一手持杓一手拿杯，自盛於溫酒盆中的酒壺挹出酒漿以待客之意（ ）。或簡省酒尊（ ），溫酒器與酒尊（ ），或省酒尊與杯（ ）。從創意看，晚期的字形較合理，較易明白待客的創意。很可能早期的一杓及一杯是旨字，表示湯羹旨美之意。簡易的字形除作爲地名外，第一期還作爲動詞，爲用牲之法。繁形的都作地名，也沒有證據可看出兩個不同的寫法都同指一地，即兩個寫法是同一個字。如果從創意的觀點看，第五期的繁複字形較合理，應較接近創字的初形。一杓及一杯實在不太容易表達旨美或招待的意義。不管此字是由簡而繁或由繁而簡，在使用的過程中，都出現反復或使用較早字形的現象。

(甲 1)(甲 4) (甲 5) (商晚)(周早)(周中) (周晚)(戰國)(小篆)

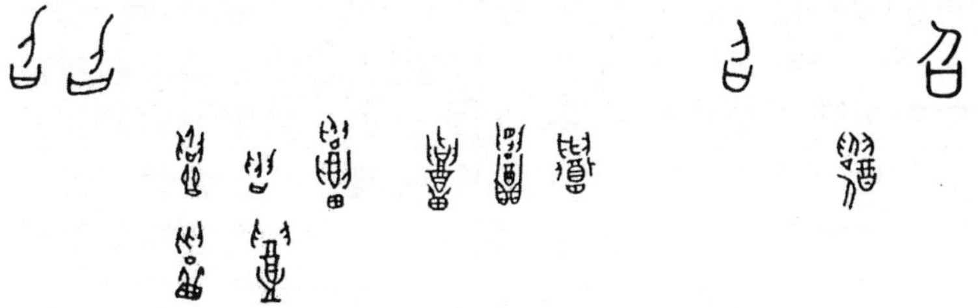

焚字(字 324)【焚，燒田也。从火林。】第一期作火焚林或焚草之狀，第三期作單手或雙手持火把燒焚森林之狀。雖然在乾燥季節可能因打雷而造成森林大火，但在古代，較常見的焚林景象是人爲的原因，如焚燒山林以獵取野生動物或種植農作物，因此手持火把焚林的景象較常見，較具象。雖然目前甲骨文的資訊，手持火把的字形年代較晚，但從創意的觀點，有可能反而是較早的字形。

324			焚 s	焚	焚 火焚林之狀，或手持火把焚林。

爾(字 325)【爾，麗爾，猶靡麗也。从冂㸚。㸚，其孔㸚㸚。从尒聲。】可能作網魚的竹簍形。尔【尒，詞之必然也。从丨八。八象氣之分散。八聲。】不成物形，應是省簡的結果。利字(字 271)，最繁者作一手持已用刀割斷成兩截之禾（ ），簡者作一

刀一禾（）或一犁一禾（）。雖然前者是第三期的字形而後者是第一期的，從創意的觀點看，一刀一禾表達利益或銳利的意象較隱晦，故最繁的字形有可能是表現較原始的寫法。

325		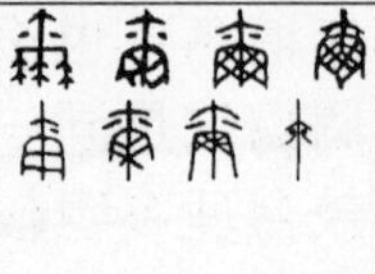	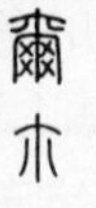 s s		爾 可能作網魚的竹簍形。

金文巖字(字 43)作手持工具於山洞中挖礦並置之籃中之狀，西周中期的字形，山上不作有籃子之狀（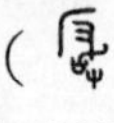），西周晚期則在山上增二或三個籃子（），它是沒有必要的，應視爲時代較晚的意義補足。若于字(字 322)第一期作二劃連接一豎，是水平式稱杆的形狀，至第四期、第五期出現作旁邊有曲折之輪廓，表現稱重物的稱杆包紮增強物的景象，常出現於較正式或展示用的場合(《合》37398 犀牛頭骨、《懷》1915 虎骨刻辭)。後一形延用至春秋時代。從目前文獻的時代看，有曲折輪廓的形式較遲，但如以文獻性質的條件看，具有展示作用的常保留較早的字形，則有曲折輪廓的形式，目前的資料雖是年代較晚，有可能反映較早的字形。甲骨文於字作繁形的都是屬於大字的刻辭，可見字的大小也影響到字形的選擇。高明以第五期《佚》518 上的有曲折輪廓的于字（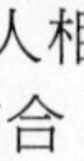）簡化成出現於第一期的于（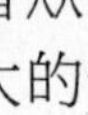），可能就是基於文獻性質的觀點。

創意的考量也可以包括結構與配置方面的問題。如果把大小不一的構件改爲一致，或更動位置以取得平衡，自也應是較遲的習慣。如去(字 326)【，人相違也。从大凵聲。凡去之屬皆从去。】結構雖是大與口的結合，但是甲骨文第一期的時代，大的部分都非常地大，而且大的兩腳的部分常作曲折的形態，與一般的短斜線很不一樣，口的部分卻是很小，並位在大的兩腳之間的空隙。這個字後來變成口的位置離開大的內部而在其下，且又變成凵，大的曲折兩腳也內類化於一般不曲腳的大。此字的創意，或以爲從大凵聲，但相違之義與大之意類不接近，戰國時代之前的字形也從不作凵形。故或以爲象飯器與其蓋，但是器蓋不應比盛飯器大那麼多。如果以字形配合字義來看，口的符號在甲骨文字裏以表達人的嘴巴、坑陷以及圓形的容器爲最常見，大則是正視的大人形象，而去的較早期形象，大的兩腳部分都作曲折的形態，那是一個很重要的表意姿勢。從即將討論的寫實條件看，強調曲腳的字形要早於一般的分腿形態。一人蹲在一個坑上(較不可能是嘴巴或容器)而有離去的意義，在我們的生活經驗中，這是人人都有的排除體內廢棄物的動作。因此從創意以及寫實的條件看，有曲腳的字形要早於沒有曲腳的，口自兩腳中下移的次之，戰國字形有加止或行道與止的，應是爲引申的行去別義而加上的，至於口少一劃成凵的，則是最遲的字形了。

(甲 1)　(甲 2) (甲 3) (甲 4、王) (甲 5) (春秋)　(戰國)　(小篆)

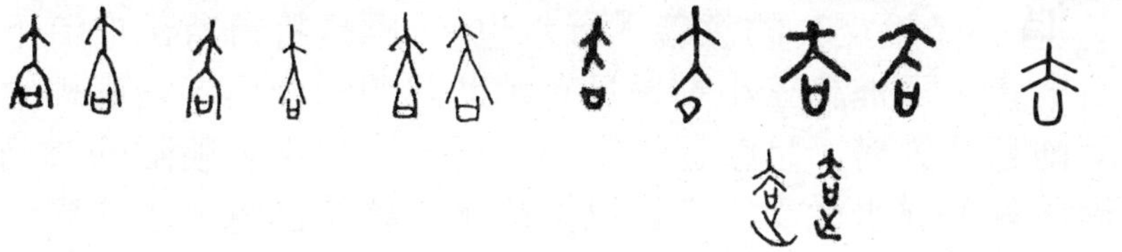

326	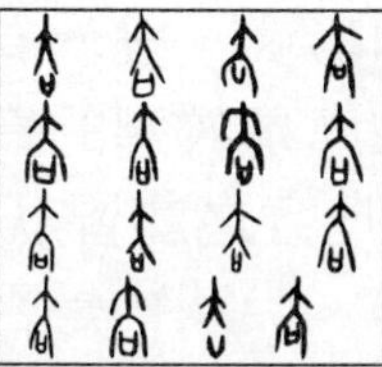	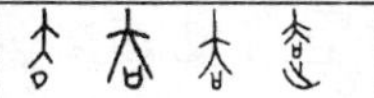	 s	去	去 一人蹲在淺坑之上排除體內廢物。

再如監字(字 327)【，臨下也。从臥，衉省聲。，古文監从言。】作一人俯視一皿以觀看反映之自己容顏，後來以之稱呼照顏的銅鏡，又加上金的形符。此字的創意既明，則皿中有物的應是較合理的形構，沒有一點的應是省略的結果。眼睛與身軀分開的自是後來的訛變。身子移到皿之上的，也應是後來才有的結構調整措施。

327		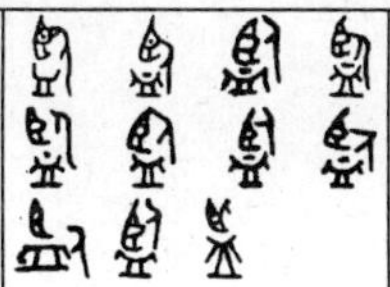	 s k	監	監 一人俯視一皿，觀看自己之容顏。

有時兩個字形的筆劃差不多，時代也相近，從創意的角度也可以提供參考。如貧字【，財分少也。从貝分，分亦聲。，古文从宀分。】以分貝表意。所附的從宀從分的古文字形，也是象意字。古文字形以分家而貧困的表意，可能比較不明顯，也容易被誤以爲是形聲字，故而換以分貝。宀的符號以表現建築物爲主，而貝才是有關財產的常見符號，比較容易被人所了解，故應是較晚的字形。類似的創意有**寡**字(字 221)作屋中有一大人物之狀（），表達貴族人數較一般民眾量少。大概也因創意不清楚，戰國簡書所加人身前後無意義的塡空小點可能被誤爲分字（ ），以致看起來有表達分家而致家產減少之創意。**攸**字(字 307)甲骨文作手持杖撲打一人之狀，到了西周中期演變成兩形：一是人之背後增一直線（），一是增三下垂小點（）。《說文》的意義『行水也』，應是打得背部血流下行的引申義，可推論三小點是具有輔助說明的作用，一直線應是不明創意的訛變，是較遲的字形。至於《說文》所附的秦刻石字形（）從水從攴，表達以棒擊水，難符創意。水的構件可能是由人與三小點的字形訛變而不是全形省略了人的部分，時代應更晚。又如疊成三角形是常見的排列形式，雖然有的字在甲骨文已是如此，但從創意的觀點看，知應是較遲的寫法。如**齊**(字 328)【，禾麥吐穗上平也。象形。凡齊之屬皆从齊。】甲骨文大都作三尖狀物排列成三角形之形勢。尖狀物是否爲禾穗是值得討論的，鑑於古代情況，它很可能表現銅鏃。爲了穩定箭的飛行，箭桿與銅鏃都要求製成一定的規格，鑄造才可控制鑄成同樣的大小和重量。它既然表達齊平、齊同的意義，則三物應處在同一平面上，因此可假設甲骨文之做三尖物齊平之字形者較原始。魯司徒仲齊盤上的齊字作三物齊平狀，可能反映非常早的字形。從文字演變的常律看，多件平列的都演變成上一下二的三角形，齊字也應是其中的一例。

328	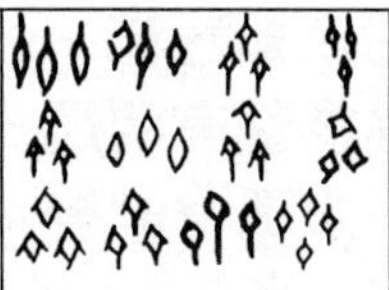	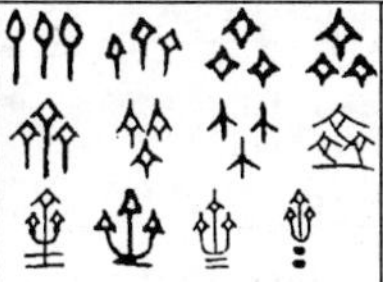	 s	齊	齊 三尖物或三禾長得齊平之狀。

（4）演變的常律

字形的演變，類似的筆劃常習慣性地朝向同一模式進行，也可借助來判斷有同樣變化的字的演變方向。如帝字(字 72)可能作花朵形，或綑紮之崇拜物形（），後來在最上的橫劃上增多一短劃（），這樣例子甚多，還有正(字 35)、天(字 98)、言(字 234)、平(字 311)、王(字 313)、辰、商(字 337)、競(字 338)、不、雨、辛、可等，就可據以判定演變的方向。它的可靠性可能要高過以文獻年代或性質的條件。文字的使用或演變，除上述的復古外，或由於區域性的演變進度有差異，或甚至出於某特殊的情況，如小篆的有意整理戰國文字，有意的或無意的恢復了早先的字形，以致年代較晚的字形保持了較早形式。如此，字形演變的常律就成了判定字形演變方向的重要條件。譬如平字(字 311)金文作稱重物的天平形象（），春秋晚期或戰國時代時，循自然演化的常態，在平劃之上加一短橫（），但小篆則去掉短橫（）。同樣的，天字(字 98)甲骨文作一人特著其頭部形（）。圓頭因刀刻而成方形（），簡易成兩短劃（），再省去一劃（）。至春秋晚期，平頭之上加一短橫（），小篆也去掉短橫（）。下字(字 52)甲骨文作一長劃之下一短劃（），西周時下增一豎（），戰國時也在平頭之上加一短橫（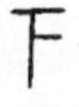），小篆也去掉短橫（丅）。這幾個字，雖然小篆的時代一般認爲較戰國時代爲晚，但可以根據演化的規律，知沒有短橫的應是較早的字形。它不但有助字形演變方向的確定，有時更早的字形或資料雖還未出土，就可以根據字形演變的規律，推測其較早的字形。

文字初創時，每一點一劃都有其具體的表達意義，故如有一點一劃不能給予合理的解釋，則創意的解釋就有問題。有時就可以依演變的規律，復原正確的字形，不必理會訛變或沒有意義的填空部分。譬如商、周、**興**(字 149)、**高**(字 73)、啇等字，口的構件是常見的無意義的填充，談到創意時，就可以不理會它。如果想強加說解，可能就會被誤導。譬如**興**字(字 149)，甲骨文絕大多數作四手共舉一輿架之狀（），第三期有時作肩輿之下的空間多一口（）。從演變常律，知口的部分是無意義的填充，其創意的重點應在升高的動作。如果因爲包含有口的構件，就轉移了創意的重點，強調其爲舉重物時的喊叫聲，並聯想及詩歌的賦比興，如此不但不得創意的重點，連字形演變的方向也顛倒了。但**尋**字(字 296)，第五期有多一口的字形（），它不在填空的位置，就可視爲別義的形符，非無意義的了。

如果沒有某種變化的常規，也對一個字是否可能有某種變化的判定有所助益。譬如**攻**字(字 120)甲骨文第一期作手持樂器敲打槌一類的曲柄殳，敲打一件下有三小點的工形物（）。作爲填空的無意義增繁小點，通常是對稱的。工形物下的三小點是不規律、不對稱的，因此比較可能沒有三點的攻字是由有三點的攻字簡省演變來的。這樣就不能輕易地把它當作形聲字看待，而要把它歸屬到象意的字形，即是說，不能不對三小點作創意的合理解釋。由於曲柄的殳在甲骨文常代表樂槌，而商代也出土長版石磬。石磬的調音工作，以刮削石磬的表面使薄、使窄而達成目的，因此推論它表現刮削長版石磬以定音，三小點是刮下的石屑，是石磬校音的必要過程。它還表現了檢驗音調時石磬單獨懸吊的景況，與磬字所表現的演奏多件石磬時的懸吊方式（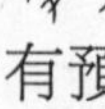）有所不同。校音是爲了改善音準及音質，故工與攻字也常有預期達到更好效果的引申義。有類似變化的**前**(字 189)及湔字，前者作一足於盆中洗滌之狀（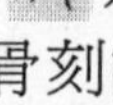），後者則盆中還有水滴之狀（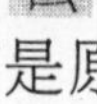）。兩者的使用意義，甲骨刻辭好像也沒有差別。洗足應該是原有的創意，前後是後來發展的引申或假借的

意義。字的水點是不規律的，而且洗足也應該有水才能使意思明白，故沒有水點的字形是省略的結果，《說文》足在舟上前進的說解自不得其實。

字形演變成定式也可以作爲判斷演變方向的原則。譬如說，火(字 329)【火，焜也。南方之行，炎而上。象形。凡火之屬皆从火。】作火燄形。在第一期時一般作三道火燄併排成弧線的形狀，如《合》2874 的火，《合》583 的焚，《合》10198 的赤，《合》1136 的烄，《合》8955 的灾等，而山(字 330)【山，宣也。謂能宣散气，生萬物也。有石而高，象形。凡山之屬皆从山。】作三座山峰之狀。第一期時作在同一平面的三座山峰，如《合》96 的山，《合》10077 的岳。到了第三期以後，山峰的底部雖有時寫得有點弧底，但火字就變成一火燄旁有二火點，如《合》27317 的火，《合》29993 的烄，合 28628 的燎。或只有一道尖的彎底火燄，如《合》30174 的烄，《合》28196 的赤，《合》28802 的焚。因此從火構件的字形也可據以判定演變的方向。王族卜辭的時代，有屬第四期與第一期的兩種意見，而《合》22196 的秋字(字 50)作無點的單尖彎底火燄（），表現了第三期以後的時代特徵。

329			火 s	火	火 火燄形。
330			山 s	山	山 山峰形。

（5）寫實的程度

寫實的圖畫比較容易被簡化爲抽象或變形的筆劃，很少有逆行的例子。六千多年前仰韶文化陶器上的魚紋彩繪，慢慢由寫實變成幾何形的紋飾，就是好例子。銅器上的圖案也有相同的趨勢，商代的饕餮紋還可以看出動物眼眉口鼻等形狀和正確的位置，到了西周就逐步簡化，終成交纏的幾何形圖案，難看出動物的形象。又如南方印紋陶的蛇紋本是越族的信仰圖騰，其蛇形與斑點也簡化和演變成幾何紋。要把抽象的筆劃文字還原爲具體的圖象，如果沒有同類詞句的比較，常是很困難的。如《合》33041 與 33042 都有一個方國名，一版寫得相當的抽象，另一版則頗像一隻金龜子的形象()。其前應該是更爲寫實的形象，很可能就是《三代》16.47b 銅角上的族徽()。有了具象的圖形，其省簡的過程就容易瞭解。中國漢字從象形的特徵演變到今日的符號特徵就是一個很好的例子。**寅**(字 70)本借箭形爲干支（），第五期在箭身加方框（），至西周中期就完全變形（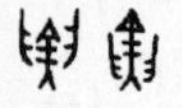）。比較「具體的形象描寫」和「不成形的筆劃」之間的遲早，無疑具象形的要較原始。如上所述，學者主張年代較晚的銅器銘文上的字形，尤其是族徽文字，一般要較商代的甲骨文字形早，就是因爲其上描寫的物體形象具體些。這個原則還可以應用到文字的部分構件。譬如人的眼睛，看起來近鼻子的一端較寬，故早期的字形，眼睛的構件，就寫成一邊寬一邊細，如見甲骨文作。後來小篆寫成同寬度的。望初作或，小篆作同寬度的，眼睛都失去寫實意味，自是較遲的字形。又如動物的形象，畫出身子或腳爪的，自也比身子畫成一線，或沒有腳爪的要早。**虎**(字 18)就是一個很好的例子（）。甲骨文的**尋**字(字 295)作伸張兩臂以丈量一物之長度狀。第一期時，受丈量的器物有長管樂的言（）、席子的因（）、不知名器等構件（），第二期以後出現所丈量的東西成爲一豎劃的新字形（），可能從作言之旁一豎劃而雙手丈量之字形演變而來。雖然伸張兩手以丈量長度的創意尚可意會，畢竟不若丈量實物的表意清楚，故從寫實的原則看，應是較遲之形。**旁**字(字 148)作有犁壁之耕犁形，作用是把翻起的土推向兩旁。犁壁是塊寬板（），作矩形的要較工形的寫實（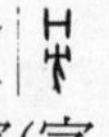），就可判斷作矩形的要較工形的早。類似的變化也在**帝**字(字 72)表現出來，花瓣形象中的矩形方框（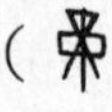）也變成工形（）。

(甲 1) (甲 2) (甲 3) (甲 4) (甲 5)

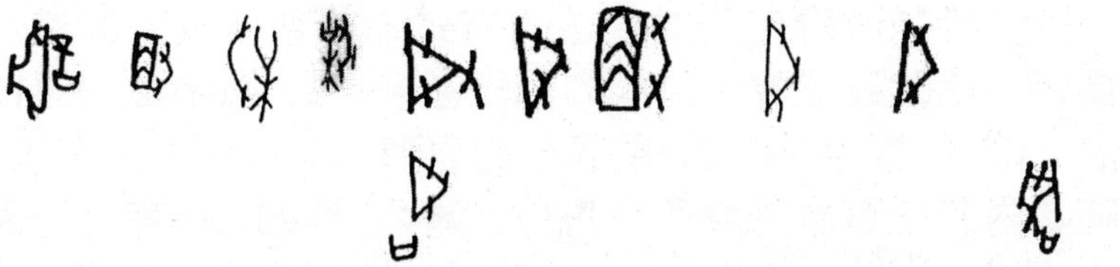

此外，本來形象是一體的，後來分割成兩部分，或違反自然的形象，或甚至不成形，自也是演變後的現象。其道理簡明，不必多言。如**保**字(字 331)【，養也。从人，𤓽省聲。𤓽，古文孚。，古文不省。，古文。】本作一人背負小兒之狀，後來離析成兩部份。

331	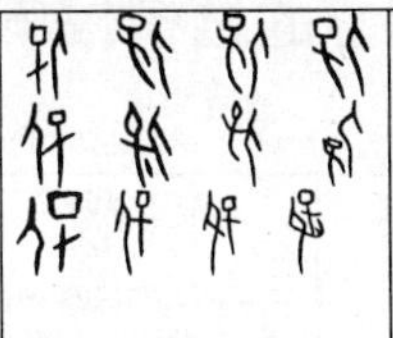	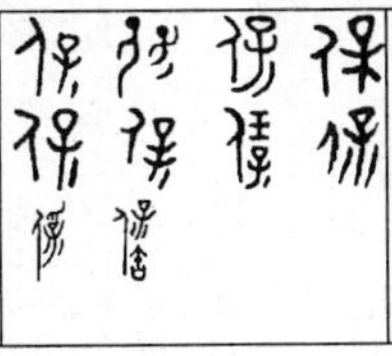	 s k k	保	保 手後伸以背負嬰兒而保護之狀。

魯字(字 238)作盤上美味的魚料理（），盤子的口形錯成曰（），訛變的字形自是較合理的字形為晚。再舉一例，甲骨的**舞**字(圖 146)第一期作一正視之人，兩手下垂持舞具跳舞之狀（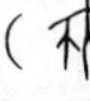）。到了第四期，或在所謂的王族卜辭中，就有不少兩臂作平舉的（），這是不自然的姿態，是不明創意者依樣畫形所造成的錯誤，應是較遲之形，此形演變成春秋與戰國時代的減省人形的訛變。第四期與所謂的王族卜辭有同樣的錯誤，也指出其為同時代風氣的資訊。在一般的情況下，以寫實的程度作為判定字形演變的方向，要比單以年代的條件更可靠。

(6) 造字法：形聲字較其象形、象意字的結構為晚的時代性

形聲字本是文字因引申或假借等應用，為別義而加上形符或標明音讀而增繁的過程中自然形成的。它讓字形易於規劃、分類及音讀，不但有意以此種新形式創造新字，也以便利的形聲字結構替代原有的象形、象意字，很少有反其道而行的。第

五章討論形聲字舉了不少，如**誥**字(字 215)本作雙手持長管樂器（ ）。長管樂是政府作公眾宣告的方式，其習慣或已改變，或爲了標音，就改爲形聲。這樣的例子甚多，**虹**字(字 214)原作雙頭虹形（ ），**猴**字(字 211)爲猴子的象形（ ），**囿**字(字 45)爲特定範圍內栽植草木的場所（ ），**遲**字(字 231)作背負一人行走而致遲慢（ ），**沈**字(字 210)爲沈牛於河中之狀（ ），**耤**字(字 200)本作一人以手持犁，一足踏犁耕地之狀的象意字（ ），後加昔聲而成形聲字。**齒**(字 203)本也是純象形字（ ），後來標上止聲。有時一字有筆劃相近的異形，如果其中一形屬形聲字，就可能是較晚之形。如**赦**字(字 332)【 ，置也。从攴，赤聲。 ，赦或从亦。】西周金文由亦與攴構成，表現一手持杖撲打一大人而致流血之狀。不知是因字形訛變，還是以形聲取代，說文作從攴赤聲，也是形聲的結構較象意結構晚的例子。

332			s h	**赦**	赦 手持鞭樸打人至流血之狀。以鞭打替代嚴重處罰。

在一般的情況下，異體字形以形聲的形式較遲。如有反向的情形，必有其特殊的原因。《說文》立部的**竵**字【 ，不正也。从立，咼聲。】，因爲所從的咼聲，意義爲【 ，秦名土釜曰咼。从鬲，午聲。讀若過。】罕見使用，一般人不識其音讀，不明其意義，故才別創以不正會意的歪字，筆劃也減少許多。歪字如是取常見的聲符，就不會有這種反常。形聲字較象形或象意字早出現的例外還有一例，小篆**位**字【 ，列中庭之左右謂之位。从人立。】以人所立之處爲其位置會意，早期金文借象一人正面立於地上之立(字 333)【 ，住也。从大在一之上。凡立之屬皆从立。】表示。戰國時代銅器中山王壺的銘文出現從立胃聲的形聲字。位置是經常使用的字，十四筆劃太繁，可能就創只七筆劃的從人立會意的位字。

333	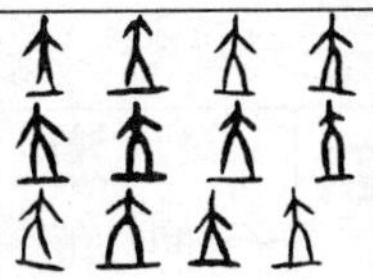	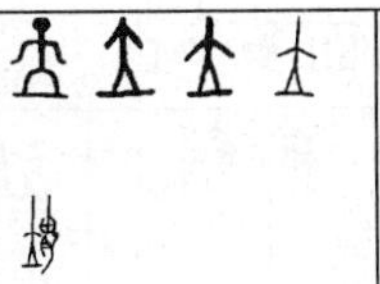	 s s	立 位	立 一人正面立地上之狀。 位

窺【，小視也。从穴，規聲。】字爲形聲結構，六朝的碑刻墓誌常寫作穴下視，宀下視，門內視等字形，有以爲是以從穴或門內向外窺視會意。六朝時人常寫錯字，視字較規常見，有可能本爲錯字，後以錯字爲本如是作的會意字，又再度誤爲門內視。總之，這種會意字取代形聲字的例子是異常的現象。

（7）部件更替

部件更替是學者常提及的現象。一個字可能因某種原因，更換某一構件（包括構思與結構）而形成異體字，有時是因不同材料的製作，或使用於不同的用途，或來自不同的性別，或字的音讀起了變化等等。通常構形較合理的時代較早，如毓字(字 31)，作女人生子狀（）就要比作側人形生子狀要正確（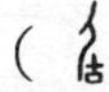）。同樣，字形較簡易的，其時代也往往較遲。如皆字(字 334)【，俱辭也。从比从白。】【，兩虎爭聲。从虤从曰。讀若慭。】甲骨文作已朽成白骨的兩虎在坑陷中之狀，表達虎的習性，雖患難中猶相鬥不讓而至皆亡。也有省作一虎者，已有損創意，故爲後來的省形。金文作兩人在坑陷中，已不符原意。大致人的筆劃較虎簡單是導致皆字異寫的一個因素。

334	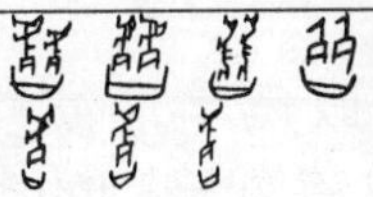		 s s	皆	皆 兩虎陷落坑陷，患難中猶相鬥不讓而致皆亡。

又如道字(字 335)【，所行道也。从辵首。一達謂之道。】西周金文原作行道中有一首，表達作爲展示梟首之繁忙街道。戰國文字就有改有髮之首爲無髮之百者，省了些筆劃。但同時又

增加一手以持首，或部件更替而多一止。

335		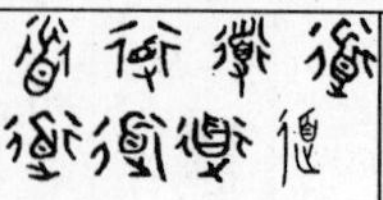	 s	道	道 行道中有一首，可能爲展示梟首之繁忙街道。

蛛字(字 202)的形聲字形作從黽朱聲（），小篆或從虫（）。虫的筆劃也比黽少得多。又如爐(字 205)，本是象形字（），先是加上虎的聲符（），後來有因爲鍊金而構築，故就從金（鑪）。有因它是生火的器物，也不一定用來鍊金，就從火。古代大部分的爐子以陶土構造，故有從缶的（罏）。從目前的資料看，可能站立式的燒火爐流行較晚，早期鑪子多以煉金爲目的，所以從金的鑪字出現最早。小篆收有籀文罏字（），但無爐字。爐字見於漢代的銅爐，現在也以爐字最常見，其代換的構件，呈現越晚筆劃越少的現象。但有時是因著重點不同而使用不同意符，或爲了別異而選用另一個筆劃較繁的聲符，因非基於有意的簡省，就難據以判定演變的方向。如賢(字 336)【，多財也。从貝，臤聲。】本爲從貝的形聲字，表達多財之人，也引申爲多才、盛德的人，故別造從子臤聲以別義。它筆劃少，義類也較合理，但不被接受，最後還是選擇賢字。

336		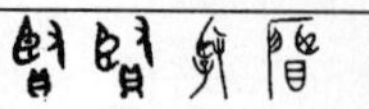	 s	賢	賢 从貝臤聲。

書寫過程中偶發的錯誤，有時也被舉以爲字形演變的例子。甲骨由於順應刀法的便利，有先刻直線再刻橫劃的習慣，以致刻完直劃後忘了刻橫劃。這就不應該視爲簡省，除非同樣現象的例子很多，或是後代的字形由之再演變，否則不宜冒然作爲簡省的常例。有時在其他種類的文獻也有漏寫直劃或橫劃的例子，如常被舉例的《呂氏春秋・察傳》，『子夏之晉，過衛，有讀史記曰：晉師三豕涉河。子夏曰：非也，是己亥也。夫己

與三相近，豕與亥相似。』已亥兩字缺刻直劃便成三豕，它畢竟不是這二字的演變常態。因此不要舉之以爲字形演變的例子。甲骨文由於是用刀刻在光滑、堅硬的卜骨，所刻的字又不大，有時刀子會滑入另一筆劃的溝而不覺，並不是有意書寫的字形，也不宜舉以爲例。如《合》33694 上的伊字，一作正常的形態（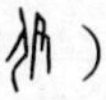），一則把手持的筆杆與人的軀幹合用一豎（）。這樣的字形不但在甲骨非常罕見，也沒有演變成後世的字形，只能算是某個人的一時筆誤。《英》996 上有四條「乎舞亡雨」的刻辭，舞字都作舞具套在手臂之形（），而不像其他超過一百個的例子作下垂在手臂下。如不是僞刻，就是習刻。像這些筆誤，都不應視爲字形演變常規的例子去研究。

以下試以帝字(字 72)爲例，示範探討字形演變的較完整步驟。

01.02 ㆓部

01.02.01 帝

一、《說文》說解

，諦也。王天下之號。从二朿聲。，古文帝。古文諸丄字皆从一，篆文皆从二。二，古文上字。

二、字形排列（依時代）

商	甲 1	合 14302 合 15961 合 14312 合 368 合 10001 合 15953 合 1402 合 14170 合 7407 合 14206 合 475（合 18476）
	甲 2	合 24980 合 24978 合 24981
	甲 3	合 27372 合 27437 合 27438 合 30390 合 30391 合 30590（合 30593）

	甲 4	合 32874 合 34157 合 34190 合 32012 合 34148 合 32012 合 34158 合 34147 合 34157
	甲王	合 21079 合 21081 合 21087 合 21387
	甲 5	合 36168 合 38230 合 36176
	金文	切其卣三 商尊
西周	早	井侯簋 天亡簋
	中	寡子卣 𢽾狄鐘 𡧊鼎
	晚	仲師父鼎 𠫑簋 仲師父鼎
春秋		秦公簋
戰國	金文	中山王𠑇壺
	簡帛	帛書 信陽 九店 郭店 龍岡
	其他	泥封 陶文
秦	小篆	古文

三、出土文物使用意義

商代

1.天帝：《合》14295『辛亥卜，內貞：今一月帝令雨？四日甲寅夕（雨）。』

2.人帝：《合》27372『乙卯卜：其又歲于帝丁，一牢？』

3.祭名，禘：《合》32012『癸巳卜：其帝于巫？』

西周

1.天帝：《𢽾狄鐘》『在帝左右。』

2.人帝：《師訇簋》『肆皇帝亡斁。』

3.美盛：《仲師父鼎》『其用享用孝于皇祖帝考。』（或以爲假借爲嫡）

東周

1. 天帝：《郭店・六德 41》『上帝賢汝。』

2. 人帝：《帛書・乙六》『炎帝乃命祝融。』

四、先秦文獻的使用意義

1.上帝、天帝：《詩・商頌・長發》『帝令不違，至于湯齊。』《書・洪範》『帝乃震怒。』

2.人帝、皇帝：《周易・歸妹》『帝乙歸妹。』《左傳・僖公二十五年》『今之王，古之帝也。』

3.主體：《莊子・徐無鬼》『藥也：其實，堇也、桔梗也、雞壅也、豕零也，是時爲帝者也，何可勝言。』

五、創意的討論

帝字的創意大致可歸納爲六種意見：

1.形聲字，從上，朿聲：《說文》說解。

2.據帝倒字形，以爲下一爲地，上爲積薪置架形：葉玉森《殷虛文字前編釋文》。

3.以架插薪而祭天：嚴一萍《美國納爾森美術館藏甲骨卜辭考釋》

4.蒂字源，如花之有蒂，果之所自出：鄭樵《六書略》、吳大澂《字說》

That's a joke, right?

5.女陰在架上：陳仁濤《金匱論古初集》

6.三腳之祭壇形：松丸道雄《中國文明の成立》

7.人偶，像札起的稻草人之類人形：郭人杰、張宗方《金文編識讀》

討論：The very first meaning of this word is "God."

帝字在甲骨刻辭較早的字義是至上的天神，字形以與爲主，看起來是一個完整的形體。被《說文》誤以爲從上的短劃是後來演變的無意義增繁，古文字的例子甚多，已成一種成規，故在以上所列六種意見中，形聲說明顯是錯誤的。至於女陰在架上之說，已經把獨體的形像分析爲兩部分，其可能性就較低。帝字的形像有兩個可注意之點，一是可以倒寫(合 475)。如果不是誤刻而是可以接受的字形，則有一定放置方向的架上插薪、祭壇或女陰的說法也就不恰當。再者，帝字不見附以火

點的形象，故燎柴之說也不合適。二是另有一字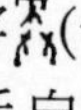(合 30593)，作爲祭名使用，可能是帝字的另一寫法，作兩手自下捧帝形物之狀。兩手自下捧物的動作，大致表達所捧之物是貴重的，或有點份量但不是重得捧不動的，則花卉與人偶之說都可以合其條件。

帝的字形，從演變常律看，中間的部分應是從圓圈變矩形，再變爲工、爲一。其圓圈有時寫成兩弧線交叉，可能爲綑綁之象。就這一點看起來，花卉之說較人偶之說不合適。尤其是甲骨另有一字作帝形之物爲箭所射之狀（）。花朵不會以箭去射，而大型的人偶或立像就有可能因某種緣故而被箭射。以豎立的形象作爲崇拜對象，考古發掘也有例子。譬如四川廣漢三星堆的商代祭祀坑，出土高 396 公分的銅神樹和 260.8 公分的銅立人象，被認爲都是崇拜的神象。時代更早，約五千年前的遼寧朝陽牛河梁遺址，發現依山勢建有神廟、祭壇等，出土的女神像已殘，但頭像就達到 22.5 公分。可見古代中國有豎立神像崇拜的習俗，因此以神像的形式來表達至高上帝的意義是非常可能的。

帝字取自花朵形象的說法向來最爲學者所採信，包括筆者在內。原因想來是其字形與甲骨文的不字（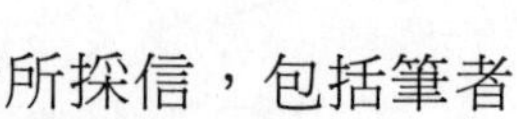 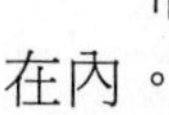）接近而稍爲繁複，有可能取自同類的事物。不在甲骨文假借爲否定詞，應另有本義。在金文它作爲丕字使用，丕爲胚的聲符，認爲不爲膨大的花胚形象，故引申爲宏大一類的意義。帝字如以花爲取形的根原，也與早期信仰常取自有形的動、植物形象，由圖騰的信仰演變爲至高神，再演化爲政治的領袖的過程不背離。中國人自稱華夏民族，華即爲花卉的形象，故以花卉爲崇拜的形象也是合理的。

不過，上已言之，中部有圓圈或矩形的初形，較不像花朵。而且不的字形有下部的三劃作彎曲若花瓣狀，帝就沒有這樣的寫法。不的上部也沒有作三直線交叉的，加上它帝有被箭射的字形，花卉之說並不是很適當的。但是在帝字的眾多字形中，有一形作上有並列的三小點（），很難對綑綁的崇拜形像說作合理的解釋。故暫取綑綁的崇拜形像爲帝字較可能的取材，而花卉說爲備考。

六、分析

(1)文獻年代：從文獻年代的角度看，其變化大致有幾個方向：一是上加一短劃；一是上部的倒三角形的中線消失；一是中間部分，甲骨第一期已是圓圈、矩形、工形並見，之後有省略成一形的，但以工形者定形最久，成爲小篆採用的字形；一是三條交叉線分離成上下兩部分；一是下部的三直線變形成巾。楚系的帝字又有在下部的直線加短橫的。

(2)文獻性質：帝字不見於商代銅器的族徽性質銘文，也不見於展示性質的文獻，無從討論。兩周時代的銅器，帝字只有微細的變化，但是楚地的簡帛就有相當大的訛變。第一個變化是把中央的工形和上部的筆劃相連而類似寶蓋頂 ，第二變化是在下部的中線增一短橫，使外觀幾乎完全殊異。中山壺及越王鐘的銘文屬鳥蟲書，是爲了美化而故意扭曲筆劃，過分的修飾反而偏離正軌。泥封也有類似的訛變。還有，當銅銘字形是彎曲而甲骨是直線時，有可能因用刀刻不便彎曲而以直線表示，爲較遲的寫法。但早期的銅器銘文，下部的三劃也是直線，知原形作直線，西周晚期漸形成的彎曲下垂線應是後來的發展。

(3)字的創意：在上文談字的創意時，已辨明原形是獨體的，上部與下部的三條線是交叉而連續的，違反這個主調就是不明瞭創意的誤寫。依訛變的輕重程度，上下部分離的在先，下部線條彎曲的在後，中部的由框演變爲直線，分成兩段的又在其後。

(4)演變常律：一長橫劃上加一短劃的演變方向是從商代持續到戰國的趨勢，是最具決定性的標準。又在演變的常律中，三小點被省略的例子字遠較增繁的多，儘管使用  字形的時代較遲，三小點有可能是減省之前的原始字形。

(5)寫實程度：圖像的變化，一般由寫實而抽象，繁複而簡略。甲骨由於用刀刻，多用方框替代圓形，線條替代寬廣物象，比較帝字中部的四種形狀，圓形最早，方框次之，再次爲工形，最後才是一橫線。

(6)造字法：各形皆屬象意字，不轉變爲形聲字，不適用此標準。

(7)部件替代：爲一體成形，無個別構件，無從應用此標準。

七、結論

字形的演變約如以下圖示：

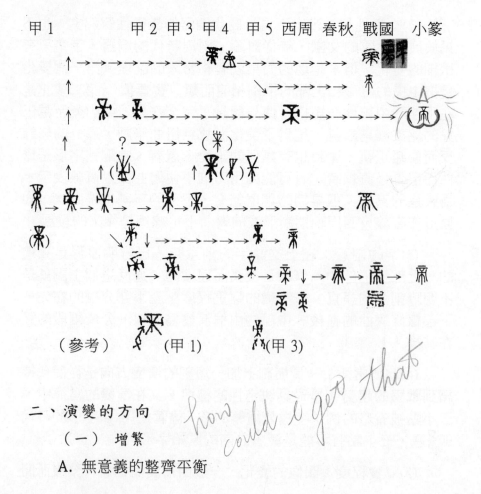

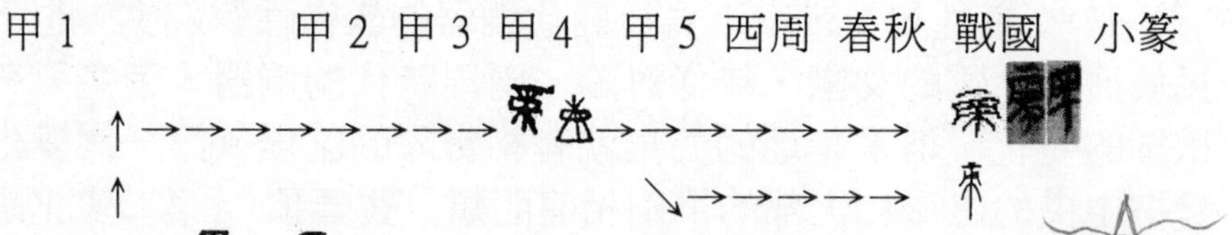

二、演變的方向

（一） 增繁

A. 無意義的整齊平衡

經較長時間所顯現的現象而歸納所得的結果，例子多樣，不勝枚舉，常以經驗論定，舉較常見者：

直線中增一點，點又成短劃：匋(字 41)、告(字 61)、章(字 82)、羊(字 85)、十(字 117)、屰(字 123)、望(字 144)、聖(字 219)、年(字 248)、壬、世、率。

　　壬【壬，位北方也。陰極易生，故易曰龍戰於野。戰者接也。象人裹妊之形。承亥壬以子生之敘也。壬與巫同意。壬承辛象人脛，脛任體也。凡壬之屬皆从壬。】可能爲捲線之器形（ ），方便上機紡織。

　　世【世，三十年爲一世。从卅而曳長之。亦取其聲。】金文字形可能象編織坐蓆或繩索之器形（ ），故或加一坐蓆（ ）之輔助說明。借爲世代。

　　率【率，捕鳥畢也。象絲網，上下其竿也。凡率之屬皆从率。】甲骨文作附有油脂之腸子形（ ）（ ）。借爲率領，加肉成膟以爲區別。

平橫劃上增一短橫劃：彔(字 27)（ ）、沬(字 34)（ ）、正(字 35)（ ）、下(字 52)（ ）、而(字 66)（ ）、帝(字 72)（ ）、龍(字 83)（ ）、天(字 98)（ ）、言(字 234)（ ）、平(字 311)（ ）、雨、辛、辰、不、可、商(字 337)、競(字 338)、竟(字 339)。

　　雨【雨，水從雲下也。一象天，冂象雲，水霝其間也。凡雨之屬皆从雨。䨕，古文。】象雨滴自天而降之狀（ ）。

　　辛【辛，秋時外物成而孰，金剛味辛。辛痛即泣出。从一辛。辛，辠也。辛承庚象人股。凡辛之屬皆从辛。】象罪犯刺紋的工具形（ ）。

　　辰【辰，震也。三月易氣動，雷電振民，農時也，物皆生。

从以匕。匕象芒達。厂聲。辰，房星，天時也。从二。二，古文上字。凡辰之屬皆从辰。，古文辰。】象硬殼的軟體動物形（），其硬殼可作農具。

不【，鳥飛上翔不下來也。从一。一猶天也。象形。凡不之屬皆从不。】可能是朝下開的花朵形（ ），借爲否定副詞。戰國時常作上多一短橫（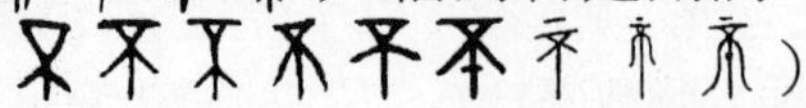）。

可【，肯也。从口丂，丂亦聲。凡可之屬皆从可。】柯字源，縛工具的長柄形（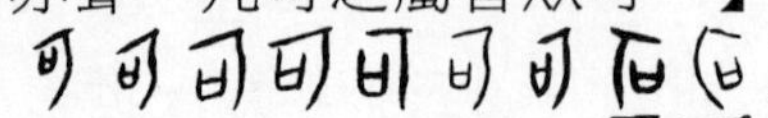），口爲無意義的塡空。戰國時有作上多一短橫（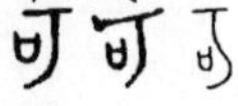 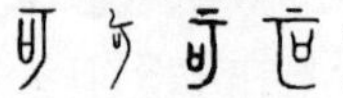）。

商(字 337)【，從外知內也。从㕯，章省聲。，古文商。，亦古文商。，籀文商。】可能是標示商都的特殊建築物形。

337	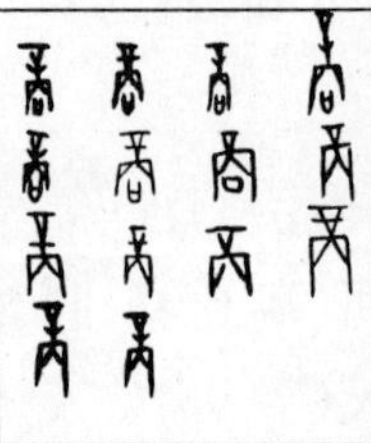	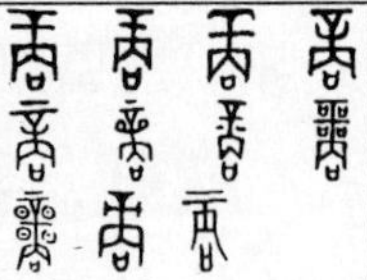	 s k k z	商	商 可能是商都的特殊建築物形。

誩【，競言也。从二言。凡誩之屬皆从誩。讀若競】從競析出、競(字 338)【，彊語也。从誩二人。一曰逐也。】、兢【，競也。从二兄。二兄競意。从丯聲。讀若矜。一曰兢，敬也。】原爲一字，作二人競賽頭飾之美狀。

338			 s s	競 兢	競 二人競賽頭飾之美。 兢

竟(字 339)【，樂曲盡爲竟。从音儿。】一人頭戴高聳飾物，怕掉落而行動戰戰兢兢，與樂曲無關。

339			 s	竟	竟 頭戴高聳飾物，怕掉落而行動戰戰兢兢。

最下之平橫劃下增一短橫劃：上(字 51)（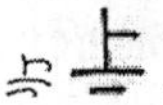）、且(字 122)（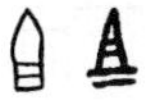）、丘(字 340)、至。（戰國時期較多）

丘(字 340)【，土之高也。非人所爲也。从北从一。一地也，人居在丘南，故从北。中邦之居在昆侖東南。一曰四方高中央下爲丘。象形。凡丘之屬皆从丘。】象水流兩旁之臺地形。戰國楚簡常下加短橫。

340	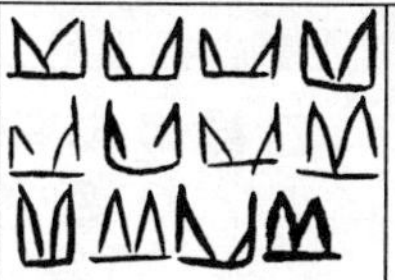	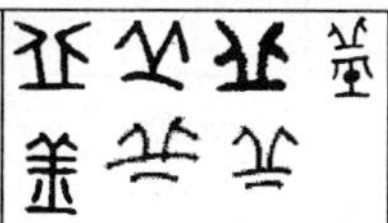	 s	丘	丘 象河川兩旁之臺地形。

至【，鳥飛從高不至地也。从一。一猶地也。象形。不上去而至下，來也。凡至之屬皆从至。】箭飛行而到達目的之狀（）。戰國簡牘有下加一短橫者（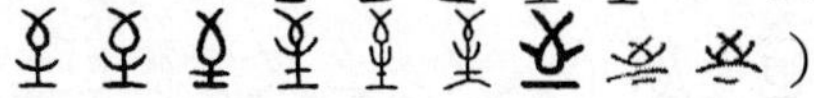）。

底下兩直線間增一口：高(字 73)（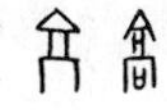）、興(字 149)（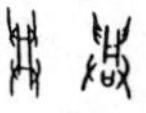）、商(字 337)（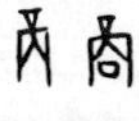）、周(字 341)。

周【，密也。从用口。，古文周从古文及。】象栽培作物的四周建有擋風牆一類之保護物。

342	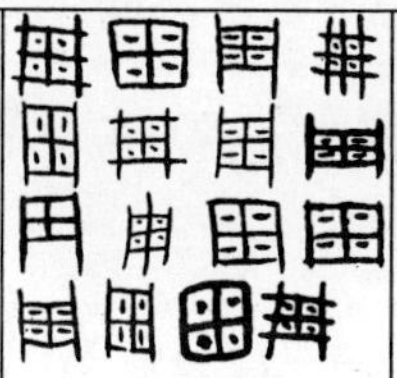	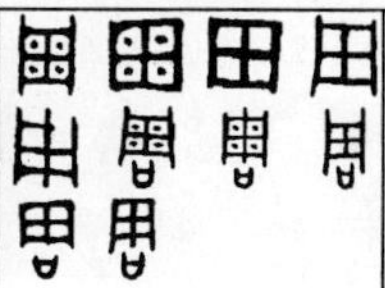	 s  k	周	周 象栽培作物的四周建有擋風牆一類之保護物。

以斜線或口填空：奇(字 269)（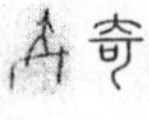）、辭(字 180)（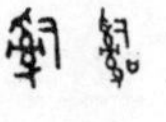）、何(字 342)、河、昜。

何(字 342)【，儋也。一曰誰也。从人，可聲。】一人以手持肩擔之工具狀。

河【，河水，出敦煌塞外昆侖山，發源注海。从水，可聲。】形聲字（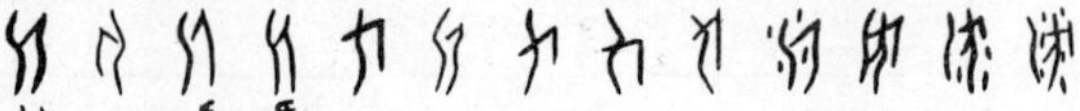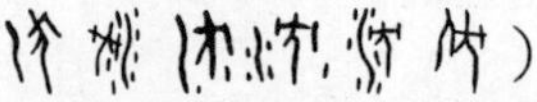）（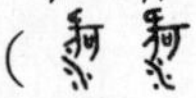）。

342		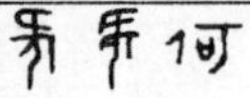	 s	何	何 一人以手荷擔工具狀。

昜【，開也。从日一勿。一曰飛揚。一曰長也。一曰彊者眾皃。】表達太陽高升於標竿上之時段（）（）。

字中加一口：戰國中山地域常見，退(字 233)（）、後(字 343)、念。

後(字 343)【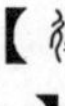，遲也。从彳幺夊。幺夊者後也。，古文後从辵。】腳被繩子所縛，走路比人後到。後加行道，中山國加口。

343	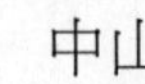	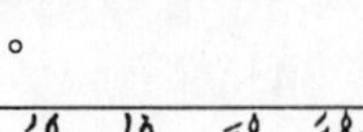	 s k	後	後 腳爲繩索所縛，行走後於他人。

念【，常思也。从心，今聲。】从心今聲的形聲字（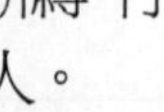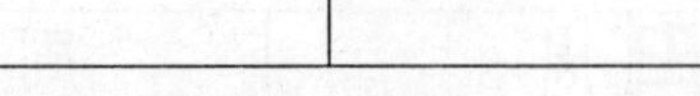）。

將部件又填空成寸：又(字 121)（）、專(字 316)（）、

對(字 344)、封(字 345)、射(字 346)、尌、尉、守。

對(字 344)【，應無方也。从丵口从寸。，對或从士。漢文帝以爲責對而面言，多非誠對，故去其口，以从士也。】手高舉放置耳朵的架子以對應上級有關戰利品的詢問。

封(字 345)【，爵諸侯之土也。从之土从寸。寸，守其制度也。公侯百里，伯七十裏，男五十裏。，籀文封从豐土。，古文封省。】手栽種封疆之樹。

射(字 346)【，弓弩發於身而中於遠也。从矢从身。，篆文躲从寸。寸，法度也，亦手也。】箭在弓上即將發射，手後加以表示動作。

344		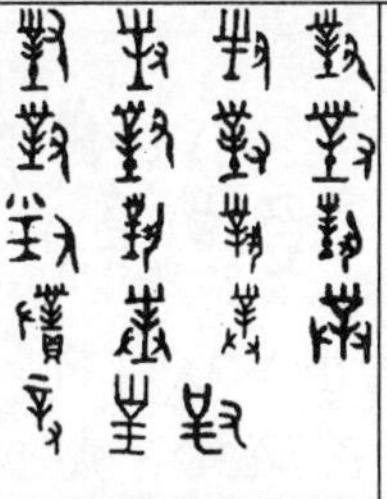	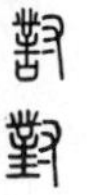 s h	對	對 手高舉架子回答上級有關戰利品之詢問。
345	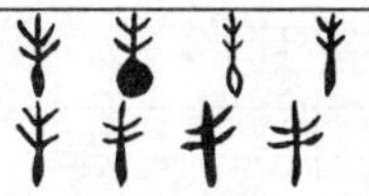	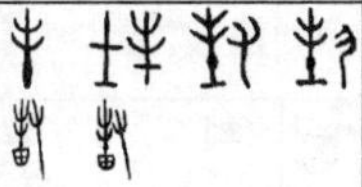	 s z k	封	封 手栽種封疆之樹狀。
346	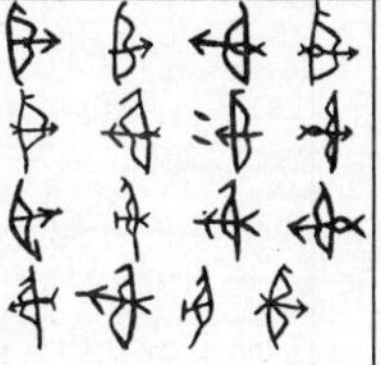	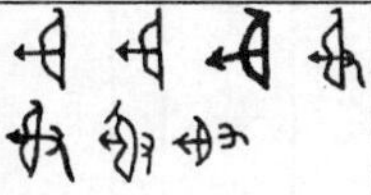	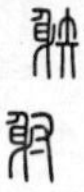 s	射	射 箭架設在弓絃上待射之狀。

尌【，立也。从壴从寸。寸，持之也。讀若駐。】以手豎立鼓架以便演奏（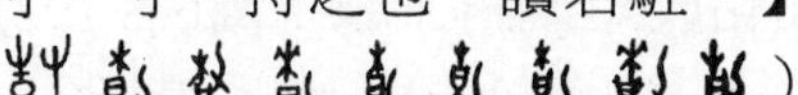）。

尉【，从上按下也。从𡰥又持火，所以申繒也。】手持火上燒烤的石頭按摩患者背部。（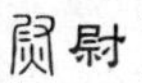）

守【，守官也。从宀从寸。从宀，寺府之事也。从寸，

法度也。】金文創意不清楚，作一右手在房屋之中（）。

直線兩旁增兩點或兩劃：必(字 140)()、宗(字 224)()、途(字 232)()、敘(字 235)()、示(字 314)()、丘(字 340)()、余、舍。

余【，語之舒也。从八，舍省聲。】使者所持以證明身份的節形()()。

舍【，市居曰舍。从亼口中。中象屋也。口象築也。】插使節標識的建築爲旅舍（）。

斜線兩旁增兩點或多點：寡(字 221)()、光(字 276)()、保(字 331)（）。

底横劃之下加兩小點或丌：典(字 15)（）、且(字 122)（）、奠(字 133)（）、其(字 347)。

其(字 347)【，所以簸者也。从竹𠀠，象形。丌其下也。凡箕之屬皆从箕。，古文箕。，亦古文箕。，古文箕。，籀文箕。，籀文箕。】畚箕形。

347	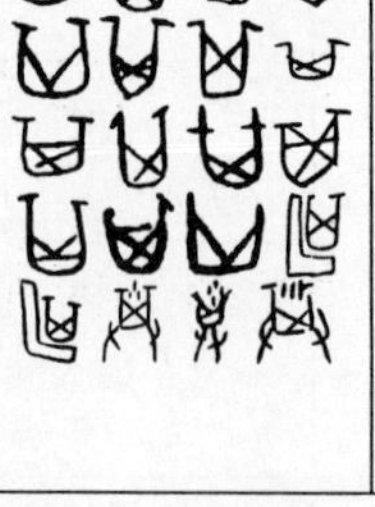		 s k k k z z	其 箕	其 畚箕形。

直劃加點成短劃再下彎：萬(字 192)（）、禽(字 312)（）、禹、禺。

禹【，蟲也。从内。象形。，古文禹。】應爲某種爬蟲類動物形（）。

禺【，母猴屬。頭似鬼。从由从内。】應爲某種爬蟲類動物形（、()）。

口或圈中增一點：身(字 137)()、友(字 165)(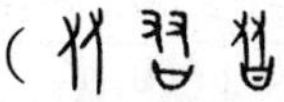)、曹(字 197)()、魯(字 238)()、習(字 239)()、皆(字 334)()、斂。

斂【，收也。从攴，僉聲。】从攴僉聲的形聲字（）。

增輪廓：永(字 175)（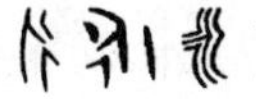）。

增匡架：帚(字 193)（）、歸(字 228)（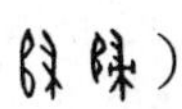）。

B. 增加形符，大都爲與引伸或假借義別義而增，爲增繁的主要方式，所增大多是常見形符，常使結構變成形聲字。

學(字 63)加子，學打繩結，連接木結構。()

須(字 94)加髟=鬚。鬍鬚形。(鬚)

秝(字 162)加止=歷。禾行間不密，可容人通行。()

莫(字 184)加日=暮，日已西下林中之時分。(暮)

寧(字 217)加屋，熱器皿加承託物才安心持拿。(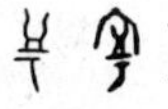)

進(字 230)加彳，鳥行走只前進，不像其它動物可倒退。(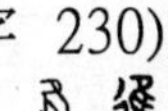)

稷(字 247)加夂，祈禱於禾神之前。倒足或表示舞蹈的動作。(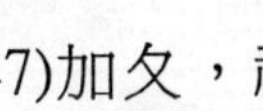)

出(字 263)加彳，走出半穴居。()

各(字 264)加彳，走進半穴居。(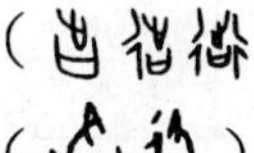)

深(字 274)加水，礦坑深處呼吸艱難流冷汗。()

磬(字 298)加石，手持敲棒以演奏石磬之樂器。()

後(字 343)加彳，腳被繩子所縛，走路後到。(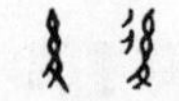)

尞(字 348)【，柴祭天也。从火昚。昚，古文慎字。祭天所以慎也。】加火成燎，架薪焚燒。

348	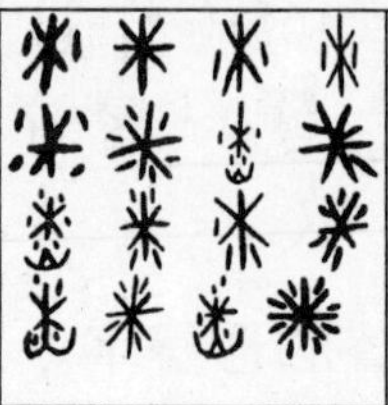	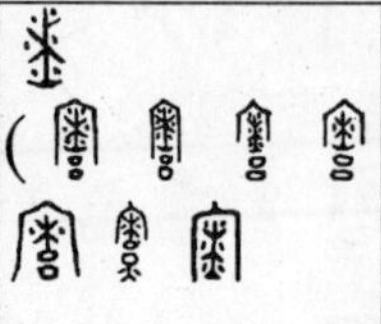	s	燎	尞 架薪柴焚燒之祭祀。

祭(字 349)【，祭祀也。从示以手持肉。】加示，手持有汁之肉以祭神。

349			s	祭	祭 手持有汁之肉以祭神，後加示。

雷(字 350)【，陰昜薄動生物者也。从雨畾，象回轉形。，籀文雷間有回。回，雷聲也。，古文雷。，古文雷。】加雨，初形爲閃電與雷雨的形象。

350		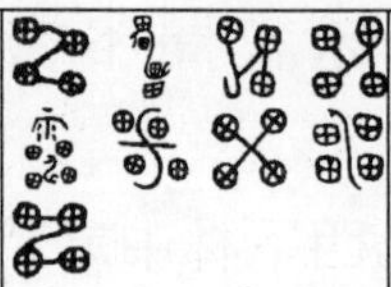	s z k k	雷	雷 閃電及想像之雷形。

埶(字 351)【，種也。从丮坴。丮持種之。詩曰，我埶黍稷。】加土，人持樹苗將種植，土爲種植所需。後又加艸。

351	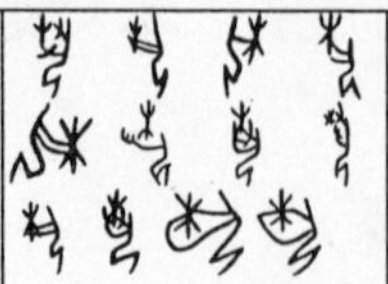	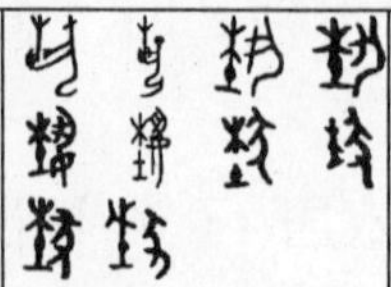	s	藝	藝 一人持樹苗將種植之狀。

宿【，止也。从宀㐰聲。㐰，古文夙。】加屋，人睡蓆上（）。

蜀【，葵中蠶也。从虫，上目象蜀頭形，中象其身蜎蜎。

詩曰，蜎蜎者蜀。】加從蟲，甲骨文作蜀蟲之形（
）（）。

旬【，徧也。十日爲旬。从勹日。，古文。】加日，甲骨文借蟲形以明時間長度（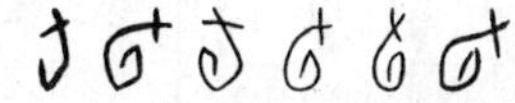）（
）。

禦【，使馬也。从彳卸。馭，古文禦从又馬。】【，祀也。从示，御聲。】加彳，又加示，原先作跪坐於午（杵）之前以禳除災禍（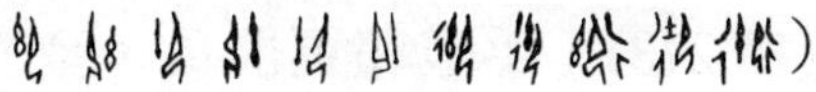）。甲骨文駕車之禦與禦除字形相近而混合爲一字（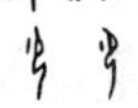）。

C. 增加聲符，次要方式

羽加于聲(字 29)，羽毛形，借爲音調名。（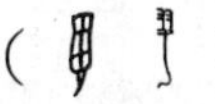）

羽加立聲(字 29)，羽毛形，借爲明日。（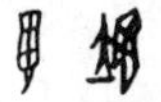）

野加予聲(字 46)，林間豎立崇拜物之處。（）

藉加昔聲(字 200)，手扶犁耕地。（）

蛛加朱聲(字 202)，蜘蛛象形。（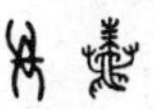）

齒加止聲(字 203)，口中之齒列。（）

肇加聿聲(字 204)，以戈擊戶，破門肇事。（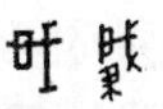）

鑪加虍聲(字 205)，架上活動煉鑪形。（）

乎加虍聲(字 216)，可能爲熱湯所燙而呼痛。（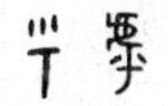）

兄加往聲(字 218)，跪坐張口禱告。（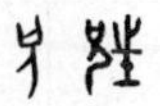）

嘉加壴聲(字 285)，婦女有子可使用農具，可嘉美之事。（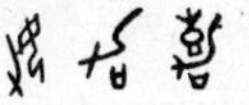）

寶加缶聲(字 290)，屋中寶藏之貝玉皆高價之物。（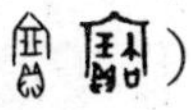）

禽加今聲(字 312)，擒捕野獸之田網。（）

其加丌聲(字 347)，簸箕形。（）

處加虎聲(字 352)【𠪚，止也。从夂幾，夂得幾而止也。𠪚，處或从虍聲。】，足在家中。

352	(古文字形)	(金文字形)	𠪚 s 𠪚 h	處	處 腳在室內之狀，後加虎聲。

D. 重複或重疊成三

更(字 278)，手敲報更器具，金文成二丙。((字形))

敗(字 288)，手持棍打擊一貝，金文成二貝。((字形))

息【息，喘也。从心自。】鼻與心皆呼吸器官，楚簡成二自一心 ((字形))

蠱(字 36)，皿中有二蟲，後來上加一蟲成重疊形式。((字形))

霝(字 353)【霝，雨零也。从雨，㗊象零形。詩曰：霝雨其濛。】大雨點自天落下之狀，二口成三。

353	(古文字形)		霝 s		霝 大雨點自天落下之狀。

堯(字 354)【堯，高也。从垚在兀上。高遠也。】有力之人頭上載兩籠土，後來上加一籠土成重疊形式。

354	(字形)		堯 s	堯	堯 有力之人頭上載兩籠土。

羴【羴，羊臭也。从三羊。凡羴之屬皆从羴。羶，羴或从亶。】羊群味羶，以二至四羊表意，類化爲三羊 ((字形))。

E. 補足意義，經常是不成爲形符的構件，如果所增是常見的形符，就與創意有重要關係。這種形式的增繁並沒有改變字的結構，即象形還是象形，象意還是象意的結構。增形符則變爲形聲的結構。

畫(字 13)，加周，手持筆畫圖，加所畫圖案。()

毓(字 31)，加衣袍，女子產嬰兒狀，用以包裹嬰兒。()

嚴(字 43)，加籃子，於山巖內手持工具挖礦。()

農(字 44)加田，持農具在林間工作，演進在田間工作。( )

牢(字 76)，加關閑，牛在柵欄中，防牛逃逸。()

舞(字 147)，加舛，人雙手持舞具，足的動作必要。()

劓(字 172)，本作以刀割鼻，金文鼻下增一木，展示於樹上。(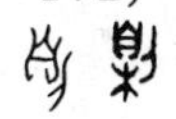)

永(字 175)，行道沿水流彎度而建，路途長。先加水點，後改行道。()

歲(字 229)，加步，斧鉞形，藉以名歲星，加步表明每年移動位置。()

羌(字 242)，加繩子，羌族俘虜形象。(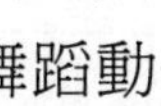)

粦(字 267)，加舛，身上塗磷之巫，足的舞蹈動作。(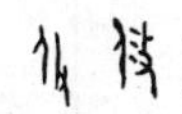)

攸(字 307)，加點，手持杖鞭打人背，打出血來。(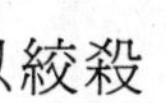)

棄(字 323)，加繩索，雙手捧盛棄嬰之簸箕，用以絞殺。()

樂(字 355)【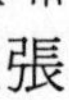，五聲八音總名。象鼓鞞，木，虡也。】加白，木上張弦之樂器，加拇指按弦。

355	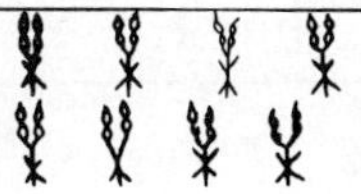	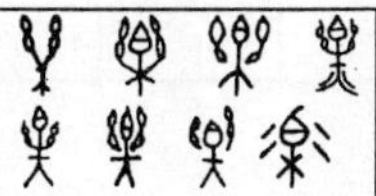	 s	樂	樂 象木上張弦之樂器。

乘(字 356)【乘，覆也。从入桀。桀，黠也。軍法入桀曰乘。乘，古文乘从幾。】加舛，一人站立於樹上。

356	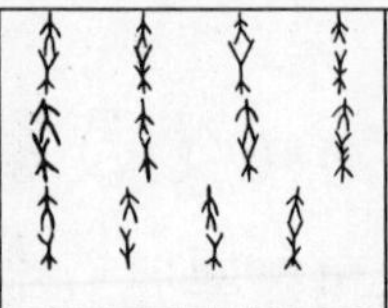		 s k	乘	乘 一人站立在樹上之狀。

啓(字 357)【啟，教也。从攴启聲。論語曰：不憤不啓。】【启，開也。从戶口。】加口，以手開戶，問名清楚後才開門。

357	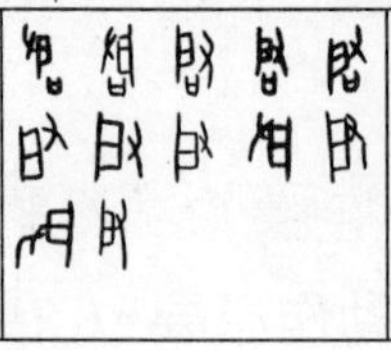	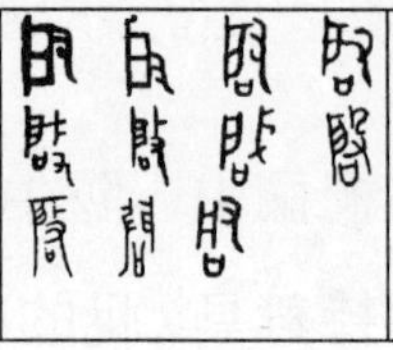	 s s	啓	啓 以手開戶，或問清名字後才開門。

F. 其他

州(字 358)【州，水中可居者曰州。水匊繞其旁。从重川。昔堯遭洪水，民居水中高土，故曰九州。詩曰：在河之州。一曰州，疇也。各疇其土而生也。】水中之島，變三個同形。

未(字 359)【未，味也。六月滋味也。五行木老於未，象木重枝葉也。凡未之屬皆从未。】增樹稍枝葉。

358	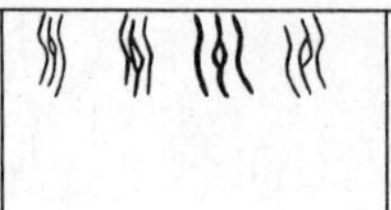		 s	州	州 河流中有小島之狀。
359	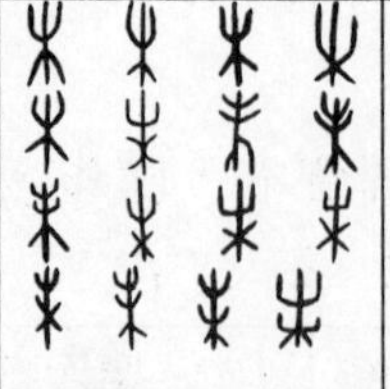	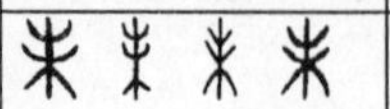	 s	未	未 枝葉茂盛之樹木狀。借爲干支。

（二） 減省

A. 化實爲虛，構件的形狀受損，簡省後難看出原來形狀或創意。

正(字 35)，腳前進征伐之城邑，簡成一橫，看不出是居住區域。(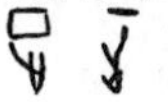)

土(字 92)，本是一塊或有水滴的黏土，簡成實體三角形，再簡易爲一豎中一點，點延伸成橫劃而成今字。黏土之形不存。()()

天(字 98)，塡實之頭成空框，再簡兩短橫，最後成一短橫。看不出是頭形。()

父(字 186)，手持實體石斧，石斧簡成一短直劃。()(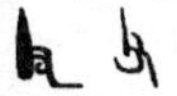)

吉(字 259)，讓澆鑄後之型範在深坑中慢慢冷卻可得好鑄件，型範省簡成士。()()

獸(字 297)，田網與犬皆爲狩獵工具。田網簡化，網的形象失去。(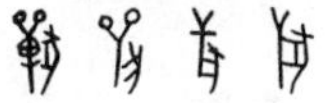)

干(字 360)【，犯也。从一从反入。凡干之屬皆从干。】象一把附有尖銳攻擊武器的盾牌形，盾牌簡成短一橫。

360	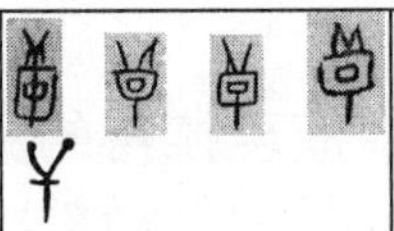	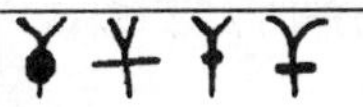	 s	干	干 一附有尖刺的盾牌形。

B. 把握重點，省簡構件的部分，包括點劃，省簡後對創意的影響較少，創字大意仍保留。

文(字 1)，死人胸上刺紋的放血儀式，省胸上的刺紋。( )

虎(字 17)，實體虎形，身體及腳都簡成單劃，虎形還看淂出來。當聲符時，更只剩頭部。()

馬(字 18)，實體馬形，身體及腳都成單劃，馬形還很明顯。但戰國時，身子只剩二短橫，就完全成爲符號。()()

攻(字 120)，敲擊刮下石屑之磬以調音，省石屑部分。( )
(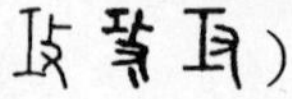)

望(字 144)，人站土丘上遠望，省土丘部分。()

眔(字 152)，日下勞動的人眔，省日中之點。(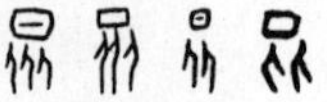)

協(字 166)，三把挖土工具協力挖坑，省坑。()

前(字 189)，洗腳於盆中，省水點。()

食(字 199)，加蓋的溫熱食品，省水點。()

寧(字 217)，以托盤接盛熱湯的器皿才安全，省熱湯部分。
(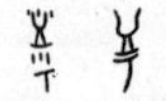)

于(字 322)，加強支撐力的天平稱竿，省加強物。(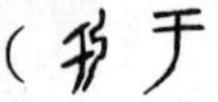)

棄(字 323)，雙手持裝有剛出生嬰兒的畚箕將丟棄之狀，省血水與畚箕。()()

焚(字 324)，手持火把焚林，省手持。()

占(字 361)【，視兆問也。从卜口。】，卜骨以裂紋的走向說出占斷的結果，省肩胛骨。

弄(字 362)【，玩也。从廾玉。】於山中把玩挖得的玉璞，省山岩部分。

361	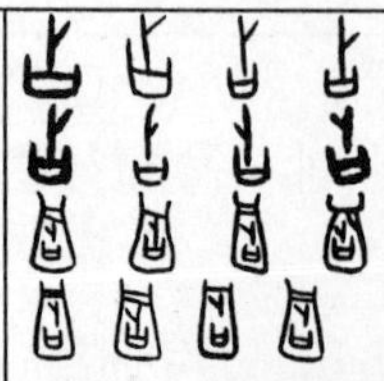		 s	占	占 卜骨以裂紋走向說出占斷結果。
362	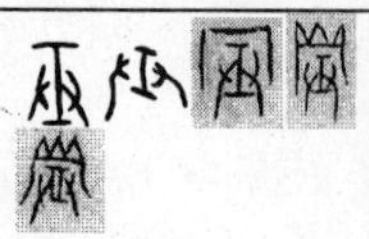	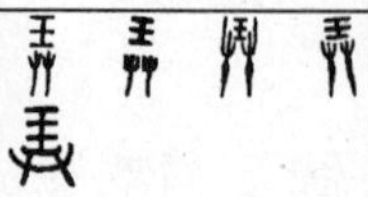	 s	弄	弄 於山中把玩挖得的玉璞。

璞(字 363)【《廣韻》玉璞。】雙手持工具於山中挖掘玉璞而放入籃中，省山岩部分。

川(字 364)【巛，毌穿通流水也。虞書曰：濬く巜距川。言深く巜之水會為川也。凡川之屬皆从川。】水量多的大河，省水滴部分。

363	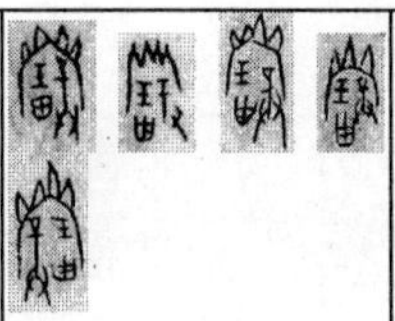		(菐 s	璞	璞 雙手持工具在山中挖到玉璞而放入籃中之狀。
364	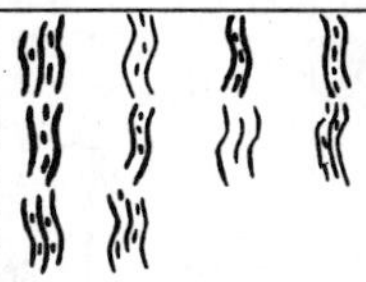		巛 s	川	川 象水量多之大河流。

中(字 365)【中，內也。从口丨下上通。𠁩，古文中。】，插旗於一範圍之中心點，省旗游遊部分。

365	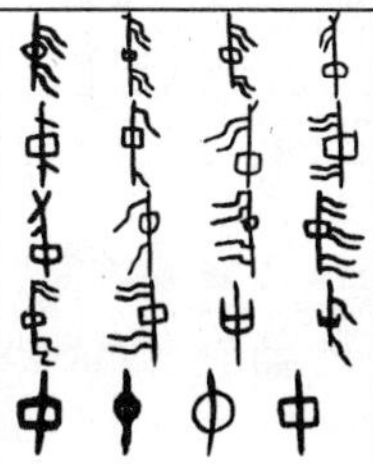		中 s 𠁩 k	中	中 插旗於一範圍之中心點，後省旗游部分。

C. 省去重複部分

郭、**墉**(字 7)，城牆上四看亭，省二亭。(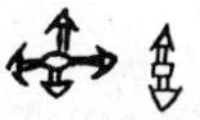)

漁(字 30)，多魚在水中，省成一魚在水中。()

粟(字 97)，禾之顆粒，三粒省成一粒。() ()

圂(字 258)，養豬集肥之處，二豕省一。()

卒(字 292)，編綴之甲裝，一橫代替甲介紋。() ()

秦(字 310)，雙手持杵舂打兩束禾以脫殼而製精米，省一禾。() ()

宜(字 366)【，所安也。从宀之下一之上，多省聲。，古文宜。，亦古文宜。】俎上兩塊肉，二肉省一。

系(字 367)【，縣也。从糸厂聲。凡系之屬皆从系。】手持三股絲線成一系統，省成一股絲線。

366	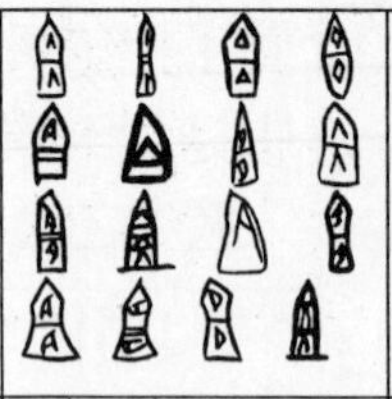	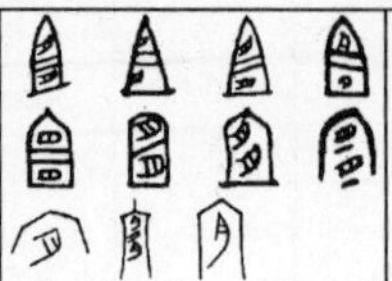		s k k	宜	宜 俎上放置兩塊肉之狀。
367	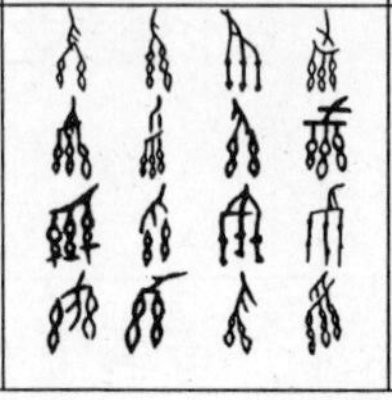			s	系	系 手持三股絲線使成一系統。

集(字 368)【，群鳥在木上也。从雥木。，或省。】象三鳥集于樹上之狀，省成一鳥在樹。小篆雖比甲骨文遲，集之意義以多為宜，應源自更早字形。

靃【，飛聲也。从雨雔。雨而雔飛者，其聲靃然。】眾鳥遇雨而紛紛飛散所造成的聲響。由三鳥省為二鳥再省為一鳥。(霍)

368	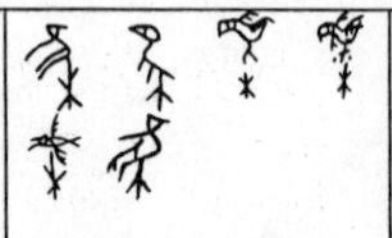			s h	集	集 多鳥集於樹上。

韋(字 369)【，相背也。从舛，口聲。獸皮之革，可以束物枉戾相韋背，故藉以為皮韋。凡韋之屬皆从韋。，古文韋。】【，守也。从口，韋聲。】圍初形，四足在城邑四周守禦之狀，四足省其二。

369				s k	韋	韋 四足在城邑四周守禦之狀。

善(字 370)【譱，吉也。从誩羊。此與義美同意。善，篆文从言。】創意不詳，羊與二言組成，省一言。或有可能爲有彎曲裝飾物之多管管樂，與義字(字 291)上部的創意類似，類化爲羊。

370		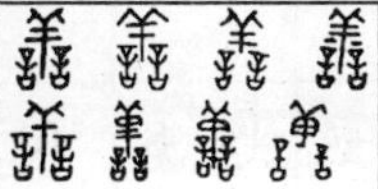	譱 善 S	善	善 創意不詳，羊與二言組成。

D. 形符歸類

蜘【鼅，鼅鼄，鼄蟊也。从黽，智省聲。蜘，或从虫。】、蛛(字 202)（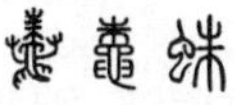）、蛙【鼃，蝦蟆屬。从黽圭聲。】易黽以虫。

姬(字 253)，裝飾密齒梳之貴婦女，每易以女。（）（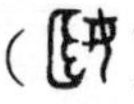）

腹(字 371)【腹，厚也。从肉，复聲。】從身复聲，身改爲人或肉。

城(字 372)【城，以盛民也。从土成，成亦聲。𩫨，籀文城从𩫨。】易郭爲土。

371			腹 S	腹	腹 初作從身复聲，改爲從人或肉。
372		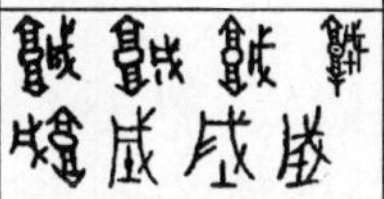	城 S 𩫨 Z	城	城 从𩫨成聲。

觴(字 373)【觴，實曰觴，虛曰觶。从角煬省聲。𧣙，籀文觴或从爵省。】易爵爲角。

婢(字 374)【婢，女之卑者也。从女卑，卑亦聲。】易妾爲女。

匜(字 375)【匜，似羹魁。柄中有道可以注水酒。从匚也聲。】易皿、金或金皿爲匚。

373		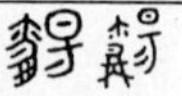	 S Z	觴	觴 从爵昜聲。
374	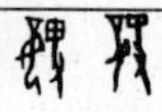		 S	婢	婢 从妾卑聲。
375		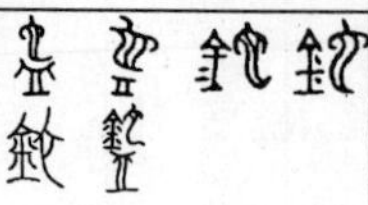	 S	匜	匜 从皿、从金或皿金，它聲。

E. 簡易文字代替

皆(字 334)，本作兩虎在坑陷中猶不相讓而致皆成枯骨，以兩人代兩虎。（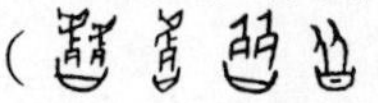）

廳，甲骨文爲從宀聽聲（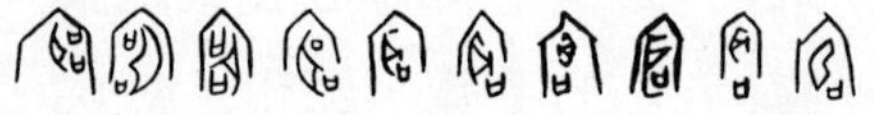）。聽簡省爲廷【，宮中也。从广，廷聲。】。(《說文》有庭無廳。)

蜂【，飛蟲螫人者。从䖵，逢聲。，古文省。】䖵省爲虫，逢簡省爲夆。

雜【，五采相合也。从衣，集聲。】省簡成什。

麓【，守山林吏也。從林，鹿聲。一曰，林屬於山爲麓。春秋傳曰，沙麓崩。，古文從彔。】，甲骨文已有從林彔聲與鹿聲兩種形體（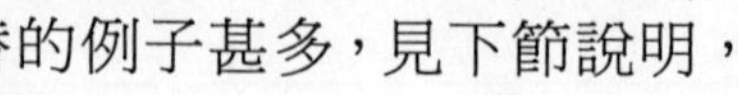 ）。戰國時聲符或形符更替的例子甚多，見下節說明，大都以簡易筆劃替代繁雜筆劃。

F. 省簡部分內容（省整個構件），往往嚴重影響對創意的了解。

法(字 25)，廌以角觸惡人以助判案公平，如水之保持水平，省廌。廌爲斷獄的主角。（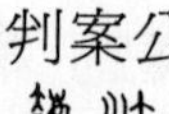）

登(字 49)，雙手扶凳讓他人二足登上，省雙手。凳要有人扶著。()

秋(字 50)，以火燒烤蝗蟲以抵禦蟲災的秋季景象，省火。沒有火就顯不出所燒爲何種昆蟲。()

召(字 226)，一手持杯一手持杓自溫酒器的壺中挹出酒以待客，省雙手酒壺等。一杓一杯難導出待客之意。(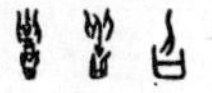)

利(字 271)，手把禾而以刀割之才是有利的收割法，省手。刀與禾不一定是割禾。()

夢(字 283)，貴族臥於床上求夢，省床。床是作夢必要道具。()

熯(字 286)，乾旱時焚巫求雨，省火。火焚是求雨必要步驟。()

得(字 287)，於行道拾得海貝，省彳。於行道淂貝才是意外之利益。(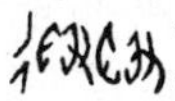)

棄(字 323)，雙手丟棄畚箕中新生小孩，戰國時省畚箕。畚箕才顯明丟棄意義。雙手捧小孩大半會被視爲寵愛。(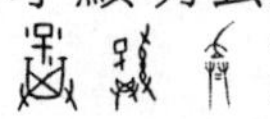)

乂(字 376)【，芟艸也。从丿乀相交。，乂或从刀。】，雙手持剪刈物之狀，後省雙手部分。雙手爲刈物所必需。

376	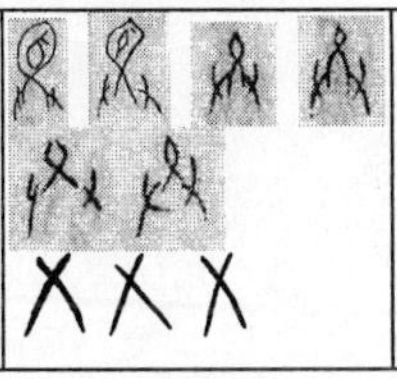		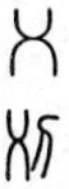 s h	乂 刈	乂 雙手持剪將刈物之狀。

陳(字 377)【，宛丘也。舜後嬀滿之所封也。从𨸏从木，申聲。，古文陳。】【，列也。从攴陳聲。】可能表達以袋裝土包，堆積於山上安排防禦陣線，攴可能表達撲打土包使堅硬。省土或攴。

377			 s k s	陳 敶	陳 可能表達以土包在山上佈置防禦陣線之意。

G. 共用筆劃（晚期較多）

舞(字 146)，一人雙手持舞具，手與舞具相合。()

寧(字 217)，托盤持拿有熱湯的皿，托盤與皿底常相連。(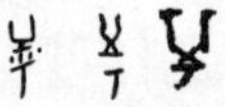)

新(字 378)【，取木也。从斤，亲聲。】【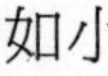，亲實如小栗。从木辛聲。春秋傳曰，女摯不過亲栗。】辛與木相連。

378	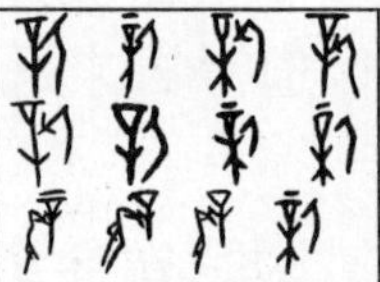		 s	新	新 从斤辛聲。

（三）其他

A. 化意象為形聲，易於歸部

囿(字 45)，特定範圍內之栽植的草木。()

沈(字 210)，沈牛河中。()

猴(字 211)，象形。(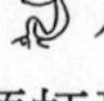)

虹(字 214)，原為雙頭虹形。(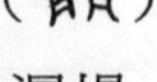)

遲(字 231)，背負人行走以致遲慢。()

誖(字 379)【，亂也。从言，孛聲。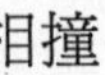，誖或从心。，籒文誖从二或。】慌亂排列而致兩盾相撞，破壞行列的觀容。

聞(字 380)【，知聲也。从耳，門聲。】【，婦家也。禮，娶婦以昏時。婦人侌也，故曰婚。从女昏，昏亦聲。

婚，籀文婚如此。】婚乃聞之假借字，甲骨聞作一人傾耳聽聞而張口有所反應之狀。

379	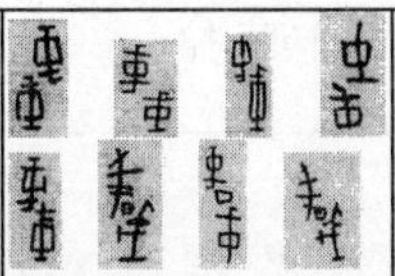		 s h z	誖 悖	誖 慌亂排列而致兩盾相撞之狀。
380	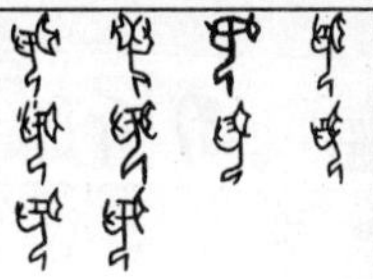	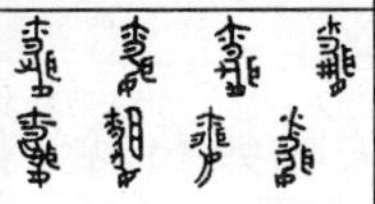	 s ( z	聞	聞 一人傾耳傾聽且有所反應之狀。

澗(字 381)【澗，山夾水也。从水，間聲。一曰澗水出弘農新安東南入雒。】兩丘間之河流。

彈(字 382)【彈，行丸也。从弓，單聲。弓，或說彈从弓持丸如此。】丸在弓絃上即將發射。

381			 s	澗	澗 兩丘間之河流。
382	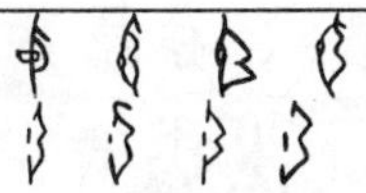		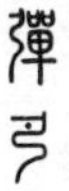 s h	彈	彈 丸在弓絃上即將發射。

豢(字 383)【豢，以穀圈養豕也。从豕，𢍏聲。】雙手抱豕加以飼養之意。

淵(字 384)【淵，回水也。从水象形。左右，岸也。中象水皃。𣶒，淵或省水。㘿，古文从口水。】淵潭中水波，說文載其古文字形。

383	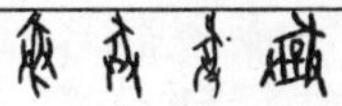		 s	豢	豢 雙手抱豕加以飼養之意。

384			 s h k		淵 淵潭中水波蕩漾狀。

B. 離析，大致因自然演化，也有牽就部類的規劃，字形雖離析，還比較容易看出原創意。

斤(字 6)，有柄之石錛，尖端與石錛分離。(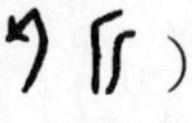)

老(字 57)，老人持杖，杖與手分離。(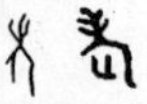)

龍(字 83)，龍形象，龍身與頭分離。(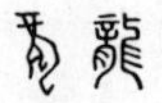)

須(字 94)，下頷之鬚，鬚與頭分離。(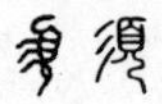)

縣(字 188)，繩索縛割下之首懸掛於樹，繩索與首分離。( )

聖(字 219)，一人有敏銳聽力可分辨聲響，身子與耳朵分離。(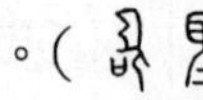)

彘(字 220)，中箭之野豬，矢與身體分離。(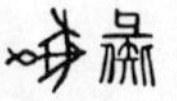)

粦(字 267)，身上塗磷，身子分成兩段。()

光(字 276)，頭上頂燈火，人身與火分離。() 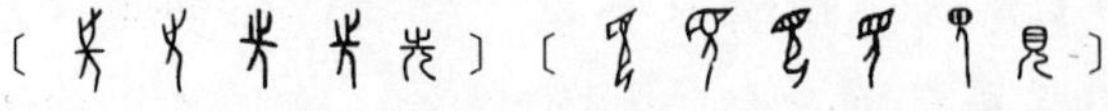

保(字 331)，手後伸背負嬰兒，嬰兒與人分離。()

何(字 342)，人以肩擔物，物與人分離。(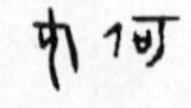)

乳(字 385)【  ，人及鳥生子曰乳，獸曰產。从孚乙。乙者乙鳥。明堂月令：乙鳥至之日，祠于高禖以請子，故乳从乙。請子必以乙至之日者，乙春分來，秋分去，開生之侯鳥。帝少昊司分之官也。】抱子餵奶，手與身子分離。

飲(字 386)【 ，歠也。从欠，酓聲。凡飲之屬皆从飲。】俯飲水酒狀。人身與口分離。

385			乳 s	乳	乳 婦女抱子餵奶之狀。
386	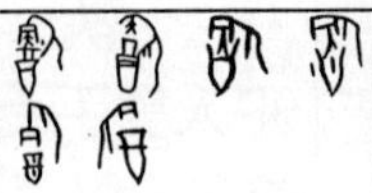		飲 s	飲	飲 一人伸舌俯飲水酒之狀。

眉(字 389)【眉，目上毛也。从目象眉之形。上象頟理也。凡眉之屬皆从眉。】眼上之毛，眉毛與眼睛分開。

解(字 388)【解，判也。从刀判牛角。一曰，解廌獸也。】雙手解牛頭上之角。角自頭分離。

387	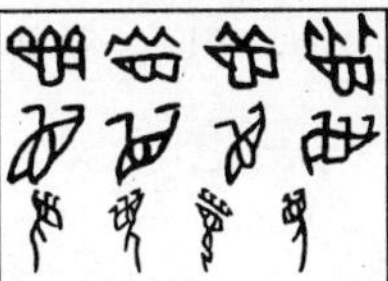		眉 s	眉	眉 眼上之眉毛形。
388			解 s	解	解 以雙手解牛之角狀。

異(字 389)【異，分也。从廾畀。畀，與也。凡異之屬皆从異。】一人戴怪異面具扮鬼。手與身子分離。

戹(字 390)【戹，隘也。从戶，乙聲。】【軶，轅前也。从車，戹聲】車衡上控制馬之軶形，分離而訛變成戶。

389	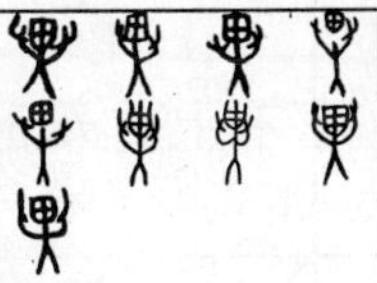		異 s	異	異 一人戴怪異之面具狀。
390		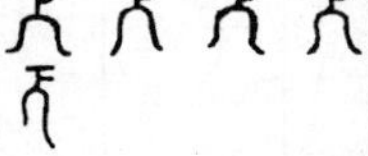	戹 s	厄 軶	戹 架設在車衡上,套馬的軶形。

執(字 391)【執，捕辠人也。从卒丮。卒亦聲。】犯人雙手

上桎梏。雙手與桎梏分離。

廩(字 392)【亩，穀所入也。宗廟粢盛。蒼黃亩而取之故謂之亩。从入从回。象屋形，中有戶牖。凡亩之屬皆从亩。廩，亩或从广稟。】禾堆。屋頂分離。

391	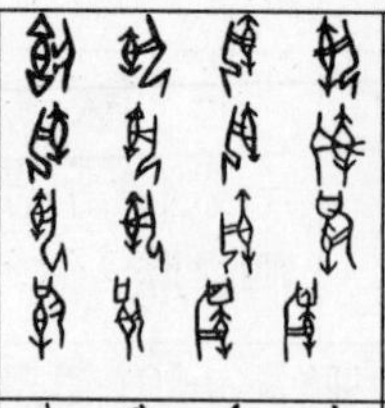		執	s	執	執 犯人雙手上桎梏之形。
392	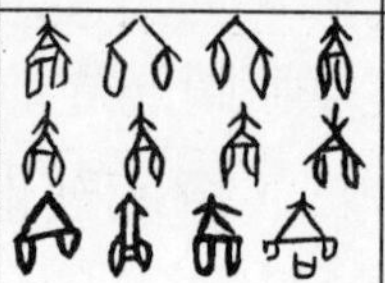	(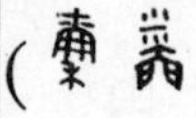	亩 廩	s h	廩	亩、廩 象儲藏穀物之倉廩形。

黑(字 393)【黑，北方色也。火所熏之色也。从炎上出囪。凡黑之屬皆从黑。】罪犯臉及身上被刺黑色的紋。人身分離成炎。

393		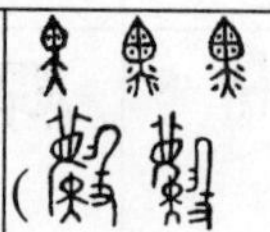	黑	s	黑	黑 犯人臉及身上所刺的黑色紋樣。

穆(字 394)【穆，禾也。从禾㣎聲。】禾上之穎。穎自禾分離。

燕(字 395)【燕，燕燕玄鳥也。籋口，布翅，枝尾。象形。凡燕之屬皆从燕。】整體象形，分離成多構件。

394			穆	s	穆	穆 禾上之穎形。
395	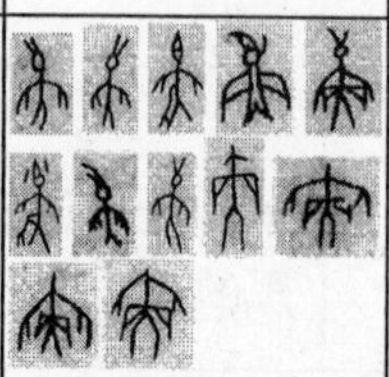		燕	s	燕	燕 飛燕之形。

申(字 396)【，神也。七月陰氣成體自申束。从臼自持也。吏以餔時聽事申旦政也。凡申之屬皆从申。】電光形，分離成三部分。

孔(字 397)【，通也。嘉美之也。从乞子。乞，請子之候鳥也。乞至而得子，嘉美之也，故古人名嘉字子孔。】孩童髮型。髮辮自頭分離。

芻(字 398)【，刈草也。象包束草之形。】手拔草狀，分析成兩個單位。

396	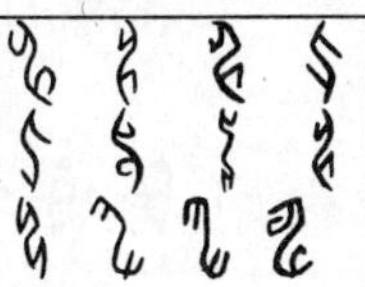	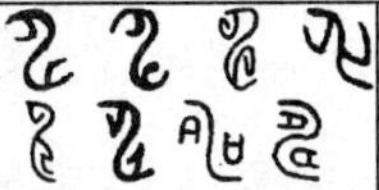	 s	申	申 閃電之形。
397			 s	孔	孔 孩童頭上髮辮之形。
398	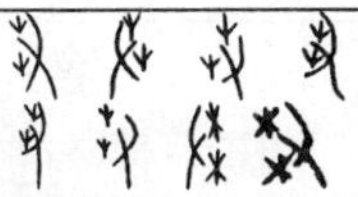		 s	芻	芻 手拔草狀。

C. 訛變，字形不一定離析，但已訛變而難認出原來形象及創意。

斤(字 6)，石錛形。(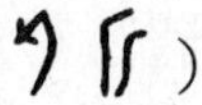)

履(字 33)，有眉目的貴族所穿之鞋。(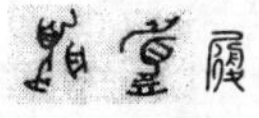)

具(字 67)，則(字 68)、鼎的部分訛變成貝。()( )

寅(字 70)，箭形。()

旁(148)，裝有犁壁可將剷起的土自動推向兩旁。(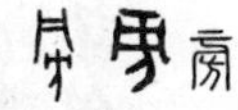)

皇(字 196)，羽毛冠，訛成鼻形的自或白。()

魯(字 238)，盤上魚，盤形成白。()

出(字 263)，足出半地下式穴居。(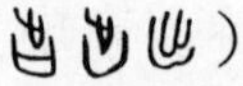)

夢(字 283)，貴族或巫師臥在床上求夢，省眼睛。(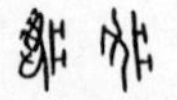)

義(字 291)，戈端裝飾羽毛一類美麗東西的儀仗，訛成羊。(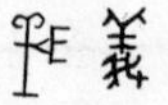)

尋(字 295)，張開雙手度量某物長度，訛成完全不可認。(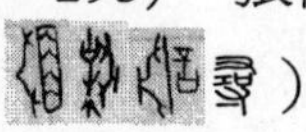)

皆(字 334)，兩虎在坑陷內猶纏鬥而致皆死，坑陷訛成曰或白。()

射(字 346)，手將發射弓上之箭，弓訛成身。(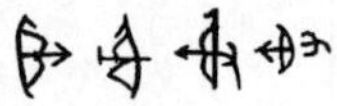 )

黑(字 393)，罪犯臉及身上被刺黑色的紋。()

孕(字 399)【，裹子也。从子，乃聲。】象婦女腹中懷有孩子之狀，或省人形。身子訛變成乃。

399			 s	孕	孕 腹中懷有孩子之狀。

美(字 400)【，甘也。从羊大。羊在六畜主給膳也。美與善同意。】大人頭上美麗頭飾，訛成羊。

函(字 401)【，舌也。舌體马马从马。象形。马亦聲。，俗从肉今。】裝箭之皮袋。

400	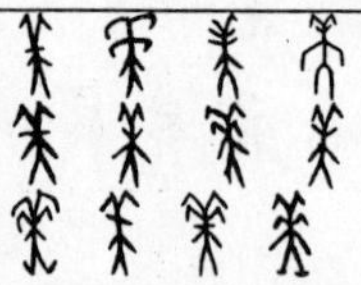	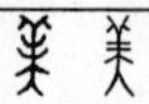	 s	美	美 大人頭上的美麗頭飾。
401	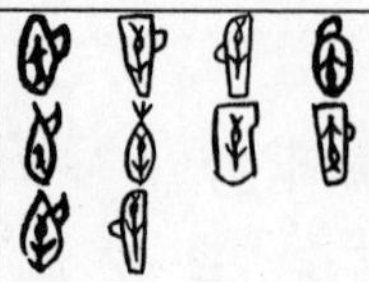	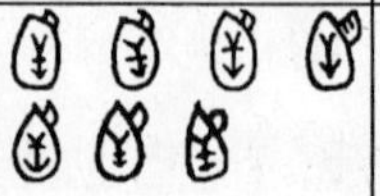	 s h	函	函 盛裝箭之密口袋形。

良(字 402)【，善也。从畗省，亡聲。，古文良。，亦古文良。，亦古文良。】可能是乾糧袋形。

戚(字 403)【，戉也。从戉，尗聲。】舞戈形。戈上突出之裝飾訛成尗聲。

甫(字 404)【，男子之美稱也。从用父，父亦聲。】田上有農作物。

402	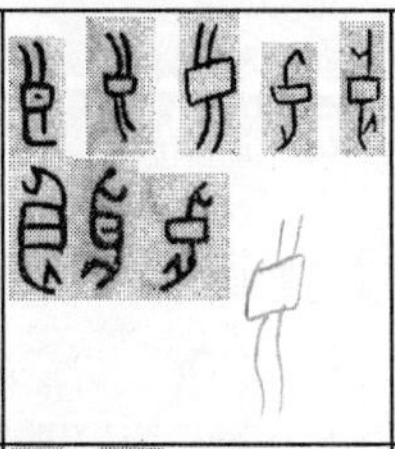	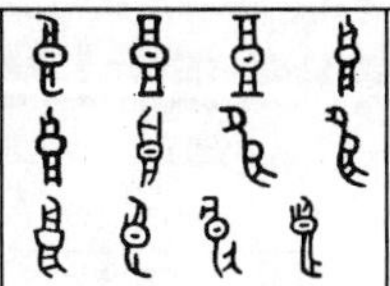	 s k k k	良	良 可能是可背負的乾糧袋形。
403	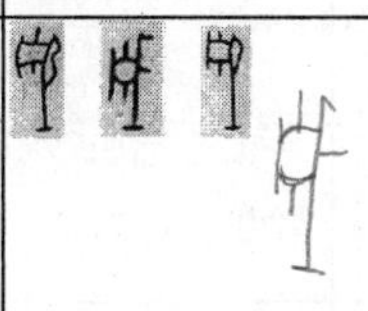		 s	戚	戚 特殊形狀的舞戈形。
404	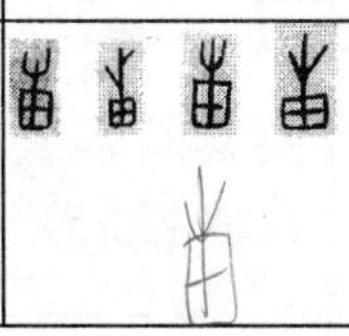		 s	甫	甫 象田上長有農作物之形。

薅(字 405)【，披田艸也。从蓐，好省聲。，籀文薅省。，薅或从休。詩曰，既茠荼蓼。】手持蚌製工具在山坡除草，山阜訛成女。

405			 s z h	薅	薅 手持蚌製農具在山坡除草。

徹(字 406)【，通也。从彳从攴从育。一曰相臣。，古文徹。】本作手指彎曲清洗鬲中飯渣，訛成手持棒棍。

冥(字 407)【，窈也。从日六从冖。日數十，十六日而月始虧冥也。凡冥之屬皆从冥。】雙手掰開子宮接生之狀。古人在暗室接生，故有黑暗之意義。雙手訛成六。

406			s k	徹	徹 手指彎曲徹底清洗鬲中的飯渣。
407			s	冥	冥 雙手掰開子宮以接受新生兒。

狽(字 408)【失收】【《廣韻》狼狽。】尾巴毛膨大之動物。尾巴訛成貝。

配(字 409)【配，酒色也。从酉，己聲。】饗宴時一人配一壺酒，跪坐人形訛變。

408				狽	狽 尾巴毛膨大之動物形。
409			s	配	配 饗宴時各人各配一壺酒之意。

畏(字 410)【畏，惡也。从由虎省。鬼頭而虎爪可畏也。畏，古文省。】持杖戴面具，鬼的扮相令人視之生畏。

伐(字 411)【伐，擊也。从人持戈。一曰敗也。亦斫也。】以戈砍伐一人頭部，戈、戌、戊、武等直柄武器，變爲彎曲。

410			s k	畏	畏 持杖帶面具的鬼扮相,令人視之害怕。
411			s	伐	伐 以戈砍伐一人頭部之狀。

巫(字 412)【巫，巫祝也。女能事無形以舞降神者也。象人兩褎舞形。與工同意。古者巫咸初作巫。凡巫之屬皆从巫。】巫行法術的道具。訛成兩人。

熏(字 413)【熏，火煙上出也。从屮从黑。屮黑熏象。】燻香袋。訛成炎。

412	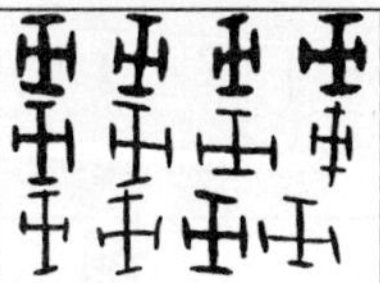		巫 S	巫	巫 以巫施行占筮的工具代表其職。
413		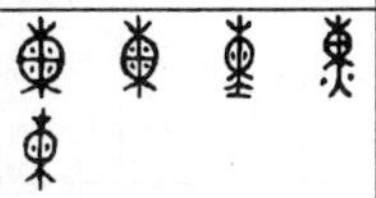	熏 S	熏	熏 燻香袋之形。

凡【凡，最括而言也。从二。二耦也。从乁。乁，古文及字。】帆形（）。

丁【丁，夏時萬物皆丁實。象形。丁承丙象人心。凡丁之屬皆从丁。】釘形（），下視變平視。

南【南，艸木至南方有枝任也。从𣎵，羊聲。𡴎，古文。】鈴形（）。

貝【貝，海介蟲也。居陸名猋，在水名蜬。象形。古者貨貝而寶龜，周而有泉，至秦廢貝行錢。凡貝之屬皆从貝。】海貝（）。

D. 位置移動

旁(字 148)，耕犁之壁將翻起的土推向兩旁，犁壁自外內移。(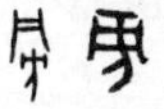)

協(字 166)，變三力並立爲相疊。()

留(字 273)，田旁之溝，卯移至田上。(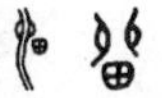)

君(字 304)，墨瓶由下移中。(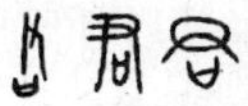)

秦(字 310)，雙手由杵上端移下。(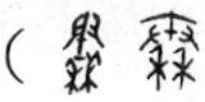)

句(字 317)，包裹一物之狀，所包東西下移。(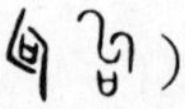)

監(字 327)，人在皿旁俯視影像，人移至皿上。()

瀕(字 414)【，水涯人所賓附也。顰戚不前而止。从頁从涉。凡瀕之屬皆从瀕。】貴族涉水，衣濕則有損形象，因之皺眉頭，難決定是否涉水。水與步位置移動。

戒(字 415)【，警也。从廾戈。持戈以戒不虞。】雙手持戈之下端，移至戈之一邊。

414		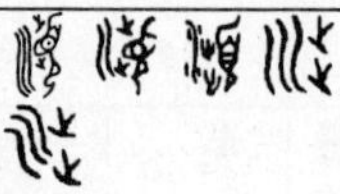	 s	瀕	瀕 貴族面對涉水，皺眉猶豫之狀。
415	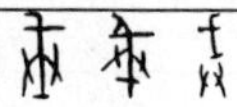	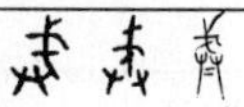	 s	戒	戒 雙手持戈警戒之狀。

涉【，徒行厲水也。从㳄步。，篆文从水。】甲骨文作雙腳涉過水流（）。水與步位置移動。

𠬝【，治也。从又卪。卪，事之節。】甲骨文作手下抑人以治服之（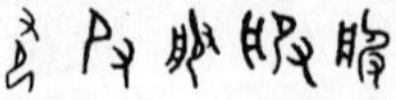）。手下移。

尨【，犬之多毛者。从犬彡。詩曰，無使尨也吠。】犬腹下之毛移至背上（）。

柳【，少楊也。從木，丣聲。，古文酉。】卯在木下移至木旁（）。

男【，丈夫也。从田力。言男子力於田也。凡男之屬皆从男。】甲骨文作力在田之旁（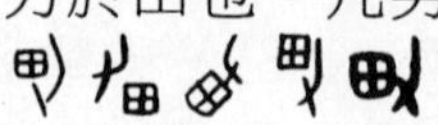）。力移至田之下。

貯【，積也。从貝，宁聲。】甲骨文作貝在櫃中( )。貝移至櫃外。

閒【，隙也。从門月。，古文閒。】門內從間隙見門外之月（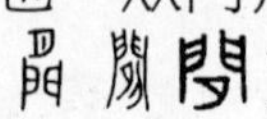）。月移進門內。

E. 方位變動

象(字 16)、虎(字 17)、 馬(字 18)等動物字，轉向豎立。

見(字 143)，橫目變直目。()

戔(字 164)，兩戈相向變相疊。()

虤(字 416)【  ，虎怒也。从二虎。凡虤之屬皆从虤。】兩虎不相容，鬥至疲憊而分開，變異向背離爲同向並排。

樊(字 417)【  ，鷙不行也。从𠬥棥，棥亦聲。】【  ，藩也。从爻林。詩曰，營營青蠅止於棥。】兩手相向編籬笆。雙手相向變相背。

416	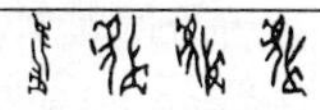		 S	虤	**虤** 兩虎不相容，鬥至疲憊而分開。
417			 S	樊	**樊** 兩手相向在編籬笆之狀。

獄【  ，确也。从㹜从言。二犬所以守也。】金文作兩犬相對（  ）。變同向。

讎【  ，猶應也。从言，雔聲。】應爲兩鳥相對，變爲同向。(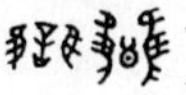)

F. 同化

替(字 160)，二形，兩人並立於深坑，不考慮合作脫險〔如站在他人肩上〕則無濟於事。另一形作隊伍排列不齊，有礙觀瞻而廢事。立與夫字形相近。()(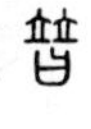 )

羌(字 242)， 頭飾形似羊。(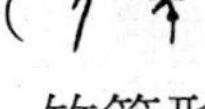)

燮(字 261)，火上燒烤竹筒，竹筒形似辛或言。( )

義(字 291)，我戈飾羽之儀仗，形似羊。(⟨圖⟩ ⟨圖⟩ 義)

盡(字 305)爲手持刷洗皿，燼(306)爲手持火箸滅皿中火燼，與手持筆之字形聿相近。〈⟨圖⟩ ⟨圖⟩ 〉

㰤(字 308)爲手持杖撲打麻以分析纖維，散(字 309)在竹葉上碎肉，同音而合一。(⟨圖⟩ ⟨圖⟩)

美(字 400)，人所戴羽頭飾，形似羊。(⟨圖⟩ ⟨圖⟩ ⟨圖⟩)

晉(字 418)【晉，進也。日出而萬物進。从日从臸。易曰，明出地上晉。】型範上兩排箭頭形，朝下之箭頭同化爲至。

418	⟨圖⟩	⟨圖⟩	晉 S	晉	晉 一陶範及兩排箭鑄形，以兩片範鑄成的器物。

賴(字 419)【賴，贏也。从貝，剌聲。】貝在囊中不會丟失，或可信賴袋中之貝以購物，袋形似束。

419	⟨圖⟩		賴 S	賴	賴 可信賴袋中之貝以購物。

G. 分化

子(字 177)，分化爲孑【孑，無又臂也。从了乚。象形。】孓【孓，無ナ臂也。从了𠄌。象形。】二字。(⟨圖⟩ ⟨圖⟩ ⟨圖⟩)

行(字 178)，分化爲彳【彳，小步也。象人脛三屬相連也。凡彳之屬皆从彳。】亍【亍，步止也。从反彳。讀若畜。】二字。(⟨圖⟩ ⟨圖⟩ ⟨圖⟩)

兵(字 62)，分化爲乒乓二字。(⟨圖⟩ ⟨圖⟩ 兵)

正(字 35)，字形反向成乏。(⟨圖⟩ ⟨圖⟩ 正 正 乏)

H. 合文

數目：五十（ ）、六十（ ）、七十（ ）、八十（ ）、二百（ ）、四百（ ）、五百（ ）、九百（ ）、三千（ ）、四千（ ）、五千（ ）。

數目加品物：九牛（ ）、六旬（ ）、五牢（ ）、五人（ ）、七十人（ ）、九月（ ）、十二月（ ）、十三月（ ）、五朋（ ）、百朋（ ）、四匹（ ）。

品物：乘車（ ）、乘馬（ ）、駟馬（ ）、犁牛（ ）、彤弓（ ）、彤矢（ ）。

鬼神祖先：上下帝（ ）、上甲（ ）、三匚（ ）、報乙（ ）、示壬（ ）、康祖丁（ ）、四祖丁（ ）、父庚（ ）、兄辛（ ）。

官名：小臣（ ）、司馬（ ）、司工（ ）、大夫（ ）、工師（ ）。

地名：邯鄲〈 〉。

姓氏：公孫（ ）、敦于（ ）、上官（ ）。

常用語：弘吉（ ）、大吉（ ）、兄弟（ ）、躬身（ ）、君子（ ）、上下（ ）、至于（ ）、公子（ ）、小子（ ）、司子（ ）、子子孫孫（ ）、之所（ ）。

三、古文字的考釋方法

中國的漢字，幾千年來一直沿續使用，必然會因自然或人爲的因素，而起了相當大的變化。一個字的形體在不同的時代有相當不一樣的寫法。有的字因時代的變遷，已成了死文字。雖然有時從字形或辭例知曉其意義，也難肯定約當後世的何字。如甲骨文有二字，一作享在享之上（ ），表現建在階梯式地基上的多層建築物，此字金文已不見。一作享在京之上

（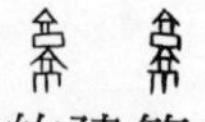），表現建在單一地基上的多層建築物。分別表現臺與樓的建築。但因在卜辭都當地名使用，無法從辭例證明是否即今之臺與樓字。又如甲骨文（）與金文（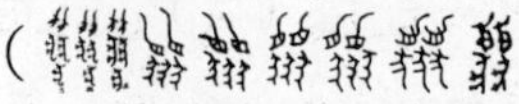）都有一字作兩隻或三隻動物在兩把犁之下，從金文辭例「以康奠朕國」「龢萬民」「作文人大寶龢鐘」等看來，它的意義為協或諧，則創意應是眾多的牛共同協力曳拉耕犁之狀，和三把力表達協力從事農作的協字的創意一樣，有可能後來與協字合而為一。但是此字已成死字，也沒有字典說它是協的異體，故也不能肯定。又如金文有一字（）作雙手捧一爵之形。爵在商代是種容量很小的溫酒器，可能是有所賞賜時的賜酒器具，故也有爵位及賜爵的意義。此字在金文使用的幾個辭例，「緐自祖考有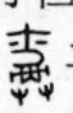于周邦」「有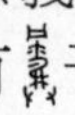于周邦」「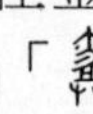堇大命」「有于天」，都是與功勞有關的意義，可能表達雙手恭奉酒爵以示獎勵苦勞之意。它和勞的創意，點起了火把用力耕田非常辛苦的意義雖不同，但也是有關苦勞之事。由於此字後來成為死字，有可能被併入勞字。

小篆以後的時代，因有字書的編輯，識字較不成問題，困難的是創意的詮釋。如今地下典籍不斷出土，既無字書的依循，就要講求識字、辨字的方法。早在漢代古文經問世及銅器的出土，就有人從事文字的考釋工作，當時由於可資比較的古代文字資料較少，故成果較低。今日的古代文字資料已累積相當多，可以預期有較多的成果。學者們對於考釋的方法也建立了一些條例，茲介紹於下。

一、因襲比較法（或稱為對照法）。幾千年來漢字的形體雖發生過多次變化，始終一脈相承，因襲發展。秦以前的古文字，字體尚未定形，結構複雜多樣。更由於地域性的因素，使得一個字，不但時代不同而有多種寫法；即使同時代、同地域也有幾種形體共存的現象。要辨識這些古文字，就必須從各個時代字體的因襲關係進行綜合比較，從中找出共同的字原和特點，以達到辨認古文字的目的。這是過去利用古今字體的比較，進行考釋古文字的一種行之有效的方法。

從事因襲比較法的工作，首要是收集不同時代的字形。以前只有《說文》之類很少字書可作參考，近世發現大量的甲骨文，以及爲數不少的銅器銘文、石刻、簡書、帛書、盟書、陶文、璽印、錢幣以及漢魏石刻、唐人書卷等，都可以提供相互比較的資料。條件既比古人優越，故所得成績也較多。

運用這種方法釋字，除了要掌握各種文字資料，還必須具備有關漢字發展變化的各種知識。諸如漢字結構的特點，各種形旁的歷史變化，義近形符之間的互用關係，以及字體變化的基本形式，規範化的具體內容等等。除了掌握漢字形體正常變化的知識之外，還須瞭解一些非正常的情況，譬如由於誤寫的原因，使原來字體的一部或全部改變成另一種形體之類。無論是自然的演變，還是因誤寫的變化，前後字體或多或少都會遺留下互相因襲的痕跡，如果資料充足，就能從其中找到古今字體之間的相關線索，同時也能夠幫助我們瞭解它們之間的發展過程。例如**燎**字(字 348)的小篆字形（  ），與甲骨文的作架木燒焚之字形相去甚遠（  ），但由於它演變的過程比較清楚，知道先是爲木又加火的符號（  ），它本是在戶外舉行的祭典，後來也在室內舉行，就有了從宮的字形（  ），宮的兩個方框訛變成日，終成小篆的字形。又如**宜**字(字 366)解釋是【  ，所安也。从宀之下，一之上。多省聲。  ，古文宜。  ，亦古文宜。】從小篆字形根本看不出與字義上的關係，幸好附了兩個古文字形，以之與其前的文字相對照，就可以找到甲骨文（  ）、兩周金文（ 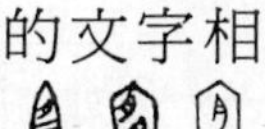 ）、戰國璽印等一系列的演變過程，瞭解它與俎字同源，表現兩塊肉在俎上之狀。

再如**襄**字(字 275)《說文》解釋是【  ，漢令，解衣而耕謂之襄。从衣，𤕦聲。  ，古文襄。】其古文字形讓我們找到甲骨文的字形，原來它表現雙手扶著一把犁，下有一至三頭牛拉著（  ），表現牛耕的景象。大致它的構形不易規範，爲假借字所取代，許慎見它從衣旁，故以「解衣而耕」釋之。無論任

何字，只要不是中途完全更換了結構，不管變化如何頻繁，基本上都是有跡可尋的。利用這種方法考釋的古文字，一般是可靠的。運用此種方法釋字須隨時積累資料，掌握各種字體的基本特徵，要以充分的證據予以實事求是地考證，而且要辨清形體，防止將兩種不相干的字體放在一起比較，造成人爲的混亂。

二、辭例推勘法：利用辭例推勘考釋文字，也是過去使用很久的一種方法。具體內容可分兩個方面：一是依據文獻中的成語推勘；另一是依據文辭的內容推勘。各自的依據雖然不同，但都是辨識古字行之有效的方法。

所謂利用辭例推勘，是指利用文獻中的辭例來核校較古老的文獻。銅器銘文的內容多爲頌揚功德，有些辭句往往與流傳下來的用語相同或相近，從而爲辨識古字提供了相互推勘的條件。如『眉壽無疆』是《詩經》所見辭例，銅器銘文常見『沬壽無疆』，從字形看出它表現雙手倒水沐浴之狀（），原是**沬**字(字 34)的原形，借爲眉。眉字的筆劃較少，爲何銅器銘文都用筆繁的假借字而不用本字，實在令人費解。或有可能古代的人不常洗澡，但在壽辰時卻要洗澡，故有沬壽之辭。後來此習俗不行，代以高壽而眉毛變色之慶。又如銅器銘文有『折首』、『執訊』的句子。訊字本不識，根據《詩經・小雅・出車》『執訊獲醜』，知是**訊**字(字 420)【，問也。从言卂。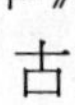，古文訊从西。】表現向捆綁的俘虜訊問之狀，也同時明白其前甲骨文的兩種字形都表示同樣的創意。

420	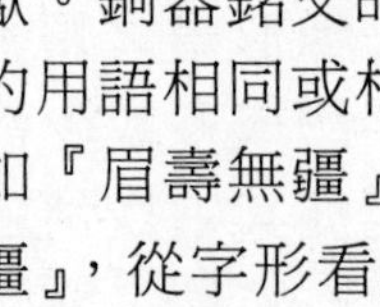	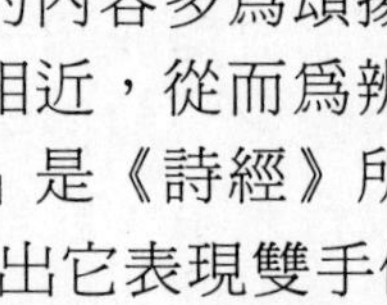	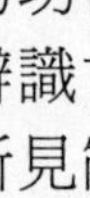 s k	訊	訊 向捆綁的俘虜問訊之狀。

又如『玄衣黹屯』也是銘文常見的賞賜物，通過《尙書・顧命》『黼純』、《儀禮・士喪禮》『緇純』的比較才認得**黹**字(字 421)【，箴縷所紩衣也。从㡀丵省。象刺文也。凡黹之屬皆从黹。】是刺繡的對稱圖案形，故用以表達有關刺繡之事。

421	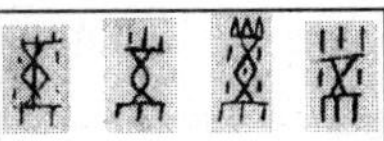		 s		 對稱的刺繡圖案形。

再舉一例，《中山鼎》有銘「蔑其汋（）於人旃，寧汋於淵。」《說文》汋的解釋【，激水聲也。从水，勺聲。井一有水一無水謂之瀱汋。】顯然和此句的文意不符。《金文編》以爲即《說文》沒字【，湛也。从水，𠬛聲。】乃從水𠬛省聲。前以言之，省聲的現象常是一種誤解。如與《大戴禮記・武王踐阼》的「與其溺於人也，寧溺於淵。」對照，勺聲與弱聲古韻屬宵藥，知《中山鼎》的汋假借爲溺而不是沒字。同時也知道「蔑」的意義如「與」，「旃」也與「也」的意思一樣。

雖然利用文獻中的辭例來核校較古老的文獻是可行的，但還要檢驗字的形象。比如說，「寧王」是《尙書》常見指稱周文王的詞。如果不明白寧是『文』的誤讀，而據以釋銅器銘文的『文王』爲寧王就錯了。又如《秦公簋》有『高弘有慶，竈又四方』之句。**竈**【，炊竈也。周禮以竈祠祝融。从穴，鼀省聲。，或不省作。】以蟑螂常在燒食的竈
竈於此假借爲「造」或「肇」都文從字順。但有以爲《詩經》的閟宮篇有『奄有下國』，皇矣、執競篇都有『奄有四方』之句，可對應而釋之爲奄。但**奄**【，覆也。大而有餘也。又欠也。从大申。申，展也。】的字形（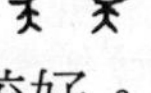）與《秦公簋》的竈（）相去甚遠，還是依字形釋竈字較好。很可能抄寫的人不識，誤以爲是奄的隸書（**奄**）。

利用此法所釋出的文字，往往是依據文獻使用的內容，經過分析，推勘出應讀的本字，並不直接依靠文獻的用字。如㞢字，雖然還沒法瞭解字形的創意，通過甲骨刻辭本身『牢㞢一牛』與『牢又一牛』的比較，就可斷定其意義即爲又(有)。甲骨

文很多干支字的釋讀，也是利用此方法。如辛巳，最先依其字形而讀爲辛子，殊不可解。又如甲骨刻辭有一字作等形，初亦不識，後來根據商先王周祭的序列，乃知是雍己的合文。雍是甲骨文（）等的省形。近年出土文物的資料越來越多，可供研究的問題也越來越廣泛，通過文辭內容推勘所識的字也越來越多。尤其是一些較爲特殊的字，更需要依靠此種方法。但是，根據辭例推勘，儘量要求準確無誤，避免牽強附會。

三、**部件（偏旁）分析法**：所謂部件就是構成文字的最小單元，有些部件後來成爲單體的字，有些則沒有。這是使用很久的老方法。許慎的《說文》就經常採用這種方法說明字體。如炙【，炮肉也，从肉在火上。凡炙之屬皆从炙。，籀文。】分析之爲肉在火上，表達烤肉之燒食法甚明。甲骨文的（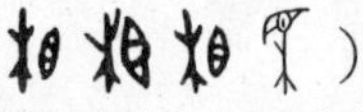）等字，分析之爲木與目構成，對照《說文》相【，省視也。从目木。易曰，地可觀者莫可觀於木。詩曰，相鼠有皮。】知是以眼睛觀察樹木的質量表意。此法是先把已認識的古文字，按照構成的部件，分析爲一個個的單體符號，以及其代表的物件，然後把各個單體偏旁的不同形式收集起來，研究它們的歷史發展變化；然後在認識部件的基礎上來認識每個文字。應用這種方法考釋古文字，首先要對過去已經認識的各種偏旁形體有所瞭解，同時還要知道各種形旁之間的通用關係。辨識出一個新的部件，往往引出認識幾個新字。對於某個時代的習性有所了解也是很有幫助的，如戰國時代多部件更替，對一個不識的字，嘗試更替其形符爲可更替的構件，往往可得正確的答案。六朝時多誤寫爲筆劃類似的字，更替之也常可得正解。如賴、籟的偏旁負寫成頁，順、傾偏旁的頁寫成真，復、腹偏旁的复寫成夏。理論上瞭解這種考釋古文字的方法是比較容易的，困難的是如何判別構形稍異的字以及部件合成後的含意。

四、**根據事理、習俗或制度釋字**：早期的創字以象形、象意為主，東周之後形聲字才大增，同時也漸把象形、象意字形聲化，中斷了字形演變的途徑，難以依之釋字，只好通過事理、習俗或禮俗制度來釋字。雖然應用不很簡單，仍不失為探索的途徑。譬如甲骨文的**沈**字(字 210)是種常見的用牲方法，字形作沈牛於水中（ ）。**埋**(字 209)也是常見的用牲方法，字形作埋牛於坑中（ ）。用牲之法，除燒烤、放血、烹飪、切割等方式外，還有沈於水中、埋於土中的方式，故推斷兩字形的含意約等於後世的沈與埋。又如**尋**字(字 295)和後來訛變的字形差異相當大，甲骨文作雙手延伸以丈量蓆子、長管樂器等物（ ）。古人以己身器官為度量標準，《大戴禮記‧主言》『布指知寸，布手知尺，舒肘知尋。』伸展兩臂是很自然的動作，八尺是古代長度單位，可推理而釋為尋字。

銅器銘文有一字作二口與一文的**㖧**(字 256)（ ）意義為鄰，如中山王昔鼎的『鄰邦難親』、馬王堆帛書以及郭店楚簡《老子》的『鄰國相望』、『若畏四鄰』。或釋此字為吝，以為假借為鄰，並以為吝字從口文聲。但前已言之，文的聲母與吝和鄰的聲母都不同類，很可能不以之為聲符。因為古代有棒殺老人以放魂投胎的習俗，可能因經濟條件的改善，以及不忍的人道思想的發達，葬儀一再改變而成在屍體刺紋或埋葬。在文字，**文**(字1)表現屍體刺紋的習俗，口為深坑，**吝**(字 225)可能表達歎息不依古俗（ ）。至於鄰字，從一文與二口。口表達一個範圍，甲骨文以之代表墳墓，如死字（ ）。或城邑，如正（ ）、韋（ ）、邑（ ）等字。城邑一般是分散佈置，不會並列緊鄰。二口並排與古代墓葬有秩序相鄰排列的景象最契合，比較可能以之創意。**刖**(字 422)【 ，絕也。从刀，月聲。】在甲骨文作一人被手持鋸子截斷一腳而成兩腳不等長的刑法。對照文獻，知是刖刑。而從字形看，則知與尢、尪【 ，尳也。曲脛人也。从大。象偏曲之形。凡尢之屬皆从尢。 ，篆文从𡉚。】等字有關聯。

422			 s	刖 尪	刖 一人被鋸子截斷一腳的刑法。

以上四種主要的考釋古文字的方法，都是過去學者經過長期實踐，逐漸積累和總結出來的，其各自的內容不同，可以互相補充，能系統地瞭解和掌握這些方法，對於考釋古文字一定會有很大幫助。誠然，正確地考釋出前人所不認識的古文字，是很不容易的事情，有一定的難度，只要虛心接受前人的研究成果，用正確的方法，以科學的態度，嚴謹而認真地進行研究，困難是可以克服的。如果全然不顧客觀存在的各種情況，單憑自己主觀願望任意猜測，不僅做不出成績，還會給研究工作帶來麻煩或造成混亂。

（考釋文字常犯的毛病：預設答案，一味自圓其說。濫用右聲說，附會聲符的含義。拘泥於一形，不考慮異體。濫用聲韻的旁轉與假借。忽略字的基本結構。忽略字形演變的重要環節。忽略字形的年代問題與構件組合後的合理性。侷限於《說文》的說解。）

第八節 漢字的複雜性

文字的創造本在達意，隨創字構想的複雜度之差異，其構件的數量和大小自無一定的規範。加上中國的語言主要是單音節的特質，標音的部分也不必有一定的序列。因此並無要求寫成一定的筆劃，甚至一定的結構及配置的必要。再加上字形的演變也是自然的趨勢，各地域演變的方向和速度也自然不一致，所以使得漢字的結構變得非常複雜，沒有一定的規律，一字的形符與聲符的配置常是基於偶然的排列，沒有絕對的規律。在秦統一文字之前，由於諸國各自獨立，最常見的現象是，同一構字部件的形象有小異，以及很多形符可以互換、聲符可以不同。前者如簡單的人側立形象『人』，其變化就如下圖所示，有不下十種以上的變化。(高明《中國古文字學通論》頁68)

其他較複雜的構件，變化也自然更多。至於後者，或是著重於材料或器用的不同，或是著重於功能或目的的不同，同一個意義就有不同的表達形符。如因意義相近的日月，木禾，鳥羽隹，竹艸，巾衣，玉金，足止，手支又，肉骨，口言，刀戈支，戈歹，犬鼠豸，革韋，系市巾等可以更換。而形體相近的，常被不明者所誤寫，如常見於六朝碑文或敦煌寫本的人入、雨兩、瓜爪、口田、肉舟、刀人尸、夕月、衣卒、刀刃、日田、口甘、弋戈、白自、頁真負、复夏、票栗、勺匀等之間的誤寫。也有因發聲相近而取代的，如聚取，甫父，五吾，匈凶，璽鉨，甸田，身千，冀幾，五午等的聲符更替。它們雖似有規律，因都是順應不同的條件而形成的結果，故常有例外，不可隨意援例更代。

如以上所述，中國文字變易到隸書、楷書之後，已成幾種基本的筆勢所構成，不但很難看出其象形文字的輪廓，創意也經常被淹沒，甚至誤導。其複雜性約可歸納爲幾個方面：

（一）形聲字與象意字在字形的結構上沒有形式上的區別。

攴常在右旁而爲有關撲打、殺害的形符，如救字【，止也。从攴，求聲。】、效字【，象也。从攴，交聲。】皆爲从攴的形聲字，而牧(字 284)的攴也在右旁，但卻表示手持杖驅趕牛的畜牧行爲（），爲象意字。赦字(字 332)，右旁的攴雖也是表達撲打而造成傷害的動作，但全形原爲鞭打一人以替代死罪的赦免行動（），也是象意字。類似的情形，沐【，濯髮也。从水，木聲。】，休(字 169)兩字的右旁都是木，前者是從水的形聲字，後者則是人依木休息的象意字（）。

（二）聲符與意符都無固定的位置。

大部分形聲字的意符都有約略一定的位置，如從水、從金、從木的形符常在左旁。但偶有例外的情形，要看個別的字，沒有一定的規律。如金以充當形符爲常，位置在左旁或下半。錦【，襄邑織文也。从帛，金聲。】此字的金雖也在左旁，卻是聲符。又如衣也常是形符，位置或在左旁，或分析在一字的上下部分。哀【㤪，閔也。从口，衣聲。】字的衣雖也在經常充當形符的位置，竟當作聲符。言常是形符，位在左旁，而辯字【辯，治也。从言在辡之間。】卻在兩個構件之中。

（三）相同的組成分子，位置雖異，可能同義，也可能不同義。

例子如群【羣，輩也。从羊，君聲。】、略【畧，經略土地也。从田，各聲。】、慚【慙，媿也。从心，斬聲。】可上下或左右配置。鄰【鄰，五家爲鄰。从邑，粦聲。】可左右互調。匯【匯，器也。从匸，淮聲。】的水可移至匸外。裏【裏，衣內也。从衣，里聲。】可以寫成左衣右里。猶【猷，玃屬。从犬，酋聲。一曰，隴西謂犬子爲猶。】與猷【《廣韻》猷，謀也。已也。……說文曰，玃屬。一曰，隴西謂犬子爲猷。猶，上同。又，尚也。似也。】在秦漢經傳常通用。但拱【拱，斂手也。从手，共聲。】與摃【摃，兩手共同械也。从手，共聲。】、忘【忘，不識也。从心，亡聲。】與忙【《廣韻》忙，上同（怖也）。】、郵【郵，竟上行書舍。从邑垂。垂，邊也。】與陲【陲，危也。从阜，垂聲。】、部【部，天水狄部。从邑，音聲。】與陪【陪，重土也。一曰，滿也。从阜，音聲。】、裹【裹，纏也。从衣，果聲。】與裸【裸，但也。从衣，羸聲。䯝，羸或从果。】、圃【圃，所以種菜曰圃。从囗，甫聲。】與哺【哺，哺咀也。从口甫聲。】等組的組成分子雖一樣，因結合位置不同而意義不同。

（四）意符事類相近的可能同義，但也經常異義。或在某個時代通用而在其他時代不通用。舉例說明如下，

土與阜：土(字 92)土塊形（），阜【阜，大陸也。山無石者。象形。凡阜之屬皆从阜。】本爲梯子形象（），借以表達山地形勢。土與阜都與土地有關。在很多時候，一個意義可以兼有兩種特徵，故或取前者，或取後者造字。疆【畺，界也。从畕，三其介畫也。疆，畺或从土，彊聲。】（）、阯【阯，基也。从阜，止聲。址，阯或从土。】、阬【阬，閬也。从阜，亢聲。】【《廣韻》阬。坑，上同。】，三個字的意義都與這兩個部件有關，故可通用。但現在的防【防，隄也。从阜，方聲。】與坊【《廣韻》防，防禦也，隄防也。坊，上同。】【《廣韻》

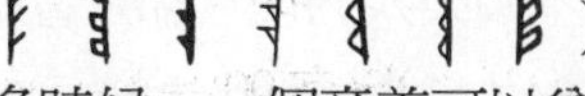

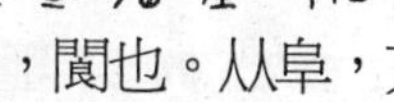

坊，坊巷，亦州名，本上郡地。周於今州界置馬坊。武德初置坊州，因馬坊爲名。漢宮有太子坊。坊亦省名。又音房。】、培【培，培敦，土田山川也。从土，咅聲。】與陪【陪，重土也。一曰，滿也。从阜，咅聲。】、場【場，祭神道也。一曰，山田不耕者。一曰，治穀田也。从土，昜聲。】與陽【陽，高明也。从阜，昜聲。】、陂【陂，阪也。从阜，皮聲。】與坡【坡，阪也。从土，皮聲。】，或是意義有所偏重，或因習慣，其意義就不同。

郭與土：郭(字 7)城郭形（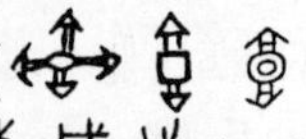）。土(字 92)爲築城材料，故有時可替代。城(字 372)（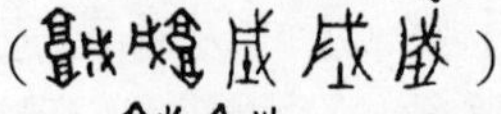）、堵【堵，垣也。五版爲堵。从土，者聲。堵，籒文从𩫖】（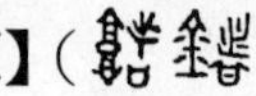）、垣【垣，牆也。从土，亘聲。垣，籒文垣从𩫖。】（）、坏【坏，丘一成者也。一曰，瓦未燒。从土，不聲。】（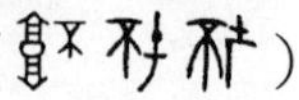）可通用。

田與土：田(字 48)規整的田地形（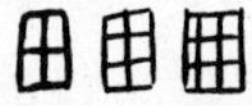）。田與土(字 92)皆爲土地之事。留(字 273)（）坐【坐，止也。从留省从土。土所止也。此與留同意。坐，古文坐。】、或【或，邦也。从口，戈以守其一。一，地也。域，或或从土。】(《汗簡》作從田從或)、型【型，鑄器之法也。从土，刑聲。】（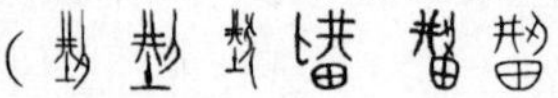）可通用。

歺與木：歺【歺，列骨之殘也。从半冎。凡歺之屬皆从歺。讀若蘖岸之蘖。歺，古文歺。】人之殘骨形（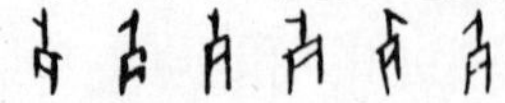），木(字 79)樹木形（）。朽【朽，腐也。从歺，丂聲。朽，殀或从木。】、殆【殆，枯也。从歺，古聲。】枯【枯，槁也。從木，古聲。夏書曰，唯箘輅枯。枯，木名也。】木頭與人的殘骨都是會枯乾與腐朽的東西，故可通用。

米與禾：米(字 90)是穀類作物打下的顆粒（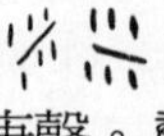），禾(字 77)是作物的株形（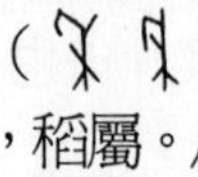）。糠【穅，穀之皮也。从禾米，庚聲。康，穅或省作。】、粳【秔，稻屬。从禾，亢聲。粳，俗秔

俗。】、稟(字 392)金文从 ）、糧【糧，穀食也。从米，量聲。】(《汗簡》作從禾)、種【種，先穜後孰也。】(古璽印作從米)、粟(字

97)（，古璽印作從禾）七字都與禾類植物和顆粒有關，故可任用其中一個爲意符。但科【，程也。从禾斗。斗者量也。】料【，量也。从米在斗中。讀若遼。】、租【，田賦也。从禾，且聲。】粗【，疏也。从米，且聲。】這兩組，就因偏重不同，不能互換。

米與食：**米**(字 90)爲穀粒，**食**(字 199) 爲加蓋之熟食（），皆有關用食之事。粒【，糂也。从米，立聲。，古文从食。】、餈【，稻餅也。从食，次聲。，餈或从齊。，餈或从米。】可通用。

口與言：口【，人所以言食也。象形。凡口之屬皆从口。】是發聲的器官（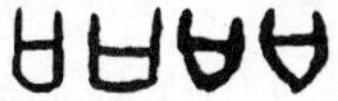），言(字 234)是長管樂器形（），古代用以宣導政教。在很多時候，一個意義可以兼有兩種特徵，故或取前者，或取後者。詠【，歌也。从言，永聲。，詠或从口。】、訛【，動也。从口，化聲。詩曰，尙寐無吪。】（【廣韻】訛，謬也。化也。動也。譌吪，並上同。）、謨【，議謀也。从言某聲。虞書曰，咎繇謨。，古文謨从口。】五個字的意義都與發聲和政府宣導有關，故可通用。但喝【，𦣞也。从口，曷聲。】謁【，白也。从言，曷聲。】、吃【，言蹇難也。从口，气聲。】訖【，止也。从言，气聲。】、訏【，詭譌也。从言，于聲。】吁【，驚也。从口，于聲。】這三組就不同義。

口與欠：欠【，張口气悟也。象气从儿上出之形。凡欠之屬皆从欠。】象人張口呼氣之狀（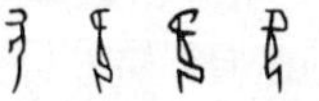）。皆與呼氣動作有關。嘆【，吞歎也。从口，歎省聲。一曰，大息也。】歎【，吟也。謂情有所悅吟歎而歌詠。从欠，䳉省聲。，籀文歎不省。】可通用。但喝【，𦣞也。从口，曷聲。】與歇【，息也。一曰气越泄。从欠，曷聲。讀若香臭盡歇。】不同義。

言與欠：言與欠皆可呼氣。歌【，詠也。从欠，哥聲。，歌或从言。】可通用。

心與言：心【，人心土臧也。在身之中。象形。博士說以爲火臧。凡心之屬皆从心。】爲人之心臟形（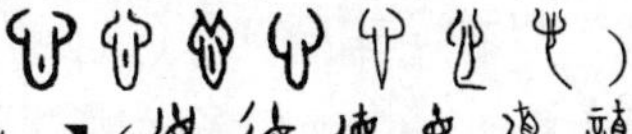）。心與言皆表達思想。德【，升也。从彳，悳聲。】（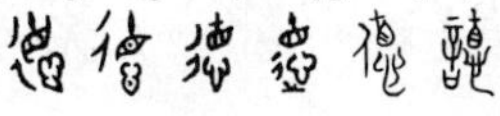）、讎【，猶

應也。从言，雔聲。】( )、警【，言之戒也。从言敬，敬亦聲。】( )、訓【，說教也。从言，川聲。】( )、悠【，憂也。从心，攸聲。】( )、悖(字 379) ( )、愬【，告也。从言，㡿聲。論語曰，訴子路於季孫。，訴或从言朔。，訴或从朔心。】可通用。

音與言：音【，聲生於心有節於外謂之音。宮商角徵羽，聲也。絲竹金石匏土革木，音也。凡音之屬皆从音。】( )與言初爲一字，爲管樂器形，後成分別文，故音可代表語言或音樂之事。語【，論也。从言，吾聲。】(，古璽印作從音)、訶【，大言而怒也。从言，可聲。】(，古璽印作從音)、諆【，欺也。从言，其聲。】( )可通用。

隹與鳥：隹【，鳥之短尾總名也。象形。凡隹之屬皆从隹心。】鳥之簡形( )與鳥【，長尾禽總名也。象形。鳥之足似匕，从匕。凡鳥之屬皆从鳥。】鳥之繁形( )。皆禽類動物。雞【，知時畜也。从隹，奚聲。，籀文雞从鳥。】( )、雁【，雁鳥也。从隹从人，瘖省聲。，籀文雁从鳥。】( )、隻【，鳥一枚也。从又持隹。持一隹曰隻，持二隹曰雙。】( )、雛【，雞子也。从隹，芻聲。，籀文雛从鳥。】、鷨【，鷨鳥也。从鳥，堇聲。，鷨或从隹。】可通用。但鴉【《廣韻》烏別名。】雅【，楚烏也。一名鸒，一名卑居，秦謂之雅。从隹，牙聲。】、鴝【，鴝鵒也。从鳥，句聲。】雊【，雄雌鳴也。雷始動雉乃鳴而句其頸。从隹句，句亦聲。】現今意義都不同。

衣與糸：糸(字 111) 絲線形( )與衣【，依也。上曰衣，下曰常。象覆二人之形。凡衣之屬皆从衣。】象有領之上衣形( )。皆與紡織有關，緹【，帛單黃色也。从糸，是聲。，緹或作祇。】、補【，完衣也。从衣，甫聲。】(《四聲韻》作從糸)、褸【，衽也。从衣，婁聲。】縷【，綫也。从糸，婁聲。】(蓽路襤褸《左傳》宣十二年作華路藍縷)、襁【，負兒衣。从衣，強聲。】繦【，觕類也。从糸，強聲。】、緥【，小兒衣也。从糸，保聲。】(《史記》襁褓或作繦緥) 可通用。但袖【，袂也。从衣，采聲。，俗褎从由。】紬【，大絲繒也。从糸，由聲。】、綢【，繆也。从糸，周聲。】裯【，衣袂祗裯。从衣，周聲。】不同義。

素與糸：素【，白致繒也。从糸𠂹。取其澤也。凡素之屬皆从素。】初織成而還未縫邊的紡織物之形（ ）。皆與紡織有關。⿰素爰【，綽也。从素，爰聲。，⿰素爰或省。】、繛【，緩也。从素，卓聲。，繛或省。】（ ）、綬【，韍維也。从糸，受聲。】（ ）可通用。

巾與糸：巾【，佩巾也。从冂。｜象系也。凡巾之屬皆从巾。】象一條巾之形（ ）。皆與紡織有關，綌【，粗葛也。从糸，谷聲。，綌或从巾。】可通用。

衣與巾：皆爲紡織品，帬【，繞領也。从巾，君聲。，帬或从衣】、帙【，書衣也。从巾，失聲。，帙或从衣。】、⿰巾軍【，幒也。从衣，軍聲。，⿰巾軍或从衣。】、襤【，裯謂之襤褸。襤，無緣衣也。从衣，監聲。】⿰巾監【，楚謂無緣衣也。从巾，監聲。】可通用。

市與韋：市【，韠也。上古衣蔽前而已，市以象之。天子朱市，諸侯赤市，卿大夫蔥衡。从巾。象連帶之形。凡市之屬皆从市。，篆文市从韋从犮。】象保護膝蓋之皮短裙形（ ）。韋(字 369)，眾足保衛城鎮之意( )，不知爲何被用以爲代表皮革製品之形符。皆與皮革有關。⿰市合【，士無市有⿰市合。制如榼缺四角。爵弁服，其色韎，賤不得與裳同。从市，合聲。韐，⿰市合或从韋。】可通用。

人與女：人(字 78)，人之側視形（ ）或跪坐形（ ）。女(字 75)，婦女坐姿（ ）。皆爲人事，毓(字 31)（ ）、奚【，大腹也。从大，𦃃省聲。𦃃，籀文系。】一手抓住頭上套以繩子的奴隸（ ）、蔑(字 240)（ ）、嬴【，帝少皞之姓也。从女，嬴省聲。】（ ）、⿰亻疾【，妎也。从人疾聲。一曰毒也。，㑵或从女。】、姓【，人所生也。古之神聖人母感天而生吃，故稱天子。因生以爲姓，从女生。生亦聲。春秋傳曰，天子因生以賜姓。】（）、執(字 391)（）、姷侑【，耦也。从女，有聲。讀若祐。，姷或从人。】可通用。但安【，竫也。从女在宀中。】（）冗【，㪉也。从宀儿。人在屋下無田事也。周書曰，宮中之冗食。】不同義。

首與頁：首【，古文百也。巛象髮。髮謂之鬈，鬈即巛也。】（）與頁【，頭也。从百从儿。古文䭫首如此。凡頁之屬皆从頁。】（）。皆與頭部有關。頂【，顛也。从頁，丁聲。，或首作。】、顏【，眉之間也。从頁，彥聲。，籀文。】（）、頰【，面旁也。从頁，夾聲。，籀文頰。】、顯【，頭明飾也。从頁，㬎聲。】（）、頤【，顄也。象形。凡𦣝之屬皆从𦣝。，篆文𦣝。，籀文从首。】可通用。

目與見：目【，人眼也。象形。重童子也。凡目之屬皆从目。】眼睛形（）。見(字 143)人以眼睛視物（）。皆有關視覺。視【，瞻也。从見，示聲。，古文視。，亦古文視。】、睹【，見也。从目，者聲。，古文从見。】、睞【，目童子不正也。从目，來聲。】覙【，內視也。从見來聲。】、睨【，衺視也。从目兒聲。】覞【，旁視也。从見，兒聲。】、瞟【，瞭也。从目，票聲。】覭【，目有察省見也。从見，票聲。】可通用。

肉與骨：肉【，胾肉。象形。凡肉之屬皆从肉。】肉塊形（）。骨【，肉之覈也。从冎有肉。凡骨之屬皆从骨。】牛肩胛骨形（）。皆身體部件，且經常相連。膀【，脅也。从肉，旁聲。，膀或从骨。】、肌【，肉也。从肉，几聲。】（《汗簡》作從骨）可通用。

血與肉：血【，祭所薦牲血也。从皿。一象血形。凡血之屬皆从血。】盟誓用之血盛裝在盤皿中之狀（）。血與肉皆身體部件。脈

【，血理分衺行體中者。从𠂢从血。，衇或从肉。】可通用。

人與手：人(字 78)，人之側視形（ ）。手【，拳也。象形。凡手之屬皆从手。】有五指之手形（ ）。皆身體部件。儐【，導也。从人，賓聲。，或从手。】可通用。

止與足：止字(69)腳趾形（ ）與足【，人之足也。在體下。从口止。凡足之屬皆从足。】腳連趾之形（ ）：皆腳部。正(字 35)（ ）、企【，舉踵也。从人止。，古文企从足。】（ ）、踵【，追也。从足，重聲。一曰往來皃。】歱【，跟也。从止，重聲。】（ ）可通用。

辵與止：辵【，乍行乍止也。凡辵之屬皆从辵。春秋傳曰，辵階而走。】腳步與行道構成，作為行走的形符。辵與止(字 69)皆與行路有關。逆(字 124)（ ）、追【，逐也。从辵，自聲。】（ ）、逐【，亡也。从辵，豕聲。，古文逐。】（ ）可通用。

辵與彳：彳【，小步也。象人脛三屬相連也。凡彳之屬皆从彳。】皆為行路。通【，達也。从辵，甬聲。】（ ）、遘【，遇也。从辵，冓聲。】（ ）、邊【，行垂崖也。从辵，臱聲。】（ ）、遲(字 231)（ ）、遹【，回辟也。从辵，矞聲。】（ ）、征【，正行也。从辵，正聲。，延或从彳。】、復(字 179)（ ）、往【，之也。从彳，㞷聲。，古文从辵。】（ ）、後(字 343)（ ）可通用。

辵與走：走【，趨也。从夭止。夭者屈也。凡走之屬皆从走。】擺動雙手快步行走之狀（ ）。皆與行路有關，趯【，行趯趢也。从走，藋聲。一曰，行曲脊皃。】（ ）、𠳋【，𠳋商，小塊也。从𠂤从臾。臾，古文蕢字。】遣【，縱也。从辵，𠳋聲。】雙手將土塊放進籃子以便遣送出去之狀（ ）、起【，能立也。从走，已聲。，古文起从辵】可通用。

攴與戈：攴【 ，小擊也。从又，卜聲。】手持棍棒攻擊狀（ ）與戈(字 80)裝柄兵戈之形（ ）：皆用以擊人。啓(字 357)（ ）、肇(字 204)（ ）、救【 ，止也。从攴，求聲。】（ ）、寇【 ，暴也。从攴完。】（ ）可通用。

牛與羊：牛(字 84)牛頭形（ ）。羊 (字 85)羊頭形（ ）。皆爲家畜。牢(字 76)（ ）、牧(字 284)（ ）、牡(字 167)（ ）、牝(字 168)（ ）可通用。

飛與羽：飛【 ，鳥翥也。象形。凡飛之屬皆从飛。】鳥展翅飛翔之狀。羽(字 29)羽毛形（ ）。皆與飛行有關。翰【 ，天雞也。赤羽。从羽，倝聲。逸周書曰，文翰若翬雉。一名鷐風。周成王時蜀人獻之。】、翼【 ，翅也。从飛，異聲。 ，篆文翼从羽。】（ ）可通用。

黽與虫：黽【 ，蛙黽也。从它。象形。黽頭與它頭同。凡黽之屬皆从黽。】爬行一類的動物形（ ）。虫【 ，一名蝮。博三寸，首大如擘指。象其臥形。物之微細，或行或飛，或毛或蠃，或介或鱗，以虫爲象。凡虫之屬皆从虫。】蛇類動物形（ ）。皆爲蟲類。蛛(字 202)（ ）、鼃 ，蝦蟆屬。从黽，圭聲。】(《廣韻》蛙，蝦蟆屬。鼃
用。

魚與虫：魚【 ，水蟲也。象形。魚尾與燕尾相似。凡魚之屬皆从魚。】魚形（ ）。魚與虫皆爲動物，兩棲類可兼虫與魚。蠏【 ，有二敖八足。非它鮮之穴無所庇。从虫，解聲。 ，蟹或从魚。】

虫與䖵：䖵【 ，蟲之總名也。从二虫。凡䖵之屬皆从䖵。】（ ）皆爲蟲類。蜂【 ，飛蟲螫人者。从䖵，逢聲。 ，古文省。】（【《廣韻》蠭，說文曰，螫人飛蟲也，孝經援神契曰，蠭蠆垂芒，爲其毒在後。蜂，上同。 ，古文。】）、蛾【 ，蠶匕飛蟲。从䖵，我聲。 ，或从虫。】蚤【 ，齧人跳蟲也。从䖵，叉聲。叉古爪字。 ，蚤或从虫。】、蠯【 ，蠯蛸也。从䖵，卑聲。 ，蠯或从虫。】、蟁【 ，齧人飛蟲。从䖵，民聲。 ，蟁或

从昏，以昏時出也。，俗蟁从虫从文。】（ ）可通用。

茻與艸：茻【，眾艸也。从四屮。凡茻之屬皆从茻。】與艸【，百卉也。从二屮。凡艸之屬皆从艸。】：皆爲草類植物，薦(字 24)（ ）、艿【，艸也。从艸，乃聲。】（ ）、蒿【，菣也。从艸，高聲。】（ ）、蒐【，茅蒐，茹藘。人血所生，可以染絳。从艸鬼。】（ ）可通用。

宀與广：宀【，交覆深屋也。象形。凡宀之屬皆从宀。】房屋正面形（ ）。广【，因厂爲屋也。从厂，象對刺高屋之形。凡广之屬皆从广。讀若儼然之儼。】房屋側面形。皆爲遮蓋物，一爲密閉，一爲開敞。安（ ）、廣【，殿之大屋也。从广，黃聲。】（ ）、廟【，尊先祖皃也。从广，朝聲。，古文。】（ ）、寓【，寄也。从宀，禺聲。，寓或从广作。】（ ）、宕【，過也。一曰洞屋。从宀，碭省聲。汝南項有宕鄉。】（ ）、宅【，人所託居也。从宀，乇聲。，古文宅。，亦古文宅。】（ ）可通用。

日與月：日(字 53)太陽形（ ）。月(字 54)月亮形（ ）。皆爲天體。期【，會也。从月其聲。，古文从日丌。】（ ）、春【，推也。从日艸屯，屯亦聲。】（ ）、昔(字 260)（ ）可通用。

（五）原創義意符或形聲符不見

從甲骨文到楷書，字形已發生太多變化，參考字形變化所舉的例。創意的重要部分被省略當然就看不出原創意。如

成字【，就也。从戊，丁聲。，古文成从午。】從戈丁聲，今不見丁聲。（ ）

春字【，推也。从日艸屯，屯亦聲。】今不見屯聲。（ ）

秋字(字 50)，以夏秋之際出現蝗蟲爲害代表季節，蝗蟲被省去。（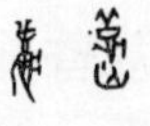
）

法字(字 25)，創意來自廌獸斷案，省略廌獸，看不出創意。（）

書字(字 3)，本作手持筆沾墨瓶即將書寫之意，金文從者聲，隸書者上半與聿下半共用筆劃，再簡省。（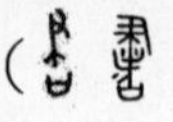）

（六）爲平衡字的結構而割裂或結合聲符，例子較少。

雜字【，五采相合也。从衣，集聲。】，割裂集聲。

徒【，步行也。从辵，土聲。】，自辵分離止而與土結合。（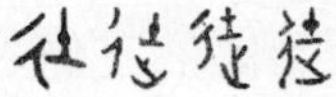）

徙【，迻也。从辵止。，徙或从彳。，古文徙。】自辵分離止而與止結合。（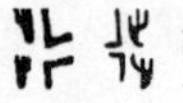）

（七）聲符省形，《說文》省聲之說常不可靠。

從刪聲的字常省成冊，如珊【，珊瑚，色赤生於海，或生於山。从玉，刪省聲。】、姍【，誹也。从女，刪省聲。一曰翼便也。】、狦【，惡健犬也。从犬，刪省聲。】。從虍聲的字常省去身子的部分，如爐(字 205)。（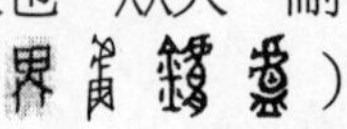）從鹿聲的字有省去身子的部分，如麓（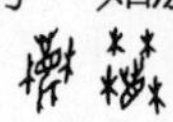）

（八）聲符雖異而同義

例子非常多，但舉《說文》數例；抽【，引也。从手，留聲。，搊或从由。，搊或从秀。】可從由聲、秀聲或留聲。鞋【，生革鞮也。从革，奚聲。】（《廣韻》鞵，屩也。鞋，上同。）可從圭聲或奚聲。抱【，引堅也。从手，孚聲。詩曰，原濕捊矣。，捊或从包。】可從孚聲或包聲。鯨【，海大魚也。从魚，畺聲。春秋傳曰，取其鱷鯢。，鱷或从京。】可從畺聲或京聲。糂【，以米和羹也。从米，甚聲。一曰粒也。，籀文糂从朁。，古文糂从參。】可從甚聲、朁聲或參聲。瘵【，治也。从疒，樂聲。讀若勞。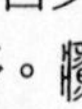，瘵或从尞。】可從樂聲或尞聲。螾【，側行者。从虫，寅聲。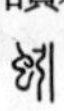，螾或从引。】可從寅聲或引聲。頌【，皃也。从頁，公聲。，

籀文。】可從公聲或容聲。紟【，衣系也。从衣，今聲。，籀文从金。】可從今聲或金聲。容【，盛也。从宀，谷聲。，古文容从公。】可從谷聲或公聲。赬【，赤色也。从赤，巠聲。詩曰，魴魚赬尾。，赬或从貞。，或从丁。】可從巠聲、貞聲或丁聲。姻【，壻家也。女之所因故曰姻。从女因，因亦聲。，籀文姻从𣶒。】可從因聲或𣶒聲。

（九）同樣筆劃源自不同部件或創意。

奏【，奏進也。从本从廾从屮。屮，上進之義。，古文。，亦古文。】，雙手持一物，演奏音樂。（）

春【，推也。从日艸屯，屯亦聲。】，甲骨文作從艸，或從木、林，或從日，屯聲。是個從屯聲的形聲字。（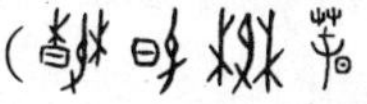）

泰【，滑也。从廾水，大聲。，古文泰如此。】，兩隻手扶一人過水滑之地。（）

秦(字 310)，雙手持杵搗兩束禾以製精米。（）

奉【，承也。从手廾，丰聲。】，雙手奉持封疆之樹。（）

這五字的上半部都一樣，其實都源自不同的創意。

享(字 109)，高臺上的建築物，爲享祭之所。（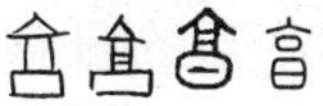）

郭(字 7)，城牆上望臺。（）

𦎫【，孰也。从亯羊。讀若純。一曰鬻也。，篆文𦎫。】，獻熟羊於廟前。（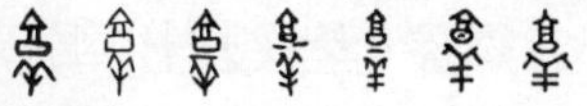）、孰【，食飪也。从丮𦎫。】雙手前伸獻熟羊於廟前。

其左半一樣，但源自不同的創意。

票【，火飛也。从火。票與䙴同意。】，雙手持物在火上燒烤。

禁【，吉凶之忌也。从示，林聲。】，林中祭神之處爲禁地。

尉【，从上按下也。从𡰥又持火，所以申繒也。】手持在火上燒烤的石頭以熨燙患者背部。

下半同而創意異。

塞【，隔也。从土，𡨄聲。】【，窒也。从𠅘从廾窒宀中。𠅘猶齊也。】，將多物整齊地充塞屋中儲存起來。

寒【，凍也。从人在宀下，从茻上下爲覆，下有仌也。】，以草杜塞屋之隙縫以減寒氣。（）

中間部分同而創意異。

然【，燒也。从火，肰聲。】，火點。（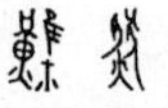）

魚【，水蟲也。象形。魚尾與燕尾相似。凡魚之屬皆从魚。】，魚尾巴。（）

燕(字 395)【，燕燕元鳥也。籋口，布翄，枝尾，象形。凡燕之屬皆从燕。】，鳥尾巴。（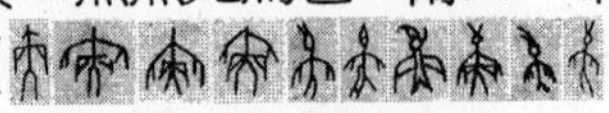）

馬(字 18)，馬的腳。（）

爲(字 262)，象的腳。（）

無(字 146)，舞者的腳。（）

濕【，濕水出東郡東，武陽入海。从水，㬎聲。桑欽云出平原高唐。】，絲線。（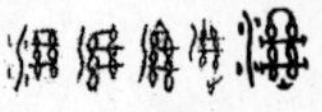）

熊【，能獸似豕，山居，冬蟄。从能，炎省聲。凡熊之屬皆从熊。】，火點。〔可能由泉變來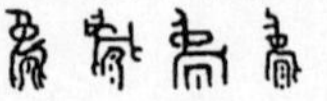）

鳥【，長尾禽總名也。象形。鳥之足似匕，从匕。凡鳥之屬皆从鳥。】，

鳥足。()

舄【，誰也。象形。，篆文舄从隹昔。】，誰鳥之足。()

焉【，焉鳥，黃色，出於江淮。象形。凡字，朋者羽蟲之長，烏者日中之禽，舄者知大歲之所在，燕者請子之候，作巢避戊己。所貴者，故皆象形。焉亦是也。】焉鳥之足。()

黑(字393)，人身及刺紋。()

下面的四點源自不同事物。

小(字113)，細物。()

尞(字348)，火點。()

[illegible]【，際見之白也。从白上下小見。】，光暈。

尒【，詞之必然也。从丨八。八象气之分散。分聲。】爾析出，網魚竹簍上部。()

示【，天垂象，見吉凶，所以示人也。从上。三垂，日月星也。觀乎天文以察時變。示神事也。凡示之屬皆从示。】，神主牌形象。(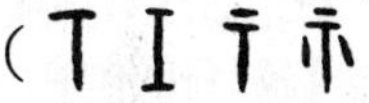)

尗【，豆也。尗象豆生之形。凡尗之屬皆从尗。】(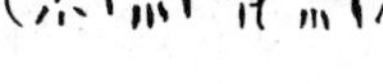之部分)

下三點源自不同事物。

老(字57)，持杖長髮老人。(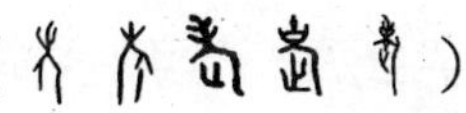)

者【，別事詞也。从白，𣥠聲。𣥠，古文旅。】，鍋上青菜及煙氣。()

教(字236)，持杖威嚇小孩學打繩結。(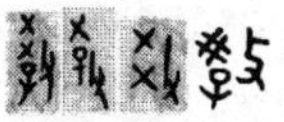)

上半部源自不同事物。

受【，相付也。从𠬪，舟省聲。】一手交付一盤給另一手。手。（ ）

為(字262)，手導引象鼻以工作。手。（ ）

爵【，禮器也。象雀之形。中有鬯酒，又持之也。所以飲器象雀者，取其鳴節節足足也。，古文爵如此。象形。】商代之溫酒爵形。爵柱。（ ）

愛【，行皃也。从夊，㤅聲。】【，惠也。从心，旡聲。，古文。】从心旡聲。旡聲。（ ）

爪的筆劃絕大多數來自手的動作，有少數源自其他事物。

（十）同形符演變成不同筆劃

心【，人心土臧也，在身之中。象形。博物館說以為火臧。凡心之屬皆从心。】，心臟形（ ）；恭【，肅也。從心，共聲。】：念【，常思也。從心，今聲。】：情【，人之陰气有欲者。從心，今聲。】

火(字329)火燄形（ ）；赤【，南方色也。从大火。凡赤之屬皆从赤。，古文从炎土。】大火會意。然【，燒也。从火，肰聲。】從火肰聲。叟(字190)，手持火把於屋內搜索（ ）。尞(字348)，火點（ ）。票，雙手持物在火上燒烤（ ）。光(字276)，人頭頂燈火（ ）。粦(字267)，人身上塗磷光（ ）。

廾【，竦手也。凡廾之屬皆从廾。手，楊雄說廾从兩手。】，雙手要捧物之狀；朕(字270)，雙手持工具弭補船之隙縫（ ）。興(字149)，雙手抬輿架（ ）。弈【，圍棋也。從廾，亦聲。】形聲。弄(字362)，雙手完弄玉璞（ ）。奉，雙手奉持封疆之樹（ ）。丞【，翌也。從廾從卩從山。山高，奉承之義。】雙手拯救陷於坑中之人。承【，奉也。受也。从手卩廾。】，雙手自下推舉一人往上之狀（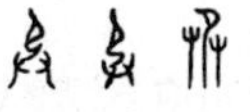）。具(字67)，雙手捧鼎將燒食（）。

如上所述，今日的漢字，由於去古已遠，如不知其古代字形，想通過它來分析字的結構或創意，可以說是困難重重，所以具備些許古文字學的知識是很有用的。大致說，認識一個字首先是分辨它是否形聲字。形聲字就少創意上的困擾。形聲字通常可分析為一個形符及一個聲符，因此要留意那一些是常用的形符或聲符，它們常在的位置，再注意某些特例。常用形符作為聲符的較少，大都是生僻字。還有，一字的音讀和它聲符的音讀有密切的關係，儘管現在的讀音已與千年前的大不同，稍具古韻的知識，大致可判斷一字的讀音是否和所標的聲符有點關係。如果不像形聲字而比較像象意字，就要依上文所介紹的準則，才有望對一個字有較清楚的認識。

(台大碩士班考過)

餘論：中國文字學的應用

以前的教育家雖把文字學視爲小學之一門，但因爲目前文字學所學的重點並不只是識字的功夫，而是比識字還更深一層的內涵。故如以通讀書籍或提高寫作技巧爲學習的主要目的，就不必對文字學有太多的認識。但有效把握文字學的知識，自可在好幾方面對某些問題的體認深刻些，故目前還規定爲中文系的必須修課程。其應用的要點約爲以下幾點。

第一節 釋讀發掘或流傳的古代文獻

識字的最重要目的是在閱讀。不識字就談不上對文獻內容的了解。以前的典籍是漢代以後的傳抄與流傳本，使用的字體，尤其是印刷術流行以後的，都是我們日常所學的，不必費太多的功夫就可讀得。但是百年來，尤其是最近的一、二十年，大量的古代典籍與記錄出土，裏頭不但有未曾保存的文獻，也有現今流傳書籍的更早抄本。不但有異文，編次也常不同。較重要的有《老子》、《周易》、《儀禮》、《戰國縱橫家書》、《孫子兵法》、《孫臏兵法》、《墨子》、《晏子》、《管子》、《尉繚子》、《六韜》、《經法》、《十六經》、《秦律》、《五十二病方》、《武威醫簡》、《五星占》、《黃帝書》、《五行》、《緇衣》、《孔子詩論》…等。內容包括政治、經濟、醫學、思想、藝術、民俗。它們不但提供線索，讓我們探究不曾知曉的事實，也可以糾正我們以爲已了解的事實。這些文獻是用當時通形的文字書寫的，如果不具有古文字的知識，就沒辦法利用這一大批的資料了。

第二節 考定古代史實

文字的記載，不管是官家的還是私人的，都可以透露很多的訊息。近百年來最爲人們津津樂道的是甲骨文的發現。證實商代王朝的存在，杜絕對它的懷疑。以前所流傳的商代史實，現在可以用真正的文獻比對，核較是否失實，使甲骨學成為很重要的學科。現在已證實《史記》所記載的商王世系基本是對的，因此其夏王朝世系記載的可靠性也增加了許多。在甲骨文發現以前，流傳的有關商代史實的資料非常少。現在不但材料大增，還可以核斠傳世的文獻是否可靠。以下以《史記・殷本紀》所記載的商王世系來對照甲骨第五期周祭（或稱五種祭祀）的祀譜，來見證史料的錯失。

《史記・殷本紀》

（═表示直系，─表示旁系，┬表示一世代有二王以上）

```
1.微═2.報丁═3.報乙═4.報丙═5.主壬═6.主癸═7.天乙┬

┬8.大丁═11.大甲┬12.沃丁
├9.外丙          └13.太庚┬14.小甲
└10.仲壬                  ├15.雍己
                          └16.太戊┬17.仲丁
                                   ├18.外壬
                                   └19.河亶甲═

═20.祖乙┬21.祖辛═23.祖丁┬25.陽甲
         └22.沃甲═24.南庚├ 26.盤庚
                          ├ 27.小辛
                          └ 28.小乙═29.武丁┬

┬30.祖庚
└31.祖甲┬32.廩辛
         └33.庚丁═34.武乙═35.文丁═36.帝乙═37.帝辛
```

甲骨文『周祭的次序』（括弧內為法定配偶）

```
1.上甲═2.匚乙═3.匚丙═4.匚丁═5.示壬(庚)═6.示癸(甲) ═

═7.大乙(丙)┬8.大丁(戊)═9.大甲(辛)═11.大庚(壬)┬
            └10.外丙
```

┬12.小甲
├13.大戊(壬)┬15.中丁(己、癸)┬17.戔甲
└14.雍己　　└16.外壬　　　　└18.祖乙(己、庚)┬

┬19.祖辛(甲)　─21.祖丁(己、庚)┬23.陽甲
└20.羌甲(庚)　─22.南庚　　　　├24.般庚
　　　　　　　　　　　　　　　├25.小辛
　　　　　　　　　　　　　　　└26.小乙(庚)　─

─27.武丁(辛、癸、戊)┬28.祖己
　　　　　　　　　　├29.祖庚
　　　　　　　　　　└30.祖甲(戊)　─31.康丁(辛)─

─32.武乙(戊)　─33.文丁(癸)─34.帝乙─35.帝辛

甲骨的周祭刻辭不但糾正了《史記》的錯誤，更指出直系王的正式配偶數目與名號。又商代各王的在位年數，甲骨文所呈現的現象也可以糾正文獻記載的錯誤。如武乙的在位年數，有《通志》四年與《竹書紀年》三十五年兩說，相差懸殊。《尚書•無逸》也謂祖甲以後諸王「罔或克壽，或十年，或七八年，或五六年，或四三年。」似乎反映武乙的在位年數應該很短，故四年之說得到不少學者的肯定。但是目前發掘的武乙時代的卜旬辭，以當時的習慣，每於癸日貞問下旬的災禍，每次在左右三骨各燒灼一次而留下每旬六條刻辭。今統計其使用數量已經超過十年，可推論武乙的在位年數一定超過十年，肯定四年之說是絕對的錯。而且商代周祭的系統，也顯現最後三王（文武丁、帝乙、帝辛）都超過二十年，絕非在位十年以下。

甲骨文所記載的事件，不單是商代面臨的國內外政治、軍事、制度等問題，有關商王本身的問題，也反映了一般大眾的生活動態，對當時的社會有更深刻的認識。銅器銘文的內容雖然沒有甲骨文那樣的豐富，也表現了不少周王朝與諸侯之間的互動關係。最近在陝西郿縣發掘一件銅盤，提及西周自文王以下十二位君王，次序與《史記．周本紀》同，證明司馬遷撰述《史記》的嚴謹。其它的記載，就算不直接，也往往間接地反

映其時代的背景，都是不能忽略的材料。

第三節　了解古代社會的生活樣貌，或思考的狀況

在本論的創意一節已經舉了不少例，說明一個字所能反映的當代生活樣貌及思考狀況。其他的例子還很多，筆者所寫的《中國古代社會》（臺灣商務印書館，1995 修訂版），就是利用古文字去印證的。從一個時代使用的字形與字義，也可以反映很多的現象。譬如東周時代從金的形聲字大增，知道金屬器物鑄造的內容增廣，其知識也普及到各地域。東周時代從心的形聲字大增，不但知道中國人以為心臟是司理思想的器官，也知道當時思想的發達，形成諸子百家爭鳴的局面。東周時代疾病的形聲字大增，印證了用藥知識的提升，導致長生的思想。至若以女合成的字往往帶有負面的價值觀，表現重男輕女的時代風氣。如甲骨刻辭生子叫**嘉**(字 285)（ ），生女曰不嘉。**如**(字 255)（ ），強調婦女唯唯諾諾，不表示意見。**安**(字 223)（ ），婦女在屋裏才安全，限制婦女的行動。妬【 ，婦妬夫也。从女石聲。】、妎【 ，妬也。从女介聲。】要求容忍丈夫多娶妻妾，男性則無相對應的字。若二人為**从**(字 155)（ ），二女為奻【 ，訟也。从二女。】兩女相處易生事端（ ）。三人為众【 ，眾立也。从三人。凡众之屬皆从众。讀若欽崟。】，三女為姦【 ，厶也。从三女。 ，古文姦从旱心。】多女在一起易生奸宄之事（ ）。把婦女孤立起來，不讓她們走出社會，有相互交流信息的機會。至於婬【 ，厶逸也。从女㸒聲。】、奸【 ，犯婬也。从女干聲。】、姘【 ，除也。从女并聲。漢律，齊民與妻妾姦曰姘。】則把淫亂的責任都推給女性。都反映婦女在社會中地位的低落。又如鏡子的使用，從使用監、鑑、鏡三字以代表其器物的演變，知道由借用陶製水盆到銅鑑，以至於鑄造專用照顏鏡子的過程。今則使用玻璃或反光板製作。又如鯨魚，今知為哺乳動物，但其字以魚為形符，知道古人誤以為魚類。

第四節 訓詁古籍字義

字不可勝造，所以用引伸與假借的辦法，推廣使用的範圍。一個字經多次的延伸，有時就與本義相去甚遠。有時用在較早文獻的字義，就不容易看得出來。譬如《孟子》引用尙書逸文『有攸不惟臣，東征，綏厥士女』、《禮記·夏小正》『綏多士女』。綏【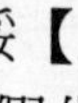，車中靶也。从糸妥聲。】與文意不適合，故舊註訓綏假借爲妥，訓爲安。但妥(字 423)【，安也。从爪女。妥與安同意。】實係被手所壓制的女俘，女性體力較差，故被迫安於無奈的處境。俘虜經常加以綑縛以防反抗或脫逃，知道用本義比較貼切。如果解釋爲安其士女，則暗示戰勝者懷有仁慈的心。如果用本義，正表示古代戰勝者掠奪財物的用心。兩者的意義有天壤之別。

423	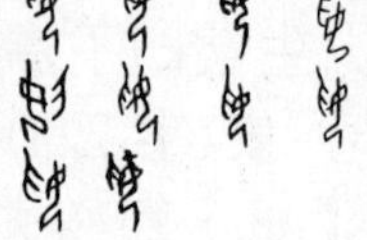		 s	妥	妥 被手所壓制的女俘。

又《山海經》之女丑之尸、奢比之尸、貳負之尸，尸【，陳也。象臥之形。凡尸之屬皆从尸。】本是夷字的古寫，像人蹲坐之狀（）（），它是夷族的坐姿，與中國的跪坐不同俗（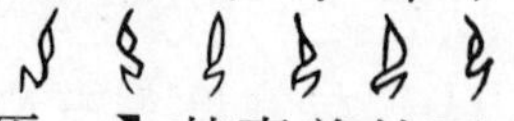）。尸後來借用以爲屍【，終主也。从尸死。】其意義就不合理。

第五節 探明訛錯，有助校勘的工作，或了解隸定之錯

因視覺的疏忽，或認識的不足而導致書寫錯誤是任何時代都免不了的事。商代的甲骨刻辭、兩周的銅器銘文都有寫錯字，或挖補修改的例子。傳世的典籍文獻，經過千年的轉抄，筆誤在所難免。王叔岷先生的《斠讎學》第參章示要，論證古籍之失約有四事，一是增、刪、改、乙之失真，二是古文、籀文、篆文、隸書、草書、俗書、楷書之相亂，三是六朝、隋、唐寫

本之不同，四是宋、元、明、清刻本之各殊。第二項完全是因字形相近的關係而致錯，而其他三項有時也與字形有關。各略舉數例：

金文例；

文(字 1)胸上刺紋形()，誤爲**寧**(字 217)()。其例，《尚書・大誥》『以于敉寧武圖功』、『天休于寧王，興我小邦周』、『寧王惟卜用』、『予曷敢不于前寧人攸受休畢』，《尚書・君奭》『我道惟寧王德延』。比照銅器銘文，知是文武、文王、前文人的誤讀，而且必是誤認西周時代胸上有心紋的一形而來。

上(字 51)一短劃在長劃上之狀（），錯爲二【二，地之數也。从耦一。凡二之屬皆从二。弍，古文二。】。

君(字 304)持筆書寫者爲統治階級（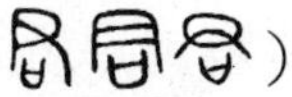），錯爲**周**(字 341) 四周建有擋風牆一類之保護物（）。

其(字 347)(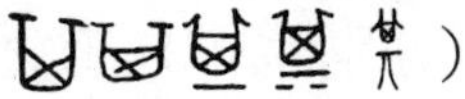)、丌【丌，下基也。荐物之丌。象形。凡丌之屬皆从丌。讀若箕同。】簸箕增繁字形的簡化（），錯爲六【六，易之數，陰變於六，正於八。从入。凡六之屬皆从六。】，符號（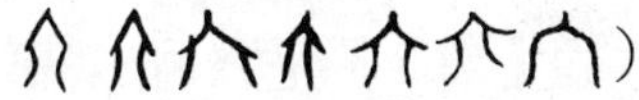）。

時【時，四時也。从日寺聲。旹，古文時从日之作。】從日之聲的形聲字（），錯爲者(字 424)【者，別事詞也。从白，𣥠聲。𣥠，古文旅。】煮的字源，作菜蔬在鍋上煮並有水蒸氣上騰之狀。

424		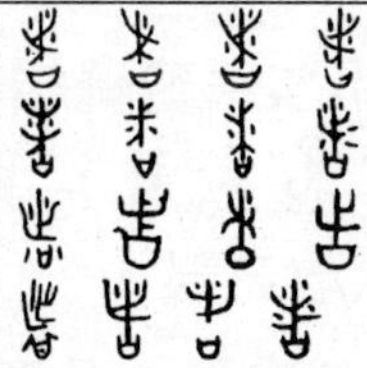	 s	者	者 菜蔬在鍋上煮之狀。

自【自，鼻也。象鼻形。凡自之屬皆从自。𦣻，古自。】【白，此亦自字也。省自者，詞言之气从鼻出。與口相助。凡白之屬皆从白。】鼻子之形（），錯爲白【白，西方色也。

陰用事，物色白。从入合二。二，陰數。凡白之屬皆从白。】大姆指之形，借爲顏色及爵號（ ）。

古文例；

𠬝【 ，治也。从又卪。卪，事之節。】以手壓抑制服人，後來演變至手下移（ ）而誤爲及【 ，逮也。从又人。 ，古文及。秦刻石及如此。 ，亦古文及。】表現手自後追趕抓人之狀（ ）。

旅【 ，軍之五百人。从㫃从从。从，俱也。 ，古文旅。古文以爲魯衛之魯。】以一旗幟之下的眾人表意（ ），旅爲萬人的大單位，由各族人所組成，被派遣到遠地服務的軍隊。誤爲衣【 ，依也。上曰衣，下曰常。象覆二人之形。凡衣之屬皆从衣。】象有交領的上衣形（ ）。

平(字 311)天平稱物之狀（ ），誤爲釆【 ，辨別也。象獸指爪分別也。凡釆之屬皆从釆。讀若辨。 ，古文釆。】象野獸的指爪印痕，或采(字 185)，手採樹上物之形（ ）。

禮【 ，履也。所以事神致福也。从示从豊，豊亦聲。 ，古文禮。】从示豊聲之形聲字，誤爲札【 ，牒也。從木，乙聲。】。

七(字 115)，符號（ ），誤爲十(字 117)，符號（ ）。

教(字 236)，持棍強制小孩學習繩結（ ），誤爲**敢**(字 42)，手持挖礦工具（ ）。其例，《尙書‧皋陶謨》『無教逸欲有邦』，無教爲無敢之誤。

四【 ，陰數也。象四分之形。凡四之屬皆从四。 ，古文四如此。 ，籒文四。】四劃之數量，後爲避免誤會，假借口吹氣之形以表示（ ），誤爲六（ ）。

物【，萬物也。牛爲大物。天地之數起於牽牛，故从牛，勿聲。】从牛勿聲形聲字，誤爲利(字 272)以刀割禾得快速之利（）。其例，《墨子．兼愛中》『天下之士君子，特不識其利、辯其故也』，識其利爲識其物之誤。

爲(字 262) 手牽象鼻，引導之使工作（）。古文作，因誤爲而(字 66)下頷之鬍子形（）。其例，《淮南子．人閒》『虞之與虢，相恃而勢也。』應作相恃爲勢也。

籀文例；

歸(字 228)，歸嫁時所帶之土塊與掃帚（），誤爲婦【，服也。从女持帚灑埽也。】，掃帚加形符女以別義（）。

樹【，木生植之總名也。從木尌聲。，籀文。】，手豎立鼓架或某物形之狀（），誤爲鼓(字 299)【，擊鼓也。从攴壴，壴亦聲。讀若屬。】【，郭也。春分之音，萬物郭皮甲而出故曰鼓。从壴从屮又。又象𠂹飾，又象其手擊之也。周禮六鼓，雷鼓八面，靈鼓六面，路鼓四面，鼖鼓、皋鼓、晉鼓皆兩面。凡鼓之屬皆从鼓。，籀文鼓从古。】手擊鼓之狀（）。

地【，元气初分，輕清昜爲天，重濁陰爲地。萬物所陳列也。从土也聲。墬，籀文地从𨸏土，彖聲。】形聲字（），誤爲墜【《廣韻》落也。】。

四（），誤爲三【，數名。天地人之道也。於文，一耦二爲三，成數也。凡三之屬皆从三。，古文三。】（）。如《儀禮．覲禮》『四享皆束帛加璧』，四享爲三享之誤。

篆文例；

之【，出也。象艸過中，枝莖漸益大有所之也。一者地也。凡之之屬皆从之。】腳所踏之處（），誤爲止(字 69)腳趾形（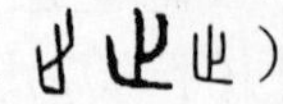）。

穴【，土室也。从宀，八聲。凡穴之屬皆从穴。】以木柱支撐之坑道形，誤爲內【，入也。从冂入。自外而入也。】屋內見門簾之形（）。

四（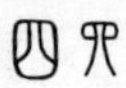），誤爲大(字 74)大人正面立形（）。

制【，裁也。从刀未。未，物成有滋味可裁斷。一曰止也。，古文制如此。】以刀削樹枝製作器物之意，誤爲利(字 272)以刀割禾快而有利（）。如《管子．揆度》『珠玉爲上幣，黃金爲中幣，刀布爲下幣。先王高下、中幣，利下上之用』，制下上之用誤爲利下上之用。

服【，用也。一曰車右騑，所以舟旋。从舟，𠬝聲。，古文服从人。】形聲字（），誤爲般【，辟也。象舟之旋，从舟从殳。殳令舟旋者也。，古文般从攴。】可能以工具製造木盤之狀（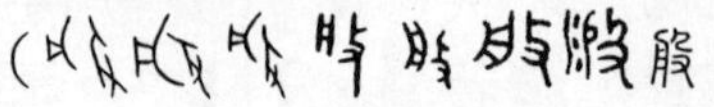）。

堂【，殿也。从土，尙聲。，古文堂如此。，籀文堂从尙京省聲。】從土尙聲之形聲字（），誤爲商(字 337)，建築形（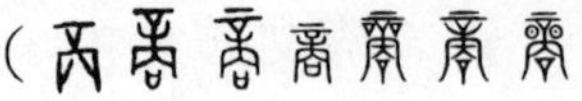）。

隸書例；

斗【，十升也。象形有柄。凡斗之屬皆从斗。】挹水漿之有柄容器形（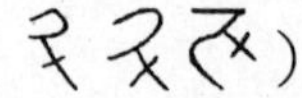）〈斗〉，誤爲升【，十合也。从斗。象形。合龠爲合，龠容千二百黍。】小型挹水器形（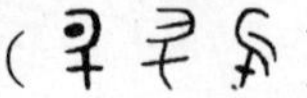）（升）。

出(字 263)腳走出穴居（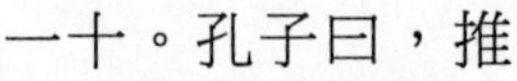），誤爲士【士，事也。數始於一終於十，从一十。孔子曰，推十合一爲士。凡士之屬皆从士。】雄性動物的性徵（），或土(字 92)土塊（）。如《孟子．萬章》『使浚井，出，

從而擠之』，浚井土誤爲浚井出，連帶斷句也變動。

介(字 425)【，畫也。从人从八。】象一人的身子前後著綴甲之防護衣之狀，誤爲分【，別也。从八刀。刀以分別物也。】以刀分物之意（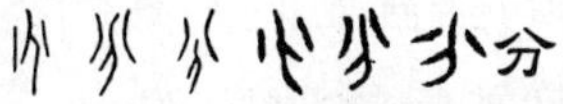）。

425			 s	介	介 一人身上穿綴甲之衣狀。

害(字 426)【，傷也。从宀口。言从家起也。丰聲。】從割字（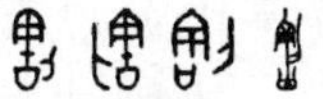）創意，以刀分剖澆鑄冷卻的鑄物，推知害爲型範已被剖開之狀。誤爲周(字 341)四周有保護之場所（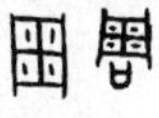 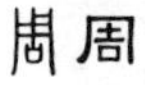）。

426		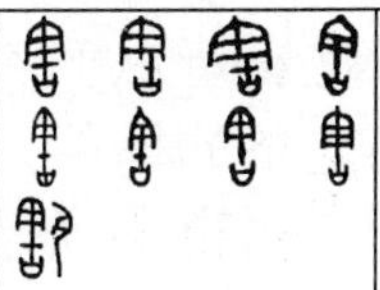	 s	害	害 鑄器之型範已被剖開之狀。

草書例；

規【，規巨有灋度也。从夫見。】表達大人之見識有規度之意（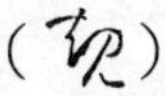），誤爲親【，至也。从見，亲聲。】形聲字（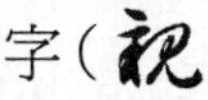）。叔(字 191)，手採豆莢之狀（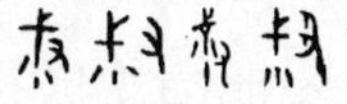）（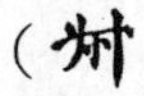），誤爲升（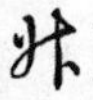）。故【，使爲之也。从攴，古聲。】形聲字（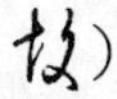），誤爲得(字 287) 於行道拾到他人遺失的海貝，大有所得（）（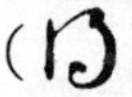）。如《晏子春秋 · 內篇雜上》『高糾事晏子而見逐，高糾曰：臣事夫子三年，無得，而卒見逐。其說何也』，無故誤爲無得，斷句也變動。

第六節 有助古音的探討工作

研究古音，對於沒有韻書之前的時代，主要靠有韻的文學作品，以及形聲字去判定同韻的關係，然後推測其演變的途徑。目前商代都還未發現有韻書或押韻的文學作品，但是已有不少的形聲字。形聲字的音讀與其聲符有密切的關係，前已有所介紹，可幫助探討商代的語言大概。其助益約有數端；

（一）形聲字與其聲符屬同韻，且經常是同一大類的聲母。故從甲骨文的形聲字，不但可以知道本字與諧聲的部分在商代同韻，也可檢驗到先秦的時代，該兩字的聲韻關係是否已起變化。如遘（）與所諧的冓(字 182)聲（），在商代應同韻部與同聲母。今據周法高的先秦古音擬音，冓與遘都在侯東韻，讀如 kew。但是亳【，京兆杜陵亭也。从高省，乇聲。】（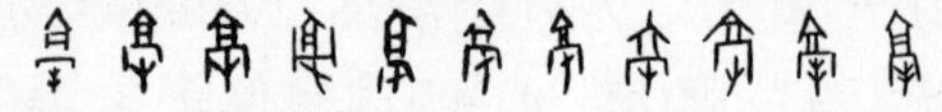）。依周法高的擬音，乇讀如 trak，亳讀如 bwak，聲母一爲齒音，一爲喉音。這兩類聲母一般不相諧。依《說文》乇【，艸葉也。垂采。上貫一，下有根。象形字。凡乇之屬皆从乇。】是某種草之象形字。但是亳的眾多字例中，高之下的構件，字形並不一致。與另一個從乇聲的宅【，人所託居也。从宀，乇聲。，古文宅。，亦古文宅。】（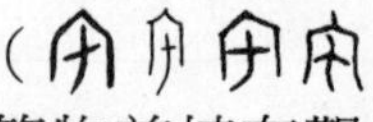）也不一樣。很可能亳的創意是杆欄式的高大建築物前植有觀賞作物，是商人在亳地所建的祭祀及行政建築，而不是從高乇聲的形聲字。又如把婦【，服也。从女持帚灑埽也。】當作從女帚聲（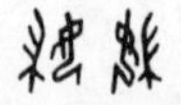）。婦的擬音是 bjwəv，帚(字 193)（）是 tjəw。兩字的聲母和韻母都不屬同一大類，要把婦說成從帚聲之字恐怕有問題。

（二）當一個字有不同的聲符時，指示那兩個聲符屬同韻。如麓的甲骨字形作從林鹿聲（），或從林彔聲（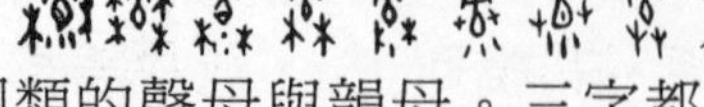），知鹿、彔與麓在商代或之前應屬同類的聲母與韻母。三字都屬侯東韻，據擬音，都讀如 lewk。

（三）如果一個字有不同的聲符，除上例的同韻情形外，如本論第三節所論，不同韻的情形有可能是前代多音節的孑遺。風(字 21)本假借鳳鳥(字 22)()之形表達，後加凡聲(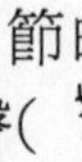)，但偶有作兄聲（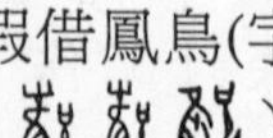）。據擬音，緝侵韻的鳳讀如 bjəm，凡讀如 bjwəm，風讀如 pjəm，兄則屬魚陽韻，讀如 xiwang。聲母

和韻母都不同類，很難假定兄與凡在商代同音，演變致先秦時成爲同音，故有可能是前代多音節的孑遺。

（四）假借字的使用，也指示字與借字的聲韻都非常接近。如『旬亡禍』爲常見的辭例，有一甲骨刻辭（合 34797）作『旬亡火』。知禍與火的聲母與韻母應都非常近，而商代的禍與骨同形，則禍、骨與火的聲讀也應相近。據擬音，都屬微文韻，火讀如 xwər，禍讀如 vjwər，骨讀如 kwət，都非常相近。又如商代借桑字表達喪(字 227)亡的意義。桑以樹枝幹間有多個筐籃的採桑葉作業以指明桑樹的植物種屬（）（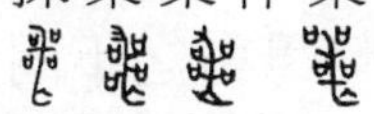）。知喪與桑在商代或之前同聲韻。據擬音，兩者都屬魚陽韻，讀如 sang，但都和亡聲無關。

但有些借字，音讀卻頗不近。甲骨刻辭的兄字（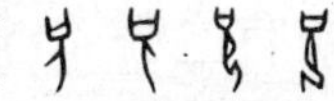 ），與祝字（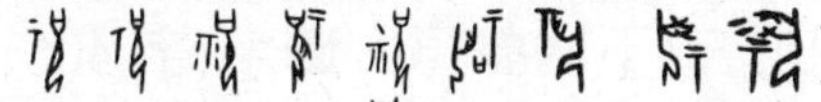）的用法雖不完全相同，但一對照《合》787「于祖辛」與《合》2570「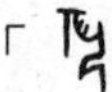于母辛」、《合》8093「甶(唯)上甲用」，知兄作爲祝字使用。人倫的字一般都是來自假借，認爲兄表現一人張口祈禱狀，意義爲祝，借爲兄長。因是有關祭祀之事，故加示以爲分別。但祝屬幽中部，讀如 tjəwk，與屬魚陽韻的兄，讀如 xiwang，有很大的差距，就要特別考究其原因。

（五）假借字有後來再加聲符的例子，也指示其多個聲符應同韻：如甲骨文借羽毛象形爲明後日之昱(字 28)（），後加聲符立，理論上昱、羽與立在商代或之前應同聲韻。但根據周法高的擬音，羽與于同屬魚陽韻，都讀如 vjwav。而立屬緝侵韻，讀如 dziəm，昱屬幽中部，讀如 vriəwk。它們之間的差異，是不是表示從商代到先秦，它們之間的變化有了不一樣的途徑。

（六）若一字用爲二義，後加聲符以分別兩義，也指示同韻。如晶後加聲符生成星字(字 292)，知晶、星、生三字在商代或之前同聲韻。古代三字都屬支耕韻，生讀如 sreng，星讀如 seng，晶讀如 tsjieng，都非常接近。

甲骨文有時也有助釐清後世不當的聲韻歸類。形聲字與其諧聲屬同韻，且經常是同類的聲母。因字形的演變或訛化，導致原創意隱藏難見，被誤解以爲是形聲字，以某部件爲聲符，或甚至某字的省聲。如有較早期的字形，就常可釐清其錯誤。此類例子很多，如**聖**字(字 219)，本借一人有敏銳的聽力，表達超越常人的能力（）。因字形起了變化，被誤爲從壬（）聲。先秦古音，聖讀如 st’jieng，壬讀如 t’eng，雖同屬支耕韻，但聲母與介音都不同，可推斷聖不必以壬爲聲符。又**喪**字(字 227)，本借桑樹爲喪亡的意義（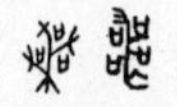），字形訛變如有從亡聲（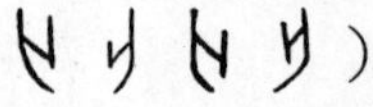）（）。雖然桑與喪同聲韻，桑、喪與亡也不一定同聲類，何況亡讀如 mjwang，聲母與之不同大類。**良**字(字 402)（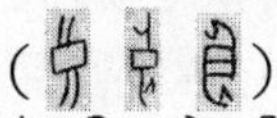），創意可能來自乾糧袋，字形訛變如有亡聲（）。知良與亡不一定同聲類，而且良讀如 liang，和亡也不同聲母。**薅**字(字 406)（）以手持蜃製農具在山坡除草表意，山坡的部份訛變如女，被誤爲好的省聲。知薅與好，雖然都讀如 x∂w，但無法證明在商代一定同聲韻。在本論的字形結構分析一節，所舉李孝定先生歸類於形聲字的例子，有時在甲骨文的字形，根本就是整體而分析不出聲符的，可能就是依從許慎《說文》的解釋。近日讀一論述商代聲韻的文章，也常依《說文》把非形聲字當作形聲字去統計聲類相互的關係。材料的認定既然大有可議之處，所得的結論就不免有待修正。有時困惑於聲符與本字聲韻相隔太遠，可能就是誤把象意字視爲形聲字的結果。故研究中國古聲韻的人，如果對古文字的創意有深切的認識，一定對古韻的推論有更精確的結論。

第七節　有助古文獻的年代的推斷

確定一件文獻的年代，可以說是一旦能通讀文獻後，要從事進一步研究的首要工作。已經說過，雖然遲速各有不同，一個字的形、音、義都在不斷地起變化。對它們的變化了解越徹底，就越容易對文件的斷代肯定。百年來的努力，學者已經對甲骨刻辭的斷代很有把握，可確定是五期中的那一期，甚至是那一王的材料。字形和書體可以說是甲骨斷代最常依據的標準。對銅器銘文的斷代，雖然不能像甲骨那麼樣地肯定，但對兩周早、中、晚時代的大致段落的斷代倒是可以作得到的。從文字的條件判定一件文獻的年代可以是多方面的。可以從字形本身的時代，字義使用的時代，甚至文辭訛錯的時代，也可以由字形而推測導致錯誤的時代。譬如說，從**文**(字 1)王被錯認爲寧王，就可知道文獻的年代是西周，胸上留有心的早期字形( )。再如**金**字(字 4)()較早的字義是金屬，或以銅爲主要成分的鑄造銅器的材料，它從不被用以代表現今的黃金。甚至《周易·噬嗑》的『噬乾肉，得黃金』，黃金指的也是青銅鑄成的箭鏃。從地下出土的文獻，西漢時還經常以金稱青銅。秦末年的《金布律》「縣都官以七日糞公器不可繕者、有久識者，靡蚩之。其金及鐵入以爲銅。」所言的金及鐵是鑄器的料子，而銅(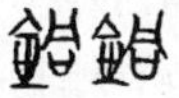)則指以銅鑄的器物。基本上，兩周時代銅都指銅鑄的器物，如銅鼎、銅壺等，不是鑄銅器的材料。如果有文獻以銅指稱銅材，就不會是西漢早期或以前的抄本。《越絕書·寶劍》和《管子·地數》都有以銅指稱銅礦或銅材的例子，雖然其書有可能初稿完成於戰國時代，但寫成今日流傳的模樣的，應該是西漢或更遲的時代，以銅替代原來的金字。又如《周禮》一書，有以爲是劉歆所僞造。儘管從內容及流傳的情況，可推斷《周禮》不會是西漢以後的作品。從使用的字義與字形的現象看，它比較可能是漢以前的作品。一是保持古義。如考工記使用**朕**(字 272)爲縫的意義少見於其他著作。朕字作雙手持工具在船體工作之狀(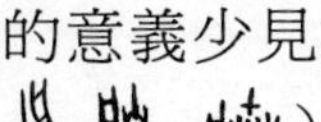)，縫的意義必是來自彌補船的隙縫。自商代以來朕已都借爲第一人稱使用。還有，**晉**字(字 419)作一陶範及兩排箭(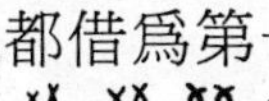)，表達以兩片範鑄成的器物。考工記用以爲銅鐓或竹箭的銅鏃，二者很是常見的兩片範銅鑄器。但經學家都以爲是假借義，《說文》也不得其解。想來也不是古文學派的祖師爺劉歆所可曉得的。其次是保持古字形，《周禮》時常用漢代不通行的字形，如灋(法)(字 25)( )、鱻(鮮)【鱻，新魚精也。从三魚。不變魚也。】眾多魚鮮之意( )、虣(暴)【《說文新附》虐也，急也。從虎從武。】不用陷阱而以銅戈對付老虎是急燥不智的行爲( )、毓(育)(字 31)女性生下小孩之狀( )、卝(礦)【卵，凡物無乳者卵生。象形。凡卵之屬皆从卵。卝，古文卵。】(魚卵之形)等例子甚多。尤其是其中風字(字 21)( )寫成從雚從風，應該是從籀文系統的字形隸定下來的。它們都是先秦著作的堅強證據。

第八節　有助書法、篆刻藝術的創造

書法和篆刻都是中國的重要藝術形式，經常會利用到小篆或其前的文字材料。如果對字的結構有了解，就比較不會寫錯筆劃，認錯字或選用寫錯的字。如果要設計一個還未出現的古字，也比較容易分析現存字的部件而給予合理的組合。同時，如對各時代的書體有認識，寫出來的字也會更和諧，不會有刺眼的感覺。

參考讀物或工具書：

唐蘭，《中國文字學》（臺北：臺灣開明書店，一九六九）
唐蘭，《古文字學導論》（臺北：樂天出版社，一九七零）（發表於一九三五）
龍宇純，《中國文字學》（香港：崇基書店，一九六八）
裘錫圭，《文字學概論》（臺北：萬卷樓圖書有限公司，一九九四）
許錟輝，《文字學簡編》（臺北：萬卷樓圖書有限公司，一九九九）
姚孝遂，《許慎與說文解字》（北京：中華書局，一九八三）
帥鴻勳，《六書商榷》（臺北：正中書局，一九六九）
王初慶，《中國文字結構—六書釋例》（臺北：洪業文化事業有限公司，二〇〇三）
黃德寬、陳秉新，《漢語文字學史》（合肥：安徽省新華書店，一九九零）
許逸之，《中國文字結構說彙》（臺北：臺灣商務印書館，一九九一）
高明，《中國古文字學通論》（北京：文物出版社，一九八七）
高明，《古文字類編》（北京：中華書局，一九八〇）
李孝定，《甲骨文字集釋》（臺北：中央研究院歷史語言研究所，一九六五）
李孝定，《漢字的起源與演變論叢》（臺北：聯經出版事業公司，一九八六）
周法高編，《漢字古今音彙》（香港：香港中文大學，一九七三）
郭沫若主編，胡厚宣總編輯，《甲骨文合集》（北京：中華書局，一九七九至一九八二）
彭邦炯、謝濟、馬季凡編輯，《甲骨文合集補編》（北京：語文出版社，一九九九）
周法高主編，《金文詁林》（香港：香港中文大學，一九七四）

周法高編，《金文詁林補》（臺北：中央研究院歷史語言研究所，一九八一）
容庚編，《金文編》（北京：中華書局，一九八五）
徐中舒主編，《甲骨文字典》（成都：四川辭書出版社，一九八九）
松丸道雄、高島謙一編，《甲骨文字字釋綜覽》（東京：東京大學東洋文化研究所，一九九三）
何琳儀，《戰國古文字典－戰國文字聲系》（北京：中華書局，一九九八）
徐中舒主編，《漢語古文字字形表》（成都：四川人民出版社，一九八〇）
方述鑫編，《秦漢魏晉篆隸字形表》（成都：四川辭書出版社，一九八五）
許進雄，《古文諧聲字根》（臺北：臺灣商務印書館，一九九五）
許進雄，《中國古代社會》（臺北：臺灣商務印書館，一九九五修訂本）
何琳儀，《戰國文字通論》（北京：中華書局，一九八九）
藤堂明保，《漢字語源辭典》（東京：學燈社，一九七一）
陳立，《楚系簡帛文字研究》（國立臺灣師範大學國文系碩士論文，一九九九）
余迺永校註，《新校互註宋本廣韻》（香港：中文大學出版社，一九九三）
段玉裁注，《新添古音說文解字注》（臺北：洪葉文化事業有限公司，一九九八）

例字的頁碼索引

序列	字	頁數	序列	頁數	頁數	序列	字	頁數
例 112	呂	79	例 113	小、少	80	例 114	四	80
例 115	七	81	例 116	八	81	例 117	十	81
例 118	丩	81	例 119	工	81	例 120	攻	82
例 121	又	82	例 122	且	82	例 123	屰	82
例 124	逆	83	例 125	丑	83	例 126	交	83
例 127	刃	83	例 128	亦	83	例 129	肘、肱	84
例 130	九	84	例 131	面	84	例 132	彭	84
例 133	糞	85	例 134	朱	85	例 135	本	85
例 136	末	85	例 137	身	85	例 138	曰	86
例 139	臀	86	例 140	必	86	例 141	尤	86
例 142	夫	87	例 143	見	87	例 144	望	87
例 145	非	88	例 146	舞	88	例 147	次	88
例 148	旁	88	例 149	興	89	例 150	疾	89
例 151	疒	89	例 152	眔	89	例 153	步	89
例 154	林	90	例 155	从	90	例 156	比	90
例 157	災	91	例 158	多	91	例 159	並	91
例 160	替	92	例 161	驫	92	例 162	秝、歷	92
例 163	茲	92	例 164	戔	92	例 165	友	93
例 166	劦	93	例 167	牡	93	例 168	牝	93
例 169	休	94	例 170	臭	94	例 171	族	94
例 172	劓	95	例 173	器	95	例 174	初	95
例 175	永	96	例 176	爿	96	例 177	子	96
例 178	行	97	例 179	复	98	例 180	辭	98
例 181	絕、繼	99	例 182	冓	99	例 183	黃	100
例 184	莫	100	例 185	采	102	例 186	父	102
例 187	原	102	例 188	縣	102	例 189	前	102
例 190	叟	103	例 191	叔	103	例 192	萬	103
例 193	帚	104	例 194	兔	104	例 195	孚	104
例 196	皇	104	例 197	曹	105	例 198	卑	105
例 199	食	106	例 200	耤	106	例 201	疑	106
例 202	蛛	107	例 203	鹵	107	例 204	肇	107
例 205	鑪	107	例 206	臧	107	例 207	蠹	108
例 208	阱	108	例 209	薶、埋	108	例 210	沈	108
例 211	猴	109	例 212	魅	109	例 213	岳	109
例 214	虹	109	例 215	誥	109	例 216	乎	110
例 217	寧	110	例 218	兄	111	例 219	聖	112
例 220	堯	112	例 221	寡	113	例 222	寢	113
例 223	安	114	例 224	宗	114	例 225	客	115
例 226	召	115	例 227	喪	115	例 228	歸	116

序列	字	頁數	序列	頁數	頁數	序列	字	頁數
例 346	射	193	例 347	其	194	例 348	尞	196
例 349	祭	196	例 350	雷	196	例 351	藝	196
例 352	處	198	例 353	需	198	例 354	堯	198
例 355	樂	199	例 356	乘	200	例 357	啓	200
例 358	州	200	例 359	未	200	例 360	干	201
例 361	占	202	例 362	弄	202	例 363	璞	203
例 364	川	203	例 365	中	203	例 366	宜	204
例 367	系	204	例 368	集	204	例 369	韋	204
例 370	善	205	例 371	腹	205	例 372	城	205
例 373	觴	206	例 374	婢	206	例 375	匜	206
例 376	乂	207	例 377	陳	208	例 378	新	208
例 379	誖	209	例 380	聞	209	例 381	澗	209
例 382	彈	209	例 383	豢	209	例 384	淵	210
例 385	乳	211	例 386	飲	211	例 387	眉	211
例 388	解	211	例 389	異	211	例 390	厄	211
例 391	執	212	例 392	廩	212	例 393	黑	212
例 394	穆	212	例 395	燕	212	例 396	申	213
例 397	孔	213	例 398	芻	213	例 399	孕	214
例 400	美	214	例 401	函	214	例 402	良	215
例 403	戚	215	例 404	甫	215	例 405	𡠜	215
例 406	徹	216	例 407	冥	216	例 408	狽	216
例 409	配	216	例 410	畏	216	例 411	伐	216
例 412	巫	217	例 413	熏	217	例 414	瀕	218
例 415	戒	218	例 416	虤	219	例 417	樊	219
例 418	晉	220	例 419	賴	220	例 420	訊	224
例 421	黹	225	例 422	刖	228	例 423	妥	250
例 424	者	251	例 425	介	255	例 426	害	255

國家圖書館出版品預行編目資料

簡明中國文字學／許進雄編撰.—三版——
臺北縣深坑鄉；學海，民 89
面；　公分

ISBN 957-614-169-9（平裝）

1. 中國語言　文字

802.2　　89008153

簡明中國文字學

編 著 者：許進雄
出 版 者：學海出版社
登記證字號：行政院新聞局版
臺字第 1002 號
發 行 人：李善馨
發 行 所：學海出版社
台北縣深坑鄉松柏街 43 巷 5 號
電話：(02)2664-5416
FAX：(02)2664-5415
台北市郵政信箱 07-327 號
郵政劃撥儲金帳戶 00143541 號

中華民國 94 年 3 月三版

定 價：新台幣 學生書局 $350.

ISBN：957-614-169-9 (平裝)

9502049

也太貴!